5
EDDIE FLYNN BOOK

艾迪・弗林
系列 5

圈套

FIFTY-FIFTY

STEVE CAVANAGH

史蒂夫・卡瓦納——著
聞若婷——譯

獻給路卡・維斯提（Luca Veste）。

我要向你致上感謝與敬意，因為你是我共同主持Podcast的夥伴，因為你激發我無數靈感，因為你寫出很多好看的書，也因為你害我笑到肚子痛。

謝謝你的山羊。

一月

艾迪

身爲庭審律師，我們聽到某一句話會特別膽戰心驚。現在這句話就在我的手機螢幕上跟我大眼瞪小眼。它是我幾秒前收到的訊息。

他們回來了。

陪審團才離開法庭四十八分鐘。

四十八分鐘的時間可以做很多事。可以吃午餐；可以換汽車的機油；甚至可以看完一集電視劇。

可是有一件事無法在四十八分鐘內辦到，那就是針對紐約市有史以來最錯綜複雜的謀殺案庭審，做出公平而不偏頗的裁決。那是不可能的。大概是陪審團有什麼疑問要提出來，我心想。並不是做出裁決了。

不可能是。

馬路對面的拉法葉街轉角，是寇特咖啡館的所在位置。它的外表還滿有模有樣的，不過進去之後卻只能在塑膠桌椅上喝咖啡、吃早餐三明治。通常至少會有三名律師在這家店的椅子上給屁股散熱。誰在等陪審團做出裁決，一眼就看得出來。他們食不下咽，坐立難安，簡直像是腿上放了把開山刀坐在那裡，把整間店都搞得人心惶惶。以前我在等候裁決時會去那裡，可是看到律師同儕懸著一顆心等候陪審團，足以讓任何人對寇特咖啡館的咖啡失去胃口。而他們的咖啡可是很棒的。

所以我選擇不要待在店裡啃家具發洩焦慮，而是外帶一杯咖啡，打算去廣場散散步。我在弗利廣場上已經不知道徘徊過多少遍了，最高紀錄是三天，有一個陪審團足足花了三天，才裁決我的客戶無罪，我他媽都快把人行道刨出一條溝了。這一次，我手裡握著咖啡，才剛跨出寇特咖啡館，就收到訊息。

我丟掉外帶杯，過馬路，繞過轉角走向曼哈頓刑事法院大樓。大門上方九公尺高的位置有根旗杆，上頭飄著星條旗。那面旗子很舊了，強風、暴雨和光陰都不曾手下留情。國旗已褪色，幾乎破裂成兩半。有幾塊星星部分的布料已經散開，被風給帶走。紅白條紋的部分有大把絲線向外飄揚，幾乎要垂到下頭的地面上。換新國旗的錢不是沒有，經濟是不景氣，而且只會愈來愈不景氣，不過通常即使屋頂在漏水，國旗也會保持簇新。我認為他們應該留著這面老國旗——它被曬白的顏色以及大大小小的撕裂傷，在這個時局似乎莫名地適切。我只能猜想法官們也心有戚戚焉。邊境的牢籠中關著孩童，對某些人而言，這面星條旗也失去了昔日的榮光。我從未見過我的國家處於如此嚴重的分裂狀態。

有隻渡鴉佇立在旗杆末端。那隻黑色大鳥喙部很長，鳥爪鋒利。二〇一六年，市民觀察到第一批返回紐約市的渡鴉。渡鴉通常在紐約州北部出沒，沒人知道牠們為何回來。牠們在橋樑與高架道高處的角落築巢，有時候甚至在基地台或電塔上。牠們靠垃圾以及遍布整座城市的巷道內、蜷縮在邊邊角角的死屍填飽肚子。

我經過渡鴉底下時，牠發出叫聲——嘎——嘎。我不知道牠是在打招呼還是在示警。不論是哪一個，我聽了都心神不寧。

在我接這個案子之前，我並不相信世界上有邪惡這回事。我的人生到這個時間點爲止，我和許多做出邪惡之事的男男女女相遇且拚搏過，但我將之歸類爲純粹的人性弱點——貪婪、色欲、憤怒或欲念。此外有些人是病了，心理疾病。可以說他們不需要爲自己犯下的可怕罪行負責。

警衛揮手讓我進入法院大樓的大廳時，這些念頭止不住地在我腦中翻騰。它們侵入我的心智——甚至可說毒害了它。每個念頭都像一滴血，落入玻璃杯中沁涼的水裡。過不了多久，整杯水都被染紅了。

就我交手過的凶手來說，大部分我都能試著針對他們的行爲提出某種解釋，例如他們的過去或是心理狀態的蛛絲馬跡，像一把鑰匙讓我破解他們的思考模式和犯罪行爲。我總是有辦法做出合理的解釋。

這一次，沒有輕鬆可得的解釋。沒有鑰匙。

這個案子我提不出合理解釋，憑良心講我做不到。在案情的核心有某種黑暗的東西。邪惡的東西。

而我感覺到它的碰觸了。它就懸在這個案子上方，如同懸在城市上方的渡鴉。

冷眼旁觀。

伺機而動。

然後俯衝而下，用銳利的爪子和刀般的鳥嘴奪命。陰暗烏黑，迅疾致命。

再沒有別的方式能形容了，沒有更好的詞彙了。人可以很善良，善良的人是存在的。有些人會做善事，因爲他們樂在其中。那麼同理可證，反面的說法爲什麼不能成立呢？有人就是因爲爽而很邪惡，又有什麼不可能？我先前不曾用這個角度思考，不過現在我發覺滿說得通的。邪惡是眞實的，它住在陰暗的地方，它能像癌細胞一樣侵蝕人類。

已經死了好多人。也許在事情結束之前，還會有人死去。我小時候住在布魯克林區一間寒傖的小房子裡，當時母親告訴我世上沒有怪物。我小時候讀過怪物和巫婆從父母身邊抓走小孩帶進森林的故事，母親說那都只是童話。**世上沒有怪物**，她說。

她錯了。

刑事法院大樓的電梯很老舊，慢得讓人抓狂。我搭電梯到我要去的樓層，出電梯沿著走廊到法庭，跟著大家進門。我走到被告席，在我的客戶旁邊坐下。大批旁聽民眾都坐定之後，門關上了。法官已經在法官席坐得穩妥。

陪審團魚貫走進，窸窸窣窣的說話聲安靜下來。

他們已經將書面資料交給書記了，那是他們在陪審團室裡就準備好的文件。我的客戶說了什麼，但我沒聽清楚。我聽不清楚，血液奔流的聲音塞滿我的耳道。

我相當擅長判斷陪審團會傾向哪一邊，我看得出來。而且我每一次都說對了。我在接下案子之前就知道我的客戶是否有罪。

我當了多年的騙徒，才將一身絕活轉而用來當律師，這其中倒是不需要太長的適應期。從毒販手裡騙到二十萬美元，與用計促使法官做出正確裁決，在本質上並沒有太大不同。無辜者去坐牢是司空見慣之事——但在我的監督之下不會。不再會了。我在酒吧、餐館、街頭……學會判讀人類，我很厲害。所以在法庭施展我的專業時，我第一次見面就知道我的客戶是否有罪。如果他們有罪卻想在法庭上裝清白，我會祝他們好運，與他們揮手道別。多年前我曾走上那條路，結果代價大到我無法承受。當時我忽略自己的直覺，任由客戶逍遙法外。他明明有罪，我卻縱虎歸山。後來他傷害了某個人，於是我傷害了他。就某方面來說，我到現在仍爲那個錯誤在受罰。沒人永遠不會犯錯，每個人都可能上當。

即使是我。

判讀客戶與陪審團是我的專長。這個案子非比尋常，它所有的一切都跟正常沾不上邊。這是我第一次說不準裁決結果會如何，我陷得太深了。在我心裡，我覺得是五五波。裁決結果的機率簡直可以用擲硬幣來比擬，五十、五十。我知道我希望有什麼結果，現在我曉得凶手是誰了。我只是不確定陪審團是否看得清眞相，我摸不透這個陪審團。

而且我好累。我好幾個星期沒好好睡了。自從殷紅之夜後。

書記站起來，對著陪審團主席發言。

「就這些事項，你們是否全體達成共識並做出裁決？」書記問道。

「是的。」陪審團主席說。

第一部　姊妹

（三個月前）

九一一報案電話文字稿

案件編號：19－269851
二〇一八年十月五日
時間：23:35:24

調度員：紐約市九一一報案專線，你需要警力、消防或醫療協助？
報案者：我需要警察跟救護車，快點！
調度員：地址是？
報案者：富蘭克林街一五二號。拜託快點，她刺了他，現在她要上樓來了。
調度員：屋內有人被刺傷了嗎？
報案者：對，我爸爸。噢，天啊，我聽到她在樓梯上。
調度員：警隊和急救人員都已經出發了。妳在屋內的什麼位置？妳爸爸在哪裡？
報案者：他在三樓，主臥室。到處都是血。我……我在洗手間裡。是我妹妹，她還在這裡。她好像有刀。噢天啊〔話聲不清楚〕。
調度員：保持冷靜。妳鎖門了嗎？
報案者：鎖了。
調度員：妳有受傷嗎？
報案者：沒有，我沒受傷。但她要殺我，拜託叫他們快來，我需要救援。拜託快點……

調度員：他們快到了，保持冷靜。如果可以的話，用雙腳抵住門。好了，妳應該很安全。深吸一口氣，警方已經在路上了。保持冷靜和安靜。妳叫什麼名字？

報案者：雅莉珊卓．阿維利諾。

調度員：妳爸爸叫什麼名字？

報案者：法蘭克．阿維利諾。是我妹妹蘇菲亞幹的，她終於他媽的完全瘋了。她把他撕成碎片……她〔話聲不清楚〕。

調度員：屋內有超過一間洗手間嗎？妳人在哪一間洗手間？

報案者：主臥室裡的洗手間。我好像聽到她的聲音了，她在臥室裡。天啊……

調度員：保持安靜，妳不會有事的。警方再兩三個路口就到了。待在線上。

報案者：〔話聲不清楚〕

調度員：雅莉珊卓……雅莉珊卓？妳還在嗎？

通話於23:37:58結束。

九一一報案電話文字稿

案件編號：19－269851
二〇一八年十月五日
時間：23：36：14

調度員：紐約市九一一報案專線，你需要警力、消防或醫療協助？
報案者：警察跟急救人員，我爸快死了！我在富蘭克林街一五二號。爹地！爹地，拜託不要昏過去……他被攻擊了，他需要急救。
調度員：妳叫什麼名字？
報案者：蘇菲亞，蘇菲亞．阿維利諾，幹，我不知道該怎麼辦。好多血啊。
調度員：妳父親被攻擊了？他人在屋內嗎？
報案者：他在臥室。是她幹的，這是她……〔話聲不清楚〕
調度員：屋內還有別人嗎？妳所在的位置安全嗎？
報案者：她好像走了。拜託派人來，我好害怕，我不知道該怎麼辦。
調度員：妳父親在流血嗎？如果是的話，試著用布或毛巾壓住傷口。用力加壓。警方應該隨時會趕到，我看到該址已有另一通報案電話。
報案者：什麼？還有別人打給你們？
調度員：屋內還有其他人嗎？

報案者：噢天啊！是雅莉珊卓，她在浴室裡。我從門底下看到她的影子了。該死！她就在那裡！我得逃出去，她會殺了我的。拜託救我，拜託……〔尖叫聲〕

通話於23:38:09結束。

1 艾迪

我討厭律師。

大部分律師。事實上幾乎是全部，只有極少數值得注意的例外。像是我的導師哈利・福特法官，還有幾個在曼哈頓刑事法院大樓流連不去的老屁股，簡直就像出席自己喪禮的鬼魂。我十八、九歲時在進行長期詐騙的歲月，比現在的我認識更多律師。大部分律師都很好騙，因爲他們心術不正。

我從沒想過自己會成爲其中一員。我褲後口袋中的名片上寫著：「艾迪・弗林，法律事務代理人」。

我父親是個很有天賦又努力實幹的騙徒，若是他仍在世，看到現在的我，肯定會以我爲恥。我可以當拳擊手，或是詐騙師，或是扒手，或甚至簽賭的組頭。但他會看著他這個當上律師的兒子，搖搖頭，納悶自己怎麼會是這麼失敗的家長。

主要問題出在律師往往把自己看得比客戶更重。他們入行時滿懷志氣：他們看了《梅崗城故事》的電影，甚至可能讀過哈波・李的原著小說，他們希望自己能蛻變爲阿提克斯・芬奇。他們想爲那個小傢伙辯護，發揮聖經故事中大衛扳倒歌利亞、以小搏大之類的精神。後來他們意識到走這個路線無法爲他們賺得優渥報酬，也發現他們的客戶全都有罪，即使他們寫出一篇足可媲美阿提克斯的陳詞，法官也不會聽進他們說的半個字。

腦筋夠靈光、看得出這一開始就是痴人說夢的人，發現自己需要加入大型事務所，在那裡做牛做馬，努力在第一次心臟病發之前爬上合夥人的位置。換言之，他們搞懂了法律也是一門生意。而對某些人來說，他們的商運可是好得很。

我站在艾瑞克森街十六號外頭，聯想到紅牌刑事律師賺進了多少鈔票。這是紐約市警局第一分局的地址。建築外的停車格通常是留給警車的，現在卻被一排昂貴的德國車隊占據。我數了一下，有五輛賓士、九輛寶馬、一輛凌志。

裡面有狀況發生了。

分局入口是漆成藍白色的雙扇桃花心木門，上頭每一格裝飾性的嵌板上都鑲著鐵鉚釘。進了這道門是運輸安全人員的櫃檯，再往裡是行政警佐的登記櫃檯。我就是在那裡瞧見爭執現場，有個穿黃襯衫的便衣警探用一指對準布考斯基警佐的臉。而櫃檯另一側的等候區，則有十來個律師另闢戰場爭吵不休。等候區的大小不過六公尺乘三公尺，牆上鋪著黃瓷磚。那些瓷磚可能曾經是白的，不過七〇年代和八〇年代的警察菸癮很重。

二十分鐘前我接到布考斯基的電話，他叫我趕快過來，有案子，大案子。這表示我欠布考斯基一張尼克隊門票。我們事先談好條件，若是他的桌上出現什麼好案子，他就通知我。問題出在布考斯基不是局裡唯一撈油水的警察，從眼前律師的規模研判，消息已經傳開了。

「布考斯基。」我說。

他又圓又胖，肌肉、體毛和脂肪把紐約市警局的深藍色制服塞得滿滿的。天花板燈光照亮他光頭上的汗珠，他轉過身來，朝我俏皮地眨眨眼，然後愉快地告訴警探把手指挪開，否則他會把它塞進警探母親的某個部位。我沒認真聽。

「我受夠了，布考斯基。他們每人可以跟嫌疑人談一分鐘，就這麼決定。輪完之後，她挑出律師人選，然後我們就直接錄口供。你聽到沒？」穿黃襯衫的警探說。

「我沒意見，感覺很公平，這我能處理。你去休息半小時，喝個咖啡，或是打給你媽，跟她說我下班後會過去一趟。」

警探退後，朝著布考斯基不斷點頭，然後才猛然扭轉腳跟，穿過等待區後側的鐵門走了。

布考斯基對他面前這一群律師發言，活像他是賓果遊戲主持人在解釋遊戲規則。「好了，接下來要這麼進行。你們這幫混蛋每人各抽一張號碼牌，等我喊到你的號碼，你有一分鐘時間可以跟嫌疑人談。她如果沒簽你的委任契約，你就出局了。懂吧？我頂多只能這樣安排了。」

有些律師兩手往空中一拋，然後開始在手機上用力打字；其他人則繼續抱怨，同時爭先恐後地擠向取票機抽號碼牌。那些號碼牌是給排隊等著申訴的民眾用的——不是給等著見客戶的律師用的。

「布考斯基，搞什麼鬼啊？」我說，「如果你向曼哈頓所有該死的律師通風報信，我幫你買尼克隊門票是買心酸的嗎？」

「抱歉啦，艾迪。我跟你說，這案子可要命了，你一定想要的。明天早上會有狗仔大軍出現在門外，等著我們帶那些女孩去提審時好拍照，這地方可就沒這麼平靜了。」

「什麼女孩？這案子是怎樣？」

「緊急行動組在午夜帶回兩個女孩，她們是姊妹，都二十來歲。她們的老爹倒在樓上的臥室，被撕成碎片。姊妹倆都報警指控對方，都說是對方殺了爸爸。這個案子——會鬧得很大。」

我看了一下等候區。曼哈頓刑事辯護律師界的佼佼者都到齊了，這些名律師身穿價值千元的西裝，助理跟在身後。

我低頭看。我穿的是黑白色的**Air Jordan**低筒鞋、牛仔褲和**AC/DC**樂團紀念衫，外面套黑色的休閒西裝外套。我的客戶大部分都不關心我在半夜作什麼打扮。我注意到有些西裝男用手肘互碰，然後朝我的方向示意。顯然我看起來不是他們的對手。不過我好奇的重點在於這案子爲何那麼了不起。

「姊妹倆都說是對方幹的，那又怎樣？她們是富家女之類的嗎？是什麼因素在今夜把獅群都引到河岸邊了？」

「見鬼，你沒看新聞對吧？」布考斯基說。

「沒耶，我睡著了。」

「這兩個女孩是阿維利諾家的蘇菲亞和雅莉珊卓，法蘭克的女兒。」

「法蘭克死了？」

布考斯基點點頭，說：「我跟緊急行動組的一個組員聊過了，法蘭克像魚一樣被開膛剖肚，被刀子扯爛。那組員跟我說場面很慘，而你了解緊急行動組——他們什麼沒見過。」

隸屬於紐約市警局的緊急行動組在運作上就像是靈巧俐落的ＳＷＡＴ特警隊，他們幾乎見識過所有狀況——包括恐怖分子的暴行、銀行搶案、人質危機、瘋狂掃射。如果緊急行動組成員說場面很慘，表示現場有如噩夢。不過將曼哈頓一流刑事鯊魚引來的，並不是這起犯罪中極致血腥的暴力程度，而是被害者以及嫌疑人的身分。

法蘭克．阿維利諾是前紐約市長，去年十一月才卸任。

「我排在隊伍後面，哪有什麼機會搶到這案子啊？」

「你現在排在隊伍前面了，卡蘿沒能說服客戶簽合約，現在在裡面的傢伙也毫無勝算。我馬上就帶你進去。」布考斯基說。

「等一下，我是第三順位？」

「卡蘿．奇皮亞尼塞給我一千塊要排第一，但她沒能說服客戶簽字。抱歉，艾迪，我得填飽肚子。」

「喂，把我們當空氣嗎？現在是什麼狀況？」有一個西裝男說道。

「別擔心，放輕鬆，他並沒有插隊，會輪到你的。」布考斯基說，「沒事的，艾迪。這些混蛋大都是來找雅莉珊卓的，但你要見的人是蘇菲亞。」

「等一下，我們排隊不是等著姊妹倆都見？」有一個西裝男表示，大夥紛紛拉高嗓門抗議。

布考斯基是我的內線，此外還包括另外六個行政警佐，如果他們得知有重大嫌疑人被捕，就會向我通風報信，而我也總會照應他們作爲報答。這一回紐約市警局嗅到了大案子，結果每個靠律師賺外快的警察都拿起手機。這種狀況我見過。負責此案的警探會對警佐們抱怨，不過只要他們別占用太多拘留時間，那些警探也拿他們沒轍。警探是不會向上級告狀的，因爲那麼一來他們就成了抓耙子。

在紐約市警局，抓耙子會被人暗地裡弄死。這裡的一些律師能有機會上場試試運氣，沒機會的人也不會廢話太多。要是他們死纏爛打，以後就別想再接到電話了。客戶也不會有意見，因爲她們能挑選最優秀的律師。對制服巡警來說，引人注目的凶殺案簡直就像過聖誕假期。正如同這座城市中的大部分事情，私底下來一點貪腐和金流，有助於讓每個人都比較好做事。

歡迎來到紐約市。

「我拿個鑰匙，然後我就帶你去見蘇菲亞。」

「我爲什麼要見蘇菲亞？」我問。

布考斯基湊過來，說：「我了解你，要是客戶想要撇掉他們犯的罪，你是不會接案的。我對雅莉珊卓有些疑慮，至於這個小妞蘇菲亞嘛——嗯，你看過就知道了。每天有二、三十人進出我的牢房，我跟你一樣能看出眞正的犯罪者。她不是罪犯。但我得警告你喔，在這小妞面前別突然做什麼動作，什麼都別拿給她，也別把紙和筆留給她。」

「爲什麼？」

「嗯，拘留所醫生認爲她瘋了……但她不會攻擊你的，你可是她未來的律師耶。」

2 凱特

凱特．布魯克斯穿著健身服，外頭套上她的泰勒絲睡衣，腳上穿了兩雙加厚的白色小腿襪，身上裹著好幾層羊毛毯，正睡得香甜。不管她多麼努力調整公寓裡的老舊電暖器，都無法使它們溫度更高一點。這間套房公寓當初招租的宣傳詞寫著：「這是小而美的生活空間，有全面性的中央暖氣系統。」對啦，房間兩端各放一台電暖器，嚴格說來確實算是提供了全面性的暖氣，結果凱特每晚就寢前都得全副武裝。等寒冬真的來臨時，她不知道自己該怎麼撐過去。

她的手機有個警示音開始啾啾叫——這種電子鈴聲每秒都會變得更大聲。凱特的手臂從床鋪揮向床邊櫃，在螢幕上滑了兩下讓鈴聲安靜。她迅速將手臂塞回毛毯下，翻了個身，其實沒有真的醒過來。

手機又開始啾啾叫。

這次她奮力睜開眼睛。手機傳來的聲音聽起來不像鬧鈴聲。她突然意識到這是她上司西歐鐸．萊威打來的電話，不但如此，她還掛掉他第一通來電。

「喂，萊威先生。」她用沙啞的聲音接聽。

「快去換衣服，我要妳先去辦公室拿一份文件，然後到翠貝卡的第一分局找我。」萊威說。

「噢，沒問題。你要我帶什麼文件過去？」

「史考特現在在辦公室追蹤一些線索，但我這裡需要他。我要妳去取給雅莉珊卓・阿維利諾簽的委任契約，把它帶過來，我四十五分鐘內要拿到。千萬不要遲到。」

說完他就掛電話了。

凱特掀開毛毯爬下床。這就是剛通過資格考的律師的生活。這份工作她做了快要半年了，新執照上的墨水還未完全乾呢。史考特是另一個菜鳥律師，他人已經在辦公室了，卻不能順道把萊威要的文件帶過去，這其中究竟有什麼見鬼的理由，凱特並不在意。萊威吼叫命令，人人便跳起來服從。或許有更省力或更快速的做事方法並不是重點，只要所有人忙得團團轉，萊威就開心了。

她看了一下錶。她需要計程車。從公寓到辦公室要二十分鐘。她試著估算從律師事務所到第一分局要多久，結論是大概也要二十分鐘。

沒時間沖澡了。

她剝掉睡衣和健身服，穿上正式的上衣和商務套裝。她的裙子有點皺，不過她管不了那麼多。她套上絲襪時，右小腿的絲襪抽絲了，這是僅剩的一雙絲襪。她罵了聲髒話，跑去找鞋子。公寓裡除了床鋪之外還有另一小塊區域，她設法在這區域放進一座沙發和一個書架，充當她的客廳。有一道拱門將床鋪和「客廳」隔開，而她在拱門上撞到頭。她的額頭有了小小的傷口，傳來陣陣刺痛，使她用力吸氣。

「該死。」她說。

公寓門邊擺著一雙愛迪達多功能運動鞋，她穿上運動鞋，抓起大衣和手提包便出門了。

二十分鐘後，她在華爾街跨出計程車，請司機等她一下，然後衝向公司大樓入口。她用通行證打開大門，奔進有玻璃牆的接待區，櫃檯後坐著一名保全。電梯發出叮的一聲，電梯門緩緩打開，凱特跨向前，已經準備好踏進去，結果史考特從電梯裡衝出來，手臂下夾著一個檔案。他的肩膀撞上凱特的肩膀，使她轉了半圈。

「抱歉，凱特，我趕時間。萊威的祕書還在印委任契約。我等不及她印好，萊威要我馬上過去分局。」

「等我，我兩分鐘就好。我讓計程車在外面等著。」她說。

史考特點點頭，轉身奔向大門。

凱特按下十四樓的按鈕，按了十四次，隨著電梯往上移動而邊按邊數。萊威的祕書莫琳正從印表機快速取出紙張，她將紙張放進文件夾後遞給凱特。

「那是委任契約嗎？」

莫琳點頭。剛從印表機送出來的紙張還熱熱的。

史考特就不能多等一下把這個一起帶走嗎？

她老早就放棄試圖回答這類疑問了。在大型律師事務所的世界裡，只要能因此比對手多占那麼一點優勢，沒人會顧慮雇用二十個律師加上五十個律師助理有什麼不妥。她被差遣來拿委任契約，就只因爲她是個可供差遣的人力。凱特回到電梯裡，按下一樓按鈕，然後用中指狠戳關門鈕。門闔上時，她壓低音量喊「快呀，快呀，快呀」。

電梯門在一樓打開時，凱特衝出去。保全在她靠近時用自己的通行證打開門鎖，握住門把替她拉開門。

凱特喘吁吁地說「謝謝」並奔進冷空氣裡。

急煞住腳步。

她的計程車不見了。

史考特。

真是個小人。

她焦急地巡視整條街道。沒有計程車。她點開手機上的優步ＡＰＰ。她爸極度反對她搭優步，警告她不要搭很多次。ＡＰＰ顯示兩個路口外就有一個司機。

那輛車轉眼間就到了，凱特坐進後座。這是一輛金屬藍的福特。車子很舊，聞起來有狗味。車內太暗了，看不清楚司機長什麼樣，不過她看得出他是金髮、很瘦，兩條手臂都布滿刺青。

史考特真是個徹底的小人。

史考特比凱特晚四個月進公司，擔任受雇律師。萊威、伯納德與葛洛夫聯合事務所是綜合型的律師事務所，這表示他們能夠替你藏起幾百萬元，讓你不用付半毛錢給國稅局；用離婚協議把你的配偶榨乾；隨意捏造任何理由控告惹毛你的人；要是事情真的大條了，他們還有殺手鐧——西歐鐸．萊威，金牌訴訟律師和刑事律師。先前凱特在兩三個部門間試水溫，才終於選定了刑事案件部門。明眼人都看得出來，她對這方面有天分。萊威的小組裡有十二個律師，但他在做自己的案子時更喜歡跟新進的受雇律師密切合作，讓經驗豐富的老鳥可以專心賺可計費工時的錢。

凱特注意到萊威特別喜歡跟年輕的女性受雇律師密切合作。一個月前史考特進到刑事案件部門，與上司一拍即合。他是萊威寵愛的親信，凱特看得出來。她比史考特早兩個月進到這個部門，但她至今才跟萊威一起吃過一頓午餐而已。史考特進來後這四個月，已經和萊威共進過四次午餐了。萊威個子矮小，長得像癩蛤蟆，史考特則像竹竿一樣高瘦，顴骨有稜有角到可以用來捶牛排。這名受雇律師剛硬的面相上方嵌著兩顆深藍色眼珠，不知怎地有種背光的效果，彷彿兩粒球體後方各有一顆通電的明亮小燈泡。

他坐走凱特的計程車，她暗自決定，等他們一有獨處機會，她就要找他興師問罪。司機很沉默，沒過多久她便下車，走進第一分局。

警局內可說像馬戲團。

一大群曼哈頓頂尖事務所的律師，都在等候。

她瞥見萊威和史考特，他們坐在房間後側的鋁質長椅上，正專心地交談。爲了走到他們那裡，她得穿過塞爆的等候區，擠過另外十幾個律師。有些人她在電視上看過而知道是誰，有些人的照片曾登上廣告或《美國律師協會月刊》。每次紐約州律師公會辦活動，都是這些律師吸引鎂光燈焦點。他們全都年過四十，都是有錢的白種男人。

他們全都不把她放在眼裡。

「不好意思。」凱特邊說邊努力鑽過人群。有些人聚在一起聊天，聊高爾夫。有錢的白人律師全都熱愛高爾夫。有些人在爭吵，有些人在講手機。沒人與她眼神交會。她一直低著頭，客氣地往前挪移，輕聲嘟噥「不好意思」。來到人群核心，這裡摩肩接踵，有幾隻手輕輕扶上她的後腰推動她經過，隨著她前進，那些手離開了，她感覺另一隻手擦過她背部，接著她感到幾根手指先是捏了一下她大腿頂端，然後又捏了她臀部。

凱特咳了一聲，猛力突破人牆衝到另一側的空曠處，過程中推開她前方一名白髮律師，力道遠超乎他意料。她身後傳來一波笑聲，有兩三個男人共享著心照不宣的笑話。大概是覺得捏她屁股很好笑吧。萊威和史考特都沒抬頭。凱特轉回身，望著那群人，臉漲得通紅。白髮律師已經回到原位，補起她穿出人群時造成的缺口。她沒辦法指認是誰對她毛手毛腳。她臉上和脖子的皮膚都因難堪而火紅。要是她抱怨，只會自取其辱。

她聽到萊威愛發牢騷的嗓音從後方傳來。「凱蒂，妳鬼混到哪去了？史考特十分鐘前就到了。」

凱特閉上眼睛，再睜開。她在重開機。今天晚上一點都不順，她不想在萊威面前情緒失控。他只會叫她堅強一點，並且不滿她害他丟臉了。她讓剛才的不愉快就這麼算了。她需要心平氣和才能應付萊威。世上只有兩個男人會叫她凱蒂，一個是她爸爸，一個就是萊威。儘管她很愛聽爸爸這麼叫她，她對萊威使用這暱稱的方式也有同樣強度的憎恨。

她退後一步，原地轉身面向上司。他接過她遞出的文件夾，粗聲說：「對我們來說，對事務所來說，這都是個超級大案子。我們**一定要**拿到這個客戶。我要妳拿出最好的表現，知道嗎？」

凱特點點頭，說：「我懂。這是什麼案子？」

萊威嘴巴微微張開，維持這表情好幾秒。他看起來像在等飛蟲經過，好迅速射出爬蟲類舌頭、在空中逮住獵物，再捲回他粉紅色的口腔裡。

「前紐約市長法蘭克．阿維利諾死了，他在自己的臥室裡被謀殺。被刺了……幾刀，史考特？」

「五十三刀。」史考特說。

「被刺了五十三刀，親愛的。而我們要為他的大女兒辯護。他的兩個女兒都在現場遭到逮捕，兩人都指控對方是凶手。其中一人在說謊，我們的任務就是證明說謊的不是我們的客戶。懂嗎？」

萊威講的話高高在上又刺耳，凱特刻意不往心裡去。

他那聲「親愛的」並不是出自紳士風度。她已經設法習慣大部分必須忍受的鳥事，不過「親愛的」或「小丫頭」仍然讓她咬牙切齒。她強壓下憤怒，因為她從進到事務所以來，就一直在等待這一刻。酒吧裡猥瑣的男人以及街頭日常的性別歧視，她都能面不改色地應對。不過涉及掌控她事業前途的男人時，情況就不同了。她知道不該有此心態，這樣不對，但她覺得最好還是閉緊嘴巴、委屈求全。暫時是這樣。權力都握在他們手中。若是她敢對這些狗屁倒灶的事發出怨言，她猜想自己馬上就會丟掉飯碗，她的事業尚未開始就畫下句點了。

這幾個月來，她都在寫案件摘要、虛情假意地招呼客戶以及在事務所的茶會上發送開胃菜。現在她可以參與案子了，一個真實的、眾所矚目的謀殺案。她胃裡有種撲騰般的興奮感，她撫平外套前襟，潤了潤乾燥的嘴唇，然後清了一下喉嚨。她想要做好準備。她感覺已做好準備。

「我懂了。」凱特說。

萊威上下打量她，說：「妳穿的是什麼呀？那是跑鞋嗎？」

凱特張開嘴想回答，但沒機會。

「萊威！輪到你了！」有個嗓音說。那是個警察，站在敞開的鐵門邊大喊。

「上場了。」萊威說。他站起來，把褲子往上拉。他的褲子經常滑到小腹之下，就算繫皮帶或吊帶也沒用——萊威似乎總是在提他的褲頭。

凱特看到一小群律師從鐵門走出來，顯然他們剛才在裡面與可能的客戶談話。他們垂著頭，看起來很疲憊。萊威會拿到這案子的，不論客戶是誰。那不重要。這是萊威的強項，他很擅長跟客戶打交道，很快就能博得他們的認可。他簡直是領有律師執照的公關機器。他們會弄到這案子，凱特將從一開始就站在辯護的最前線。她努力忍住很想在她唇上綻開的微笑，她既興奮又緊張。

「好吧，我們走吧。」萊威說。

史考特朝凱特點點頭，凱特點頭回應。他們三人一同朝鐵門跨出一步。這時有一份檔案直接朝凱特的臉揮過來。她抬起手阻擋，同時那份檔案往下移，重重按在她胸前，硬是讓她停下腳步。凱特用兩手接過檔案。

「史考特的這份檔案裡有些東西不能讓客戶和警方看到，」萊威說，「拿去收在我後車廂的文件保險箱裡，我的車就停在外面，金色的賓士。」

一串鑰匙在她臉前搖晃。凱特接過鑰匙，吞了吞口水，感覺喉嚨好刺痛。像是她吞下一把尖利的碎石頭。

「我們不會花太長時間，妳可以趁機思考一下自己爲什麼會遲到這麼久。我們辦完事以後，我可以載妳回家。」萊威說。

說完之後，史考特和萊威便大步走向敞開的鐵門。

凱特僵立原地。

「別介意，蜜糖。妳負責最重要的工作呢。妳獲賜看管萊威的車。」她身後有個嗓音說。是某個競爭對手。

這足以讓整群人發出低沉的哄堂大笑，笑聲傳遍整個空間。

凱特漲紅臉，她不敢再穿過中央，而是從人群外圍擠過去，走向出口。燒灼感蔓延到她的脖子，她想起萊威最後一句話。

等他辦完事，他要載她回家。這表示他可能又想試探她的底限。

凱特跺著腳走出大門，來到街上。

3 她

他們把她帶進第一分局時，負責登記的警佐上下打量她一番，說明她的權利，然後告訴她接下來會發生什麼事。

「妳的隨身物品會被收爲物證，包括外衣和內衣褲。兩位女警會陪妳到隱蔽的房間收取證物。我們會提供妳換穿的衣服。負責調查這個案件的警探想要採取妳的DNA、取齒模，也要剪一些指甲樣本。配合照做就是了，不要反抗我們，對妳沒有好處。兩位女警也會替妳拍照和採指紋。接著妳會被移送到偵訊室，警探會去找妳問一些問題。有沒有什麼不懂的地方？」

她搖頭。

「妳有律師嗎？」

她搖頭，不發一語。

「嗯，等妳走出偵訊室的時候就會有律師了。」他說。

那個警察說得沒錯，一切都如他所說的發生了。她沉默地在兩名女警面前脫掉衣服，將染血的衣物交給她們，她們將衣物放進透明大塑膠袋裡。她們給了她內衣褲，以及一套橘色連身服。她穿好衣服後，她們將她前端的指甲剪下來放進袋子，再用棉花棒在她口腔內部抹一抹。它在嘴裡留下難聞味道。

然後她被帶進一間偵訊室，一個人待著。房間一側有一面鏡子，她猜想他們正在鏡子後頭監視她。

她把兩隻手肘撐在膝蓋上，身體前傾，頭部下垂。她的目光聚焦在他們給她的白色橡膠鞋上。她安靜地待了一會兒，不動也不發出聲音。

打從警察在富蘭克林街逮捕她以來，她就沒說過半個字。她聽到有個警察提到「驚嚇過度」，她順水推舟地演下去。

她並沒有驚嚇過度。

她是在思考。

以及聆聽。

她面前的鋼桌布滿凹洞以及刮痕，她想要伸出手用手指沿著紋路滑過去，想嗅聞桌面，摸它、感覺它。

這是從小時候就開始的類似強迫症的症狀。對媽媽來說是另一個惱人的小狀況，每當媽媽逮到她在觸摸和嗅聞環境時，就會甩她耳光。她拿著一片樹葉、一塊岩石、一顆桃子，就可以消磨一小時。那些氣味和觸感幾乎讓她難以招架，然後媽媽來了——啪：**不要碰那個。不准再東摸西摸的，妳這個不愛乾淨的小丫頭。**

對觸感的愛好成爲她必須隱藏的另一個祕密。音樂幫助她阻隔那股衝動。當她愛上某一首歌曲，她會看見色彩與形狀，音樂在她眼中變得更爲眞實具體，這能幫助她讓雙手老實待著不要亂摸。

那首歌，當天晚上她走進富蘭克林街一五二號的爸爸家時，所聽到的那首歌，現在仍在她腦中播放。那是她媽媽最愛的歌——〈她〉，法國傳奇歌手查爾．阿茲納弗原唱的版本。不過她喜歡的是英國創作歌手艾維斯．卡斯提洛的詮釋方式。那首歌在她腦中浮動迴旋，響亮而喧囂，遮蓋其他全部思緒。她坐在難聞的狹小偵訊室裡，跟著只爲她播放的旋律而無聲地唱出幾句歌詞。

她，可能是我無法忘懷的面龐……

在音樂播放的同時，她的思維也秀出一張張瞬間即逝的畫面。她爸爸的領帶。領帶結仍緊繫在脖子上。她爸爸胸部露出來的森森白骨。還有隨著她的動作，刀面反射出許多美麗的光點，她把刀子從他胸口拔出，舉高，再插進他肚子、脖子、臉、眼睛，一次又一次，一次又一次……

她……

一切都是計畫好的。當然，這件事她已經幻想很多年了。幻想不只是殺了他，還要把他撕碎，感覺會有多爽。毀掉他的身體，蹂躪它。她想到，所有其他的殺戮其實都只是預演，這才是眞正的重頭戲。

練習。

一開始，看著被害者眼中的光采逝去讓她很興奮，就像親眼見證某種蛻變的過程。由生轉換爲死，全都出自她的手。她沒有悔恨，沒有愧疚。

早在她們很小的年紀，她媽媽就用體罰讓她和她姊妹身上的這種情緒蕩然無存了。媽媽自己是個優秀的西洋棋手，也期許兩個女兒青出於藍。媽媽年輕時曾見到匈牙利的波爾加三姊妹縱橫棋場，希望自己的女兒也能重現這樣的榮光，很早就開始了她們的西洋棋教育。從四歲開始，她就被逼著坐在房間裡，面前擺著棋盤。她一邊挪動棋子，媽媽一邊旁觀，並指導她經典棋路：如何觀察棋局的變化、棋局進行到一半時有哪些策略可以快速將殺。她們一練就是幾小時，每天都要練。她跟姊妹各練各的，媽媽從不讓她們跟對方下棋，即使只是練習。要練就跟媽媽練。而媽媽在她下午的練習開始前從不讓她吃東西，不能吃午餐，早餐吃的一碗穀片或水果已像是遙遠的記憶。她與媽媽在小房間裡度過無數時光——困惑、害怕、飢餓。

要是媽媽發現她的策略出錯，或是她把棋子捏在手裡太久，在撫摸光滑木頭上的溝紋，或是試著嗅到木頭香，媽媽會一把抓住那隻不規矩的小胖手，舉在半空，朝一根手指咬下去。她到現在還歷歷在目。她媽媽握著她手腕，感覺她的手臂像被某種可怕的機器夾住，那機器將把她的手慢慢送到圓鋸的刀刃上。只不過迎接她的不是刀片，她看到媽媽咧開鮮紅色的嘴唇，露出兩排潔白的牙齒。她的手指在顫抖，然後——啪。

她被咬得很痛。這是懲罰，並沒有要咬到流血的意圖，只是爲了嚇嚇她。爲了確保她不再犯同樣的錯。她納悶天底下的母親都這樣嗎？都是有一口利牙的冷酷無情女人？

她在下棋時總是覺得餓。媽媽說飢餓能幫助大腦保持靈活、有創意。她每次看到那口牙齒逼向自己的小手指，就覺得又想吐又好餓，並且預期著疼痛感，那種預期總是比實際被咬的感覺更可怕。

她從錯誤中學到了教訓。

她回想起媽媽摔下樓梯那天，姊妹臉上的表情。她的姊妹哭個不停，直到爸爸終於回家。姊妹始終沒從陰影中走出來。這使她認為，即使媽媽會咬和打她們兩個，會逼她們每天下棋和研究棋譜好幾小時，媽媽某部分仍令她姊妹懷念。懷念某種永遠斷開的連結。

即使現在，都過了這麼多年，姊妹看到媽媽屍體時的哭聲仍迴蕩在她耳邊。姊妹站在樓梯底部，手裡攥著那隻愚蠢的玩具兔，雙膝緊緊併攏，酒紅色的緊身褲上有一塊深色汙漬漸漸擴大，從她胯下往雙腿蔓延。姊妹的哭聲變得好難聽，驚慌、喘息、斷斷續續的哭聲，讓她無法呼吸。

現在，那些咬啊、打啊、眼淚啊都已成回憶。它們成為她的養分，協助將她塑造成現在這個完美生物。

⚖

今晚很完美。現場看起來凌亂、狂熱，親愛爹地的屍體被留在它倒下的地方。瘋狂的殺戮。

看起來就是這樣。她想要營造這樣的效果。說實話，她當時很享受。她在宰殺時總是冷靜自持，執行過程令她心滿意足，不過什麼都比不上第一次的感覺。直到今晚。她真的毫無保留了。她一直用意志力與藥物抑制住的衝動，全都發洩在最親愛的爹地身上。感覺就像鬆開腦中的壓力閥，如釋重負的感覺太美妙了。

她過去犯罪從未被執法單位發現而留下前科。現在她坐在警局裡，面臨一樁她確實犯下的謀殺案控訴。

她正是在她想待的地方。

她預謀要待的地方。

4 艾迪

布考斯基帶著我穿過一條由更多沾滿尼古丁的瓷磚圍成的走廊。我聽到後方有個警察高聲叫下一組律師去接受客戶面試。我放慢腳步，想看看是誰來了。

西歐鐸·萊威和一個金髮小夥子跟著一個高大的警察沿著走廊而來。我在中央街法院的走廊曾與他錯身而過，不過從未在法庭內打過對台。我們都是辯護律師，而且萊威走的是上流路線，他服務的對象是願意拿鈔票砸他的白領罪犯。萊威知道這案子會登上頭條，而他需要偶爾接下這類案子來提高自己的知名度。讓你的臉出現在報紙頭版上六個月通常代表更多案源，接下來一年你可以把鐘點費調漲百分之二十。

我繼續走，但讓萊威追上來。到了走廊盡頭，布考斯基右轉，我們爬上兩層樓。直到兩三年前，這層樓一直都有四間牢房。後來紐約市警局把舊的單人牢房打通，騰出空間拿來辦公。原本裝在牢房上的那些三百公斤重的鐵門都被拆掉了，然後就不知去向。是被警察還是包商A走了，誰知道呢？總之有人靠廢鐵撈了一筆，而錢絕對沒交給市府。現在，除了警探們有額外的辦公空間之外，還多了一排新蓋的偵訊室。

只有兩間有人，門板中央的白板上有記錄。白板上方是整扇門上唯一的窺視窗。我忍著往裡偷瞄我的客戶的衝動，等著萊威走過來。

「艾迪．弗林對吧？我是西歐鐸．萊威。」他邊說邊伸出手。我們握了手。萊威將兩根拇指塞進褲頭，把褲子提上去蓋住肚子。他的黑髮剪成平頭，戴了副粗黑框眼鏡，鏡片後的大眼睛熱切地掃視我的全身，從頭到腳，好像他是葬儀社人員，要幫我目測棺材尺寸。

「幸會。」我說。

「今天是便服日嗎？」他說。

「我在提審之前會換衣服的。我的客戶都不是看中我的穿著。」

「幸好如此。所以說你分到妹妹？」他說，「祝你好運了。」

「我需要好運嗎？聽起來你知道什麼內幕啊。其實我也很好奇，爲什麼曼哈頓半數的刑事律師都要爭取你那位小姐當客戶。你願意開示一下，爲何大部分人只青睞姊姊嗎？」

「我跟你說，蘇菲亞是問題人物。認識法蘭克．阿維利諾的人都會這麼說的，這是常識。雅莉珊卓才是他的寶貝千金，她在曼哈頓是代表性的公眾人物，在這案子裡穩操勝券。蘇菲亞則是家族中瘋狂的害群之馬。這案子只會有一種結果。我建議你跟蘇菲亞商量認罪協商的選項，替大家都省點時間。」

「我還沒跟蘇菲亞談過呢，先談過再看看怎麼樣吧。」

「好吧，祝你好運。」他說完朝高大的警察作了個手勢，警察打開偵訊室的門，然後讓到一邊。萊威帶著他的同事進去，那個英俊的青年抱著一疊紙。我靠近一點，好看看雅莉珊卓．阿維利諾。

即使她坐在偵訊室的桌子後面，我仍看得出她是個子很高的年輕女子。金髮是染的，不過染得很講究。她眼眶發紅，口紅也淡掉了。除此之外，雅莉珊卓看起來勻稱而健康，膚色介於乳白和小麥色之間。以她的處境而言，她看起來還不錯，表情帶著某種程度的自信。這女人能夠自處，也能處理他人。門打開時，我聞到尚未完全揮發的香水味。

高大警察關上門，背對著門站崗。

「好了，艾迪，這位是蘇菲亞。」布考斯基邊說邊將鑰匙插進門鎖，然後打開門。

我走進去。

蘇菲亞．阿維利諾看起來個子比她姊姊矮，但沒差太多。她一頭黑髮，與蒼白的膚色形成強烈對比。眼睛一模一樣：兩個女人都遺傳了父親的眼睛——眼形細窄，但眼神明亮熱切。沒有笑意。她的嘴唇比姊姊薄，鼻樑也比較細。她們看起來年齡相仿，我依稀記得法蘭克的兩個女兒相差不到一歲。我不確定從哪裡得知的，不過我很可能在雜誌或新聞報導中看過她們，或是其中一人。

她狐疑地望著我，卻沒說什麼。她對面坐著一個我不認識的律師，不過他看起來和其他人一樣有錢又有成就。他把文件用整齊，說：「妳不雇用我是妳的損失。」然後氣沖沖地走掉。

我沒管他，注意力放在眼前的年輕女子上。

「嗨，蘇菲亞，我叫艾迪．弗林。我是個辯護律師。布考斯基警官說妳沒有律師，我想跟妳稍微聊一下，看能不能幫上忙。妳覺得ＯＫ嗎？」

她遲疑了一下，點點頭，手指開始在桌面畫出想像的線條和圓圈。我走近一點，看到她是在用手指描摹那些凹洞和刮痕，探索桌子的材質。這是有點孩子氣的緊張反應。她似乎驚覺自己做了不該做的事，將雙手收到桌面下。

我坐到她對面，刻意張開雙手且微微抬高，用肢體語言的暗示鼓勵她開口。

「妳知道自己爲什麼在這裡嗎？」我說。

她嚥了口口水，點頭，說：「我爸死了，我姊殺了他。她說是我幹的，但我向你發誓不是我。我做不出來。她是個說謊又殺人的婊子！」

她的雙手倏地抬高，又啪一聲拍在桌上，來強調「婊子」二字。

「好，我知道這麼說很蠢，但我需要妳保持冷靜。我會盡我所能幫妳的。」

「布考斯基警佐說我應該跟律師們都談談，但跟你聊過之前別下決定。我不知道該怎麼辦……」

她搖頭，眼中充盈著淚水，那眼睛比我原本以爲的要綠得多。她別開目光，吞下哭聲，頸部肌肉從喉嚨鼓出，吸了一大口氣到肺裡。她閉上眼睛，讓眼淚滾到地上，說：「對不起，我不敢相信他已經不在了，我不敢相信她對他做了什麼。」

我點點頭，沒說話，她抬起雙膝抵在胸前，抱住自己的腿，邊哭邊微微前後晃動。

「我很遺憾令尊的事，眞的。說實話，妳處於最糟糕的情境下。警察盯上妳，妳姊姊可能也是。妳們其中一人或兩人都可能面臨謀殺罪名。也許我能幫妳，也許不能。我只需要一件事，我需要知道妳並沒有殺妳父親。」我說。

剛才蘇菲亞一直掛著眼淚聽我說。她用紙巾把臉擦乾，吸了一下鼻水，然後開始讓自己平靜一些，才能好好交談。如果她是裝的，她可眞厲害。我在桌子對面看到的不是演員，而是痛苦不堪的年輕女子。那是眞的，那是實情。不過她的痛苦是源自父親之死，還是恐懼自己的凶手身分可能被揭露，抑或另有原因，還不完全明朗。

「你爲什麼要問我？其他律師都沒問我是不是凶手。難道你不相信我嗎？」

「我對所有客戶都會問同樣問題。如果我相信客戶是清白的，我會用盡全力爲他們辯護。若是他們告訴我他們沒犯罪，我通常能抓出誰在說謊，然後我們就謝謝再聯絡了。要是他們舉手投降，承認自己有罪，我會幫他們在法庭上把來龍去脈講清楚，讓法官理解他們的犯案理由，判斷如何給予適當的寬赦或減刑。我不會替想要脫罪的凶手奮戰，那不是我的路線。」

她用新的眼神打量我，彷彿我卸下僞裝，她現在才看到本尊。

「我喜歡你問我，」她說，「我想要你當我的律師。我沒有殺我爸，是雅莉珊卓幹的。」

我不慌不忙，在她說話時仔細觀察她。她的眼神、口氣、表情都蘊含著眞實。沒有警訊，沒有可能代表謊言的破綻。我相信她。

該上工了。

「告訴我事情經過。」我說。

「當時我在富蘭克林街爸爸的房子。我自己住在不遠的地方，常過去看他。最近愈來愈常去，因爲他愈來愈健忘了。我去了他的房子，一開始還以爲他不在家——」

「先暫停一下，告訴我妳怎麼進去的。」

「我有鑰匙，雅莉珊卓也有。」

「好，抱歉打斷妳。妳剛才說以爲他不在家……」

「我進屋以後，發現他不在休息室。他通常會待在那裡看電視或工作。他不在那裡。我朝樓上呼喊，他沒回應。我猜他可能出門了，所以我在休息室的吧檯調了杯飲料，喝掉之後，才上樓去。」

「妳爲什麼要上樓呢？」

「我聽到一個聲響，所以心想他應該在家，也許沒聽到我進門。我爬上一層樓梯，而他不在二樓。」

「房屋的二樓有什麼？」

「三間臥室和一間健身室。他不在健身室裡，我也沒察看臥室。他沒有理由待在那些臥室裡。然後我又聽到那聲響，從上面那層樓傳來。」

「那是什麼聲音？」我問。

「我不知道，很難形容。聽起來像悶哼，或哀鳴之類的。也許是有人在說話。我不知道，眞的記不清楚了。我記得我上樓去察看他的狀況，他這陣子有記憶喪失的問題，讓他迷迷糊糊的。不知道是因爲年紀大了，還是，唉，失智症前兆。我心想搞不好他跌倒了。我看到他躺在主臥室的床上，房間燈沒開，但我記得感覺很怪。那畫面有什麼地方不對勁。」

「妳的意思是？」

「在黑暗中我並沒辦法看清楚他，但我看得到他的一隻腳擱在床上，而他還穿著鞋。這很異常。我爸總是唸我不要穿著靴子躺沙發。」

「妳有把燈打開嗎？」我說。

「沒有。我只是走到他旁邊，問他身體有沒有不舒服。我以爲他只是小睡一下。他沒回答，那時我才看到他遭受了什麼事。我扶起他的頭，看到他整張臉都……」她沒把話說完，然後說：「那時候我才驚慌失措地打了報案電話。」

「昨晚妳有看到妳姊姊或別人攻擊妳父親嗎？」

「沒有，我沒看見。但我知道是她。她就躲在浴室裡。我看到浴室門底下透出燈光，看到她的影子在裡面移動，準備跳出來把我也殺了。我知道是她。我尖叫著跑出房子。」

「妳怎麼知道是妳姊姊殺了妳父親？」我說。

「因爲我姊姊是我見過最賤的婊子，我知道就是她沒錯。她在全世界面前戴上一副假面具，有錢又成功，全都是謊言。她其實是心理變態。我們的媽媽讓我們成長過程很辛苦，雅莉珊卓被摧殘得比我更嚴重，她只是掩飾得比較好罷了。我告訴警察我看到她在浴室裡，他們也逮捕她了。我坐在警車後座時，看到警察給她上手銬。」

有人敲門。蘇菲亞越過我肩膀張望時，眼中閃現恐懼。我站起來，看到門外有兩位警探。

「蘇菲亞，沒事，妳做得很好。我先去跟他們講一下話。」

蘇菲亞呼吸有點困難，眼睛瞪得很大，我看得出她在回憶發現父親的那一刻。我再度試著安撫她，她點點頭，閉上眼睛。她的指尖又探向桌上的溝紋，開始滑動。我起身打開門，跨進走廊，將門帶上。

第一個警探就是我先前看到的那位與警佐吵架的黃襯衫警探。他和我身高相近、體格類似，不過比我年長十歲左右，有一撮斑白的頭髮。他的搭檔穿著三件式深色西裝，搭配深藍色襯衫和淺藍色領帶，年紀比我輕，兩側的頭髮剃得很短，頭頂一片厚重的頭髮油亮地往後梳。這兩人的組合一點都不搭。

「索姆斯警探。」穿黃襯衫的男人邊說邊用拇指戳自己胸膛，然後他指著較年輕的男人說：「這是泰勒警探。」寒暄就到此爲止了。

泰勒用死寂的空氣填補尷尬，沒有點頭或微笑，就只是瞪著我。這是老派的紐約警察——**律師是你的敵人**。兩人都沒伸出手，兩人看起來都因爲我存在而一肚子火。

「那你呢？」索姆斯說。

「我很開心認識二位。」我說。

「廢話少說，你叫什麼名字，**朋友**？我們準備好給這名嫌疑人錄口供了。」泰勒說。他說話的時候，那片油頭不動如山。不論他用了什麼髮膠，想必是超強效的。他說「朋友」二字的語氣顯示他指的是與字面相反的意思。

「我是艾迪．弗林，我才剛跟客戶見到面而已，如果二位不介意的話，我需要多一點時間。」我盡可能客氣地說。他們其實不配，但我想要大度一點。

「我們要加快進度了，時間不多了。給你五分鐘，然後我們就要進去了。」索姆斯說。

「五分鐘可能不夠耶，我客戶剛失去父親，她現在狀況不太好。」

「醫生說她沒事，可以錄口供。」泰勒說。

他們根本就像雙打摔角隊友。泰勒揮了揮一份標準拘留報告，製作報告的是一個隨傳隨到的醫生，三不五時會替警方診視嫌疑人，並且在一個小方格裡打勾，表示根據他的醫學見解，該嫌疑人適合錄口供，然後他就能領到四百美元酬勞。萬一日後律師聲稱他們可憐的客戶驚嚇到神智不清，或是莫名地喪失心神，以至於胡言亂語，想藉此翻供，警方就有了一些後盾。這是保險，不是診察。

我別開身體背向惡犬泰勒，直接對付握著牽繩的傢伙。「索姆斯，醫生有檢查一下你的屁股嗎？這時髦小子一有機會就把頭塞進你屁股，應該很痛吧。」

「五分鐘。」泰勒說。他從我身邊經過，還刻意撞了一下我的肩膀，然後敲了雅莉珊卓那間偵訊室的門。

我沒有回去找蘇菲亞，而是兩手插進口袋，靠在牆上。

萊威走出來。索姆斯用了同樣的介紹詞，沒有握手。萊威看到我站在索姆斯後頭。

「我說，你們先給蘇菲亞錄口供怎麼樣？我的客戶還沒準備好。」萊威說。

「你的意思是她還沒簽你的委任契約？」索姆斯說。

「不是，她簽了。她懂得分辨什麼是高品質的法律服務。我需要二十分鐘記下她的指示。」

雅莉珊卓那間偵訊室的門仍微微敞開，萊威的同事留在裡面，我能聽到雅莉珊卓在和他說話。她在哭，並反覆對那律師說：「不是我做的，是我妹妹！她完全瘋了！我為什麼在這裡？我跟我爸爸一樣是受害者啊！」

「萊威先生，我想聲明，我們只想取得初步的供詞。你的客戶今晚看到什麼？她做了哪些事？我們並不打算談她父親遺囑的複雜問題。」索姆斯說。

「什麼問題？」萊威問。

索姆斯退後一步，抆起手臂，說：「我們接到法蘭克的律師麥克．莫丁的電話，現在我就只能透露這樣。」

我用背頂著牆壁站直，打開門回到我那間偵訊室。我得問問蘇菲亞知不知道她父親遺囑的事，不過我也很清楚那兩個警察明知道我在聽。他們可能只是在擾亂我們——操弄辯護律師——讓我們盲目地追著自己的尾巴跑。儘管如此，我還是得確定。我不認識麥克．莫丁，從來沒聽過他，這表示他大概不是訴訟律師。既然他是法蘭克的法律代理人，也許法蘭克的遺囑就是他寫的。我無法肯定，但如果莫丁向警方透露消息，代表遺囑裡有什麼玄機。要我猜的話——遺囑就是殺人動機。

我需要跟蘇菲亞談一談。

我把門拉開一半。

硬生生煞住腳步。

「對不起。」蘇菲亞說。

「天啊！找救護人員！」我大叫。

蘇菲亞的嘴巴、脖子和胸口都沾滿血。她把手腕咬破了。她眼珠向後翻，從椅子上癱倒，摔在地上昏迷不醒。

5 凱特

凱特在寒風中拿著鑰匙站在萊威的賓士旁，猶豫了超過三十秒。鑰匙圈上除了汽車遙控器之外，還有住家鑰匙。她考慮用住家鑰匙刮過賓士整個車身的烤漆，看著一條價值一萬美元的金屬漆像緞帶般捲成螺旋狀。

她可以聲稱她來的時候車子就這樣了。

儘管這幻想令人陶醉，她還是將它推到一邊，使用遙控器打開車門，坐進副駕駛座。坐駕駛座的話感覺怪怪的。她傾過去摸索了幾秒，想把鑰匙插進點火開關，後來才發現根本沒有點火開關。這是那種只要把鑰匙靠近車子就能感應發動的車。凱特根本不可能擁有這種車，也開不起任何一種車。她因爲常負責搬運一箱箱檔案往返萊威安裝在後車廂的小文件保險箱，而認得這輛賓士。

那是她不想仔細回想的記憶。每個星期五晚上，她會和萊威一起搭電梯去地下停車場。他會倚在電梯另一側的牆邊，假裝滑手機，凱特則站著，腳邊有一箱檔案。她能感覺他在看她，盯著她的屁股和腿。她彎腰抬起箱子時，幾乎感覺他的目光變得更熱切。

萊威從不拿比手機更重的東西。

這記憶讓她發抖。她觸碰儀表板上的控制面板，鎖上車門，然後調整暖氣選項。幾秒後，她的座位就受到暖空氣吹拂。今晚她需要溫暖。

她低頭望著自己的運動鞋，看到剛才在警局裡從萊威手中接過來的資料夾。她應該要把它收進後車廂的保險箱才對。他剛才是怎麼說的？雅莉珊卓看到這文件可能會不高興？

從萊威停車的位置可以看到警局入口。凱特仔細瞄了一眼，確認上司沒有突然衝出來。他搞不好大半個晚上都會待在裡頭。凱特拿起資料夾，打開來，開始翻看。

史考特整理了法蘭克．阿維利諾和他兩個女兒的資料，大部分都來自網路。阿維利諾第一次勝選時的照片。他站在講台上，一側是第二任妻子海瑟，另一側是年紀比現在小好幾歲的雅莉珊卓。這篇報導中沒有提到蘇菲亞，也沒有她的照片。阿維利諾主打的政見是反貪腐，他要掃盪工會、政治說客以及市政府。

熟悉的故事。凱特知道後續情節如何發展。

阿維利諾第一屆任期上任六個月後，因爲涉嫌收受兩個建築工會以及一個資助賭場的投資基金的暗款而面臨調查。阿維利諾沒花多少時間就把這事壓了下去。

以一個反貪腐的人而言，髒東西彷彿緊跟著法蘭克．阿維利諾不放，就像《史努比》漫畫裡那個小孩一樣。一張張照片拍到法蘭克在餐廳和社交場合，與電影明星、編劇、導演、地產大亨以及吉米．「帽子」．費里尼之類的幫派分子過從甚密。他的翻新計畫似乎總是出現會計問題，例如他在布朗克斯區推行的預算兩百萬美元潔淨計畫，其中三十萬用在哪裡沒人知道。負責紐約市警局第一分局整修工作的是一間與「帽子」吉米有關係的建設公司，因此在動工的過程中，裝在舊牢房上的值錢鐵門神祕消失，也就不值得意外了。

還有另外二十幾篇文章，凱特快速瀏覽，尋找與家人有關的資訊。

然後她找到從一份流行雜誌網路版擷取下來的完整人物介紹。文章詳細描述阿維利諾在布魯克林的寒微出身，以及他在商業界靠著炒房而愈爬愈高，直接爬到連任市長。有幾張照片是在富蘭克林街的大宅拍的。這篇報導的日期是三年前，沒看到第二任妻子海瑟。就只是一連串法蘭克在家裡的照片，除了一張照片之外。

他坐在像書房的房間裡。一張長書桌旁有個吧檯，對面牆上裝著電視。法蘭克坐在書桌後頭，左右各有一個年輕女子。其中一人個子高，金髮，另一人稍矮，黑髮。明與暗的對比。圖說寫道：「**與法蘭克在家中：（由左至右）雅莉珊卓・阿維利諾，法蘭克・阿維利諾，蘇菲亞・阿維利諾**」。凱特注意到兩個女孩都背向法蘭克，也背對彼此。

報導中幾乎沒提到家人。法蘭克只說雅莉珊卓在商業方面大有前途，且已經在曼哈頓房地產界闖出一番名氣。此外他也很看好蘇菲亞的藝術發展。他知道兩個女兒都能夠自立自強——她們很聰慧，且均爲西洋棋神童，雖然現在兩人都不再下棋了。

凱特繼續研讀這家人的資料，卻找不到關於法蘭克第一任妻子、也就是蘇菲亞與雅莉珊卓母親的隻字片語。海瑟是續弦，但她也去世了。沒提到死亡原因和日期。有一件事很明確：海瑟的年紀太輕，不可能是兩個成年女兒的母親。

她闔上檔案，打了個呵欠，然後把資料夾放回地上。暖氣讓她昏昏欲睡。她拿出手機，看了一下推特。好吵雜，好憤怒。那裡有時讓她想吐。她關掉ＡＰＰ，頭靠在溫暖的椅背上，納悶世界是什麼時候變得如此瘋狂。

咚！咚！咚！

凱特驚醒過來，一時間不確定自己身在何處，或現在是什麼狀況。吹著舒服的暖氣，她一定是睡著了，但睡了多久？她看向右邊，看到史考特在用指節敲副駕駛座窗戶。她甩頭讓自己清醒，然後打開門下車。

「妳工作好認眞啊。」史考特說。

凱特張嘴想高明地反擊，但他截斷她。

「輪到妳上場了。西歐鐸要妳進去做筆記。事情有了新進展，我得馬上去確認。跟法蘭克的律師麥克．莫丁有關，還有遺囑什麼的。我跟妳說，我頂多兩三小時就會處理好，晚點再回來接手。」

「不用，不需要。做筆記我還應付得來，你就專心去跑腿吧。」凱特說。

她看得出來，面談到一半被打發去做苦差事讓他火冒三丈。他走到街上，攔了輛計程車，然後就去執行萊威心血來潮想到的另一個點子了。

凱特把檔案收進後車廂，用遙控器鎖好車門，正準備走進警局，就聽到救護車響亮地繞過街角。它在警局外急煞。有個穿黑外套配牛仔褲的男人跑出警局，他手中橫抱著一個年輕女子。那女人身穿連身囚服，黑髮，她的胸前和脖子都沾滿血。那是蘇菲亞．阿維利諾，她從檔案中的照片認出她。男人後頭跟出兩個便衣警探、一個行政警佐和另一個制服警察。

救護車後頭的雙開門打開了，兩名急救人員將輪床卸到柏油路上，然後奔向抱著蘇菲亞的男人。凱特看到蘇菲亞手腕包紮著一大團東西，也注意到她呈現半昏迷狀態。穿黑外套的男人輕輕將蘇菲亞放在輪床上。他彎下腰，手按在她頭頂，用拇指溫柔撫摸她額頭，撥開被汗水和血黏在皮膚上的髮絲。同時他一直在輕聲說話。他的語氣很溫柔，有安撫作用。

「不會有事的，蘇菲亞。我會幫妳。我保證我會盡全力。」他說。

女人似乎微笑了一下，然後閉上眼睛。

其中一名警探走向前，亮出一副手銬。他將一邊手銬啪擦銬在輪床的欄杆上。

「只要那副手銬碰到她，我就要你把手銬吞下去。」穿黑外套的男人說。

「泰勒，別管她了，她狀況不好。我會派一個警官跟著去。」穿警佐制服的男人說。

「別礙事，布考斯基，我跟她去。」拿著手銬的泰勒警探說。

「你不行。」穿黑外套的男人說，「讓布考斯基的人跟著她，他沒在辦這案子，不會趁她躺在救護車後面時問她問題。」

泰勒抿緊嘴唇，取下銬在輪床上的手銬，退到一旁。制服警察握住輪床一端，協助急救人員將她搬上救護車。布考斯基警佐與兩名警探走回警局，邊走邊繼續爭執。

凱特瞪大眼睛旁觀這一幕。

其中一名急救人員對穿黑外套的男人說：「你要跟我們一起來嗎？」

「我到醫院跟你們會合。」他說。

「你可以跟著我們。」急救人員說。

「不用了，沒關係。我朋友要來接我。以她那種飆車法，我還會比你們先到。」

急救人員噗哧一笑，說：「最好是。」

救護車車門關上，警笛響起，車子開走了。凱特聽到有另一輛車快速繞過街角而來。那是輛紅色道奇Charger。凱特一時間以爲車子會煞不住，但它的輪胎唧唧作響，車子扭轉方向，滑進警局外的一個空位。有個留著棕色短髮的女人跨下車，她穿著黑色牛仔褲和棕色緊身皮夾克。她輕巧地移動到穿黑外套的男人面前，兩人擁抱。

「怎麼這麼慢？」穿黑外套的男人說。

「慢你個屌。」女人說。

他們相視而笑，接著兩人都突然感覺到凱特的存在，而停住動作轉頭看她。

凱特把嘴闔上，說：「剛才救護車上的是蘇菲亞．阿維利諾嗎？」

「妳是記者？」男人說。

「不是，我是凱——凱特。凱特．布魯克斯，我是萊威、伯納德與葛洛夫聯合事務所的人。」

剛才目睹的場景讓她很緊張，也有點嚇到了。

男人朝凱特伸出手，說：「嗨，我是艾迪．弗林，這位是哈波。」

凱特盯著艾迪的手，看到上頭的血，不禁遲疑。

艾迪順著她的視線看去，注意到自己掌心的血跡，便擦擦手。

「這種事對你們兩人來說好像司空見慣？」凱特說。

艾迪和哈波心照不宣地互看一眼。那眼神中包含著鮮血與殺人兇手的共同記憶。

兩人都點點頭，並開始走向哈波的車。

「很高興認識妳，凱特。」艾迪回頭說道。

兩人坐上車，哈波駕駛。她轉動輪胎，讓凱特被一團煙包圍，然後車子以不可思議的速度衝出去。

五分鐘後，凱特進到偵訊室，在萊威身旁坐下。萊威對面坐著客戶——雅莉珊卓·阿維利諾。凱特在進入偵訊室之前，先跟萊威低聲交談了幾句，就他們兩人。萊威對警局外頭上演的事件似乎並不訝異，只是叫她別再去想那件事，他需要她保持專注。客戶已經簽了委任契約，此刻對萊威來說，這似乎才是最重要的事。他要凱特在偵訊過程中詳實地做筆記，務必講求準確。警方不小心透露遺囑的事，他已派史考特去查明。

凱特剛才在外面看到與艾迪爭執的兩個警探走進偵訊室。凱特趁他們在準備文件以及架設攝影機來錄下問供過程時，好好打量一番客戶。

她看起來像護膚產品模特兒。一位處境很糟的年輕貌美有錢女人。凱特看得出她哭過了，因爲她眼睛周圍又紅又腫，偶爾雅莉珊卓抬起手放在桌上或是順一下頭髮時，凱特都看到她手指邊緣在顫抖。警方一定剪了她的指甲，因爲她的指甲參差不齊又很利，如此費心打理外表的人是不會讓指甲呈現那種狀態的。像雅莉珊卓這樣的女人，做一次美甲的錢勢必比凱特全身的行頭還要貴。

「在此記錄，我是布瑞特·索姆斯警探，這位是我的搭檔以賽亞·泰勒，我們現在在紐約市警局第一分局，要爲雅莉珊卓·阿維利諾錄口供。在場的還有律師西歐鐸·萊威以及……」

凱特正在筆記本上狂寫，原子筆迅速滑過紙頁。她寫下「萊威以及」然後停住，等著下一個字。

沒人講話。她抬起頭，發現兩名警探還有萊威都盯著她，在等她。

「女士，請妳說出姓名以供記錄。」索姆斯說。

「噢，抱歉，凱特．布魯克斯。」

索姆斯點頭，噘起嘴唇，好像吃到什麼很酸的東西，然後繼續說。

「阿維利諾小姐，在這個階段，我們只想針對妳父親凶殺案相關的一些最新事件，向妳取得初步供詞。妳要告訴我們事發經過嗎？」

「蘇菲亞屠殺了我父親。好了吧，你要我說的就是這個嗎？」她說，下巴抖動，聲音也在震顫。

萊威挺身而出。

「警探，等我們拿到揭露事項，我的客戶自然會呈交完整供詞。你聽到她告訴你是誰殺了她父親，目前就先這樣吧。順便記錄一下：我知道你握有關於死者遺囑的資訊，而你並沒有分享資訊的內容。如果麥克．莫丁向警方作了供述，我要看他說了什麼。在有完整的揭露事項之前，我的客戶不回答問題。」

「萊威先生，既然你的客戶宣稱她妹妹殺了法蘭克．阿維利諾，難道她不想讓她妹妹被起訴嗎？你的言下之意是她是目擊者。」泰勒說。

「我發現他躺在床上。」雅莉珊卓說。萊威用拳頭按住她手臂。他並不想如此直白地叫她閉上嘴，但他必須溫和地提醒她。凱特則有不同的感受。光是看到他將手指擱在女性身上，就讓她感覺皮膚上像有東西在爬。雅莉珊卓將手臂從桌面移開，委婉地擺脫萊威的碰觸。

「繼續說。」泰勒說。

「我走上樓，看到他的臥室門敞開著。他躺在黑暗中。我喊了他，但是……」她搖頭，潸然淚下，喉嚨漲紅。現在凱特想安慰她，想握著她的手，告訴她自己很遺憾她失去至親。

「他沒動。我大聲喊：『爹地、爹地……』他都沒回應。我一開始以為他睡著了。我走過去，看到他身上沾滿黑黑的東西。我摸他，手上濕濕的。等我的眼睛適應黑暗，我才看出那是血。我不知道出了什麼事，只是抱住他，我無法呼吸，然後我尖叫。我一定有尖叫，因爲我聽到自己的叫聲。然後……然後我聽到她上樓來的聲音。她殺了他，她很壞。她一向不太正常。我跑進洗手間──關上門，打九一一。」

「妳說妳妹妹很壞，說她一向不太正常，確切而言是指什麼？」泰勒說。

「雅莉珊卓，夠了。別忘了我們討論過的事。」萊威說。

凱特低頭瞥著紙頁，發現自己沒寫下最後一句提問。現在她用速記法寫下來。她剛才太沉迷於雅莉珊卓的供詞了。這個女人非常痛苦，也很憤怒。當雅莉珊卓提到蘇菲亞時，她便看出來了。她有剛硬的一面──像是用鋼鐵做成的──而她提到妹妹的名字時，那種特質便會閃現。萊威想讓她閉嘴時，同樣的情緒再度閃現。

「也許回答完這最後一個問題就好。」凱特說。

雅莉珊卓快速瞥了凱特一眼，目光轉爲柔和。雅莉珊卓是個位高權重的年輕女人，並不習慣接受男人的命令。她需要不同的應對之道。萊威對凱特擅自發表意見很不滿，從他殺氣騰騰的表情就看得出來。

「我只能這麼說，」雅莉珊卓說，「蘇菲亞自認很聰明，比我聰明。但她錯了。我們不跟對方說話，冷戰很多年了。從媽媽死後就沒交談過。她恨我。她並不恨爸爸，但爲了傷害我，她什麼都做得出來。她很病態。你們懂嗎？她想要贏，她認爲這是我們之間的比賽。你們一定要相信不是我幹的。」

「最後一個問題：妳去妳父親家之前，人在什麼地方？還有妳是幾點抵達他家的？」

「天啊，我想不起幾點了。先前我在公園慢跑，然後我跑去爸爸家。我得去第二大道的一家店幫他買果昔。我不知道買回去之後是幾點。」

凱特剛把所有重點都記下來，然後抬起頭，看到索姆斯和泰勒在竊竊私語。

「萊威先生，我們要以一級謀殺罪起訴你的客戶。她會與她的妹妹同時遭到起訴。根據法蘭克．阿維利諾的律師所言，他名下共有四千九百萬美元的遺產，包括動產、不動產和現金。他在五年前立了一份遺囑，將遺產平分給兩個女兒。在我們正式起訴你的客戶之前，我們還有一個最後的疑問。阿維利諾小姐，妳是什麼時候發現妳父親找他的律師討論修改遺囑的事？」

第二部　開局

6 艾迪

對律師而言，每個案子都像一場賭局。

就刑法案件來說，賭局以逮捕開始，以裁決結束。賭局剛開始的時候，你無法掌控事態的變化，接著你會擬出對策，採取一些行動。到了最後階段，你得一個人站在陪審團面前。檢察官不重要，你得忽略他們。就只有你和那十二個陪審員存在。一旦說完最後一個字，整件事就結束了。裁決結果應該不重要，你已經盡了身爲律師的義務。

問題是裁決結果確實很重要。

裁決結果攸關一切。不管你過程中講得再好都是屁，只有陪審團的決定才算數。那些荷包賺滿滿、開著賓士回到有九間臥室的豪宅與家人相聚的律師，並不在乎裁決結果對被告、對被害者的家人、對社會以及社會上每一分子有什麼意義。他們不在乎。

我身爲律師最大的問題出在我希望有罪之人受到懲罰、無辜之人獲得自由。法律並不是這麼運作的。從來不是，往後也絕不會是。

有時候我可以讓天秤朝某一端傾斜，有時候不行。重點是我得努力試試看。如果哪一天我也不在乎了，那就是我該轉行的日子了。蘇菲亞·阿維利諾需要我幫忙。現在斷言我是否認爲她姊姊殺了人，還言之過早。阿維利諾兩姊妹看起來都不像能傷害別人，更別說是將自己的爸爸撕成碎片的凶手。以目前來說，我雖然接了案子，但我需要確定蘇菲亞說的是實話。在偵訊室裡，我很同情她，我覺得我能跟她建立連結，覺得她對我是開誠布公的。那是我的直覺，而我得知道自己的第一印象是否靠得住。

蘇菲亞在警局咬破自己手腕後，由紐約市警察看守著，在醫院過夜。雖然當下她的手腕看起來很可怕，其實並沒有流太多血，這種傷看起來總是比實際上嚴重。她不需要輸血，不過醫生想確保不會發生低血容性休克。他們給她注射了等張性輸液和抗生素。她的傷口縫好了，各項數值也都穩定了，被判定可以出院。我在醫院不能跟蘇菲亞交談，但我找機會跟醫生聊了一下。醫生姓迪崔奇，是個子很矮的金髮女人。她跟蘇菲亞談過了，就她的判斷，蘇菲亞這次的舉動並不是想自殺，而是緣於失去父親以及遭到逮捕所做出的極端反應。

她以謀殺罪名遭到起訴，於中午時分被帶到法庭參加提審。保釋不成問題。早在一小時前萊威就讓雅莉珊卓獲得保釋了，替我省了不少工夫。檢察官韋斯里．崔爾提出同樣一番反對保釋的理由，但知道法官會給姊妹倆同樣的保釋條件——五十萬美元保釋金。有前例可循，何必另做新決定？法官開出一樣的保釋條件時，崔爾看起來垂頭喪氣。檢察官是個年輕男人，表情很認眞。他身材瘦弱、矮小，打扮得乾淨清爽。他字斟句酌，放慢速度好讓嗓音能有力地傳出去。孜孜矻矻的檢察官絕對是可畏的對手。

蘇菲亞付了保釋金。

她出來了，但她不發一語。在保釋聽證會前的會商時，她就沒對我說任何話，只是點頭。她提出無罪聲明。等聽證會結束，她回到拘留室中，讓人帶她去法院辦公室等待保釋金送達，然後她才能簽字交保。

我在中央街的冬陽下等蘇菲亞，躲在中央刑事法院大樓的陰影中，在莫里熱狗攤吃午餐，熱狗包裝紙上寫著我的名字和號碼，已經有點糊掉了。破爛的星條旗在我身後被微風吹得翻飛。

我好像聽到渡鴉叫聲，回頭便看見蘇菲亞。

蘇菲亞從法院大樓後側的卸貨區走出來，避開外頭的大批媒體。她穿著黑毛衣、黑牛仔褲和廉價的鞋子，這是我幫她買來然後請矯正部門轉交給她的。警方昨晚收走她染血的衣物去進行鑑識了。我問她還好嗎，她點頭，我們默默走向我的車。我載她到她的公寓，一路她都沒說話。我停在公寓外，熄火，靠向椅背。

「蘇菲亞，我們來談個條件吧。我會幫妳辯護，但我需要妳試著振作起來。我不知道審判會怎麼發展，現在還無法判斷。我們得等收到檢方所有的證據後再說，我不希望妳現在就擔心那個。先回家休息吧。再過一兩天，妳就會想到一百萬個問題要問我了，到時候我們再見面吧。現在我找了個朋友來幫忙妳安頓下來，確保妳沒事。她叫哈波。別擔心，她不是律師。她會協助我的案子、照顧證人……之類的。」

哈波坐在公寓外頭的台階上，身旁擱了個牛皮紙袋。她將目光由手機移開，朝我的方向點頭打招呼。

蘇菲亞轉向我，我看到她滿面淚痕。她抹掉眼淚，蒼白的手掠過慘白的皮膚。我想到她姊姊雅莉珊卓：高䠷、小麥膚色、健康。感覺每滴陽光都被雅莉珊卓接收了，而蘇菲亞一輩子都蒼白飢餓地活在姊姊又長又冷的陰影中。

「我昨天晚上並不是想自殺。」她說。

我沒說話。這是好幾個小時以來，她對我說過最長的句子。如果她想談，那我願意聆聽。

「昨晚我也這麼告訴聖文森的醫生。有時候壓力會累積——在我腦子裡，我得用某種方式把它釋放出來。我沒有自殺傾向。」

爲了解釋，她撩起袖子讓我看她兩條手臂。

她的前臂內側布滿細細的疤痕。有的仍是粉紅色，且微微腫起，還在蟹足腫的狀態，其他的則比較舊，比她的膚色還蒼白。印記是橫過手臂的，位置從手肘以下一直蔓延到手腕。兩條手臂都有，幾百道割痕。其中兩三道看起來特別深。她手腕上包紮的紗布遮住了一些傷疤。

「我不是要嚇你。對不起。謝謝你幫我。」她說。

然後她傾向前，越過我望向哈波。

「她是你的女朋友嗎？」蘇菲亞問。

一時間我不知道該說什麼。蘇菲亞像小孩一樣直接（眞有點吃不消），她會直接告訴你她在想什麼。

「啊，不是，我們只是朋友。」我說，突然感覺臉頰漲紅。

我們是朋友，但我不時會驚覺自己凝望著哈波的眼睛，或是刻意讓她的氣味縈繞在鼻腔裡。我們以朋友身分擁抱時，她用雙臂摟住我，我卻有種異樣感受。我的前妻克莉絲汀已在發展新戀情，而從我女兒艾米透露的零碎線索判斷，戀情進展得很順利。克莉絲汀跟凱文在一起很開心，她處於我永遠給不了她的滿足狀態。

我迷失在思緒中，開車門的聲音讓我瞬間回到現實。蘇菲亞關上車門，繞過車頭，哈波站起來跟她打招呼。我下車，試著幫忙介紹，但我動作太慢了。

「這位是——」

「我們已經搞定這一步了，艾迪。」哈波說完又把注意力轉回蘇菲亞身上，「我們會相處愉快的。我這裡有奇多、糖果、冷凍披薩和汽水，午餐不成問題。」

「還好我最近沒在迷健康飲食。」蘇菲亞說。

「噢，那些垃圾食物是我要吃的啦。我幫妳準備了芹菜和無脂鷹嘴豆泥。」哈波忍著笑意說。蘇菲亞一時間不知該作何反應，然後她露出緊張的笑容，漸漸又笑得更愉快了。

蘇菲亞似乎馬上就放鬆了。她原本緊繃聳起的肩膀垂了下來，她的表情變柔和，眼睛稍微睜大，眼神也更明亮。

「妳先把雜貨拿上去，我們等一下去樓上找妳。我得先跟這傢伙講幾句話。」哈波說。

蘇菲亞聽命照辦，哈波和我一同望著她走進公寓。

「她很痛。」哈波說。

「她剛失去父親。」

「我要讓她先靜靜待著幾小時，確保她沒事。既然她會自殘，想必承受著某種情緒創傷。」

「在她出院之前，有個精神科醫師爲她做了完整評估。他們不認爲她會危害自己，我要妳也確保她不傷害自己。別挖得太深，不過試著了解了解她是什麼樣的人。我們需要知道她能否撐過庭審過程。」

「我會盡可能引導她開口。乾脆就趁我們等檢察官搞清楚狀況的時間，搶點進度好了。」

「我同意，不過不急啦。紐約市警局至少還要再一週才會開放犯罪現場。看看妳對她有什麼感想。她說她是清白的，眼前我是相信她的。」

哈波挑起一眉。「我還不會下這種結論。我再跟你說我的想法。」

「對她溫和一點就是了。吃點東西，聊聊天，把她哄睡，然後妳就可以離開了。」

哈波是聯邦調查局最優秀的探員之一。事實上，她有點太聰明了。她與她的搭檔喬·華盛頓離開聯邦調查局後轉入私營部門，現在我需要私家偵探時，她是不二人選。我們一同經歷了許多事，我信任她的判斷。我們一起往公寓裡走，搭電梯去蘇菲亞住的樓層。她那間公寓的門微敞著，哈波敲敲門，然後將門整個推開。

室內是以米白色色調爲主的公寓，坪數遠大於我負擔得起的程度。雜貨紙袋放在廚房檯面上，蘇菲亞站在茶几旁，低頭盯著一面西洋棋盤。

「我不下棋耶。」哈波說。

「其實我也是，已經不下了。聽我說，我不會做蠢事。」

「很好，哈波想跟妳稍微聊一聊，只是了解一些背景資訊。既然我們要替妳辯護，我們便需要知道妳是什麼樣的人，才能把妳的本質呈現在陪審團面前。」我說。

蘇菲亞點頭，說：「我超愛糖果和黑白老電影。」

「加一。」哈波說，一邊輕輕把我趕向門口。

我放在西裝外套口袋裡的手機振動起來，我看了一下來電號碼。是地方檢察官辦公室。

「抱歉，我得接這通電話。我們明天晚上在哈利的派對上見吧，不過晚點就先打給我，告訴我狀況如何。」

哈波說好，她晚點會打給我。

於是我轉向蘇菲亞說：「努力保持穩定，一切都會沒事的。媒體可能會跑來，或打給妳，別跟他們說任何話。」

「我不會的。晚點我可能會出門，我會戴棒球帽、穿帽T，保持低調。謝了，弗林先生。」

「叫我艾迪就好。」我邊說邊走出公寓。我接聽手機。

「弗林先生？」女性嗓音說。

「對，如果這是關於停車罰單的事——」

「您說什麼？呃，不是，跟那無關。」

我知道跟停車罰單無關，但我就是不可能不耍一下檢察官，我忍不住。身爲辯護律師，我花了很多時間追在檢察官屁股後頭，想要討論我的案子。只有遇上重大案件且發生重大問題時，他們才會打給我。

電話另一端的嗓音清了清喉嚨，說：「我是崔爾先生的祕書，他希望約你明天見個面，談談阿維利諾一案。」

「具體而言，是阿維利諾案的哪方面？」

「他有個提案想與你討論。」

7 她

提審後，她付了保釋金。親愛的姊妹也是。

結果這天剩下的時間過得很忙碌。

非常忙碌。

她得無所不用其極地掩蓋自己的行跡，並嫁禍給姊妹。凌晨一點她終於精疲力盡地倒在床上，這才意識到前一天幾乎沒吃什麼東西。

她睡得很不安穩，清晨五點就醒了，做了個花生醬三明治，配牛奶吃掉，然後又去睡回籠覺。她睡著又醒來好幾次。斷續的睡眠並不是源於擔憂或焦慮，在牢房度過餘生的想法並未帶來任何恐懼。

因爲那種事不會發生。

完全不可能。

干擾她睡眠的主要是亢奮。她終於即將獲得自由。自由代表財富，她父親的所有財富。若是她姊妹被定罪，就不能繼承那一份父親的遺產，她可以獨占全部。財富代表自由和權力。她考慮過先殺了姊妹，再殺死爸爸——但是兩起死亡讓她成爲鉅額遺產的唯一受益人，看起來太可疑了。那會使她永遠提心吊膽，不知人生中哪一刻是否會突然爲他們的死亡而面臨審判。還是這種做法比較好，比較乾淨俐落。爸爸死了，姊妹以謀殺罪名進監牢。沒有懸而未決的麻煩，沒有落在她身上的疑慮。

她將會自由。

她上午十點左右起床。淋浴時她用粗糙的浮石磨擦皮膚，這塊石頭上的凸起令她驚奇不已。要是她不留神的話，可能會花上半小時撫摸這石頭，探索表面的每條紋路。

她擦乾身體，束起頭髮。完成昨晚的任務之前，她先去採購了一番。她買了食物和必要物品，包括從事手頭工作需要的工具。大門邊仍擱著從藥局和五金行帶回來的三個購物袋，她太累了，還沒有力氣把東西拿出來整理。

她穿上衣服，吹乾頭髮，這天剩下的時間她就窩在沙發上，邊吃洋芋片邊看了好幾部老電影：《北非諜影》、《國防大機密》，最後是《後窗》。床上已鋪好一套外出服，在等著她。黑色萊卡內搭褲，以及安德瑪牌運動上衣。她換上這套裝束，穿上跑鞋，將頭髮塞進黑色耐吉棒球帽。離開公寓前，她先伸展雙腿、背部、手臂和肩膀。

她在街上邁腿慢跑，讓肌肉變暖，並找到節奏、調整呼吸。媽媽死後，她和姊妹就被送到不同的寄宿學校。兩間學校都在維吉尼亞州，卻相隔一百六十公里。她就是在寄宿學校培養出跑步這項愛好的。媽媽死後一年，她滿十三歲。兩姊妹週末都不會回家。她的體育老師年輕時是越野跑冠軍，結果似乎把癖好傳染給她。她熱愛在星期六早晨到開闊的郊外跑步，看著太陽升上一望無際的麥田，同時感覺肺快要爆開。四周一個人也沒有，只有她的思緒和計畫。好幾年的時間，跑步有助於抑制黑暗念頭，不過現在已是年輕女人的她，不認爲需要再管束那些惡魔了。十四歲時，她認眞考慮要勒死班上另一個女生：梅蘭妮．布魯明頓。光是這名字就讓她作嘔。梅蘭妮留了一頭長髮，紮成複雜到不可思議的雙髮結，皮膚粉嫩又完美，正如同其考試成績——梅蘭妮．布魯明頓的一切全都無可挑剔。

她覺得若是在廁所隔間裡把梅蘭妮勒死，一定很有趣。把她引到隔間，抓住制服領帶，又拉又扭又拽，直到梅蘭妮完美的粉色臉蛋變成紅色，然後變成紫色、藍色，死透透。接著，她就能摸摸梅蘭妮的臉、眼睛、嘴唇。可是這事不能在學校裡進行，會引起恐慌。太多人關注了。不過還是很難抗拒那股吸引力。

有個星期天早晨，她閒步到廣大校地邊緣的小樹林裡。她停下來察看一朵花，它鮮黃色的花瓣看起來有如絲絨，她剛要伸出手，就聽到一個聲響。沙沙的摩擦聲和呦呦叫聲。她小心翼翼地跨過一棵橫倒在地的巨樹樹幹，在前方的空地看到一隻幼鹿。牠被卡在舊椿子與殘餘的鐵絲圍籬中了，那圍籬勢必是以前用來標示界線用的，後來林木長得太茂密又無人修剪，圍籬就被吞沒。這隻幼鹿已經奄奄一息，一隻殺氣騰騰的大渡鴉坐在一段距離外的大石頭上，牠和她一樣能靈敏地嗅到血的氣味。牠在等幼鹿斷氣——由幼鹿的模樣看來，也不用等太久了。牠的三條腿都纏在生鏽的帶刺鐵絲裡，而在掙扎著想脫離的過程中，牠幾乎把自己的前腿整個扯斷。

現在血味很強烈。她走向那動物，靠近時壓低身體慢慢走，輕聲呢喃，幼鹿並沒有驚慌。若非牠希望獲救，就是已經沒力氣反抗了。她從背包拿出一把筆刀，這是她拿零用錢在當地商店買的。刀柄是珍珠材質，小小的刀片很鋒利。幼鹿看到刀片反射出陽光時開始掙扎，但她安撫牠。

殺死幼鹿是一種慈悲，她也知道。

然而，她一邊顫抖著呼吸，一邊用興奮的手指撫摸這動物。牠的毛皮在她手下的觸感，牠的氣味、牠的心跳——紛亂而急促。

幼鹿拖很久才死。

事後，她在小溪裡把手洗乾淨，跑回學校宿舍，知道幼鹿的犧牲救了梅蘭妮．布魯明頓。她的胃口暫時被填飽了，她的欲望獲得饜足。

跑步能控制住那些欲望，使她幾乎感覺像正常人。她以前總覺得自己被詛咒了，覺得那些想法與感覺都是一種疾病。直到她從學校畢業，才意識到自己想要在他人身上施加痛苦且能從中獲得喜悅，並不是一種殘疾或詛咒或病態，而是一種天賦。畢業後六週，她與梅蘭妮．布魯明頓相約在曼哈頓喝咖啡和逛街。幼鹿已是遙遠的回憶，她的胃口又在洶湧成長。梅蘭妮對自己的暑假計畫很興奮，她的暑假已開始一週，她準備背著背包環遊全美國一個月，試著在九月開始讀大學之前「找到」她自己。她與梅蘭妮碰面後隔天，到曼哈頓進行第一次長跑，途經前一天她和梅蘭妮一起喝咖啡的餐館時露出微笑。

現在又過了好幾年，她仍然喜歡在城市裡跑步。這純粹是她許多愛好中的一項而已。在紐約跑步幾乎和在鄉間跑步一樣有趣，城市中是一連串的鋼鐵、玻璃和混凝土山谷，全都是她的遊戲場。

她加快速度，沒過多久便跑到了第二大道。她經過那間果汁吧，先前她會去那家店爲爸爸外帶特製的果昔。快到川普大樓時，她過了馬路，望著大樓外的增援警力與武裝警衛。

她並不喜歡這種程度的政治。她爸爸在許多場合跟川普見過面，對他沒什麼好感，但知道該怎麼利用他。對有權有勢者以及敢爲人所不爲的人，人生只是一場遊戲罷了。這個概念她是從爸爸身上學來的。

再跑遠一點，她來到中央公園。她選擇沿著公園東側鋪設的人行道跑，看了一下錶。

晚上十點二十八分。

她再度加速，彷彿切換到新的排檔。她的腿開始動得愈來愈快，直到全速衝刺。這是必要的，她要確保不錯過目標。這並不是排毒性質的跑步，而純粹是爲了業務與休閒目的。她再次想起自己第一次在曼哈頓跑步的情景，也就是梅蘭妮趁暑假出發尋找自我之前，她與梅蘭妮碰面的隔天。可憐的梅蘭妮在那個夏天並沒有找到她自己。

梅蘭妮的屍體始終未尋獲。

十點四十分，她來到大都會藝術博物館的入口前，放慢了腳步。有些身穿小禮服和燕尾服的男男女女正從主要入口離開。她坐在台階上喘口氣。

過了幾分鐘，她看到他了。

中等身高，旁分的灰髮，燕尾服外穿著喀什米爾羊毛大衣和圍巾。他正與兩位年長女士交談，並伸出兩臂讓她們挽住，護送她們走下台階。他名叫哈爾·柯恩，從十五年前就是她爸爸的政治幕僚、市長競選總幹事、募資主管以及共犯。

他們走到台階底部時，兩位女士向哈爾道謝。她頗爲突然地站起身，快到足以吸引他的目光。

哈爾見到她時，臉上笑容淡去。但他迅速恢復笑容，朝走向斑馬線的兩位女士揮手道別。他在原地站了一會兒，雙手插在大衣口袋裡，思考接下來該怎麼辦，呼出來的氣在夜風中凝結成霧。

他低下頭，若無其事地走向她。

「你今晚還愉快嗎？」她問。

「這是爲一個朋友辦的募款活動，愉快不是重點。」哈爾說。他一手放在她肩上，有種父執輩的意味，說：「妳父親的事我眞的很遺憾，小傢伙。」

他總是這樣叫她：小傢伙。哈爾剛開始協助她爸爸從政時，會來家裡找爸爸談話、與她媽媽見面、認識全家人，好確保沒有什麼見不得人的祕密。他說如果家裡藏著骷髏，他需要知道，這樣他才能將骷髏連同裝著骷髏的壁櫥整個埋在東河河底。

「謝謝。他一向很喜歡你，說你什麼都搞得定。哈爾，我有事要跟你談。」她說。

「唉，我很遺憾妳父親遇到的事，法蘭克不該這麼慘的，可是——」

「我就是要談這件事，我沒時間等了，非得馬上談不可。哈爾，我要你知道，我沒有殺我爸。」

他嘆氣，點點頭，指向停在馬路對面的一輛流線形寶馬。他們默不作聲地走向那輛車。她坐進副駕駛座，他開車。

「我載妳回家，妳想談什麼儘管說吧。」他說。

她不發一語。

「妳不是想談嗎？我們來談啊。」他說。

她傾向駕駛座，一手放上他的大腿。他變得緊繃，她悄聲說：「我知道你會錄下這車上的所有對話，我爸跟我說過了。我們到我的公寓裡再談。」

她抽身回到自己那一側，雙手放在腿上。哈爾只是點點頭，說：「好。」

她喜歡哈爾繃緊神經的感覺，那讓她自覺強大。剛才她湊向前對著他耳邊說悄悄話時，刻意把手按在他大腿頂端。這動作太過親密，不過她知道哈爾被年輕女人的手碰觸，肯定有股快感。

他們默默開車，直到他開到她那棟公寓外，把車停在對街。這棟公寓與曼哈頓這一側的許多建築類似：優雅、氣派，卻已有了歲月的滄桑。大廳裡的監視器從幾週前就故障了。城市這一區犯罪率很低，所以那不被當成什麼需要優先處理的事。唯一重要的就是老電梯還跑得動。

電梯門開了，她帶著他到她公寓，那是這層樓坪數最大的一間，位於走廊盡頭左側最後一道門。入內之後，小小的門廳引領他們來到餐桌以及開放式廚房。

「小心別被我買的東西絆倒了。」她說，指著擱在門邊一疊尚未拆封的包裝盒。哈爾繞過它們，跟著她走。她把鑰匙丟在桌上，脫下棒球帽扔向房間另一側的沙發，並走進廚房。她從冰箱拿出開水倒了一杯，說：「你要喝什麼嗎？」

哈爾搖頭，倚在一張餐椅的椅背上。

「好了，來談吧。」他說。

「好，你要坐下嗎？」她說。

「恕我直言，我還趕著去別的地方。而且老實說，我不太自在。我知道妳在保釋中，我知道妳可能與妳的姊妹一同受審，而我或許會以證人身分被傳喚出庭。」

「警方認爲爸爸打算修改遺囑，眞有這件事嗎？」

他吸了口氣，憋住，俯身壓向椅背。他搖頭。接著他一推椅背站直身體，將回答釋入空氣裡，彷彿那是他在水底下緊緊憋住的一大口氣。它從他口中迸發而出，戳破對話表面的平靜。

「我聽到的說法也是這樣。」他說。

「是誰告訴你的？」

「警方告訴我的，他們想知道妳父親有沒有跟我談過修改遺囑的事。我說沒有。妳也知道，妳父親到了臨走前那段日子已經和以前判若兩人了，他很健忘，我不知道是因爲年紀大了還是什麼原因。我們大部分時候還是會在吉米的餐廳一起吃早餐，除此之外，我們不常聯絡。他並沒有提到遺囑的事。我一聽說法蘭克遇害，還有遺囑的事，就馬上打給麥克·莫丁。」

她把剩下的水喝乾，空杯子放在檯面上，全神貫注地看著哈爾·柯恩。他的指關節像黏在手背上的一球球白色脂肪，因爲他死命地握著椅背。他看起來充滿戒備，深怕說出什麼之後會反咬他一口的話來。

「莫丁怎麼說？」

「他說妳父親跟他約好星期一要討論他的遺囑，結果他在週末以前就去世了。聽著，我就只知道這些——」

「莫丁有沒有說我爸爲什麼想修改遺囑？你應該記得，他最後的日子有點疑神疑鬼的。」

「這不用妳說我也知道，甜心。妳父親覺得每個人都故意要整他。他能記住一九五三年以來職棒世界大賽每一屆的冠軍是誰，卻想不起自己在吉米的餐廳都點什麼早餐。莫丁沒告訴我妳父親想修改遺囑，那或許與妳或妳姊妹都無關。」

「莫丁有和你保持聯絡嗎？」

「從妳父親遇害當晚我打給他之後，就沒再聯絡過。我是遺囑執行人之一，所以我需要知道遺囑裡寫了什麼、還有沒有效力。即使妳姊妹列名遺囑受益人，假如她謀殺妳們父親的罪名成立，法律也規定她不能因犯罪而受益。對妳來說也一樣。我今天打給莫丁，但他的祕書說他出國度假了。照理說我必須幫忙監管妳父親的遺產，但我卻像隻無頭蒼蠅。莫丁半點忙都沒幫上。」

「他什麼時候度假回來？」她問。

「祕書也不知道，說她其實沒有能耐盯住高級合夥人的動態。莫丁什麼都不在乎——這些企業律師都是這副死樣子。他大概正在某座沙灘上喝雞尾酒，妳父親卻躺在冰冷的板子上，他的……」

他想起自己在跟誰對話，生硬地噤住了。

「沒關係，哈爾。你覺得我爸去世前有在跟什麼新的對象合作嗎？他到最後感覺很疏離。他沒在亂罵國稅局或有的沒的人在整他時，看起來——很苦惱。」

「嗯，兩三個月前他確實問我有沒有認識什麼厲害的私家偵探。我不知道他想幹嘛，不意外，這件事他也不告訴我。」

哈爾點頭。

「我知道你跟我爸合作時賺了一些錢，你對他很忠心。」

「我要你也對我忠心。等這件事結束，我會繼承我爸的所有遺產。」

「妳似乎很有把握。」哈爾說。

「我是清白的。我要你幫我，我會回報你的忠心。」

金錢的承諾使得空氣裡多出一股電波。哈爾爲她爸爸做過許多骯髒事，他賄賂了市議員、工會主管、記者，她猜想那些金錢無法打動的對象，則遭受了不同形式的遊說。政治是很齷齪的遊戲，而她爸爸不但能勝利，還能保持乾淨。把手弄髒的人只有哈爾而已。

「我可以拿出忠心，小傢伙，但那種忠心可不便宜。」

「你幫爸爸辦事能賺到的錢，一年大概不超過一百萬美元吧？我可以開更高的價。三百萬美元——供身爲遺產執行人的你支出，等我獲判無罪、我姊妹以謀殺罪被定罪，就可以付給你。」

「而我具體來說得做什麼呢？」

「忠於我爸爸的遺願。既然他打算修改遺囑，勢必有某件事促使他做出這決定。我要你查出是什麼事。」

他足足思考了三秒，才說：「我會盡力而爲。警方還不會讓我進到房子裡，那裡仍是犯罪現場，不過我會打聽一下，查查妳父親都跟誰談過話。我也會找出莫丁。」

「謝謝你。」

「不客氣。好了，我眞的得走了。我可以借用一下洗手間嗎？」

她繞過廚房中島，挽住哈爾的手肘，輕輕將他帶往大門。

「太尷尬了，這棟大樓很老了，眞的很老，馬桶堵住了，我等到天荒地老，水電工就是不趕快來。公寓管理員很混蛋。」

「要我幫妳找水電工嗎？」

「沒關係，我已經找了人，他明天一早就會來。我可以的。」

走到大門口，她擁抱他。

「如果你聯絡上麥克．莫丁，應該會告訴我他說了什麼吧？」她邊說邊抬頭凝望哈爾的雙眼。

他點點頭，說：「我明天會努力掌握莫丁的行蹤。」

她向他道謝，關上門，而他則沿著走廊前往電梯。她的門有五道個別獨立的鎖，她不疾不徐，確保每一道都上好鎖。鎖完門，她背靠著牆，聽電梯門隆隆地關上，接著是電梯垂降到一樓時平衡錘移動發出的砰砰聲。

她的目光落在大門邊那些包裝盒。她動手檢視整理，掂著個別的重量。她找到最重的一盒，那盒子尺寸跟大披薩盒差不多，不過比披薩盒厚一倍。她拿起這盒子走到廚房，將盒子放在檯面上，從抽屜取出剪刀，開始剪開包裝膠帶。打開盒蓋，裡面是一個較小的素面盒子。她用指甲打開這盒子，朝裡看一眼，然後把盒子放回檯面。

她回頭望，確認百葉簾有拉好，接著便在廚房裡脫個精光。她將衣物整齊摺好，跑鞋放在衣物上，然後拿起盒子。

她打開浴室門，坐在馬桶上。白色瓷磚地板很快就讓她的腳底變得冰涼。她一邊排空膀胱，一邊取出盒中物品端詳。它是銀色的，閃亮反光，聞起來有油味。她擦拭下體，站起來，沖馬桶，找到這裝置上垂掛的電線末端。她將插頭插進洗手台上方的插座，用腳關上浴室門。

她轉朝浴缸，拉開浴缸周圍的浴簾。

浴缸中裝滿一袋袋冰塊。

在冰袋的環繞之下，麥克・莫丁失去生命的臉龐仰望著天花板。他仍帶著當時驚訝的表情。把他弄來她的公寓可眞不容易。她沒有時間慢慢等，所以昨晚就將他引來這裡。她告訴他她爸爸去世前一晚立了另外一份遺囑，它是用手寫的，有人見證，能夠推翻她爸爸幾年前在麥克的辦公室所立的舊遺囑。她說她擔心要是姊妹知道有這份新遺囑存在，會想殺了她——說她姊妹就是認爲法蘭克還沒有改立將她自己排除在受益人之列的新遺囑，才先下手爲強地殺了他。她除了麥克外誰都信不過，他必須立刻和她見面，她在他辦公室外面等他。他去街上找她，然後兩人一起到她公寓，因她說她把遺囑藏在家裡。

一旦麥克走進她公寓大門，他就等於自絕生路了。她用電擊槍制伏他，把他弄進浴室，綑住他的手腳。一小時後，麥克死了，她的片魚刀也幾乎磨鈍了。她很滿意她爸爸並沒有告訴麥克，他打算將她從遺囑中剔除的想法，她爸爸只有約了見面時間而已，就這樣。從很多年前開始，她就以爸爸和姊妹爲對手，進行一場心理棋局。法蘭克察覺了，她對此頗爲肯定，或至少他也心存某種無法輕易破除的懷疑，因此，爹地非死不可。她得確保在她找到機會除掉他之前，他還沒告訴任何人。到目前爲止，她有相當的把握他把疑慮帶進墳墓了。有鑑於她用刀子在莫丁身上下的功夫，她確信他說的是實話。

麥克並沒有提到私家偵探。她已經知道他們的存在，不過他們沒向法蘭克提供任何有價值的資訊——拜她之賜。

現在她俯在浴缸上方，開始取出她用來給麥克的屍體保冷的冰袋，那些冰塊已經有些融化了。她把冰袋丟進洗手台。麥克的皮膚好冰，但她仍用手指撫摸他，享受那種觸感。她摸他的舌頭，還有眼睛。她意識到自己分心了，便彎下腰拿起那部全新的裝置。她停住，猶豫，嘖了一聲。她忘了一件事。

「Alexa！播放艾維斯．卡斯提洛的〈她〉。」她發出指令。

「正在播放艾維斯．卡斯提洛的〈她〉。」她的智慧型音響用嘶嘶作響的嗓音說，接著整間公寓立刻盈滿她的愛歌曲調。今晚她想聽卡斯提洛版本。

音樂會蓋過她製造的噪音。她按下新買的外科骨鋸電源鍵，一邊幹活一邊跟著旋律哼唱。

8 艾迪

哈波下午五點左右離開蘇菲亞的公寓後，馬上就打給我了。她沒從蘇菲亞那裡得到多少資訊，而蘇菲亞也累了。我們約好隔天等我先跟檢察官見過面後，再一起吃早餐。

我當律師以來，從沒有哪次覺得認罪協商是好選項。即使檢方提供你客戶很優渥的條件，藉由縮短刑期為市政府省下審判的花費，我仍然會因此感到一抹揮不去的憾恨。若走認罪協商，就等於是由檢察官為客戶判刑，而不是法官。當然，你有一點討價還價的空間，不過通常在那種狀況下，你的力量很有限。哈利．福特當上法官之前曾告訴我，會讓你和客戶產生嫌隙的正是認罪協商這東西。沒錯，他們一開始喜歡這交易：用認罪協商換一年刑期，還是冒著被定罪且獲判十五年的風險上法庭？即使對那些腦袋不太靈光的客戶來說，這也是用膝蓋想就知道的問題。然而你會訝異地發現，在新新懲教所雙人囚室接受矯正署殷勤招待六個月後，遙望剩下的六個月，竟有這麼多客戶開始埋怨律師逼他們接受認罪協商——畢竟他們根本是清白的啊！不幸的是，很多人說的是實話。美國每座城市每天都有無辜的人接受認罪協商，因為檢方拿著交換條件利誘，只要接受，他們犧牲一小段人生，然後就能繼續過日子。接受協商坐一年牢，或是冒險被判二十五年到無期徒刑？不難理解大家為何會選協商。

儘管我總是對認罪協商倒胃口，我對於造訪這暱稱爲「霍根路」的地方更爲反感。地方檢察官辦公室感覺像敵軍領土，一向如此，以後也不會改變。

電梯門打開，外頭就是地方檢察官辦公室的接待區，櫃檯後坐著赫伯．戈德曼。有時候我不禁覺得他也是一件家具，不只是因爲他這個職位已經做了幾百年。要是把他的皮膚繃緊當作沙發皮，你會誤以爲那是上好的義大利皮革。不過別看他年紀大，幾乎沒什麼事能逃過赫伯的法眼。他對辦公室八卦瞭若指掌，而且他比上帝還老，很可能也比上帝更睿智。我走向赫伯俗豔的紫領帶與燦爛笑容。他靠向椅背，扠起雙臂。

「艾迪，你怎麼還沒被吊銷執照啊？」赫伯說。

「他們還沒逮到我的小辮子啊。我以爲你掛了耶。」

「我？不會啦，只有好傢伙才不長命。」

「既然如此，你的領帶會活得比你久喔。那上頭是什麼圖案啊？烏龜嗎？」我邊說邊湊向前仔細看赫伯的領帶，然後迅速判定我可不想離它太近，趕緊退後一步。

「這領帶是我老婆送的。」

「你應該跟她離婚。」

「你有認識什麼不錯的律師可以介紹一下嗎？」他說，手掌遮在眼睛上方掃視辦公室，像是牛仔在眺望荒涼的草原。

「你應該去住佛羅里達那種安養中心，騷擾跟你同一個年齡層的人。」

「不要誘惑我，我超想退休，但我不能。地方檢察官辦公室每隔一陣子就揚言要送我紀念退休的黃金時鐘，而我都回答他們同一句話——我不能退休。那是判我死刑啊！要是我整天待在家裡，我老婆肯定會殺了我。把我掃地出門的地方檢察官等於是謀殺從犯。」

「如果你老婆殺了你，地方檢察官會送她鮮花和感謝卡。」

赫伯的笑聲從腹部某處起始，隆隆地往上通過斷斷作響的氣管，最後衝出他的嘴唇，化作尖銳刺耳的咻咻聲。就像卡通裡的笑笑狗（Mutley）一樣。

「我這裡的紀錄說你要見崔爾，跟這群人一起。」他說，用筆指著房間另一側。

我進來時沒注意，不過我左側的沙發上坐著萊威，旁邊還有我在警局外遇到的那個年輕律師——凱特。另一張椅子上坐著另一個年輕人，那男人眼神熱切，年齡肯定不到二十五歲，是幾天前我見過和萊威一起進入雅莉珊卓偵訊室的律師。

萊威團隊在場，表示即將出現大麻煩。

我走近時，他們都站起身。

「艾迪，很高興又見面了。」萊威說，語氣完全稱不上誠懇，而且他也不在乎。「這位是我的同事史考特・蕭姆斯里。」

他指著他左邊穿著合身西裝的金髮小夥子。我在逮捕當晚於警局見過他，但沒機會仔細觀察他。他看起來還沒成熟到長出鬍子，卻充滿自信地秀出堪比電影明星的笑容，從法式反褶的絲質襯衫袖口中伸出手。

「幸會。」史考特說，他像某些男人一樣使勁跟我握手。我始終覺得那種用力握手的男人是想要彌補什麼，事實上，真正能夠不假思索捏碎你手骨的人，才不需要趁著打招呼時證明自己的力量。

萊威右邊的女人，也就是凱特，低下頭，將鞋尖豎直，以鞋跟爲軸心旋轉鞋尖。她身穿灰色套裝裙，搭配白上衣與黑外套。她雙手交握擱在身前，我只能看到她頭頂。她抬頭看我。

接下來是一段尷尬的停頓，並不久，大概四五秒，但足以讓萊威裝作忘了她。他把凱特旋轉鞋尖的動作看在眼裡，他只是想確保凱特和我都很清楚，在他心目中員工的尊卑順序是如何。

「噢，抱歉，這位是——」他說，並沒有轉頭看她，只是朝她的方向伸出手，強調這介紹有多麼順便。

「凱特．布魯克斯。」我大聲說，向前越過萊威和史考特，「我們在警局見過面了。妳好嗎？」

「很好，謝謝，弗林先生。」

「叫我艾迪就好。」我說。

萊威咬住嘴唇。我一眼就看出誰想玩辦公室權力的垃圾遊戲。

「你的客戶還好嗎？」她問。

「好多了。她已經出院了，也出獄了。就我所知，你們的客戶也是。」

「對——」

「沒錯。」萊威邊說邊站到我們之間，打斷凱特的話。他把褲頭往上提，一邊拉起來蓋過肚子一邊左右調整，好像要對準螺絲孔位置好把它鎖緊似的。

「所以你打算怎麼應付崔爾？我建議我們讓他唱獨角戲，然後把所有資料帶回去仔細研究，千萬不要當場決定任何事。我們唯一確定的就是要分開審判。我們一定要個別上法庭——我們的客戶互相指控，我們別無選擇。」萊威說。

我點頭，不發一語。越過他的肩膀，我看到凱特退後一步，又低下頭，史考特則蹭到萊威身旁，點頭附和他說的每句話，好像他的上司字字眞理。兩秒前我還在跟凱特交談，現在這些男的算是從她身上踩過去，直接霸占了空間與對話。

我好奇萊威的老二究竟有多小，才會從貶低女員工裡得到這麼大的快感。

我的結論是：他媽的奈米小。

這時赫伯在櫃檯處大吼：「崔爾先生要在會議室跟你們所有人會面了，進去吧，他在等。很高興見到你，艾迪。」

「我也是，赫伯。」我說。

萊威轉朝接待區沙發後方的雙扇門，一手在肩後向前揮了揮，好像在吆喝部隊跟上。史考特小跑步趕到他身旁，凱特跟在後頭，手裡抓著一本筆記本。她抬起手從髮髻裡抽出一枝原子筆。萊威拉開會議室的門，示意史考特先進去，但連看都沒看他一眼。凱特經過他時，我看到萊威的目光垂到她的小腿位置。他由後方盯著凱特，肥厚的嘴唇令人反感地噘起，顯示他對自己看到的東西很滿意。

他鬆手放開門，正準備進入會議室，我一個箭步竄上前，抓住關到一半的門，並且撞上他。他踉蹌倒退好幾步，揮舞短短的手臂保持平衡。他僥倖扶到一張椅子，馬上怒瞪我一眼。他是惱羞成怒。我看到凱特掩著嘴努力憋笑。

「抱歉啊，西歐，我以爲你抵著門哪，是我的錯。」我說。

他氣呼呼地轉開身，拉開一張椅子坐下。

這張橢圓形的會議桌可以坐十個人，兩側各四人，兩端各一人。房間後側的門打開，韋斯里．崔爾走進來。他的步伐緩慢而有自信，薄唇，髮線正在後移。韋斯里一定二十出頭時就開始顯現遺傳性雄性禿的徵兆了。現在他頭頂僅剩的髮絲，雖然看起來稀疏到近似透明，卻仍經過精心梳理。他穿著與蘇菲亞提審日上午不同套西裝，這套是淺藍色的，搭配顏色相近的襯衫和深藍色領帶。

「請坐下，各位男士，以及女士。」崔爾說，不忘向凱特客氣地點頭致意。

崔爾拉出主位的椅子。我繞過桌子，選了萊威團隊對面的座位。崔爾坐下前先解開西裝釦子，撫順領帶，再優雅地將臀部放進椅子，簡直像個芭蕾舞者。他從西裝口袋拿出一枝自來水筆，扭開筆蓋，開始在筆記本上流暢地寫字，仔細記筆記，他寫下會議出席者都有誰，將手臂掃到面前，參考他的星辰錶記下時間，然後他放下筆，仔細調整袖口，再文雅地將十指交錯。他的某些動作儘管優美，卻有種爬蟲類的感覺。像是一條蛇蜷起身體，準備攻擊。

「我會簡短說明，而且只說一遍，所以你們最好記個筆記。」崔爾說。

凱特、史考特和萊威都已經備好筆，懸在筆記本上方，他們的筆記本內頁頂端用金字印著事務所名稱。

我扠起手臂，嘖了一口氣，等待。崔爾的頭沒有動，只有眼珠向左移，鎖定我。其他人都低著頭準備寫字，我則持續跟崔爾互望。在我的劇本裡，我能用來讓檢察官不安的任何做法都必須試試看。似乎沒有見效。崔爾直直回望我，彷彿他拿著好幾張A，而他知道我只有一對八。

「庭審會訂在一月，我們已掌握大部分證據，動機也有了。你們已收到基本的證據開示，我希望很快就能有完整版。我現在就只等完整鑑識報告以及死者律師莫丁先生的證詞了，我手邊已有初步鑑識結果。之後你們會拿到完整報告，不過簡單來說，我手上的鑑識證據能將你們雙方的客戶都與謀殺案連結起來。而且也只有你們的客戶。」

「什麼叫『只有』我們的客戶？」凱特問。

她一說話，萊威就嘖了一聲，凱特馬上低頭望著筆記本，用力呑了一口口水。萊威不喜歡員工在與檢察官開會時主動開口。我認爲這問題很合理，我腦中也馬上蹦出這個疑問，凱特的直覺很敏銳，我喜歡她，但對萊威而言，她問的是否是好問題一點都不重要，重點是她竟然有這狗膽張嘴說話。

「嗯，布魯克斯小姐，我要請各位等會議結束前再集中提問，不過既然妳問了，我且先回答這一題。」崔爾說，眼睛沒看著凱特。他反而看著萊威，像是尊重他較爲資深。「你們雙方的客戶都在犯罪現場的房屋內被捕，屋內沒有其他人。法醫推測死亡時間差不多就是那兩通報案電話撥入的時刻。我們並不打算再尋找別的嫌疑人——鑑識結果不但將你們的客戶與犯罪現場連結，也與謀殺案連結。」

凱特寫下回答，然後肩膀低垂到桌面高度，彷彿想盡可能縮小自己。她用嘴形對萊威說「對不起」，後者翻了一下白眼，用食指抵住嘴唇。要是我替萊威工作，肯定老早就一拳捅爆那兩片肥唇，我才不管這是不是白白浪費時間和力氣。

我思考剛才得到的新資訊，以及它與蘇菲亞的說詞是否符合。法蘭克的房子基本上就是豪宅，在三層挑高的樓層間，分布著很多個房間。蘇菲亞和雅莉珊卓完全可能同時身在房子裡，卻沒察覺對方也在。

「你們的客戶其中之一，或者兩人合力，謀殺了被害者。有鑑於此，考慮到鑑識證據與檢方的證人，這將是一場合併審判。所有證據都有重疊的狀況。」崔爾說。

在這樣的案件中進行合併審判，對檢察官而言簡直就像做春夢一樣爽。看著兩名被告互相指控，陪審團很可能誰也不相信，最後兩人都被定罪。就算其中一人創造奇蹟，設法說服陪審團自己是無辜的，另一名被告也會攬下罪名。這能保證檢方無論如何都不會空手而歸。

萊威率先開炮。

「天塌下來你都別想進行合併審判。根據刑事法典和判例法，當其中一名被告會牽連到另外一名被告時，我們就該分開審判。弗林先生不是一定得傳他的客戶作證，而假如他選擇不傳客戶作證，就等於侵犯了我客戶可以面對指控者的憲法權利。這不公平。我拒絕進行合併審判——門都沒有。聽清楚了嗎？」萊威說。

就算這波炮火對崔爾造成什麼衝擊，他也沒有表現出來。

他又拉了拉襯衫袖口，確保它們有從西裝袖口露出來，然後才拿起筆記下萊威的反對意見。

「事實是我們將必須針對你們的客戶進行幾乎一模一樣的兩件起訴案，這爲市政府帶來不必要的財務壓力。我們就是要走合併審判。我目前正強力推動這個結果。」

「你在向什麼人施壓？」我說。

萊威倒不介意我問問題，甚至還點頭附和。我們等著聽答案，但他並沒有回答。

「弗林先生、萊威先生，如果你們有誰想要分開審判，就得向法院提出正式聲請，而我們會對抗該項聲請。這部分我言盡於此。如果你們不介意的話，我想切入本次會議的重點了。」

他望了望桌子兩側。萊威團隊默不作聲，我傾向前準備聽他說。

「謝謝。地方檢察官辦公室了解，你們的客戶互相指控對方犯下謀殺案。我們認爲採取合併審判的方式最終將『至少』有一人被定罪。陪審團有權將兩名被告都定罪，不需要我說你們也知道，最可能出現的結果就是兩人都被定罪。我現在要提出限時協商條件。十二年刑期交換完整自白，外加一份指證另一名被告的證詞。如果姊妹其中一人認罪，在表現良好的情況下，她只要六年甚至四年就能出獄，而另一人則會在牢裡蹲到死。這是限時協商條件，只提供給其中一名被告。交易只開放四十八小時，從現在開始算。」

普通市民爲了自己沒犯的罪接受認罪協商，很難理解嗎？崔爾收得很漂亮。在合併審判中，很可能兩個女人都會被定罪。其中一人勝訴的機率渺茫，因爲兩人勢必都會控訴對方是騙子和凶手。大部分合併審判中的陪審團不相信任一名被告，而判定兩人都有罪。在這種情況下，接受認罪協商是有道理的——坐四年牢，而不是坐一輩子牢。

萊威和我都沒說話。我看著崔爾摁下手錶兩側，過了一秒才意識到他還眞的在設定計時器。眞是夠了。萊威和我都有律師義務要讓客戶知道這協商的存在，讓她們做決定。我不想讓蘇菲亞承受那種壓力，至少別這麼早就承受，但是看起來我別無選擇。

「如果兩名被告都不認罪、不自白、不協助起訴另一名被告，我們就上法庭。不會再有別的提案，這次的提案也不會延長，就是四十八小時。要是沒人認罪，我們就進行合併審判，然後我預期你們雙方的客戶都要接受測謊。」

「什麼？」萊威說。

「你聽見了。」

「在本州，測謊結果並不是可採信的證據。」我說。

「老式的測謊法確實不被採信，但科技日新月異，現在已有十八州將測謊列爲可採信證據了。我們頗有把握能在紐約州證明我們的測謊師夠專業。現況是，測謊被視爲執法單位的重要調查工具。這件案子中有太多部分取決於你們客戶的誠信問題，陪審團會相信誰？其中一人？或是兩人都不信？我們會向法庭告知我們曾提出測謊要求，如果要求遭拒，我們也會善加利用這一點。法官可以在對陪審團做出總結時提起這件事。」

我低估了崔爾。這招聰明得要命，就像是下西洋棋。如果姊妹倆其中一人拒絕測謊，她看起來就嫌疑重大。如果兩人都拒絕，看起來會像是兩人共謀殺人。要是一人通過測謊，一人沒通過，崔爾就能利用結果將沒通過的女孩定罪。

我將手放進外套內側口袋，同時看著萊威的臉色變紫。他的模樣跟我的心情差不多，只不過我沒表現出來。我把手上的牌守得密不透風。謀殺案審判需要用上極致的撲克臉。萊威提高嗓門對崔爾劈里啪啦說話，嘴巴噴射出唾沫，在桌上堆成小小的白雲。我將兩隻手肘擱在膝蓋上，在桌面下，也就是崔爾與雅莉珊卓律師團看不到的位置，翻開萊威的皮夾檢視。先前我撞上他時將他的皮夾扒走。我原本眞的沒打算那麼用力撞他的，但我探入口袋的時候不夠靈巧，要是沒把他撞到失去平衡，他就會感覺到我的小動作了。結果他完全沒察覺異狀。其實我的目標是他的手機，但我的手指靠近時感覺到手機開始振動。我絕不可能摸走正在振動的手機還不被他發現，只好退而求其次，改摸走皮夾。

我在棕色皮革材質的皮夾裡，找到四張百元鈔、兩張二十元鈔以及一張五元鈔；五花八門的信用卡和簽帳卡；某家健身房的會員證、不同店家的貴賓卡，以及一張寫著「處理權供應站」（Discretion Supplies）的名片。以名片來說，它看起來十分高級且具設計感。大寫的D和S字級很大，用的是彎彎曲曲的花俏字型。名片本身是塑膠材質，摸起來有浮雕紋路。名片上並沒有電話號碼或網址，只在背面有一個供智慧型手機掃描的條碼。我將名片收進口袋，然後闔上皮夾丟到一公尺外的地上，在桌子底下。

我抬起頭，萊威仍火力全開，一根手指對準崔爾，後者沉著而淡然地望著他。

「萊威先生——」崔爾說。

「我還沒說完，我還有很多話要說，我會讓市長知道這種濫用——」

「萊威先生，你說完了。這場會議結束了……」崔爾邊說邊將椅子往後推。

「等一下，萊威，你先停止鬼叫一秒。」我說。

萊威的表情太逗趣了，足以使崔爾留在座位上。我看到萊威的馬屁精史考特皺起眉頭，隱隱以我爲目標擺個臭臉。凱特咬住嘴唇，壓抑著滿足的笑容。

趁著萊威還張著嘴在抓蒼蠅，我直接丟出我來這裡的主要原因。

「如果你不多分享一些檢方的證據，不管你提出什麼條件，在法庭上都沒有作用。被告有權了解自己受到控訴的案件。讓我們瞧瞧你有什麼，這樣我們的客戶才能做出明智的抉擇。」

「我同意。」崔爾簡單地說，然後站起身。他離開房間，但只離開幾秒。他打開門時，門外走廊上聚集了六個助理檢察官。他們一定聽到萊威在大吼大叫，便跑來偷聽。崔爾走出去時他們一哄而散，只有其中一人交給崔爾兩個厚厚的牛皮信封袋。他向那個助理道謝，然後走回敞開的門內，一個信封袋給我，一個給萊威。沒再說任何話便出去了。

我離開桌子，說：「有人的皮夾掉在會議桌下了，最好趕快撿起來，這棟大樓裡可沒有半個正直的人會把它拿去失物招領。我們大家回頭見啦。西歐，我會打給你。給你個建議：如果你想要什麼，就直接提出要求，那比你用小拳頭搥桌子要簡單多了。」

他想說什麼，但我已經走出房間了。我希望西歐處於戰鬥模式中。只要律師血脈賁張，就無法思考，只顧著發飆。而我需要時間思考。西歐看起來不像庭審律師，我覺得他更像個遊說者。他會把協商條件往客戶面前一放，跟她說很划算。

我想看看蘇菲亞對這交易的反應如何。我需要確定蘇菲亞與她父親之死無關。我內心深處感覺她是無辜的，但某些案子裡總會有小小的懷疑火苗在燃燒。我希望她吹熄那抹燭焰。

這樁審判可想而知會是噩夢一場。不過崔爾也遇上一些麻煩——他的一個證人行蹤不明，他沒能找到法蘭克的律師麥克．莫丁。當他說他沒有那份證詞時，我在他的語氣裡察覺一絲挫折。不論莫丁是誰，都不想蹚渾水成為謀殺案審判中的證人，可能刻意迴避地方檢察官辦公室。不消說，捲入這案子絕對沒好處。

最糟的案子成敗全都取決於誰在說眞話。

在這樣的案子裡，測謊像一枚手榴彈，它勢必會在某人面前爆炸。要嘛是蘇菲亞，要嘛是雅莉珊卓。不管從什麼角度思考，其中一人都是兇手。我只希望兇手不是蘇菲亞。

我頗有把握我馬上就要知道答案了。

9 凱特

在「霍根路」外頭的人行道上，萊威提了一把褲頭，說：「凱特，妳剛才在裡面搞什麼飛機？」

凱特感覺血液湧向臉頰。

「在地方檢察官辦公室，由我負責發言。妳是初級律師，應該知道自己的身分。剛才在裡頭妳讓我很丟臉妳知道嗎？簡直是扯我後腿。要是妳再幹出這種事來，就給我滾蛋。小丫頭，妳懂我的意思嗎？還是要我講慢一點？」

萊威這番話帶來的衝擊，使她心裡炸開各種情緒。從好一陣子以前，凱特就一直懷疑自己是否不夠格，做不好這份工作。萊威對她工作的小小奚落讓她不自卑也難。最近她倒是想通了，這根本與她的工作表現無關，至少不是完全相關。但剛剛的話滿是惡意。她望著史考特，他垂下頭，開始飄離現場。她感覺像被家長責罵的孩子，不太確定自己到底犯了什麼錯。她張開嘴，卻說不出話。她快速眨眼，結結巴巴，然後緊抿住嘴，被下一種情緒席捲——憤怒。她想說話，她想告訴萊威他可以帶著這份工作去死，說他是目中無人的仇女混蛋。她咬牙切齒，口乾舌燥。街上的路人都看得到這裡發生什麼事，他們經過時好奇張望，而他們三人默默站著，萊威在等她的回應。

凱特搖頭。

「如果妳想繼續做這案子，就跟史考特多學著點。我們要回辦公室，不過我建議妳上午剩下的時間去休個假，好好把事情想清楚。照遊戲規則走，凱特，午休結束後再進公司，做好準備，集中精神。如果這案子妳做不來，也許妳該調去別的部門。華勒斯總是很缺初級律師幫忙做遺囑認證的工作。走吧，史考特，我們開我的車。」

說完他們就自顧自地走了。凱特對這種事早就習以爲常，胸中空洞的感受不斷擴大。她想討萊威歡心，他是個厲害的律師，也是她的上司。他能讓她平步青雲，但他同時也想跟她上床，這一點凱特很確定。她拒絕他的試探愈多次，他對她的態度就愈跋扈。第一個月的時候，萊威主動說要送她回家，當時她覺得難以推辭，他畢竟是上司。到了她家大樓外，坐在車上，他開啓了一段尷尬的對話。

「很不錯的樓房。」萊威說。

「去年它差點被列爲危樓。」凱特說。

「眞的嗎，一點都看不出來呢。它看起來好……古色古香。」他努力擠出讚美的話，「我剛搬來紐約時也住過這樣的建築，這附近的公寓都長得差不多。要是能進去參觀一下就太好了，重溫青春時光。」他說，瞇著他的黑眼睛微笑。

「抱歉，西歐，我家很亂。我不能請客人到髒亂的公寓作客。」凱特邊說邊握住門把。

「不需要難爲情啦，我們很熟啊，我們是同事耶。我們應該要再更了解彼此才對。」

凱特一拉門把，快速下車，轉身說道「謝謝你送我」，然後關上車門。她將包包甩在肩上，用最快速度走進大樓，豎著耳朵聽萊威的汽車引擎——希望它發動、希望他開走，遠離她。她耳中只聽到自己的心跳聲，以及萊威的汽車動也不動地停在路邊，在怠速時發出的嘟嘟聲。

她能感覺他的目光停在她身上。

從那一天開始，凱特就帶跑鞋去上班。到了下班時間，萊威要回家時，她會戒慎恐懼地繃緊僵硬的肩膀，在座位上等待。

「妳工作太認眞了，走吧，我送妳回家。我們還可以順路去吃點東西呢。妳喜歡吃壽司嗎？欸，我在說什麼傻話？每個人都喜歡吃壽司。我知道一家很棒的餐廳，就在——」

「不用了，沒關係，西歐，謝謝，但我已經帶了鞋子，我要慢跑回家。這年頭一定要自己找時間維持身材才行啊。」她說，彎腰從運動包裡取出跑鞋高舉過頭，證明她的意圖。

「妳不用跑步，我覺得妳的身材已經很好了。」他說。

她聽了眞想吐。

有些晚上萊威會死纏爛打，重複邀約兩三遍。她想喝杯小酒，或共進晚餐嗎？萊威說有人送他百老匯表演的票，或是招待他住一晚四季酒店的豪華套房……她想不想一起去？

凱特每次都拒絕了，但似乎沒有用。他會碰她肩膀，手指擦過她脖子側邊，然後嘆口氣走開。每晚他走進電梯後，凱特都會如釋重負地打冷顫，活動一下肩膀，感覺緊繃洩去。

在開會時他經常坐她旁邊，他向案件對造的客戶或律師介紹她時，一手就拍在她膝蓋或大腿上。這種感覺很不對勁，像是他在宣示對她的主權，把她當成他的財產。

凱特每晚回到家都會沖澡，不是因爲跑步回家流了一身汗——她從未跑步回家，那些運動裝束只是藉口罷了。她洗澡是爲了去除他的氣味，以及他碰觸她時她感覺到的腐敗。那種感覺已開始侵蝕她的健康。

最近她經常頭痛。她知道是緊張造成的壓力。不是源自工作，而是源自上司。星期五最糟，因爲她要搬檔案到他車上，他在電梯裡站在她身後時會用目光剝除她的衣物，而她心臟狂跳，等著他做出某種行動，或是碰觸她。

她愈是避免跟萊威單獨相處，並找各種藉口不去吃晚餐，萊威就變得愈受挫。他假藉「反饋與指導」之名挑剔她的工作，凱特不禁注意到，她愈是回絕他的追求，他的批評力道就愈猛烈。

她考慮過向公司申訴，但不論她把公司內部網路上的性騷擾規範讀了多少遍，她都不覺得萊威曾經越線。有時候他會逼近那條線，凱特知道要舉發他不能只靠一次事件，必須證明他有一套行爲模式，可是大部分事件都發生在他們兩人獨處時，她究竟該怎麼證明呢？到時候會變成凱特與萊威各執一詞。況且，申訴高級合夥人的初級律師經常會被掃地出門，且拿不到推薦函，基本上這代表沒人會雇用他們了。凱特不想走上這條路，她非常努力才取得現在的位置。

凱特望著萊威和史考特沿著霍根路走開，萊威的責難仍在她耳邊迴蕩，然後她往反方向走回自己的公寓——雖然她家其實不在這個方向。她遇到第一條小巷時，馬上躲進陰影中。她沒有流淚，但她感覺想哭。若是凱特不壓下閥門，讓壓力全都釋放出來，她胸口那股撲騰到痙攣、扼住她呼吸的感覺，是不會排除的。哭泣對人有好處，她很清楚，她讀過很多心靈勵志書，但凱特天生不是這種人，她哭不出來。從那天以後，她就再也哭不出來了。閥門緊閉上鎖，將所有情緒關在裡面，讓它們不斷翻攪。不過有個念頭使她平靜下來。她的心跳減緩，呼吸變得慢而深沉。

她想回家。不是回她租的公寓，是回家。

四十五分鐘後，她走下由中城出發的艾奇沃特渡輪。她九歲時住在紐澤西州的艾奇沃特，那時會和玩伴梅麗莎．布洛克在廢棄的家樂氏工廠裡玩。現在工廠已經不在了，原本的位置成了現代化的小船塢。時代在前進，工廠把位置讓給豪奢的河濱公寓，只剩一兩間公司還在，因此現在艾奇沃特算是時髦的黃金海岸類型城鎮。應該說其中一半是這樣。這座城鎮被河流路一分爲二，靠河的房產價錢都很高。至於河流路的另一側，在山丘間的房屋，價錢直接砍半。凱特一走出渡輪站，馬上穿越這條馬路進到西艾奇沃特。她經過街區盡頭的房仲，在哈德遜大道右轉，沿著陡峭的上坡路爬向她爸爸位於阿得雷德街的家。

路易斯．布魯克斯是七〇年代搬來艾奇沃特的，當時他擔任市警，搭檔是梅麗莎的爸爸傑瑞．布洛克。正是傑瑞說服凱特的爸爸搬到這裡來。由於這片土地從一個多世紀前就被玉米油與化學物質生產商汙染，地價很便宜。兩家人在阿得雷德街比鄰而居。那是一段美好的歲月，在小鎮中與親如姊妹的好友共同度過童年，生活非常開心。直到傑瑞．布洛克被逮捕，一切畫下句點。

等凱特能看見自己從小住的那棟殖民時期房屋，她已經爬坡爬到小腿灼熱，腳底板也又痠又痛。她是穿著高跟鞋走上來的，她的跑鞋被安全地鎖在公司的抽屜裡。她正踏上夾在油漆過的木頭扶手之間的磚頭台階，房屋前門打開了。

凱特預期看到爸爸，他是個白髮蒼蒼的七十歲老頭，卻仍自以爲才四十五歲。路易斯．

布魯克斯，名字一定要唸出那個「斯」，不能省略成「路易」。他會穿著棉質襯衫、工作褲，滿是皺紋卻和煦的臉龐上總是會有一點一點的油漆或機油，或兩者皆有。

然而開門的人並不是她爸爸。她發現自己仰望著一個高䠷而懾人的年輕女子。對方的黑髮兩側剃短，頂部留長並向後梳高成蓬鬆式油頭。她身穿黑色牛仔外套、深藍色牛仔褲和綠色上衣。脂粉未施。凱特的摯友梅麗莎．布洛克臉上只有大大的笑容。

布洛克曾搬走好幾年，她當上警察，在全國各地輪調。六個月前她提早退休，搬回凱特爸爸隔壁的舊家。這對凱特來說是一大安慰，布洛克走後她好想她。現在布洛克的工作是自由接案者，擔任紐約市警局的訓練師，提供進階版的駕駛、擒拿、調查等在職進修課程。她的空閒時間則被路易斯占滿，他說他需要第二雙手幫忙各種手作計畫。凱特和布洛克都知道路易斯其實哪需要幫忙——他只是想有人陪伴。

「妳不是應該在上班嗎？」布洛克問。

「我上午休假。」凱特說。

布洛克歪著頭定定地看了凱特幾秒，才站到一旁讓她進門。她知道自己騙不過布洛克。雖然凱特的工作困擾無時無刻不占據她的心思，她卻還沒向任何人傾訴過，即使是布洛克。這是凱特的課題，她打定主意要低下頭、閉上嘴、挺過去。路易斯在廚房，已經忙著倒咖啡。他的臉頰和襯衫領子上濺了某種深色物質。就算他對女兒在上班時間來訪有所懷疑，也沒表現出來。凱特覺得他也許看到她就很開心了。他將冒著煙的馬克杯遞給凱特和布洛克，她們坐到廚房桌邊。

凱特喝了一口，感覺打心裡暖和起來。不光是咖啡的作用——與爸爸和好友一起待在家裡感覺很安全、令人精神一振。除了互爲鄰居，雙方的爸爸也是好友，凱特一向覺得與布洛克眞正心靈相通。她們都是書呆子，智商也都很高，卻又有微妙的差異。凱特可以毫不費力地通過大大小小的考試，布洛克則是全校唯一看得出某個老師是否在搞外遇、對象是誰、持續了多久的人。

「妳爲什麼沒在上班？」路易斯問。

「我上午休假。」凱特說。

布洛克和路易斯互看一眼，沒說什麼。

「剛才布洛克和我在聊木頭，她今天要去買些木板，因爲我們要做櫃子。她那棟房子裡也該有家具了。」

「我需要的不多。」布洛克說。

凱特微笑。布洛克大可以買些家具，但路易斯已經快沒活兒可做了。手作櫥櫃可以讓他忙個好幾星期。

「妳爸告訴我妳要代表雅莉珊卓．阿維利諾辯護。」布洛克說。

「噢，不是，嗯，是我的事務所代表她辯護，我只是團隊中的一員而已，其中一個隱身幕後、負責撰寫案件摘要的人，研究、做筆記之類的……」

凱特還沒說完，下嘴唇就抖了起來。她爸爸出於本能地伸手按著她手臂，結果這幾天來的事件就這麼泉湧而出。她不敢告訴爸爸自己被上司性騷擾，路易斯在家裡收著好幾把槍，其中一把甚至是有執照的。而且他是老派的紐約市警察，他很可能會直接去敲萊威家大門，拿點三八手槍對準他的臉，提醒他要放尊重點。

凱特告訴他們當天早上發生什麼事，以及萊威發出的威脅。她爸爸望向別處，右腳鞋跟在地上彈跳。她看到布洛克一臉熱切地傾向前。

「他叫妳『小丫頭』？噢，這可精采了——妳怎麼反嗆他？」布洛克問，她把雙肘支在桌上，湊上前準備聆聽她篤定凱特絕對有做出的大反擊。

凱特搖搖頭。「我什麼也沒說。我不能。」

布洛克顯然搞錯了故事的重點，一時間面露困惑，然後她狠狠瞪著凱特，彷彿納悶當初那個只憑一個眼神就能嚇死男孩們、在唇槍舌戰中無往不利的好友究竟怎麼了。想當年，凱特才是兩人中的恰北北，都是她在照顧布洛克，誰也別想讓她吃半點虧。凱特從很年輕時就懂得用言詞傷人——它是她的武器。

她爸爸將剩下的咖啡喝完，然後一向避免涉入有深度、甚至只是稍具意義談話的他，說道：「我們去餵鳥吧。」

凱特跟著好友和爸爸走出後門，進到鋪著地磚的院子裡，爸爸在那裡設置了兩個大型餵鳥器。其中一個餵鳥器的木桿上站著一隻綠鸚鵡。這在艾奇沃特並不是什麼異常的景象，牠是一隻和尚鸚鵡，沒人確定這種鳥怎麼會飛來艾奇沃特築巢，牠們絕對不是紐澤西州的原生鳥類。有人說牠們是六〇年代從甘迺迪國際機場一個破掉的運輸籠裡逃出來的，可沒人能確認這是不是眞的。

凱特協助爸爸將餵鳥器補滿他存放在舊桶子裡的種子和堅果，她朋友則在一旁看著。幾分鐘後布洛克說：「我得先走了，路易斯，我能不能拿一下——」

「當然，沒問題。」路易斯說。他將手臂深深插進桶子裡，在鳥飼料裡翻弄，直到找到他的目標。他的手抽出來時握著一只襯有氣泡紙的黃色信封，交給布洛克。

「妳爸爸的錢就只剩這一筆了，只有兩千元而已。希望它能帶來好運。」他說。凱特別開目光。傑瑞．布洛克不是黑警，他只是不肯出賣貪汙的警察同僚，而在無人可究責的情況下，紐約市警局高層便拿傑瑞來開刀。全部門的人湊出一筆錢給傑瑞的家人，這錢大概並不乾淨，可是等傑瑞被推上火線之後，他也不在乎了。這事凱特早就知道了，但她現在是律師，是司法體系人員，她有義務舉報這件事。但她不會的，打死她都不會。

這是她的家人。

「我今天會跟倉庫訂木板，」布洛克說，「謝謝你給我這個。」

路易斯點點頭。

凱特送布洛克到前門。

「這不干我的事啦，」布洛克走到門廊台階最底層時轉身對凱特說，「但妳有資格待在那間事務所，別忍受任何狗屁倒灶的事。妳可是紐澤西州艾奇沃特出身的凱特．布魯克斯耶。」布洛克嘆口氣，搖頭說道：「妳老媽不會容忍這種事的。」

凱特看著布洛克騎上摩托車，聽到引擎尖聲發動，目送她騎走。布洛克話不多，但她開口時總是一針見血。現在布洛克的話像雪花一樣落在她周圍，每一片都冰涼而輕柔地提醒她：她還活著，她是眞實的，她能感受到生命的每一刻。一波回憶驀然壓得她彎下腰，她伸出手將雙掌撐在地板上。擊垮她的不是痛苦，而是慚愧。她好慚愧自己隱瞞所有事，假裝一切都很好，什麼都不敢說。她的淚水在褪色的灰色門階上濺出深色的圓形斑點。

從她媽媽去世後，凱特就沒哭過。凱特將從法學院畢業的前一年，媽媽被診斷出罹患癌症，醫生評估她還有一年壽命。凱特上網搜尋，找到一位願意提供第二意見的專家。與那位腫瘤學家預約看診的當天下午過後，媽媽卻跟她說自己決定爽約了——說人生無常，她已無憾，放手的時候到了，她說她已受夠看醫生了。凱特畢業前一週，蘇珊娜·布魯克斯去世。媽媽要她保證在喪禮上不哭，而凱特遵守了承諾——她在守靈時眼淚沒有停過，到了告別式的時候已經哭不出來了。後來她通過律師資格考，取得該年度第二高分，成功在萊威、伯納德與葛洛夫聯合事務所謀得一職。

就職一個月後，爲了一件正在進行的醫療疏失案，她必須聯絡兩位腫瘤學家安排會面，以尋求法醫學方面的意見。其中一人正是當初她爲媽媽預約看診的專家。他們通了電話，凱特提起兩人曾聯絡的事。

「是，我記得。我並不會裝作能記得所有病患，凱特，但我記得妳的父母。這是很常見的情節，保險公司是世界上最惡劣的敗類。」

「抱歉？我不懂。我媽說她爽約了。」

「嗯，並沒有，他們確實來找我看診了。我跟令堂說我們用一種新藥，應該可以讓她再活三到五年。但她的保險不給付這種藥，而這藥又很貴。我眞的很遺憾妳痛失親人。」

「這說不通啊，我爸明明有存款，我爸有錢可以進行醫療，我知道他有，因爲我的學費就是他付的——」

凱特恍然醒悟，於是客氣地結束對話，感謝醫生抽時間與她交談。她回家，爸爸坦承眞相。蘇珊娜不希望女兒被永遠還不完的學貸拖累，於是爸爸拿出家庭積蓄讓她讀完法學院。原本可以買藥延續媽媽壽命的錢，花在凱特的學費上。他們沒有能力魚與熊掌兼得。對凱特的父母而言，她才是最重要的。這是她媽媽的堅持。

凱特的法律學位和在事務所的職務都得來不易，所以凱特每天都第一個到、最後一個走。媽媽為女兒放棄了好幾年的生命，凱特不能任意揮霍這種犧牲，它成為她的動力，也使她閉緊嘴巴。她不想惹是生非。

她思考媽媽現在會說什麼。媽媽不會希望凱特忍氣吞聲，她會希望凱特為自己爭取權益。她在萊威面前一次又一次啞巴吃黃連——那種羞愧像火一樣侵蝕她，又很快地冷卻，轉化為更加堅硬的東西。

於是她當下對自己發誓：下一次在辦公室再發生什麼狀況，她就要公開揭發。時候到了。不要再逃了，不要再躲了，不要再咬嘴唇忍耐了。下次她要運用她的嗓音。

因為她是蘇珊娜．布魯克斯的女兒。

她是他媽的紐澤西州艾奇沃特出身的凱特．布魯克斯。

法蘭克、阿維利諾
日誌紀錄，二〇一八年八月三十一日星期五

上午七點五十五分

我討厭寫這鬼玩意兒，從來沒寫過。我可不是想出回憶錄的那種人。要說起不可告人的事，我櫥櫃裡藏的骷髏多到能裝滿一座墓園呢——甚至是兩座。是醫生叫我寫這個的，只是寫給我自己看的，還有古德曼醫生也會看。我可不知道他到底期望我寫什麼。

最近我有一些——失誤。現在是上午八點半，我四點就醒了。我那時候想小便，結果尿完就再也睡不著。我已經習慣了。若不是我的攝護腺有問題，就是我的大腦有問題。哈爾、柯恩終於說服我把這兩科的醫生都看一看。我現在在吃攝護腺的藥，大腦則得寫這鬼玩意兒。醫生問了我一些問題，我回答了，他說我好得很。可是為了讓他高興，他要我寫下我的想法以及我注意到的任何症狀。過幾個月他會再看看我。他會讀這本垃圾，我知道他會讀到打瞌睡。

也許他是對的，也許根本沒什麼。或只是老了。我最近忘東忘西的。像是晚上該吃的藥。有時候我在看電視，卻想不起吃過晚餐沒有。或是我會忘了關水龍頭，讓熱水一直流。我生平最痛恨放人家鴿子，如果我說我會去某個場合，我就會出現，沒有例外。我簡直不敢相信上週我錯過了四場會面，忘得一乾二淨。也許我該請一個私人助理，但私人助理總不會打來提醒我要穿襪子吧。上週我也忘了穿襪子。

都是小事情。
沒什麼好擔心的，醫生這麼說。
今天我感覺挺好的，沒什麼問題。我記得我該做什麼，我該去什麼地方。一切都很好。
現在要跟哈爾、柯恩一起吃早餐了。

晚上十一點

雅莉珊卓今晚來了，貼心的孩子，又聰明。她又去公園跑步了。我跟她說她不該晚上去公園跑步，一個人這樣不安全。她說她能保護自己，我相信她。她帶了我喜歡喝的那種果昔，從第二大道那家店買的。
她說她今天打給我都打不通，我想也許是我的手機壞了。手機上顯示好多未接來電，可是我發誓它根本沒響過。今天我錯過了跟會計的會面。
又一次錯過。
雅莉珊卓拿我的藥給我吃，然後跟我說她談成一筆房地產生意，是十三街和第三大道交叉口的公寓。很棒的交易。很棒的孩子。蘇菲亞來電，雅莉珊卓在我這裡的時候，她是不會過來的。這兩個丫頭還是不跟對方說話，我已經放棄勸和了，但我真心希望蘇菲亞能多跟雅莉珊卓學著點。
我總有一天會被蘇菲亞害死。

我現在在床上，我不知道我刷過牙沒有。

今天我在街上看到一個人，穿得一身黑。我覺得那人在跟蹤我。那時候我在公園大道上，看到那人在馬路對面。我突然想不起我要去哪裡，所以就搭計程車回家。我跟計程車司機講這件事，他說也許是我疑神疑鬼。我說我會問問珍。

我回到家時大聲喊珍，不懂她為什麼不在家。

然後我才想起來。

珍已經死了。我看到她死在樓梯上。她的脖子卡在樓梯扶手裡，扭曲折斷。

還有另外那件事⋯⋯

老天啊。

也許這是一種恩賜？有些事情我並不想記得。

這太可怕了，我討厭寫這個。

她 10

舒肥機上的定時器開始發出規律的聲響。她起了個大早準備豐盛早餐，然後又回去補眠。今天會很忙碌哪。她掀開被子，光腳走進廚房，關掉舒肥機，揭起蓋子。裡頭有一加侖水，機器讓水溫恰好保持在攝氏五十四度，持續四十五分鐘。她伸手進去，水感覺很熱，但不致於燙傷她的皮膚。她從水中取出密封袋，放在乾淨的盤子上。在「泡澡」之前，這塊肉先撒了鹽並抹上三十公克的煙燻奶油，再密封到眞空袋裡。

她拿刀沿著袋子邊緣劃開，釋出一團熱氣。她從膝蓋旁的櫥櫃裡拿出一只鐵煎鍋，放在爐盤上並開火。一大塊奶油砸進煎鍋，發出滋滋的聲音。她伸手到密封袋裡觸摸那塊肝臟。它是熱的，但沒有燙到不能摸，它不會灼傷她。手中熱肝臟和奶油的觸感幾乎美妙到她難以承受。

她細心地將肝臟兩面都煎到微焦，同時舔著手指上的黏液。她將煎鍋裡的東西倒到另一個盤子上，那個盤子中已經擺好抹有酪梨泥的酸種吐司。再撒幾滴義大利葡萄醋、放上一片血橙，整道菜就大功告成了。撲鼻而來的香氣增添她的飢餓感。她將盤子端到餐桌，坐下來大快朵頤。

她放下刀叉，從擺在桌上的數位錄音筆旁拿起手機。這是一支拋棄式手機，隨用隨丟。她點進來電轉接APP，撥號，然後開擴音。電話接通了，鈴聲一直響，但沒人接。她並不預期有人接電話，早上七點辦公室沒人是正常的。她在等語音留言服務。

「我是助理檢察官韋斯里．崔爾，我現在不方便接電話，請在嗶聲後留言……」

她等到嗶聲響起，然後按下錄音筆的播放鍵。

「我是麥克．莫丁，聽說你在找我。抱歉，時機很不湊巧。我從很多年前就開始存錢，現在該是用到這筆錢的時候了。隨你要稱之為中年危機還是什麼都行，反正我是不回來了。法蘭克．阿維利諾死了，下一個搞不好就是我。他打來說要修改遺囑，但沒說怎麼改，也沒說為什麼要改。我懷疑他有被害妄想症，而且打電話時已經處於早期失智狀態。我就只知道這些了。別再來找我，我不會跟你談的，崔爾先生。別騷擾我了。」

她切斷通話，但讓錄音筆繼續播放。下一個嗓音是她的。

「好乖。」

「行了嗎？現在可以放我走了嗎？拜託，讓我走吧。不，不要這麼做。不，不要……」

錄音裡，麥克的慘叫轉爲靜電雜音，因爲音量太大了，麥克風無法清晰地收音。

這塊鹿肝非常鮮美，令她想起那隻幼鹿。幼鹿的肉溫熱且散發野性氣味，卻一下子就變冷了。她不久後就會對起訴內容了解更多，包括他們要用來對付她的人證和物證。她也需要知道有哪些對姊妹不利的證據。律師能做的事有限，最終還是得靠她讓天秤傾向對自己有利的一端。例如留給崔爾的那封語音留言，它會將他帶往特定方向。

要確保她以自由之身走出審判法庭的方法有好幾種。審判中某些參與者絕對不會改變心意，這些倒楣鬼需要她的特別關照。

她將最後一口肝臟送入口中，覺得這餐飯似乎少了什麼。或許是雅馬邑白蘭地吧。早餐喝這酒有點烈，不過放到晚餐就很完美了。麥克・莫丁已被分解成好處理的屍塊，每一塊都與一片重量適中的槓片放在一起，用黑色塑膠布緊緊包起來，槓片來自她訂購的啞鈴組。在紐約，棄屍的手段有很多，丟到河裡是最簡單的。通常早上十點以後，渡輪上就沒什麼人了，她會買一張船票從東河前往丹波區，然後在布魯克林大橋的陰影中，背對著後甲板上的監視器，偷偷從運動包裡拿出一隻手腳丟掉，根本沒人會注意到濺起的水花。她沖了個澡，然後穿上跑步裝束。

她在身旁的夾紙筆記板上做了個筆記。等她把麥克的手臂丟到河裡以後，她要去一趟烈酒專賣店，買一瓶雅馬邑白蘭地。

11 艾迪

我帶著新增的檢方證據開示離開地方檢察官辦公室，直接前往位於萊辛頓大道的布魯姆熟食店跟哈波會合，吃一頓已經不早的早餐。我早到了，便趁她還沒來之前翻了一遍證據開示。除了鑑識報告之外還有法蘭克．阿維利諾的醫療檔案，他死的時候身體很健康。唯一值得注意的是神經科醫生做的註解，說法蘭克生前發現自己出現記憶方面的問題。醫生的手寫筆跡我大部分都看不懂。在記錄完病史後，註解上寫道：**RV 3/12 DY。獲得安撫，有任何變化會來電。**

醫生各有慣用的簡寫法，並非所有簡寫都廣爲使用，甚至可能沒被收進醫學詞彙縮寫的詞典裡。我拿出手機在某個醫學詞典網站查詢這些縮寫，發現「RV」有好幾種可能，其中一種是「複查」。「3/12」我已經知道代表三個月了，所以這半句話是：**三個月後複查**，但我參不透「DY」是什麼。這大概不重要，我對檢方找來的專家和案件相關鑑識報告更感興趣，這些部分讓人愈看愈頭疼。地方檢察官辦公室可以用各種方式將蘇菲亞與謀殺案串連在一起。

在凶器上發現了不完整的指紋，與蘇菲亞的指紋相符。

在被害者遭到蹂躪的屍體上找到一根毛髮，據說符合蘇菲亞的頭髮。

蘇菲亞的衣物沾到大量血跡，血液符合被害者的血。

我以前也遇過幾個案子，被鑑識專家弄得灰頭土臉，但我還從未有過一場訴訟有這麼多不利於我客戶的鑑識證據。唯一聊堪安慰的是我知道有些鑑識證據也對雅莉珊卓・阿維利諾不利。若是崔爾成功爭取到合併審判，讓兩名被告共同面對陪審團，他將創下本州史上最省力的謀殺案定罪紀錄。證據全站在他那一邊。

還有另一件事讓我感到不自在。我讀了兩遍法醫對法蘭克・阿維利諾做出的驗屍報告。我並不需要讀第二遍，不過我剛讀完第一遍，就覺得有必要再讀一遍，好像我漏掉了什麼，或是報告漏掉了什麼。法蘭克被刺了很多刀，甚至有被咬。他的胸部上緣有一個齒痕。除了行凶過程中造成的傷勢之外，法蘭克健康得像匹馬，他的骨骼、器官、關節狀態都很良好。讀第二遍時我把速度放慢很多，不過我再次感覺不想放下報告。這報告中有什麼地方不對勁。也許我太累了，或是有個人被撕碎的恐怖細節蒙蔽了我的思路。

我不知道。我要問問哈波，看她覺得如何。

哈波來了，我們都點了咖啡和煎餅，然後我默默地坐著，聽哈波說她昨天和蘇菲亞待在一起的情況。在蘇菲亞看來，哈波只是確認她的公寓安全無虞，並確保她安穩地待在家裡，需要的東西都不缺。然而哈波眞正的目的是誘使蘇菲亞談話，盡她所能地查探我們新客戶的一切。我最近兩個案子都找哈波合作，她實在太厲害了，不只是才智過人，她還救了我的命。而且每次她微笑，都會點燃我內心的某種東西，我原本以爲它永遠都不會再燃燒了。

「我們聊了很多，」哈波說，「以一個沒能讀完大學的年輕女人來說，蘇菲亞相當了不起。博覽群書，智商不在你我之下。她和她姊姊一樣是西洋棋神童，她們年齡很相近，只差不到一歲，卻完全不相似。就我所知，她們僅有的共通點就是西洋棋和同一對父母。她們的棋藝是母親傳授的。」

「我對法蘭克的第一任妻子一無所知。她是什麼人？」

「她叫珍．瑪斯登，出身富裕家庭，在紐約上東區一棟漂亮的聯排別墅裡長大。她在法蘭克事業正往上衝時認識了他。珍是社交名媛，除了坐擁財富、參加宴會、下西洋棋之外，並沒有什麼正業。看來她想把知識傳給兩個女兒，看來她也只想給她們這個。我覺得那棟房子裡並沒有很多愛。蘇菲亞告訴我，以前她下棋時如果犯錯，她媽媽會咬她。」

「咬她？」

「對啊，咬手指或是手掌外側。珍顯然有很多問題。」

我點頭。

「她們的母親在富蘭克林街跌下樓梯去世時，姊妹倆都還很小。在那之後，法蘭克就將姊妹倆分送到不同的寄宿學校。蘇菲亞和雅莉珊卓完全合不來，她們痛恨彼此，我認爲她們母親之死更是雪上加霜。蘇菲亞跟我提到她母親的事就這些了，不過我向當地的分局打探了一番，事發當時法蘭克出門參加募款活動，只有兩個女孩和珍一起在家。雅莉珊卓和蘇菲亞發現母親在樓梯上時，兩人都打電話報警。」

「是喔？」

「毛毛的對吧？不管珍是怎麼跌的，總之她的頭卡在欄杆之間。她的脖子斷了，腳踝也是。摔得眞慘。當然純粹是意外。兩個孩子就發現她那副模樣。這我不是很確定，但似乎在那不久之後，蘇菲亞就開始接受諮商，她的心理健康也隨著學業成績一路下滑。她始終沒從母親去世的打擊中走出來，成績不佳、曠課，情況愈來愈嚴重。她幾度振作起來，維持個一年左右的正常，足以讓她進大學或是當上實習生，然後挫賽，她又崩潰了。可憐的孩子。」

「妳很同情她嗎？」

「我眞的很同情她。你了解我，我這人是鐵石心腸。那孩子生來占盡優勢，卻根本沒屁用。眞是令人唏噓。我喜歡她，艾迪。」

「所以她不是凶手囉。」我說。

哈波咬了一口酥脆的培根，咔滋咔滋地咀嚼，同時思考要怎麼回答，然後她說：「除了遺囑之外沒有動機。如果法蘭克打算從遺囑中排除她們其中一人，對某些人而言或許足以激發殺心，但不包括蘇菲亞。有些人將金錢視爲唯一的動力，而我從她身上沒有感覺到這種特質。況且她愛法蘭克。她告訴我，她父親支持她度過了病程。珍去世後，法蘭克疏遠了兩個女兒。我認爲在姊妹倆中，這對蘇菲亞的打擊更大。法蘭克支持她撐過勒戒中心的療程——他們原本關係融洽，法蘭克卻遇害了，眞的很可惜。她也說自從珍去世後，她父親就變了一個人。我感覺她指的不光是悲傷而已。法蘭克的第二任妻子海瑟在四年前死於用藥過量。」

「我記得讀到相關報導，是疼始康定止痛藥對吧？這令人很難接受。是不小心用藥過量嗎？」

「法醫說有可能是。沒有留遺書。海瑟有某種疼痛困擾，結果對疼始康定上癮了。這種事司空見慣。很不幸，不過蘇菲亞和海瑟並不親近，雖然海瑟只比她大八歲。」

我把食物吃完，服務生幫我們咖啡續杯。蘇菲亞的家庭故事太悲慘了，兩起明顯的意外死亡，現在她父親又遭到謀殺，我懷疑換作是我經歷這種噩夢能不能撐過去。窗外紐約市熙熙攘攘的生活仍持續著，有個交通警察在和垃圾車司機爭吵，同時一個遊民在他們周圍手舞足蹈，朝兩個男人作鬼臉。牽著媽媽手的小女孩也有樣學樣，從人行道經過現場時，她對警察伸出舌頭。有個頭髮被棒球帽蓋住、穿得一身黑的慢跑女人，從窗前跑過去。

「妳知道嗎，動機並不代表一切。妳認為蘇菲亞能夠像那樣殺死一個人嗎？法蘭克死狀相當淒慘。」

「我認為人人都有能力做出窮凶極惡之事，」哈波說，「我曾經在別無選擇的狀況下殺人，我沒有半點懊悔。現在地底某些屍體是被『你』埋進去的。瞧我們兩個：受過教育、神智正常的人，在吃一頓文明的早餐。誰會認為我們能夠取人性命？」

「但是法蘭克被殺的手法，我們誰也做不出來。至少我希望如此。妳覺得蘇菲亞做得出來嗎？」

「我不認為是她做的。她有什麼理由下手？這是狂怒式的殺戮。她心裡是有憤怒，但我無法想像蘇菲亞對她的爹地做出這種事。蘇菲亞所有的暴力都用在蘇菲亞自己身上了。你有看到她的手臂嗎？」

我點頭。哈波說的某句話讓我深思。我在這案子中遺漏了一大塊拼圖，這起罪行中有某個元素格格不入。兩姊妹；父親遭到殘殺，姊妹互相指控；兩人都有機會下手；兩人似乎都沒有理由下手。有一筆四千九百萬的遺產，警方似乎認為法蘭克打算將其中一人從遺囑中剔除，但他們不知道是哪一人，也一直找不到法蘭克的律師。警方認爲金錢就是殺人動機。其中一個姊妹感到被背叛——她將由遺囑中被剔除，因此在法蘭克毀掉她的繼承權之前先殺了他。這是檢方的論證。看似有理，其實說不通。姊妹倆都不缺錢。我遺漏了什麼。

我剛才看到的慢跑者又一次從窗前經過，至少我覺得是她。或許是同一個人，也可能不是，紐約有一大堆人在慢跑。我甩甩頭，把咖啡喝乾，想驅走那種似曾相識的感覺。我需要好好睡一覺，我像《駭客任務》裡演的一樣，開始看到母體錯誤了。

「我要妳看看鑑識證據。今天早上崔爾把初步報告給我們了，仔細看一下法醫的報告，那裡頭有某個東西不對勁——在我的腦袋裡感覺不對勁。這場審判進度會很快，所以我們得做好準備。而且崔爾打算爭取合併審判。」

「他不能這麼做，因爲她們互相指控，不是嗎？」哈波說。

「他認爲他能避免分開審判的聲請，而且他可能是對的。這部分我需要協助，要找懂法律的人。法律論證一向不是我的強項。」

哈波嘖笑：「你倒挺有自知之明。要是需要進行『違法』論證，你一定無往不利。」

我老早就需要人幫忙我的法律業務了，我需要一個我能信任的律師，某個不會敲我竹槓，或是搶我客戶，或更糟的是——打掃我辦公室的人。從好一陣子前我就在法院裡留意，物色可能有才幹的年輕律師，但我沒看到中意的人選。現在我沒有選擇餘地了，這個案子我需要協助。哈波是很棒的調查員，可是我需要另一個懂法律的人。

「我好像認識一個可以加入你事務所的律師。」哈波說。

「誰？」我問。

「我先問問他的意願，晚點我們在哈利的派對上再談吧。我得走了，還有一大堆工作沒做完咧。」

「那律師是誰？喂，暗示一下嘛。」

「嗯，他已經不能再執業了。」她說。

我立刻知道她說的是誰了。我不認爲他會答應，但我必須試一試。哈波說得對，他是完美人選，即使他在法庭上不能說半個字。

我向她道謝，表示她說得有理，然後說：「我要去見蘇菲亞，晚點見。」

哈波帶著我給她的文件離開座位，我目送她走出去。哈波有調皮的一面，而我才剛察覺而已。我透過熟食店的大窗戶看著她過馬路。斑馬線人潮洶湧，我看到一個身穿黑色萊卡慢跑服、頭戴棒球帽的女人走在她後面。那女人在棒球帽底下還戴了豆豆帽之類的頭套，因爲我看不出她的髮色。哈波走到對街之後，那個慢跑者便轉彎往另一個方向跑了。

大概是不同的慢跑者，或頂多只是有人繞著同一個街區跑吧。我再次將慢跑者趕出腦海——我眞的開始有被害妄想症的傾向了。

我的思緒飄移，我又想起驗屍報告。我想了一下，意識到自己因爲什麼而困擾。然後那念頭就像出現時一樣迅速地消失了。我打給蘇菲亞，但她沒接。我留言請她回電。我正走下地鐵站的樓梯時，我的手機響了。

「弗林先生，抱歉我沒接到你的電話。怎麼了？」

是蘇菲亞，她聽起來很慌亂——上氣不接下氣。

「沒事，沒什麼大的狀況，不過我們需要談一談。妳聽起來很喘耶，妳還好嗎？」

「我很好。」

「那就好。我們可以見個面嗎？」

「好啊。五點左右可以嗎？我還有幾件雜事要辦。」

12 凱特

凱特人在萊威、伯納德與葛洛夫聯合事務所設址的辦公大樓十四樓女廁，將上衣衣領塞到套裝外套的翻領底下。時間已接近下午兩點，而她早餐之後就沒吃過任何東西。她很餓，但意志堅定，不願意為食物停下腳步。

她檢視自己的鏡中倒影。

打開水龍頭，洗手後擦乾。

再次檢視倒影。她補了點口紅，呼氣，點點頭走出去。

凱特走向會議室，那裡已被徵用，專供阿維利諾案的律師群使用。萊威將它稱為「戰情室」，而凱特開門時，裡頭確實像在打仗。

房間中央被一張長桌占據，桌上擺滿攤開的法律書、案件報告、筆電、咖啡杯、筆記本和鉛筆。團隊已經忙了一個早上，討論證據開示以及可能的策略。他們必須在隔天早晨準備好向萊威提出自己的點子。萊威毫不含蓄地放出消息：表現最好的人，很可能獲得在庭審中擔任次席律師的獎賞。凱特想要那個位置，勝過任何東西。這是她的機會，她不會放過。只要她能在庭審中坐在萊威身邊，這份工作帶來的所有屁事都值得了。她現在一心一意就只有這個目標。會議室裡的團隊已經領先進度，因爲凱特錯過了早上的會議。現在她已讀完證據開示，正在迎頭趕上。萊威叫她早上休假去整理思緒，藉此刻意讓她不進辦公室，她心裡有數。雖然這麼做害她工作進度落後，不過早上見到布洛克和她爸爸倒確實給了她一劑強心針。

史考特坐在桌邊，凱特回到他旁邊的空椅子坐下，房間另一側則有三個訴訟律師，他們先前都待過刑事法部門。他們全都是男性，都穿著看起來太緊的西裝和細得過分的領帶。他們向凱特自我介紹，分別叫作查德、布萊德和安德森。他們沒有主動和她握手，不過布萊德與史考特擊了一下拳。她不知道安德森是名還是姓，那不重要。布萊德、查德和安德森看起來擁有同一種「漂金」式的人設：爸媽有錢、名下有信託基金的運動健將。

凱特回去對付她面前的那一疊紙——那是阿維利諾家族封存的歷史，透露出更多關於雅莉珊卓和蘇菲亞的細節。凱特讀了愈多，愈是堅信雅莉珊卓是姊妹中頭腦正常、條理清晰的一人，從很小的年紀就把自己打理好，讓人生步上常軌。另一方面，蘇菲亞是個災難，毒癮、勒戒、諮商輪番占據她的生活，還因爲做出破壞行爲而不止一次受到警方壓制。凱特不禁慶幸自己顯然代表無罪的一方辯護，不過這項認知隨即帶來一股壓力。

檢方的責任是在合理懷疑[1]面前證明被告有罪，然而替無辜的客戶打謀殺案官司，責任更是沉重。

「無辜」的重量可比千斤。

「針對這案子，我們來天馬行空發揮一下創意好了。讀資料也讀夠了吧。我們至少有四十一天的時間可以向法院提出聲請，我們需要證據開示、駁回起訴的聲請，以及分開審判的聲請。你們這些種狗有什麼好主意？」其中一個金髮西裝男說。凱特因為專心研究案子，已經忘了他們誰是誰。她覺得他可能是安德森。

史考特說：「安德森，在這裡不要講粗話。我們並不全都是種狗，在場還有一位女士呢。」

她猜對了，帶頭當老大、徵詢點子的人確實是安德森。安德森白了史考特一眼，表情像在說：**你認真的嗎？**

「好啦好啦，」安德森說，「種狗們還有**母狗**一隻。這樣有比較好嗎？」其中一個西裝男與安德森擊掌，另外那個西裝男笑到在椅子上彎下腰。凱特往旁邊瞄，看到史考特努力憋笑，但失敗了。

凱特感覺血液瞬湧到脖子根部周圍的皮膚，好像長痱子一樣。她的皮膚痲癢而敏感。安德森勢必看到她的反應，因為他豎起雙手伸在面前，像是要阻擋一輛高速衝向他的汽車，說：「哇，眞的很抱歉。我沒有不敬的意思，這只是我們表現幽默的方式，絕對不是針對妳。」

查德、布萊德和史考特都冷靜下來，全都面帶微笑道歉——沒人顯露半分誠意。他們道歉是逼不得已。

1　排除合理懷疑（beyond reasonable doubt）為法律術語，表示罪證充足，可以證明被告有罪。反過來說，在無罪推定原則下，檢方有舉證責任，必須對抗這樣的合理懷疑。

「他眞的很抱歉。」史考特說。

「我也是。布萊德也是。」想必是查德的人說。

「咪兔。」安德森邊說邊拚命忍住另一陣狂笑。布萊德看起來比查德反應快半拍，他咬著手指來抵擋笑意。

「抱歉，我又不小心說錯話了。我的意思是我『也』很抱歉，不是加上井字號的#MeToo。」安德森說，他說到「me too」時翻了個白眼，還在空中比出引號。

「我們可以繼續談正事了嗎？」凱特說。

男人們都站直身體，現在眞有點擔心他們得罪了凱特。她已經受夠這番瞎胡鬧了，她只想離開這房間，找個地方冷靜一下，以免自己說出日後會後悔的話。布萊德、查德和安德森在這團隊裡地位資深，她牢牢記住這一點，並用力咬住舌頭，不讓一連串國罵溜出口。

「妳說得太對了，我們談正事吧。抱歉，再說一次妳叫什麼名字？」安德森說。

「凱特。」

「抱歉，凱特。請說說妳的想法吧。」安德森說。

室內有一股兩百公斤重的停頓，稠密而深沉，足以溺死一個男人。

「我讀了很多這家人的事，他們有一些狀況，或許也不比其他家庭嚴重，但不管那棟房子裡發生過什麼事，受到最大影響的人是蘇菲亞。她簡直亂七八糟。嚴重心理疾病，自殺未遂紀錄，毒品和酒精成癮，還有仍在持續的自殘傾向。對檢方來說，說服陪審團蘇菲亞可能發狂殺死父親，會是比較容易的路線。」

凱特停頓片刻看向桌子周圍。

那些竊笑和惡意的似笑非笑都消失了，史考特和金髮西裝男都在聽——很認眞地聽。凱特將要說的事聽起來很瘋狂，但她相信會行得通。她只需要對「自己」有足夠的信心把話說出來。

史考特說：「我們把審判切開以後，就管不到檢察官要先進行哪一場審判了。也許他們會先審蘇菲亞的案子，假如她被定罪，嗯，崔爾有了一項戰利品或許就夠了，也許不會再冒險對付雅莉珊卓。可是我們沒辦法安排這樣的劇本。等我們分開審判的聲請通過後，我們就無法左右哪一場審判會先進行了。」

布萊德、查德和安德森對史考特點頭表示贊同，然後開始看著自己的筆記。

「你沒弄懂，我現在是提議我們不要分開審判。」凱特說。

史考特的表情像是挨了一巴掌。他的頭向後仰，眉頭深鎖，額頭上出現皺紋。

「妳說我們不要分開審判是什麼意思？如果我們審判的兩名被告互相指控，這種行爲只會毀掉她們自己的信用。而且萬一雅莉珊卓決定不作證，結果蘇菲亞又上證人席作出不利雅莉珊卓的證詞，我們就完蛋了。」史考特說。

「唯有雅莉珊卓作證，這方法才能成功。」凱特說，「從這個角度看吧：若是分開審判，我們得握有擊敗檢察官的證據。在合併審判中，我們則只需要贏過蘇菲亞——而她是個有暴力紀錄、心理狀態又不穩定的毒品成癮者。雅莉珊卓是事業有成的年輕女人，無犯罪紀錄，她說她與謀殺案無關，說服力十足。她是個理想證人，口齒清晰、可信可靠、態度誠懇。」

「風險高得要命。」安德森說。

「你們有聽過那個『非洲草原上兩個野生動物攝影師驚動一頭獅子』的老笑話嗎？離獅子較近的攝影師把靴子換成愛迪達跑鞋，另外那個攝影師說：**就算換那雙鞋子你也跑不贏獅子**。第一個攝影師說：**去他的獅子，我只要跑贏『你』就行了！**」

⚖

會議又持續了一小時，法律理論與策略隔著桌子來回拋射。現在他們將各自離開去準備筆記。他們不但要把自己的策略呈現給萊威，而且萊威還期待他們挑出彼此策略中的漏洞。一切都取決於凱特現在要撰寫的文件。明天早上和萊威的會議是她爭取審判中次席律師的機會。

凱特一個人在座位上吃晚餐，並用筆電快速打字，以合併審判爲前提建構她的理論。她不時會翻看和參考自己爲萊威所寫的備忘錄，以及他們的調查員針對雅莉珊卓製作的檔案。

要是凱特能夠選擇能否擁有雅莉珊卓的生活方式，她會毫不遲疑地接受。在被逮捕之前，雅莉珊卓一直是曼哈頓一位高䠷、金髮、富裕的社交名媛。派對、禮車、晚宴，以及凱特只能幻想自己買得起的衣服。她的房地產事業可說自己就運作得很成功：她爲超級有錢人列出房產清單，而那些超級有錢人就買下那些房產，有時候連看都沒先看一眼。雜誌的八卦與社交生活版面拍到她的名人男友，列出來也是一長串名單：籃球員、演員、星二代、電視主持人，甚至還有驚世低俗風格的播客。而且她很聰明。雅莉珊卓得天獨厚，擁有美妙的人生和美妙的衣服。**天啊，那些衣服**，凱特心想。

公園大道的生活方式，有錢，有安全和極致奢華。雅莉珊卓·阿維利諾完全沒有殺害父親的動機，他給了她夢幻人生，引領她走上那條路。她是全世界最不可能傷害她父親的人。

六點下班時間已過，沒人離開辦公室。這間律師事務所依靠向客戶請款的可計費工時而存在，若是你沒有盡責地做滿目標工時，很快就會被掃地出門。凱特開始早上六點打卡上班，通常晚上九點打卡下班。星期六早上也會來四個小時。星期天則在昏睡。

過了七點以後，有第一個律師下班了。凱特望著他離開，然後靠向椅背，手臂伸向天花板伸展背部。這時她聽到萊威辦公室的門打開，她背後的地板有匆忙的腳步聲。史考特從萊威的辦公室走出來，他步伐輕快，上相的面孔掛著大大的笑容。他走進電梯下樓了。

凱特繼續盯著面前的螢幕，讀一遍最後一句話，仔細檢查有沒有打錯字。這時她聽到萊威的門又發出聲音。他鮮少離開辦公室，通常只會出來開會或是回家。他的辦公室裡有私人洗手間，還有一小群祕書負責為他送上午餐、晚餐和源源不絕裝在玻璃杯的冰杏仁奶。她轉頭看到萊威朝她走來，邊走邊把褲子往上提。他停在她椅子後面，她感覺他一手搭在她肩頭，壓抑著打冷顫的衝動。

「地方檢察官辦公室有沒有回應我反過來提出的條件？」萊威問。

「沒有，還沒。」凱特說。

「好。我說啊，凱蒂，妳乾脆明早再把這個做完吧？」他說。

她感覺他的食指滑過她的鎖骨，由於不想尖叫或是轉身揍他的睪丸，凱特直接把椅子轉了一百八十度面向他，迫使他把手移開。

「我不能，我需要為明天的策略演示準備筆記。我應該很快就能弄完了。」凱特說。

「但妳總得吃東西啊。妳應該休息一下。我知道一家很不錯的義大利小餐館，就在我住的公寓同一條路口。最棒的是它有外送服務，我們可以回我的住處，點外送，開一瓶好酒，然後妳把對案件的理論講給我聽。」

有一秒的時間——整整一秒——和萊威一起回他公寓的念頭閃過凱特腦海。她想要次席律師的位置，眞的很想要。但那一刻過去了，而且莫名地在她嘴裡留下一股原本絕對沒有的惡劣滋味。

「我的筆記進度有點落後了，還要做些法律研究才能完成。抱歉，我眞的很想先把這個做完，明天表現得好一點。我有個算是不太尋常的策略，但對雅莉珊卓來說可能眞的行得通。我眞心認爲我有資格爭取庭審中次席律師的位置。」

萊威退後一步，嘴唇作出「噢」的形狀，然後皺著臉說：「我剛才已經把次席律師的位置給史考特了。抱歉，木已成舟。我相信妳的策略很大膽，但它不可能勝過史考特的理論。他的理論可謂天才。很冷血，這我喜歡，但重點是能跳脫框架思考。一開始我簡直不敢相信他說的話，但他說服我了。我們不打算向法院申請分開審判，而要走合併審判。我們要讓雅莉珊卓對上蘇菲亞，而雅莉珊卓會輕鬆擊敗她的怪妹妹。史考特是怎麼形容的？當我們在叢林裡看到一頭老虎時，趕緊穿上耐吉運動鞋。這雙鞋不會幫我們跑贏老虎，但只要我們快過另外那個人，我們就能安全回家。妳不覺得很好笑嗎？」

凱特的心跳加速——她能感覺脈搏沿著一條橫跨胸腔的大血管推擠前進。

「史考特是什麼時候跟你說這些的？」

「就剛剛。這太聰明了，我不認爲有必要延遲決定，史考特拿到次席律師的位置了。如果我們配合檢方走合併審判，我還能向崔爾施壓，替雅莉珊卓談條件。她會接受輕罪罪名，不坐牢。所以妳懂了吧，妳不用急著在明天早上之前做完這些工作，來跟我一起吃晚餐吧。妳知道嗎，我的公寓眞的很棒喔，空間很大，卻又同時很……私密。」

凱特嘴裡湧上膽汁。她覺得頭暈，於是轉身背對萊威好扶住桌子。當下她必須攀住某樣東西，否則她知道自己會吐得滿地都是。

如果她告訴萊威這一開始就是她的主意，他很可能不相信她。即使拿出她寫的筆記，史考特也能說是「他」在會議中提出想法，而他的狐群狗黨百分百會替他背書。凱特察覺萊威彷彿從很遠的地方說道：「嗯，如果晚點妳改變心意的話，歡迎過來坐坐。我最近剛裝了按摩浴缸，它大到可以同時容納兩個人喔。我們可以喝點香檳放鬆一下，討論妳的案件理論。這場審判我搞不好需要三席律師呢，這種事很難說的。」

她把頭埋進手裡。

可能採取的各種行動像蒙太奇畫面在她腦中閃過，沒有一個是進入萊威的公寓。

「不用了，謝謝。」凱特說。

萊威退開了，也許他察覺自己現在已經越線了。

凱特眞想把她的筆電塞進萊威的屁眼。

然而她只是用指尖滑了一下觸控板，喚醒螢幕，檢視電子郵件。她收到了布萊德、查德和安德森的筆記，供她批評回應。她印出這些筆記，以及另外兩份文件。她從印表機收走這些文件，抓起大衣，然後按了電梯按鈕。她在等電梯時，心生遲疑。她現在考慮做的事很危險、很過分，它能徹底斷送她的事業。

電梯門開了，凱特一個人走進去。人力資源處在下面一層樓，她考慮按下那層樓的按鈕，去找人事部門主管，申訴性騷擾和不公平待遇。電梯門開始關閉。

她提醒自己她可是凱特・布魯克斯。

凱特按了一樓的按鈕。她受夠了，該是選擇發射核彈的時候了。對萊威的申訴絕對經不起檢驗，當你公司的信紙信頭印有某人的姓氏，要證明那個人做錯事幾乎是天方夜譚。

她不會主張自己被性騷擾。

她在盤算殺傷力遠遠更大的事。

13 艾迪

我在我的辦公室等到五點半，然後打給蘇菲亞。我們約好見面，但她已遲到半小時，我想確認她會不會來。

這次她接了電話。

「天啊，眞的很抱歉，我一定是不小心睡著了。我現在過去好嗎？」

我看了一下錶。半小時後我就要出門參加哈利的派對了，那場聚會我不能缺席。

「改明天早上可以嗎？」我問。

「好啊，謝謝。再說一次對不起。」

「沒關係。是說，明天我可以去妳家——」

「不用了，」她立刻打斷我，「我去找你，我比較想這樣。」

我掛斷電話，一想到接下來的夜晚，不禁罵了句髒話。我一向覺得大學派對很無聊，我從法學院畢業時，就暗自發誓要避開所有派對，尤其是規定必須穿正式服裝的那種。我收到的所有寫著「請著半正式禮服」的邀請卡都直接進了垃圾桶。

但這場派對我躲不掉。

我沒有燕尾服，也百分百確定不要特地租一件。我穿著黑西裝、白襯衫、打黑領帶出現在「方家中式餐廳」，這身打扮比較適合雞尾酒派對或喪禮。我口袋裡恰巧放著我出席的上一場喪禮的程序單。死者是名叫比利·班斯的老騙徒，他在七〇年代時將拉斯維加斯黃金地帶半數的店家都洗劫一空。那場喪禮有夠悲慘，世上最卑賤的莫過於老後的騙徒了，這種職業會讓人晚景淒涼。我致意之後就趕快離開了。

現在我在中式餐廳門口，有人從銀托盤裡拿了杯香檳給我，女侍帶我穿過用餐區進到內室。這是個長型房間，光線充足，四處吊掛著中式燈籠，天花板上還懸了兩座龍頭造型的吊燈。派對六點開始，而我到的時候已將近七點。我推不掉這場應酬，但我不必準時到。哈利·福特知道我來得心不甘情不願。

我看到哈利在房間另一端，那裡有很多穿燕尾服的傢伙以及他們身穿閃亮禮服的老婆。他們是資深律師、法官和法庭職員，全都是爲哈利來的。其中大概有百分之九十九的人是礙於社會期待不得不露面，剩下的百分之一則是來確保哈利能撐完全場。我屬於那百分之一。

我是來挺我朋友哈利·福特的。

我看到房間另一頭的講台後頭站著史東法官，哈利就在他左側。史東的致詞已接近尾聲。

「福特法官對本市的貢獻無可限量，他是我們極受敬重的法官同僚。他曾爲優秀的律師，後來更是出色的法官。各位紐約南區聯邦地區法院的女士先生，請舉起酒杯，讓我們敬哈利·福特。祝你長命百歲，並享受你應得的寧靜退休生活。敬哈利……」

人群附和「敬哈利」，大家客套地抿著香檳。我一仰而盡，四處張望哪裡可以放空酒杯，這時我看見她。

那個女人穿著露背長禮服，背部挖空到脊椎底部。她的頭髮束成精緻的髮髻，髮間鑲著晶亮的寶石。她轉過身，彷彿感覺到我的目光。

「哈波？」我說。

她微笑，向圍繞著她的四五個男人告退，朝我走來。

「我就知道你會遲到，我也才剛到。」她說。

「妳看起來……很讚。」我說，無法或者是不願再多說什麼。哈波挽住我的手肘，將她的紅唇湊向我耳朵。我能感覺她的呼吸拂在我脖子上，有如野火。

「我從來沒跟這麼多混球共處一室過。我們去救哈利吧。」她說。

我們一起穿過人群。我沒見過哈波這種打扮，她眞是讓人意外，而我不能告訴她我的感覺，我什麼都不能說。我的喉嚨裡好像有個塞子，有什麼東西堵住。也許這樣最好吧，哈波值得比我好的人。

「接下來讓我們歡迎——哈利．福特。」史東法官說，他離開講台的麥克風，讓位給哈利。這是兩週以來我首次見到哈利，他看起來瘦了。哈利一向有點肉肉的，那很適合他。現在他站在台上，看起來蒼老而瘦弱。他的臉頰都塌下去了。

我們前方只剩兩三個人時，哈波和我站定腳步。

「我當過洗碗工、快餐廚師、送報生、美軍最年輕的非裔美籍上尉、律師助理、律師、法官。眞要說起來，這五十年來我的事業一直在退步。我做過的最好工作就是在洛可美式餐廳洗盤子，我十三歲時得到這份工作，只花不到三十秒就學會需要知道的一切。髒盤子會送進廚房，而我的工作就是確保有足夠的乾淨盤子再送出去。這事沒有灰色地帶，盤子要嘛是乾淨的，要嘛不乾淨。當上律師後，我的工作變複雜了，等我坐上法官席，情況又變得更糟。」

我望向四周。大家剛開始以爲哈利在說笑話而發出的禮貌笑聲，已漸漸沉寂。現在律師和法官組成的聽眾間可見許多嚴肅的臉孔，正瞪視著哈利。有的人面露反感，有的人不可置信。

還有一個人滿是慍色。

方才史東法官跨下小小的平台後，便站到助理檢察官韋斯里．崔爾身旁，崔爾仔細觀察史東法官，彷彿在判讀他的每個手勢、感應他的情緒，就像撲克牌牌局中的玩家一樣。對崔爾這類律師而言，每段對話都是一場牌局——唯一有變數的就是他能從中獲得什麼。而你不必擁有瞬間洞察人心的冷讀術，也能看出史東的表情充滿不屑以及愈來愈強的敵意。

「有鑑於史東法官要接我的位置，我有幾句建議想送給他。」哈利說，現在他轉過來直接望著史東。

「我盡力秉持公正，維護法律和憲法精神，履行我對市民所負的責任。我服完我的勞役了，現在有種終於走出牢獄的感覺。史東法官，我希望你做得比我好，我是說眞的。我們都必須拿出更好的表現，紐約市民值得更好的法官。謝謝各位蒞臨，我們稍後在酒吧再聚吧。」

哈利走下講台，迎來稀稀落落的掌聲。這是一篇奇怪的致詞。我參加過一場退休派對，是哈利的老朋友佛徹法官。那場派對充滿賀詞、細數當年勇以及歌功頌德。哈利並不來這一套，他把責任扛在身上，就像他在越戰最後一年時將受傷的美國大兵扛到安全地帶。哈利有一項特質，讓他不受司法部門歡迎：他眞心在乎。他在乎犯罪被害者，也在乎被告。哈利幾乎將來到他法庭上的每個人都視爲被害者。世界上只有極少數人眞的壞到無藥可救，多半是因毒品或酒精或生活而搞砸事情。而這種狗屎會黏在你一部分的靈魂上，它如影隨形、陰魂不散，不論你多麼努力用各種工具想把它摳掉：規則、職業道德，或更有效的——波本威士忌。

哈利看到我和哈波，便穿過人群朝我們走來，途中短暫停頓與致意者握手。在他能走過來之前，已經有討厭鬼找上我們。

「好一篇不尋常的致詞。」有個嗓音在我身旁說。我轉頭看到是史東法官，崔爾站在他旁邊，兩人都繃著臉。若說哈利在法官席上做的每個決定都運用了同情心和人性，史東則提供了有些人說司法體系很需要的制衡力量。他並不是個有慈悲心的人。他的法官資歷已超過十年，現在卻仍有人會談論他審的第一個案子。當時他拒絕接受檢察官安排的認罪協商，將一名有五個孩子的遊民母親判了六個月刑期。她的罪行是從街頭攤車搶了一個熱狗堡。她的孩子全都被社服機構安置，她原本正拚命想租到公寓、謀得工作，好把他們接回身邊。她搶熱狗堡的時候已經三天沒吃飯了，在此之前她沒有案底。認罪協商的內容是，她將被判已服完折抵刑期（從被逮捕算起拘押了二十一小時）加上緩刑。

在史東判給她的六個月刑期剛進入第二晚時，她就在囚室中上吊身亡了。

隔天史東剛好要出庭，他在法官辦公室裡對書記表示，他已讀了那名女子自殺事件的新聞報導，他說：「世界上又少一隻蟑螂了。」書記們議論紛紛，每個法官都知道這件事。史東是個冷血的種族歧視混蛋，如果你得出現在他的法庭上，只能求上帝保佑你了，而他也巴不得所有人都知道這一點。書記將故事說出來，他的名聲就此傳開。

他的臉型長而蒼白，乾燥的皮膚總像是撲著一層細粉。對比之下，他粉色的嘴唇一向又濕又亮，藏住老鼠般的小牙齒。他的眼睛有如黑珍珠，身上散發一股難以形容的體味。那是種化學味，但並不乾淨，像是他試圖用枯死的花來掩蓋的臭味。

他看著我，等我回應。我把臉別開。

「我說那是一篇『不尋常』的致詞。」史東重複道。

「你說第一遍我就聽到了，」我說，「我是出於禮貌才沒反駁你。那篇致詞很眞誠，哈利爲這份工作奉獻了很多時間，他並不希望你接手之後，他的所有努力都付諸流水。」

崔爾上前一步，帶著若有所盼的表情，好像他準備目睹一場車禍，而他已迫不及待要看到血腥屠殺場面。

「你認爲我不夠資格接他的位置嗎？」史東說。

他提這問題時有些沾沾自喜，那雙黑色小眼睛周圍顯露得意之色。

我不搭腔。

「弗林先生，史東法官在問你問題。」崔爾說，毫不遲疑地站到法官那一邊。

「我聽到了。我認爲這只是個修辭性問句，但如果你眞的要我回答他，我也ＯＫ。」

哈波輕扯我的手臂，說：「嗨，我是哈波。」

她比我聰明，法官和崔爾都花了點時間用讚賞的目光上下打量她。

「如果兩位男士不介意，我要把艾迪偷走一下。」她說。我看得出她一肚子火，也很不爽崔爾和史東肆無忌憚在她身上看來看去。

我也很不爽。

她拉我手臂，想把我從麻煩中帶走。

「那麼，哈波小姐，妳覺得我夠資格接福特法官的位置嗎？」史東說，不肯放過任何遭受批評的蛛絲馬跡。

「史東，怎麼回事？」哈利說，趕在我說出會後悔的話之前打斷我。

「弗林先生正準備告訴我們，他認爲史東法官夠資格接你的位置，法官。」崔爾說。

哈利說：「艾迪沒喝得那麼醉，還沒有。史東，你就算要接手公廁清潔員的位置都不夠格。我知道你的政治傾向，我知道你是**哪種人**。」

哈利伸出手指著史東燕尾服的翻領。他的領子上有個金屬別針，它很小，在哈利指出來之前，我完全沒注意到。它的造型是個圓圈，中間有個數字「1」。

「你的時間已到，福特。你已經用完你的機會了。不要逼我盯上你。」史東說。

「我們去喝一杯吧。」哈利說，催促哈波和我走開，「這裡有股難聞的氣味。」

我們離開時，我回頭瞥了一眼，這時才注意到崔爾外套上別著同樣的別針。

我們走向房間後側，哈利向幾位法官和律師道別，然後我們就去了位於下一個路口的高級酒吧。哈利對派對的想法和我一樣，即使是以他自己爲主角的派對。這間酒吧附設在飯店內，穿著企鵝禮服的我們看起來或感覺起來並不會太突兀，至於哈波，她穿著那身禮服不管待在哪裡都是巨星。

我幫大家點了啤酒和威士忌，然後在角落的雅座坐定。

「史東戴的是什麼別針？」哈波問。

「它屬於一個差不多每年都會換名稱的組織，這組織最初是從田納西州發起的白人幫派團體，後來變得政治化，名稱先後用過『民族第一』、『美國人命第一』、『美國男兒』等等，他們不斷分裂重組又分裂，次數多到我已經搞不清楚他們現在自稱為什麼了。那不重要。他們不收女人、猶太人、黑人、西班牙裔入會，或基本上應該說，他們就只接受有錢又無知的白人當會員。」

「我以為法官在任時不能有這麼明顯的政治傾向。」我說。

「規定是規定，史東絕對有遵守法律的字面規範。按照憲法第一修正案，當他沒在法官席上的時候，他有自由表達的權利。只是我實在難以忍受那個王八蛋接替我的位置。我沒想到他會受到任命，要是早知道的話，我就不會走了，可是我知道的時候已經把文件送出去了。」

「地方檢察官辦公室的新才子韋斯里．崔爾，也戴著那種別針。」我說。

「我看到了。崔爾和史東關係很好。艾迪，種族歧視者很懦弱，他們都靠人數壯膽。我不確定崔爾是不是真的相信那個別針代表的狗屁，他主要是無所不用其極地討好一個位高權重的法官。就某方面來說，這樣更糟。史東是愚昧到看不出自己心存偏見，崔爾則根本不在乎，只要他能抓著梯子往上爬。你要當心喔，他們是很危險的組合，規則手冊裡並沒有任何一條禁止崔爾出現在史東的法庭上。你若是敢提出史東有司法偏見之嫌，他會請你滾出去時別忘了帶你的屁股。」哈利說。

我們默默地啜了一會兒酒，我要侍應生幫每個人續杯。

「哈波和我聊過了，你暫時還沒有安排好什麼退休計畫，對吧？」我問。

「你說計畫是什麼意思？我覺得聽起來不太妙啊，艾迪。」

「嗯，你又不會駕帆船，也沒有任何嗜好，也沒打算替大型事務所擔任顧問。你現在算是個自由人士，對吧？」

「我想我們好歹先安分一個星期，再去拉斯維加斯被逮捕吧。」哈利說。

「艾迪應該不是那個意思。」哈波說。

哈利推著桌子往後坐，越過酒杯上緣看著我。

「艾迪……」他的語氣彷彿我已經闖禍了。

「我要你跟我合作。我知道按規定你不能執業，但沒有任何因素能阻止你當顧問。我需要幫助，我需要對法條滾瓜爛熟的人。或許這能遊說你：我的對手是崔爾，我要代表蘇菲亞．阿維利諾辯護。哈波負責調查工作，我會處理證據和證人，但我還需要法律專家。我旗下可沒有十個律師二十四小時不間斷地在寫案件摘要。」

哈利將酒杯湊到唇邊，深思地啜了一口，當他放下酒杯時，臉上已掛著一抹賊笑。

「艾迪，你的案子往往會變得……亂七八糟。你已經被痛扁、被恐嚇或被逮捕過了嗎？」哈利問。

「再給我一點時間，我們還沒真正開始呢。」

哈利舉起酒杯，哈波和我也是。我們碰杯，哈利說：「好吧，至少我們不必大老遠跑去拉斯維加斯就能惹麻煩了。」

14 凱特

凱特抽出她在辦公室列印的其中一頁文件、確認頂端列出的地址時，開始下起大雨。她望著大樓上方的門牌。內凹的門廊設有一塊對講機按鈕面板。雨滴濺在紙頁上，她摺起文件收到大衣口袋裡。她在按下對講機按鈕的前一秒，手指頓住了。一旦按下去，就沒有回頭路。

她幾乎在無意識中按下按鈕。嗶嗶聲響起，讓她知道樓上公寓的住戶已接收到通知。凱特撫平大衣，清了清喉嚨，將幾縷濕頭髮從臉上撥開。

「喂。」對講機裡的聲音說。

「阿維利諾小姐，我是萊威、伯納德與葛洛夫聯合事務所的凱特．布魯克斯，我是被指派負責妳案子的律師之一，我們在第一分局見過面。很抱歉打擾了，但情況緊急。妳介意我們談一談嗎？」

「上來吧。」對方回應。

凱特聽到咔嗒一聲。她拉開大門，找到電梯，上到雅莉珊卓．阿維利諾的樓層。這座電梯大概就有凱特公寓的一半大。電梯門打開，外頭是典型的曼哈頓公寓走廊，整條走廊都有裝飾藝術風格的拱飾和掛燈。空氣中瀰漫著松果和肉桂的氣味。她走到雅莉珊卓的公寓，敲門。雅莉珊卓一定已經在等了，因為門馬上就打開了。

雅莉珊卓站在門口，凱特再次震懾於她的外貌。高䠷、金髮、素顏，身穿白色棉質浴袍。她剛淋浴過，頭髮還是濕的。她仍然是凱特見過與好萊塢明星和名人勾著手臂的那個美女。

「請進。」雅莉珊卓說。

凱特進屋，雅莉珊卓表示要替她掛起大衣。她遞出大衣前先從口袋拿出潮濕的文件，並為了大衣很濕而道歉。她匆忙離開辦公室，沒帶傘也沒用資料夾。

凱特不想讓任何人知道她從辦公室帶走文件。她不該將案件的任何資料帶回家，更絕對不應該跑來這裡。

「要喝點什麼嗎？」雅莉珊卓說，「水，還是花草茶？」

「有茶就太好了。」凱特說。

雅莉珊卓光著腳走進廚房開始泡茶，凱特跟過去。

「外頭好像真的下起大雨了。妳要不要毛巾？」雅莉珊卓問。

「不用，沒關係。」凱特說，同時一滴雨水墜到她衣領上濺開來。

「我幫妳拿條毛巾來。」雅莉珊卓說。她離開廚房走進浴室。凱特環視廚房，以及她所能看見的起居空間。這裡很漂亮，能從很棒的視野欣賞城市景觀。雅莉珊卓的品味絕佳——整間公寓的配色精挑細選，也考慮到了與沙發和椅子的協調性。放眼望去毫無瑕疵，只有一張廚房椅子的椅背上披著一條黑色萊卡跑步褲。褲子下方的座位上擺著一頂黑色棒球帽，帽子底下是件摺好的黑色上衣。前門旁邊擱著一些包裝盒，有些已經拆封，紙箱就留在原地，箱口微微探出包裝用的耗材。

茶几上擺了一組西洋棋盤。從棋子的排放來看，雅莉珊卓似乎正在下一盤棋。

「抱歉，我是不是打擾到妳下棋了？我不知道妳有客人。」凱特說。

雅莉珊卓拿著一條柔軟的白毛巾回到廚房，將它遞給凱特。

「不，沒關係，我一個人在家。我現在並沒有在下棋，那是一盤舊棋局。」她邊說邊朝棋盤點點頭。「妳剛才說有緊急狀況？」

「對，我們最好坐下來談。」

雅莉珊卓在兩個馬克杯中注入熱水，將一杯遞給凱特，她正用毛巾吸乾頭髮上的水。她還沒喝，洋甘菊的香味已讓她整個人暖和起來。雅莉珊卓在餐桌旁坐下，凱特坐在她對面。

「怎麼了？檢察官提出另一個方案嗎？測謊的事我還沒拿定主意耶。萊威先生說由我來決定。」

「我就是為了這個來的。」凱特說，「我可以直接叫妳雅莉珊卓嗎？」

她點頭同意。

「我在萊威、伯納德與葛洛夫聯合事務所工作並沒有很久，即使在這短暫的期間內，我都必須對很多事裝聾作啞，但我再也無法過這種日子了。萊威先生會把測謊的決定交給妳，他根本不在乎測謊結果。他真正的目標是妳接受協商。」

「什麼？」

「他要妳告訴檢察官，說妳和妳妹妹聯手殺了法蘭克．阿維利諾——說妳只是從犯，蘇菲亞才是主謀。這樣一來，等妳出獄以後還可以重新做人。」

「但他知道我沒殺我爸爸，我當面告訴他了，當時妳也在場。」

「我知道。他會盡可能拖長庭審前的程序，用文書作業對檢方疲勞轟炸，作爲一種談判策略，再設法爲妳談到最好的協商條件。這種做法唯一的錯誤在於妳得承認妳有涉入謀殺案。」

「不，我不能這麼做。」

「如果他能讓妳全身而退呢？不用坐牢。這是他向地方檢察官提出的最新條件。」

凱特拿出一份通聯內容交給雅莉珊卓。

凱特看著她在掃讀頁面時目光移動的樣子。萊威是個好律師，若是必要的話他也會上法庭，但只要有條件可談，哪怕折斷客戶的手臂他也要逼客戶接受協商。

「這封信上說我會承認過失殺人罪，可是我沒犯這個罪啊。他是被謀殺的，是蘇菲亞謀殺他的。」雅莉珊卓說，「誰給他做出這種提案的權力？」

「是妳。」凱特說。

「什麼？何時？」

「當妳簽下委任契約時，妳就授權萊威代表妳去談判了。在契約的細項裡有寫到。」

「我不知道有這項目，我沒有細讀。那時候我人在警局，我爸爸剛被謀殺，我哪有時間……」

「我知道。」凱特說，伸手輕觸雅莉珊卓的手。

「他無權這麼做，我跟他說過我是清白的，天啊！」雅莉珊卓說，她提高嗓門，胸口劇烈起伏，眼看就要恐慌症發作。「萬一這消息傳出去怎麼辦？那我就毀了。我的名聲、我的事業，天啊，我簡直無法……」

「所以我才會來找妳，」凱特說，「我相信妳，我知道妳沒有殺害妳父親。我不想要我的事務所去談判。我認爲有一個萬無一失的方法能讓妳獲判無罪。」

「妳覺得妳能保證讓我獲判無罪？」

「我願意賭上我的畢生積蓄。」凱特說。雅莉珊卓有所不知的是，凱特的畢生積蓄只有四百一十二元，她存放在公寓內的一個餅乾罐裡以備不時之需。凱特將查德、布萊德和安德森寫的筆記遞給雅莉珊卓，筆記上的第一步都是詳細陳述分開審判的聲請理由。

「我在警局見到妳的那一晚，妳很害怕。我並不會裝作了解像那樣失去父親是什麼感覺。而且凶手還是自己的妹妹？我完全無法想像妳是什麼心情。我不只是要讓妳獲判無罪，我還想確保妳妹妹爲了她對妳父親做的事付出代價。」

雅莉珊卓手中的紙開始顫抖。

「妳要怎麼做到？」她說。

「檢方想讓妳和妳妹妹在同一個陪審團面前一起受審。我讀遍了關於妳們家的所有資料，我知道妳是清白的。我知道妳妹妹非常病態——她很暴力又會自我傷害。我認爲陪審團同時看到妳們兩人時，也會看出這一點。基本上，萊威想要協商，我想要勝訴。」

凱特概述她的計畫——她要如何證明雅莉珊卓不可能犯下這起罪行，並同時鞏固檢方對她妹妹的指控。

「這應該行得通耶。」雅莉珊卓終於說。

「這話得跟事務所的其他人說才有用，妳也看到他們的策略了。我覺得我的方法才是最好的。他們手上案件很多，這只是另一項工作。對我來說，這有私人情感在裡面。」

雅莉珊卓傾向前，她很認眞在聽凱特說的每個字。凱特說她能勝訴是眞心的，但事務所不肯採用她的策略是謊言，她說得很心虛。萊威和史考特會竊取她的點子，據爲己有。凱特希望爲雅莉珊卓爭取到最好的結果，而她有自信能贏。

「我媽不久前才去世——癌症。我從小到大家裡都不是很有錢。她和我爸有兩個選項：他們可以送我去讀法學院，也可以買藥來延長她的生命。而他們選擇送我去讀法律。等她去世、我也畢業以後，我才知道這一切。我跟妳說，我能體會失去父母並帶著那種傷痛生活是什麼感覺，尤其是妳在那種情況下失去他……天啊，我不知道誰有辦法承受這種事。我想幫妳。我願付出任何代價來換回我媽，我也會做任何必要的事來讓妳妹妹入獄。」

她們兩人沉默了一會兒。凱特不敢打破沉默，她覺得在這當下，自己與雅莉珊卓產生了連結：這兩個年輕女人的人生中都經歷了超出她們應受的心痛。就算原本凱特對雅莉珊卓是否清白還有任何疑慮，也在這幾秒靜默的心靈交流中消散無蹤。

雅莉珊卓抹了抹臉，嘆口氣說：「我該怎麼做？」

「雇用我當妳的律師。我剛從萊威、伯納德與葛洛夫聯合事務所辭職，妳原本要付他們多少錢，只要付我一半就好。我會確保你們得到正義，妳和妳父親都是。」

凱特在紙上寫了一份授權書，授權將檔案由萊威、伯納德與葛洛夫聯合事務所轉移給律師凱特·布魯克斯。這項授權也任命凱特成爲雅莉珊卓唯一的代表律師。她將紙頁轉了個方向，連同原子筆遞給雅莉珊卓。凱特知道若是雅莉珊卓簽名，這將是她事業的起點，也是她與老東家大戰的開端。

「妳是什麼時候辭職的？」

「在妳打開大門讓我進來的時候。我放棄了在本市數一數二的事務所的夢幻工作，我這麼做是爲了妳，也是爲了我自己。如果我讓萊威打輸這場官司，或更糟的是，若是他勉強妳接受檢方的認罪協商，我應該會受不了。相信我，我們可以合力辦到。在這案子結束前，妳會是我唯一的客戶。我保證會不眠不休地爲妳工作，爲妳父親盡力。我不會讓妳失望的。」

雅莉珊卓花了些時間仔細讀授權書。她放下紙頁，盯著凱特。然後她拿起筆簽名，並越過桌面朝凱特伸出手。

「妳讓我想起……嗯，**我自己**，五年前的我。」雅莉珊卓說，「我們都失去母親，都在對抗那種痛楚，我知道妳會用它來奮戰，因爲我就是這麼做的。我覺得妳很聰明又熱情，我正需要這樣的人來替我辯護。我們一起打這一仗吧。」

她們握手，兩個女人都露出某種安心又興奮的笑容。接下來十分鐘凱特滔滔不絕——進一步說明她的策略，告訴雅莉珊卓下一步要做什麼。她的客戶認眞地聽，凱特由雅莉珊卓的表情知道她很滿意。

「我有做很多慈善工作，幫助遊民還有一些動物收容所。我該去申請一些證明嗎？或者找人以品格證人的身分出庭作證？我爸認識很多好人——前市長、國會議員、他的昔日競選總幹事哈爾．柯恩？」

「把這些細節都寄給我。品格證人對己方有利，因此他們必須是有良好聲望之人，要能經得起交叉詰問。」凱特說。

「我可能有適合人選。」雅莉珊卓說。

她們又討論了一會兒。凱特發現自己很喜歡和雅莉珊卓相處的感覺，她親切、果斷又積極，凱特很懷疑若是自己處於雅莉珊卓的境況下，是否能維持同樣的態度。談完之後，凱特喝了一大口茶，繼續把頭髮擦乾，雅莉珊卓則聊起父親的爲人，以及在她成長過程中他是個多麼好的爸爸。

「我妹妹就像家族中的瘟疫，很久以前就傷透爸爸的心。她是瘋子，我們小時候我就發現了。她跟我認識的所有人都不一樣，她很冷漠，也很怪。」

「妳們兩人已經不交談了，對嗎？」

雅莉珊卓越過凱特凝視窗外，遙望曼哈頓那些鋼鐵和玻璃材質的大樓——凱特知道她並不是在欣賞風景。她的心遠在千里之外，迷失在幾十年前的思緒和心情中。

「媽媽去世後我們就沒說過話了。那是一場可怕的意外，在樓梯上……」

「我有讀到。」凱特說，「當時妳幾歲？」

「十一還是十二歲？我不確定。有一部分的我在那天就封閉起來了。我無法確切想起媽媽的臉，我描繪不出來，沒有清晰的記憶。她現在跟爸爸在一起了，他們終於回歸正常狀態，又在一起了。」

「妳跟妳母親很親近嗎？」

「算是也不算是。我媽並不慈祥和藹，不太算，她用不同的方式表達愛。如果我贏了棋賽，她會買禮物給我，或帶我去吃好東西。除非有利於她的目的，她是不會表現出愛的。她心裡有愛，但她鮮少讓它流露出來。」

「這我能體會。」凱特說。

這幾天來，凱特已數不清她在網路上看過多少次雅莉珊卓的照片。這個活躍、新崛起的曼哈頓名媛，有財富、美貌和某種程度的名氣。然而現在看著她，凱特並沒有看到那些東西。她只看到一個痛苦的年輕女人，因爲家庭問題備受折磨，也懷有悲傷與憤怒。雅莉珊卓不是個令人眼紅的人，或許從來就不是。她的五官被一股悲哀凸顯，仔細凝視她的眼神就看得出來。

凱特搶走萊威頭號客戶的初始動機，主要是出於個人的報復心。凱特想用這案子展開事業，並且對萊威豎起兩根中指。可是當她坐在雅莉珊卓的公寓裡聽她說話，她的動機改變了。

雅莉珊卓是清白的，凱特當下就知道，她不光是爲了自己、爲了事業想打贏這場官司，她還想幫助雅莉珊卓。她必須救她。以及將殺人犯送進監獄，一輩子都不能出來。

「蘇菲亞毀了我的生活，她根本就有問題。我從小就討厭她，現在更加痛恨她。很抱歉，我不喜歡談她的事。我要妳揭發她就是我爸爸的凶手，她老早就該被關起來了。」

凱特起身準備告辭，說：「我保證會爲妳父親，還有妳，討回公道。今晚太感謝了，茶很好喝。噢，我把這條毛巾放回浴室吧？」

雅莉珊卓溫柔但堅定地從凱特手裡拿走毛巾，說：「妳還是別進去的好，妳來的時候我剛沖完澡，裡面還有點凌亂。」

15 艾迪

我們站在飯店酒吧外的人行道上等計程車，哈利挽著哈波的手臂。哈利家就在兩三個路口外，但他非要送我們上計程車才肯走。我回家時可以順路讓哈波先下車。

我站到馬路上，沿著第二大道張望。哈利和哈波在聊天時，有隻狗朝他們衝去。那是隻混種小型犬，毛色淡黃，東一塊西一塊被泥巴和曼哈頓的馬路汙漬給染黑。小狗坐在哈利腳邊，面朝馬路。哈利往下看，拍拍小狗，摸摸牠的頭。

放眼望去沒有任何計程車。

五分鐘後，一輛黃色計程車停在路邊。到了這時候，哈利和流浪狗已成爲摯友。哈波親吻哈利向他道晚安，又對哈利新交的狗朋友說再見，才坐上計程車。我鑽進後座坐在她身旁，車子開走時，我們都看到哈利往他家走，小狗跟在他旁邊。

「他超愛浪浪。」哈波說，眼睛直盯著我。

我想她說得沒錯，我也曾流浪無依，狀況很可能比那隻狗更糟，結果哈利帶我去吃午餐，把我從騙徒變成律師，人生就此不同。

剩下的車程我們默不作聲，彼此坐得很近，肩膀相觸。當計程車在哈波家停下，我從車窗望向房子。幾年前她父母在遺囑中留了錢給她，現在她的事業做起來了，她就把住處從公寓升級成聯排別墅。與某些褐石建築相比，這棟別墅很小，不過它很雅致，而且整理得很好。

她靠過來，我迷失在她的眼神裡。我的感官被她占滿。

「我今晚過得很開心。」她說。

「我也是。我們應該……」但我不能再多說任何話了，我對自己嘴裡會吐出什麼內容沒有把握。

我們是朋友，離開克莉絲汀後，她是我最在乎的女人。我的婚姻之所以失敗，我本人和我的工作各占一半因素。我那一天天長大的女兒，與她母親以及另一個男人同住在某間房子裡。我為克莉絲汀開心，因為我無法讓她幸福。但是老天啊，我好想我女兒。艾米長得很快，這個青少女只能有個兼職老爸。

問題的關鍵在恐懼。我害怕跟哈波交往——我不能再次搞砸別人的生活，而且我珍惜我們的友誼，我不想毀掉它。這是不對的，我們是合作夥伴。要是我讓她不舒服，或是以任何方式損及我們的友情，我都無法原諒自己。她完美的鵝蛋臉離我很近，她凝視我的眼睛。她用舌尖潤了一下上唇，一瞬間，我覺得她跟我有同樣想法。我不想讓關係變調，我們的關係意義太重大了。哈波喝了六杯威士忌——她沒醉，但也不是完全清醒。我不能採取主動，這時候不行。時機不對。

她親吻我臉頰，道聲晚安，走下計程車。我挪到她那一側，好目送她走到大門。我想確保她安全進屋。她進了家門，回頭揮揮手，然後把門關上。

計程車沒有動。我看向司機，他仍望著哈波最後站的位置。他一定有感覺到我在瞪他。

「老兄，那位女士超想把你打包回家的。可憐的傢伙，你眞太不懂女人了。」計程車司機說。

我無力反駁他。

半小時後，計程車司機又傳授我好些不漏接女性暗示的建議，然後把我放在西四十六街。我給了他比平常更豐厚的小費，感謝他的金玉良言。我走了一小段路到登上我那棟樓的台階前，然後猛然煞住腳步。

有人坐在台階上，穿得一身黑。

路燈並不怎麼亮，而且時間已是凌晨一點左右。我看不清楚那是什麼人。看起來絕對不像找地方過夜的遊民，那個身影更黑、更小。

我走到台階底部時，看到黑色棒球帽下的臉孔。

蘇菲亞。

她穿著黑色萊卡慢跑服，還套上黑色帽T。

「嗨，弗林先生，我有打給你。我在電話簿查詢你名字，只查到這個地址。我不知道這裡是你的辦公室，我還以爲是你家。我只是坐在這裡思考該怎麼聯絡上你，因爲我不能等到明天才跟你談。」

「怎麼了，出了什麼事嗎？」

「所有事漸漸超出我承受的範圍了。」她說，並撩起上衣的一邊袖子。我看到她前臂上有一道深色傷口——她割傷自己了。

「妳先進屋再說。」

我們上樓到我的辦公室，我帶蘇菲亞到位於後側的浴室。她脫掉帽T，我再次看到她裸露的雙臂，但這次她嘴唇顫抖，她垂下頭。她很難爲情。上一回她給我看她的手臂是情有可原——爲了證明她沒有自殺傾向。現在我看著她的手臂，卻是因爲她無法控制自己的衝動，她爲此感到羞愧。

「沒關係，蘇菲亞。」我說。

她手臂上有一道新的割傷，蓋過許多白色和粉色的疤，傷口還在流血。傷勢並不嚴重，她沒割到動脈，不過它看起來比其他大部分的舊傷都來得深。

我從浴室壁櫃拿出一些紗布和ＯＫ繃，然後清潔傷口再貼起來。血浸透了ＯＫ繃。她另一邊手腕仍因爲她在警局咬傷自己而包紮著，在那一刻，我著實不知道說什麼好。我判定她不需要聽人說教。

「這裡有毛巾，用力壓住傷口。」我說，把ＯＫ繃撕掉，現在還不適合貼上ＯＫ繃。她向我道謝，我們回到辦公室。她坐到沙發上，我給她倒了杯波本威士忌。

「我沒有咖啡，今天剛好喝完了。小口喝這個吧，等妳準備好我們就來談。」

她點點頭，摘下棒球帽，讓黑髮散開。她一口氣喝掉半杯酒，我幫她續杯。

「喝慢一點，小口喝。」我說，給自己也倒了一杯。

我坐進客戶用的椅子，把它轉過來面向她。我們就這樣坐在一起默默喝著威士忌。

「所以你住這附近嗎？」她問。

「我就住這裡，後面有張行軍床，還有幾本書。有一間浴室，我需要的就這些了。但我得準備個像樣的住處，我女兒週末才能來和我待在一起。」

「你常和你女兒見面嗎？」她問，她說話時眼睛有種遙遠的幽光，彷彿這問題其實根本與我無關。

「我們每個週末都會見面，週六去購物中心，或是週日去公園。她已經十四歲了，我發現，比起公園，現在她更喜歡去購物中心。」

「你會買東西給她？」她問，眼神還是很朦朧。

「會啊。嗯，應該說我有給她零用錢，她自己花掉。我可不懂化妝品或是她最近愛看什麼雜誌。不過我倒是會送她書，她有閱讀習慣。目前她正在啃羅斯．麥唐諾和派翠西亞．海史密斯的推理小說。」

「聰明的孩子。我沒辦法專心看書，那得安靜地待著不動……我就是坐不住。我總是很躁動，你懂嗎？」

我點頭。

「我像你女兒這個年紀的時候，我爸幫我開了個帳戶，在裡面存了一筆錢。媽媽去世後我就被送去寄宿學校，他抽不出時間來看我。生日、節日，他都匯錢給我。我成長過程中有一段時期，一年頂多只會見到他兩三次。」

「那妳姊姊呢？妳比較常見到她嗎？」

「更少。我覺得這樣很好。」

「信件或電話呢？」

「爸爸從不寫信，也從不打電話。」她說，眼神又迷離起來，「媽媽還在世時，雅莉珊卓和我會偷偷互傳紙條，趁媽媽不注意跟對方下棋。每張紙條都是一步棋。我們下了好幾個月。」

「誰贏了？」我問。

蘇菲亞將注意力轉回我身上，直視我的眼睛說：「誰也沒贏。我們還沒下完，媽媽就死了。她的脖子卡在樓梯欄杆裡……」

「我知道，很可怕的意外。」

「是意外嗎？有時候我懷疑會不會是雅莉珊卓推她的……」

「真的嗎？」

「我記得她站在那裡，一臉驚嚇。她緊抓著她的藍色兔子在哭。但也許她不是爲了媽媽哭？也許她是爲了自己幹的好事而哭？」

「妳有跟警方講這件事嗎？」

「沒有，我沒看到媽媽摔下來的過程，我不能亂講。對不起，我不該拿我的家庭問題煩你——」

「什麼？我跟妳說，我是妳的律師，蘇菲亞，這全都是我的分內工作。我很慶幸妳告訴我這些事，我也很抱歉沒能早點讓妳聯絡上我。我把手機關掉了，我猜哈波也關機了。妳打給我們的時候，是否已經……」

「割傷自己了？對。傷口一直流血，我覺得我可能需要看醫生，但哈波又說過別打給別人，要是發生什麼事應該打給她或你。她說我的醫療紀錄上不需要添加更多項目。我知道傷口看起來很糟。我只要一想到我爸、想到案子，一切就都累積起來，你懂吧，像是壓力。有時候跑步會有幫助。我劃開皮膚時，感覺能把『一切』都釋放出來。我不想去掛急診，我不想把事情弄得更糟。」

我不願意在這節骨眼證實她說得沒錯，時機不適合。不過確實，她的心理健康病史會成爲崔爾痛擊她的武器。

「蘇菲亞，妳的案件還處於相當初期的階段。等我們拿到檢方的所有證據，我們就會搞得更清楚了。目前他們掌握的鑑識證據，可以將妳和妳姊姊連結到妳父親的遺體以及凶器上頭——凶器是一把料理刀。」

「可是我用那把刀來切雞肉和蔬菜，我們都會幫我爸做飯。嗯，其實應該說雅莉珊卓會幫爸爸做飯，我是做給自己吃，他一向不太想吃我幫他做的食物，他吃東西很挑剔。不過到最後那段日子，他倒是馬馬虎虎了。他生前最後幾個月有點……糊里糊塗的。老實說，我覺得他快要失智了。」

「當時妳爲什麼這麼認爲？」

「他很健忘。有些日子他很正常，有些日子他會弄錯我的名字。有時候他會呼喚珍。」

「妳母親？」她望著地板，抿了一口酒，低聲嘟噥「對啊」。蘇菲亞有時候跟小孩一樣，若是我提起令她難受的話題，她幾乎會退化成兒童狀態，以孩子的視角去處理那些悲傷情緒。就拿此刻來說，她手中握著烈酒，手指滑入靠近酒杯底部的雕花溝紋，撫摸每一道割痕與凹槽，感覺它的圖案。她將酒杯舉到唇邊，深深嗅聞，長飲一口，然後摸自己的嘴唇，彷彿要證實酒液摸起來確實是又濕又黏的。她驚覺我在看她，甩甩頭，放下酒杯。

「哈波說她跟妳聊過了，說妳有提到妳父親，包括他用盡方法幫助妳。還有妳母親很嚴格。我想再問問妳姊姊的事。」

「你想知道什麼呢？」

「和妳姊姊一起長大是什麼感覺？」

「地獄，徹底的地獄。她讓我的生活悲慘無比。我們不聊天，不一起玩。感覺就像在作戰。媽媽去世後，爸爸送我們去不同的寄宿學校。我的程度不足以讀雅莉珊卓那間學校，而他也無法一邊應付兩個年幼的女兒一邊處理市政。我們就被放牛吃草了，在我們自己的世界裡，你懂吧？」

我不懂，我其實無法想像。

「這樣的成長過程一定很辛苦。」我說。

「你有跟敵人生活在一起的經驗嗎？我有。我恨她，我眞希望她死掉。離開那棟房子是個解脫。除了那盤祕密棋局之外，我們毫無交流。就連我們的紙條上也只有棋步，沒有對話。我始終沒能在那盤棋中打敗她，這我很遺憾，但我們分道揚鑣時我還是很高興。我能跟你說很多會讓你想吐的故事。不，我姊姊和我並不親近，我們可說是最疏遠的兩個人。她說媽媽是因爲我才會死的，說爸爸也是因爲我才會冷落我們。當然，我知道這不是眞的。我始終不能原諒她說這種話、害我有罪惡感。媽媽眞的是個奇葩，但她畢竟是我媽，我愛她。我不知道她是不是也愛我，不過那不重要，其實不重要。我經常想起她，我很懷念她。」

我們又聊了一下審判的事。我解釋檢方有一些鑑識證據，能將蘇菲亞和她姊姊與犯罪現場連結起來。

「我檢查他有沒有在呼吸，所以抱著他，我身上當然會沾到血。那是他的血沒錯，但我沒有傷害他，我做不出來。」

「我相信妳。有件事妳應該要知道，我本來打算明天跟妳討論的，不過乾脆就現在講好了。檢察官提出一項方案，他要努力促成合併審判，讓妳和妳姊姊在同一個陪審團面前因謀殺罪受審。我要試著阻止這事發生，改為分開審判。我不知道我能不能做到，但我會盡力而為。有一位退休法官要幫我。檢察官提議給妳們兩人測謊，如果妳不接受，他會拿這一點來攻擊妳。若是妳姊姊接受測謊並且通過了，對妳會很不利。假如妳接受測謊又沒通過，妳麻煩就大了。除此之外，他還提出一項認罪協商。妳只要承認犯下謀殺罪，並且向法庭表示妳是和妳姊姊共謀犯案，妳就能在還年輕時出獄。我不能讓妳承認自己沒犯的罪，但我有義務告知妳這項協商的存在。」

「我沒有殺我爸。要是我知道雅莉珊卓要殺他，我會先宰了她。」

這是她第一次用自信且清晰的語氣說話。她直視我的眼睛，發言時沒有遲疑。視線沒有上下亂飄，句子沒有結結巴巴。她的雙手放鬆且靜止地擱在腿上。沒有破綻。這是實話。

「既然如此，我們就只要思考測謊的事了。這由妳決定。測謊並不是一種精確的科學，如果妳拒絕，我應該可以將傷害盡量減低。要是妳做了又沒通過，就會身陷麻煩。我的建議是：叫檢察官吃屎。我覺得冒這個險划不來。」我說。

「不，跟他說我要測。我沒殺我爸，我說的是實話。他會看出真相，然後他們就會撤銷告訴了。」蘇菲亞說。

「妳必須了解，他是不會撤銷告訴的。他只會擬一份認罪協商以及對妳姊姊不利的證詞，讓妳用來換取減刑。」

「我要接受測謊，我沒什麼好怕的，我又不是凶手。」

如果測謊時她有這樣的表現，她大概能通過吧。我突然間對這案子樂觀多了。蘇菲亞內心深處有一股力量的泉源，我只需要發掘它，並讓它在審判時保持活力。

我說要幫她叫計程車回家，但她拒絕了。她說她感覺好多了，她的手臂不再流血，她想慢跑回公寓。

她說跑步有助於釐清思緒。

跟蘇菲亞談話絕對釐清了我的思緒。她是清白的，我感覺得出來，我確定。不僅如此，我現在還醒悟了法蘭克．阿維利諾的驗屍報告有哪裡不對勁。

就是法蘭克．阿維利諾本人。

法蘭克被殺害時，生理狀態極佳。除了可能是攻擊造成的呼吸系統壓力徵象之外，他都很正常。他的心、肺、肝、腦、胃、腸——以他這年紀的人來說都毫無問題。

蘇菲亞走後，我在書桌上的文件底下找到驗屍報告。我已經影印了幾份要給哈波和哈利，但我希望哈利馬上看一看。我把文件送進傳真機，撥了哈利的號碼。十分鐘後，我又喝完一小杯威士忌，我的手機響了。

「我要找什麼？」哈利說。

「你有覺得那份報告哪裡怪怪的嗎？」我問。

「除了手段凶殘、齒印以及外科般的技巧，沒有。」

「如果我跟你說，法蘭克．阿維利諾死前兩三個月就顯露出失智的症狀呢？」我說。

我聽到哈利在翻頁。他停頓。電話另一頭傳來微弱的吠聲。

「你把那隻狗帶回家了，對吧？」

「什麼狗？」

「今天晚上在街上把你當肥羊的那隻狗。」

「牠是我的好夥伴，牠喜歡牛肉乾還有牛奶。我們可能會成爲好朋友。」哈利說。

我給他一些時間閱讀。

哈利說：「除了刀子捅進眼腔時對他腦部造成的損傷外，他的大腦很正常。」

「法蘭克沒有失智。」我說。

「我贊同。」哈利說。

我們兩人都讀過大量驗屍報告，超出合理程度。凡是罹患失智症，或是其他退化性腦部疾病的人，在驗屍過程中都會有肉眼即可看出的病灶。他們的大腦長得就異於常人。但法醫說法蘭克的大腦完全正常，這就是令我困擾的地方了。失智症患者的大腦看起來並不正常，這種疾病會破壞大腦，破壞得很明顯。法蘭克的大腦沒有被疾病損傷，表示他根本沒有罹患失智症。

「他的律師麥克．莫丁跟警方說，法蘭克打給他約時間，要討論修改遺囑的事。」我說。

「怎麼修改？」哈利問。

「我們不知道。麥克．莫丁沒說一聲就開溜了。」

哈利重重嘆氣，我聽到他書房那張舊椅子嘎吱作響。然後我聽到哈利對那隻狗說悄悄話，說牠好乖。我想像那隻狗蜷在哈利腳邊，感到一陣欣慰。他需要一個伴，而那隻混種狗看起來也需要哈利。

「你應該知道我才剛退休吧？就在兩小時前，老天啊。」

「得了，哈利。你有沒有注意到證據顯示呼吸系統有受到壓力損傷？這是很有力的指標。你跟我有同樣的想法吧？」

「嫌疑人不止一個，我們需要毒理學報告。」

「好吧，去睡一會兒吧，幫我跟狗狗說聲晚安。」

他掛斷電話。

哈利和我心有靈犀。就我所知，檢方並沒有注意到這件事。若是崔爾發現了，他會做更多檢測，也會修正死亡證明上的死因。雅莉珊卓的律師團可能也沒注意到，至少看不出他們有注意到。

現在我知道法蘭克．阿維利諾不光是被刀刺死的。

從他遇害前數個月起，就有人處心積慮地對他下藥。那種藥能讓他的大腦變遲鈍，使他糊塗又順從。他呼吸系統的損傷表示這個下藥計畫大概是有盡頭的，到最後，法蘭克會中毒而死。

可是毒害他的人是誰？

第一個疑問的可能答案範圍很小。要持續在一段期間內給法蘭克這樣的人下毒，你必須能頻繁且切身地與他來往。

嫌疑人有兩個。

蘇菲亞和雅莉珊卓。

我有種感覺：不管給他下毒的人是誰，都決定在他修改遺囑之前，拿一把三十公分長的料理刀加快法蘭克的死亡進程。

16 她

快要凌晨兩點了，路面在她腳下化爲一片模糊，風拂在她臉上，她的雙腿因賣力而灼熱。

夜跑是她的樂趣之一。

今晚跑步不是爲了樂趣，而完全是爲了辦事。稍早之前與她的律師進行的對談相當有收穫。那個律師很能幹，而且深信她是清白的。如果陪審團和她的律師一樣好騙，她就高枕無憂了。

她沿著第三大道跑到了東三十三街的路口，並且右轉進去。她加快速度，感覺心跳很重，現在她得專心控制呼吸才行。她的背包背帶拉得很緊，這樣就不會在她背上彈跳。她擺動手臂，找到呼吸的節奏。吸、呼。邁開雙腿。集中精神。

停車場的標示出現在前方。她放慢速度，然後停下來，彎著腰喘氣。汗水從她額頭滴落。她環顧四周，街上空無一人，她走進立體停車場，爬樓梯到五樓。五樓停車場後側的燈壞了，那個角落很暗，正合她意。她穿過左右兩邊的成排車輛，有些停車格空著，但空位不多。她在黑暗角落裡找到自己的摩托車，這個停車位上方的燈仍是壞的。兩星期前她把機車停進來時，她站在車上拿安全帽敲破燈泡。願上帝保佑廉價停車場的老闆。

她把背包卸到地上，拉開拉鍊，攤開一件摺好的克維拉材質防摔衣。這布料買起來比皮革款的要貴多了，但她需要能便於收進背包的款式。她脫下跑鞋，將雙腿穿進防摔衣褲管，然後將衣物拉上來套在萊卡慢跑服外面。拉鍊一路拉到脖子，接著黏好領子部位的魔鬼氈束帶。她從背包取出一雙無鞋帶式的馬靴，這靴子鞋底很硬，靴面卻是可摺疊的克維拉布料。她套上靴子，再戴上手套。雖然克維拉防摔衣很實用，卻不像真皮那麼有美感。它缺乏皮革的美妙氣味。對她來說，真皮的氣味與觸感就像上等的紅酒一樣令人沉醉。

她把跑鞋收進背包，拉起拉鍊，背到肩上，扯緊背帶。她從座墊的扣鎖上解下安全帽，戴上。護目鏡是深色的，在停車場的黑暗角落裡影響了她的視力，使所有東西都幾乎變得一片漆黑。她一腿跨過本田重型機車，發動引擎、打開車燈，緩緩騎出停車格，穿過停車場騎下一層層斜坡來到街上。

十分鐘後，她已騎上昆斯博羅橋。她先走了皇后大道、梵丹街和瑞威大道，然後開始隨機轉彎。她一下左轉一下右轉，試著大致上朝西南方前進。最後她來到哈伯曼。

這是一個工業區，ＵＳＢ、FedEx等公司的大型倉庫和物流中心都設在這裡。工業區位於一條很寬的收費高速公路路肩下方，那條高速公路將長島高速公路、皇后中城高速公路以及二七八號州際公路銜接在一起。許多貨運和物流中心選擇設在這裡並非偶然，這個地點非常便於前往曼哈頓、紐澤西以及他們需要到達的任何目的地。

這些公司需要勞工，而勞工需要吃東西、休息和購買生活必需品的商店。這裡有兩間三明治店、一間麥當勞、一間漢堡王、好市多和一家藥局。

當初她挑中這家藥局，是因爲它從不打烊，而且位於方便脫身的地點。跟物流公司打的算盤一樣。離開藥局半小時後，她可能在方圓兩百四十公里內的任何地方。太完美了。

藥局隸屬於一座單層購物商場，由於沉重的貨車二十四小時不停地摧殘柏油路面，這條街總是在修馬路。這座商場還有一家修改衣物的店、一家中式麵館和一家乾洗店，三家店都打烊了。只有藥局還開著。

她慢慢停下摩托車，關掉車燈和引擎，踢出側柱。這是知名連鎖藥局的分店，長長的櫥窗將光線灑向停車場，不過沒能照到她的摩托車這麼遠。她從這有利的位置能看到一進門左邊櫃檯後的收銀員，她的名牌上寫著「佩妮」，二十幾歲，金髮，眼睛盯著手機，粉紅色的厚唇吹出口香糖泡泡。

她隱約能看到店鋪後側的藥劑師阿夫札爾·賈特，他一邊盯著電腦螢幕，一邊啃著奶油夾心蛋糕。

一切都如她所料。她只跟這兩個員工打過交道。她每次來取貨，佩妮會在她經過時吹破口香糖泡泡。她會走向阿夫札爾，拿她訂的東西，付錢給佩妮，然後離開。

每個月一次，規律無比。週四的晚上。週一到週四，阿夫札爾和佩妮總是值夜班。有一次她來的時候，顧櫃檯的人不是佩妮，她就等改天再來。沒必要讓更多員工看見她，並且可能記住她。

今晚注定要發生，她從一開始就知道。一旦她爸爸死了，她就得採取一些措施，這些措施既是必要也很麻煩。

她跨下摩托車，掀開座墊下的置物箱。選擇要在這裡頭存放什麼東西還眞是燒腦——它已經比大部分重型機車的置物箱更大、更深了：一般置物箱平均只有將近兩公升的置物空間，這輛摩托車則有七點五公升。

她伸手從裡頭取出牛皮紙袋，然後蓋上座墊。

面向藥局站著，護目鏡放下，手裡提著紙袋。

她走到離藥局只剩不到一公尺時，自動門開了。位於三公尺外櫃檯後的佩妮暫時將目光從手機往上移了一秒，又繼續盯著螢幕。

藥局的擴音系統在播放九〇年代熱門金曲。自動門在她身後關閉時，她聽到小甜甜布蘭妮的名曲〈愛的再告白〉開頭旋律。

她快步走到傘架旁牆上的門控面板前，按下畫有掛鎖圖示的按鈕。阿夫札爾和佩妮都沒看到她的舉動，因爲掛在那裡展售的雨傘是很好的掩護。除非佩妮按下解鎖按鈕，否則她身後的自動門不會再自動開啓。她從佩妮面前走過，眼睛盯著架上的零卡飲料和巧克力棒，直到抵達走道盡頭，接著她直接走向阿夫札爾。他吃下最後一口奶油夾心蛋糕，互搓掌心好去除黏黏的殘渣，然後雙手抵在櫃檯。

「女士，需要什麼嗎？」他問，仍端坐在櫃檯後的凳子上。他稍微注意著客人，卻也不情願停止觀看他電腦螢幕上的內容。她猜想他在追劇，消磨漫漫長夜。

櫃檯高度低於她的腰，因此坐著的阿夫札爾雖然與她隔著櫃檯的寬度，卻比站著的她矮。

非常理想。

她的右手探進紙袋，快速抽出來，高舉過頭，使出她的全力用最快的速度將那把小型手斧往下劈。斧刃嵌入阿夫札爾頭骨頂部兩、三公分深時，發出一個聲音。那聲音很特別，像是中空的樹幹被敲出一個開口。一道鮮血噴濺在她護目鏡的左側。她不想擦拭它，玻璃可能糊掉，那她就什麼也看不見了。

斧頭很輕易就拔出來了，再砍一下，頭骨就被剖開。這是濕濕的破裂聲，她迅速轉身跑向佩妮。

佩妮聽到了異響，從櫃檯裡走出來。佩妮喊道：「阿夫札爾，你沒事吧？」但這時佩妮看到她拿著手斧，斧頭還在滴血。佩妮轉身，全速衝向自動門。佩妮邊跑邊尖叫，不過因為門沒開，而她一頭撞上玻璃，在表面上製造出一道裂痕，尖叫聲也戛然而止。佩妮踉蹌仰跌在地，暈頭轉向，一手摸向額頭。

她站在佩妮面前，佩妮翻身成趴跪姿勢，試圖爬起身。

她雙手持斧，高高舉起，並加入布蘭妮一起唱副歌的最後一句。

「……**我其實沒那麼無辜**。」

斧頭切過空氣時咻咻作響，它劈進佩妮的頸後。佩妮的身體立刻癱軟，平趴在地上。斧頭並沒有嵌在裡面，砍完就順勢帶出，不過它留下很大的傷口，她能在傷口中看到白骨。她又出手，這次砍的是脖子側面。

斧頭嵌得很深，而且固定在肉裡。她抗拒著將它拔出來帶走的衝動。上過油的刀片氣味、山胡桃木握柄的手感，即使已經成年，她仍有觸摸和嗅聞特定物品的需求。

她跨過佩妮還在微微抽搐的屍身，按下門控的解鎖鈕，穿過順暢滑開的自動門。她騎上摩托車，發動引擎，快速離開購物商場，朝收費高速公路走。州際公路車流稀少，她打開排氣管閥門，讓屁股底下的機車嘶吼馳騁將近二十公里路。然後她關掉閥門，慢慢繞回曼哈頓。

回到立體停車場。

她用防摔衣將安全帽擦拭乾淨。把防摔衣、靴子、手套放進背包，換回棒球帽和跑鞋。她沿著島的外圍跑回公寓時，背包會丟進河裡，然後她要好好沖個澡。

今晚幹得漂亮。要是檢方有能力發現法蘭克被下毒，他們或許有辦法追蹤到這間藥局，以及阿夫札爾·賈特。那使他們離她更近一步，她可不允許這種事。

可是還有更多事要做呢，還有另一個可能的連結。一個男人，不容易接近的男人。他受到保護，他很聰明。

他會等著她上門。

17 凱特

凱特按下手機上的「重新整理」按鍵，看著螢幕改變，然後她看到了。五萬美元，進了她的戶頭。這是律師費的頭期款，之後還會有更多筆款項進來，總額高達二十五萬美元。這是她以律師、以獨立執業者的身分領到的第一筆費用。

服務生送上她的咖啡。她沒有碰那杯黃瓜萵苣汁，面前的胡蘿蔔杏仁瑪芬也仍然和服務生十五分鐘前擱在桌上時一樣完整無缺。她太興奮了，什麼也吃不下。

她看了一下錶。

布洛克遲到了，剛晚個幾分鐘。這時，她走進店內。好友身穿同一件皮夾克、藍色牛仔褲和靴子。上衣換成深藍色T恤，現在還圍了一條黑白色圍巾。她坐在凱特對面，拿起那杯翠綠色蔬菜汁。

「這什麼啊？」布洛克問。

「黃瓜萵苣汁。要不要試試？」凱特說。

「妳是說用喝的？」

「對啊。」

布洛克露出作嘔的表情並搖搖頭。

凱特向布洛克說明最新發展，告訴她昨天在辦公室發生什麼事——史考特偷了她的點子，藉此將阿維利諾案次席律師一位弄到手。然後，她說了自己如何反將一軍。

「幹得好啊，」布洛克說，「妳告訴萊威了沒？」

「我想說我們可以一起去找他。」

布洛克點頭。

「我不是要妳用朋友的身分陪我去，」凱特說，「我得自己面對。但我需要一個調查員。妳當過警察，妳負責訓練警方查案，我需要幫忙，而我要的人就是妳。妳覺得怎樣？」

布洛克點頭。

「這是答應嗎？妳願意做。」

「對啊，只要費用談得攏還有——」

「噢，我會照妳的正常收費標準付妳薪水，還是我們平分我的律師費也行？我好興奮喔，也有一點害怕。我需要妳陪我。」

布洛克點頭，說：「我們去毀掉萊威一整年的好心情吧。」

紅髮保全堅持凱特要幫布洛克登記爲事務所的訪客，布洛克不得不出示證件，取得訪客證後，兩人才一起搭電梯到十四樓。她們走進走廊時，辦公室非常熱鬧。律師助理、祕書、受雇律師都繞著萊威和史考特打轉，他們兩人則只穿著襯衫待在玻璃牆圍起來的會議室裡，一邊發號施令，一邊堆起成疊的文件。他們已在如火如荼準備聲請的內容了。

凱特帶著布洛克進入會議室。凱特穿著商務套裝外套，但下半身是牛仔褲和靴子。

萊威注意到她進來，用力一拍桌上零散的紙張，使它們散落開來。

「凱蒂，妳跑到哪去了？而且妳爲什麼穿得不三不四的？妳把這裡當成什麼了？牛仔競技場？」

「我不幹了。」凱特說，遞給萊威一張影印文件，是雅莉珊卓・阿維利諾簽好名的授權書。

「這是什麼鬼東西？」萊威說。

「這是給你的回報。那些聲請事項你可以留著，我只要帶走起訴書和檢方的揭露事項，然後我就會離開。」

史考特從萊威手裡拿走那張紙，閱讀時臉色變得蒼白。這倒是與萊威相映成趣，萊威的頭看起來快要爆炸了。

「妳不能這麼做！妳的合約禁止妳從這間事務所搶走客戶。我會告到妳賠不完，也會向律師公會檢舉妳。妳簡直是不想活了。」萊威說。

「你這是恐嚇。」布洛克上前一步說道。

兩名年近三十的祕書，都身穿事務所制式的灰藍色員工服，走進會議室來扠起手臂旁聽。

「妳是誰啊？」萊威說，這時他注意到那兩個祕書，揮揮手要她們出去。她們紋風不動。

「我是跟凱特．布魯克斯一起的。把文件拿來，我們就不煩你了。」

「妳們別想從這辦公室拿走一張紙。史考特，叫保全來。」

史考特彎下腰，抓起會議桌上的電話，按下對講機按鈕。

「如果你不遵從那份授權書，我可以向律師公會檢舉你。現在就把文件拿來。」凱特說。

萊威吹鬍子瞪眼睛，拳頭握緊又鬆開，然後他舉起一根手指，繞過桌子。他用手指對準凱特的臉，朝她大吼大叫時唾沫從嘴裡飛出來。

「妳完蛋了！我會**毀了**妳……」他的手指戳在凱特胸前。

布洛克上前，用拳頭包住萊威的手指，微微一拗。可以聽到很小的骨折聲，但手指並沒有斷。這足以讓萊威閉嘴，卻不致於造成嚴重傷害。

凱特聽到她身後的祕書之一脫口發出「嗚呼」的驚嘆。

史考特焦急地跟保全講電話，叫他們馬上趕過來。

「你到底要不要給我們文件，讓我們放你一馬？」布洛克說。

萊威又窘又懼地瞪大眼睛。

「放開我，這是傷害罪。」

她將手指多拗了一些。

「把文件給她們。」萊威說。

兩個祕書掩嘴偷笑，不過她們從會議室另一頭拿來兩組文件，交給凱特。

「哪天妳要找祕書，記得打給我。」其中一人悄聲說，並謹慎地避免讓萊威聽見。她名叫珍，凱特在心裡暗暗記住。凱特連辦公室都租不起，遑論請祕書，不過有朝一日……誰知道呢？

凱特聽到會議室外的走廊傳來匆忙的腳步聲。五名保全衝進來，差點把珍撞倒。

其中一人又高又魁梧，理了個寸頭，年齡至少有五十五歲，他說：「布洛克？是妳嗎？」

布洛克轉身看到對方是誰，說：「嘿，雷吉。」她仍握著萊威的手指，他想抽走手指時，布洛克又施加更多壓力，讓萊威不禁膝蓋一軟。

其他幾名保全都望著凱特現在知道名叫雷吉的男人，他勢必是他們的主管。布洛克抓著萊威，他們卻只站著不動，看起來又蠢又廢。

「把她弄開，馬上！」萊威說。

「妳在執勤？」雷吉問。

「我現在是平民了，跟你一樣。」

「布洛克，那是我老闆。麻煩妳放開他。」雷吉說。

「他得先道歉。」布洛克說。

剛才在大廳找麻煩的紅髮保全作勢朝布洛克移動，結果雷吉迅速伸出粗壯手臂，抓住他的上衣把他拖回去。

「別動，讓我來處理。要是你進了醫院，可就輪不了班了。」雷吉說。

史考特似乎膽子大了起來，開始挪向他的上司。萊威的困境只是給了史考特另一個巴結的機會，展現出他有努力救上司脫離苦海。他雙臂張開，試著偷偷靠近布洛克背後，打算一把抱住她。

布洛克必定感覺到了，她瞪了史考特一眼，說：「大英雄，我有『兩』隻手。」

史考特僵在原地，然後退回去。

「萊威先生，我想你應該道歉。」雷吉說。

「什麼?!我付你錢是幹什麼吃的？把她弄走！」萊威說。

「先生，我退休前一個月，布洛克幫我的警隊上了進階駕駛在職進修課以及擒拿課。現在她離我們將近兩公尺遠，我們又只有五個人。我覺得你應該道歉，先生。」

「她弄痛我了。」萊威在疼痛中咬牙擠出這句話。

眾保全望著雷吉，雷吉努力憋笑，嘴唇都禁不住抖動起來。

「先生……我會照她的話做。」

「對不起，行了吧，我很**抱歉**。」萊威說。

「布魯克斯小姐，妳要的文件都有了嗎？」布洛克說。

「都在這裡。」凱特說。

布洛克放開萊威的手指，他退開，護著自己的手。雷吉站到一旁，留出空間讓凱特和布洛克離開。

「這事還沒完，凱蒂。」萊威說。

「你應該叫我布魯克斯小姐。」凱特說。

法蘭克、阿維利諾

日誌紀錄，二〇一八年九月五日星期三

上午七點三十分

有人在跟蹤我。

昨天就發生過了，是一個騎黑色摩托車的女人。也許就是我上星期見到的那個穿得一身黑的人。

我並沒有神智不清。

今天我吃完早餐走出吉米的餐廳，她就在馬路對面。兩天以來，我已經見到她兩次。她一催油門就騎走了，哈爾正好從餐廳前門走出來。他說他沒注意到她。

也許哈爾頭殼快要壞去了。

我馬上打給麥克、莫丁，叫他雇用哈爾推薦的私家偵探。

晚上十點三十分

蘇菲亞帶了雞肉湯麵來，我們一起看益智問答節目《危險境地》。看完以後她做了烤起司三明治，配牛奶放在托盤上端給我。她的廚藝不如雅莉珊卓，但我不敢告訴她。

昨晚雅莉珊卓做了義大利麵給我吃，味道好極了，留下的餘味倒是有點怪。我喝了一杯果昔，所以也不確定是義大利麵還是果昔造成的。沒差，反正餐點很可口，飯後我睡了一小時。

我替蘇菲亞擔心，她跟她姊姊不一樣。雅莉珊卓堅強、條理分明，能在這世界闖出自己的一片天。蘇菲亞連工作都沒有，也沒有男朋友，雖說這年頭這倒未必是壞事。

她以前交往的一些男人只是毒蟲，我一看到他們就知道了。她跟我說她沒在吸毒了，我相信她。

她收走空托盤時，我看到她手臂。

她的袖子上有一塊血漬，在前臂處。

她沒在吸毒，但她仍會自殘。每次輪迴都是這樣開始的。再過六個月，我又得送她進勒戒所戒毒。

她說她有按時吃藥。我說她姊姊從未漏吃抗焦慮藥，看看她過得多好。蘇菲亞不願意談雅莉珊卓，這兩人永遠不會和好，就是不可能。我考慮提醒她小心騎摩托車的女人，想想又算了。蘇菲亞已經夠疑神疑鬼了。

她在這裡時做了某件事，一個手勢，或一個動作，或我想不起來的什麼事，總之它讓我聯想到她母親。我想告訴她，可是當下我卻記不起她母親叫什麼名字。我竟然想不起我自己亡妻的名字。

也許我真的快瘋了。

第三部　騙子與律師

18 艾迪

沒人爭先恐後跟韋斯里．崔爾交易，沒人接受認罪協商。這是一場正面交鋒，而今天就是第一戰。

我跟哈利一前一後走進法庭。聲請摘要大部分都是哈利準備的，我上星期才把它送出去。今天要進行論證及判決，不需要帶客戶到法庭，爲此我深感慶幸。蘇菲亞來過我辦公室後稍微冷靜下來，哈波和我輪流，幾乎每天都確認她的狀況。昨天她邀我們去她家喝咖啡，哈波和我坐在她的沙發上，她則忙著加熱餅乾再請我們吃。

「有時候她眞的像個小孩子，」我說，「誰會請自己的律師吃餅乾？」

「你自己看，」哈波指著走廊，「去瞄一眼就好。應該在她床上。」

我悄悄起身，走到走廊，看到蘇菲亞的床上有個陳舊柔軟的玩偶。它的假毛皮都打結了，有些部位則光禿禿的。那是一隻藍色兔寶寶。我趁蘇菲亞注意到我在偷窺前坐回原位。

哈波悄聲說：「她從小時候就有那隻玩偶了。她說她媽媽去世前給她和她姊姊各買了一隻，她到現在還抱著它睡覺呢。」

我點頭。我聽過她提起姊姊發現母親死在樓梯上時，手裡抓著一隻兔子玩偶。

「是她自己向妳提起這玩偶的嗎？」

「對啊。她抱著它睡覺，說她和她姊姊小時候走到哪裡都帶著這隻兔子。我知道它有情感價值啦，可是她都二十好幾了，她需要某個人照顧她。」

即使在正常情況下，蘇菲亞也不具備應付生活的抗壓力。

我毫不懷疑，要是她被定罪，她是熬不過在貝德福女子矯正監獄二十五年到無期徒刑的漫漫長日的。以監獄的標準來說，這座監獄還不算太糟，有些更加惡劣，但它仍屬於最高戒護層級的機構，是紐約州唯一最高戒護層級的女子監獄。從外頭可以看到頂端設有帶刺鐵絲的圍籬，以及圍籬後方像是維多利亞時代古宅的房子。進去之後你會發現它規模很大，圓形建築圍繞著運動場和訓練區。蘇菲亞會被安排受到監視以防止自殺——但不會永久維持下去。我知道她一有機會就會「退房」離開，要嘛是故意自殺，要嘛是自殘時割得太深，小命休矣。

蘇菲亞從廚房端來一托盤餅乾。我們吃吃喝喝，同時我向她說明最新狀況，亦即隔天在法院會發生什麼事。看起來她明白（但可能不是完全理解）若是聽證會不順利，案子可能出現什麼轉折。

哈波和我謝謝她的餅乾，便留她在家抱著藍兔子尋求安慰。

這是昨天的事。今天則是避免讓她入獄的第一戰，揭開序幕的小衝突。我們必須拿下勝利。

她命懸一線。唯一能救她命的方式，就是確保陪審團給我們「無罪」裁決。過往實現那項裁決的各種因素，今天早上將在這個法庭中發揮作用。

我原本將聲請書的影本夾在腋下，現在我把它們丟在被告席的桌上。哈利自己有一份影本，他放在我的影本旁，然後坐到我身邊。他環視了一下法庭。

「待在法官席的這一側感覺眞怪。」哈利說。

「你才退休四週，別告訴我你現在開始後悔了。」我說。

「我沒說後悔，我只說很怪。」哈利說，然後他用腳撐著椅子往後仰，兩手手指交錯擱在肚子上。他養回一些體重，我覺得很欣慰。他看起來結實多了，臉上的皺紋也變得比較平滑。爲了這些聲請書我們熬了很多夜，那些夜晚通常都以威士忌和凌晨三點的披薩畫下句點，我們在我的辦公室，哈利的狗俐落地接住我們丟給牠的披薩餅皮。那隻狗什麼都吃。

法庭裡沒有別人。我喜歡提早到，坐進我的位子，熟悉一下環境。再加上，我也喜歡看到對手出現時，發現我已經在了，而且一副胸有成竹的模樣。這是心理戰，很微妙的操弄手段。我希望對手感覺走進我的地盤。

「你覺得今天會如何發展？」哈利說。

「要看法官。」我說。

「我向以前的書記打探了三次，她就是不肯告訴我審這案件的法官是誰。說她不能透露，她立誓要保密了。這年頭忠誠不値錢囉。」

法庭後方的門開了，我聽到腳步聲靠近。一雙腳穿高跟鞋，一雙腳穿靴子。我轉頭，看到凱特．布魯克斯大步通過走道，身後跟著一位穿皮夾克的高個子女士。這絕不是我預期萊威、伯納德與葛洛夫聯合事務所派出的代表團。

凱特在隔壁的被告席入座，離中央走道比我們這一桌遠。走道另一側是留給檢方的桌子。我們前方有一塊架高的基座、一張桃花心木法官席以及其後的高背皮革扶手椅，椅子兩側有美國國旗。

凱特經過我的座位時說了聲「嗨」。

哈利起身自我介紹：「我是哈利．福特，艾迪．弗林的顧問。請問妳是？」

「布魯克斯事務所的凱特．布魯克斯。你身後那位是我的調查員布洛克。」

哈利轉身，身穿騎士夾克的黑短髮高個女士與哈利握手。「我猜妳以前是執法人員？」哈利說。

布洛克點頭。

「抱歉，我沒聽清楚妳的全名，布洛克小姐。」哈利說。

布洛克只是點頭表示同意，哈利識相地坐下。

我站起來走到凱特的桌邊。她站在桌子後頭整理文件，從包包裡拿出五本不同顏色的便利貼以及五種顏色的螢光筆，開始排放整齊。我不想干擾她，但我想確保剛才沒聽錯。

「妳剛才說布魯克斯事務所嗎？」

「對，我大約一個月前離開萊威、伯納德與葛洛夫聯合事務所了。」

「要命，而妳現在是雅莉珊卓的律師？」

「對。」她說。

我後退一步，好好看一眼凱特。她似乎站得比較挺了。她面帶緊張而興奮的微笑，不過現在她看起來有律師的樣子，而不只是一個被打壓的律師助理，每隔十分鐘就被上司當猴子耍。

「恭喜，我眞心爲妳高興。不過我要問妳一件事。我沒收到妳向法院提出的任何聲請書，妳應該要聲請分開審判吧？」

現在凱特也好整以暇地望著我。她在評估我，試著搞清楚我是個威脅，抑或在耍什麼花招。

「我們並不反對檢方合併審判的做法。」她說。

我聽到哈利從齒縫吸氣的聲音，他的椅腿啪地落回地磚上。這是凱特漂亮的一手，她已意識到在合併審判中，她的勝算較高——陪審團更可能相信雅莉珊卓而非蘇菲亞。這策略很聰明，但有一個缺點。

「我了解妳的想法，可是這麼做風險很高，這策略有很多種自傷的可能。」我說。

「它不可能傷到我們，只會傷到你的客戶。」她說。

「如果妳毀掉我客戶的信譽，而我也同樣毀掉妳客戶的信譽，就有可能兩敗俱傷。到時候陪審團不會相信任何一名被告，兩人都會被定罪。這叫割喉辯護：檢察官只需要遞出剃刀、靠向椅背，看我們互割對方喉嚨就好。」

「我有想過，我不認爲你攻擊得到我的客戶。」

「別太有自信。我覺得這做法不太明智，我們應該對抗檢方，不是彼此。」

「我的客戶知道有這種風險，但我們有把握。我問你，蘇菲亞要接受測謊嗎？」

「雅莉珊卓要接受測謊嗎？」我反問。

凱特扠起手臂，換了個站姿。她用舌頭頂著臉頰內側。她可不打算輕易透露這項資訊。

「聽著，在我看來，走合併審判的話是讓檢方撿便宜。我們會互鬥，而不是對抗崔爾。」

她拉出一張椅子，在被告席坐下，將三枝一模一樣的無印良品原子筆整齊地在面前排成一列。對話已經結束了。照情勢看，蘇菲亞將面臨兩條戰線。我促成分開審判的結果變得更爲重要了。

「凱特，我眞的很高興妳出來自立門戶，妳很勇敢，這也是妳應得的。我覺得萊威很變態，這對妳是好事，但我擔心檢察官漁翁得利。至少別反對我分開審判的聲請好嗎？別來攪局。」

「我得做我認爲對我客戶好的事。」她說。

「好吧，那我們就看著辦吧。」我說。我不想跟凱特吵架，我喜歡她，她很聰明，我很慶幸她甩掉萊威，還設法從他手裡搶走最大的案子。

我回到自己的座位，哈利憂心忡忡地看著我。

「如果我們沒能分開審判——」他壓低音量說。

「我知道，我知道。」

韋斯里．崔爾是最後到場的主角，他看起來像是特地爲了今天去治裝的。淡黃色領帶打成溫莎結，平貼在雪白的襯衫上；俐落的藍色西裝與襯衫和領帶形成醒目對比，西裝當然是量身訂做的。他看起來像是準備去爲雜誌拍照，就某種角度來說，聽證會結束後確實會發生這種事，我毫不懷疑崔爾已經從地方檢察官辦公室宣布在聽證會後立即召開記者會。他身邊跟著一名助理，是個年輕男子，身上的西裝幾乎和崔爾的一樣帥氣。

不過我倒是注意到崔爾服裝方面的另一項特徵。

書。

「我發現你沒戴別針。」我說。

「我今天不需要戴別針。」崔爾說，粉紅色臉上掛著得意笑容。

書記從法官辦公室的門走進法庭，說：「全體起立。」

我跟哈利一起站起來。崔爾本來就站著。史東法官穿過門走進來，腋下夾著我們的聲請

我聽到哈利壓低音量嘟噥：「該死，我們完了。」

王八……

「崔爾先生，你代表人民。弗林先生代表蘇菲亞．阿維利諾，而這位女士……」

「我姓布魯克斯，」凱特說，「我代表雅莉珊卓．阿維利諾。」

「很好。」史東說，「弗林先生，我讀過你的法律摘要了。你提出的三項證據開示聲請我都批准，檢方必須在今天下班前，將你宣誓書中列出的證據及文件都提供給你。我也批准你檢視犯罪現場的聲請，這同時適用於兩名被告。檢視時必須單獨進行，警方不會在場，只會有一位法警負責錄影存證，以確保現場未遭到破壞。這些影片會向雙方揭露，且後製刪除聲音，讓你們能在現場放心地討論案情。」

崔爾的助理從檢方席的桌上搬起一個紙箱，放到我的桌上。然後他又搬了一個紙箱放在凱特桌上。

「所有文件和證物報告現在都已提供。我們已讓一位法警備妥攝影機待命，隨時可以陪同前往富蘭克林街現場進行檢視。」崔爾說。這一切都在他預料之中，我毫不懷疑他在今天之前就跟史東私下談過。這種行爲嚴重侵犯了法律倫理，但木已成舟，而且我們無法證明。

「布魯克斯小姐，我同樣批准妳的聲請。其實弗林先生要求的文件比妳多，不過現在妳要的全都有了，還拿到更多。」

凱特站起來向法官道謝。

「現在剩下最後一件事。弗林先生，你提出聲請要個別起訴，讓兩名被告分開受審——我讀過你的聲請書和摘要了。文章寫得……很有法官味。」史東說，對哈利露出噁心的笑容。

哈利用嘴形向史東回了某句話。我不擅長讀唇語，不過看起來哈利說的第一個字是「去」，最後兩個字是「哇的」，或類似的音。

「你的法理論據很堅實，你的客戶確實有受到偏見影響的可能。然而，正如你在聲請書中提及的，刑事法典本身即載明我就此事有處理權，只要我向兩名被告都說明偏見的可能影響，我就能做出我視爲適當的判斷。即使兩名被告互相指控，只要兩人都願意作證，就能抵銷你的客戶無法獲得公平審判的任何憲法論證。我也可以提醒陪審團你擔心偏見的問題，這些措施和提醒應該足以遏阻任何重大不公平或偏見了。布魯克斯小姐，妳的客戶應該會作證吧？」

「是的，法官大人。」

「嗯，弗林先生，這豈不是表示你的客戶也應該提出她自己的證詞來反駁嗎？」

「法官大人，恕我直言，那表示理論上我的客戶就無法實踐憲法第五條修正案所賦予的『不被迫自證其罪』的權利了。」我說。

「你要怎麼打這場官司由你決定，弗林先生。你的客戶可以儘管主張第五修正案，我知道你會事先向她解釋後果。你得先說服我你的客戶會受到嚴重的偏見影響，我才會決定分開審判。這句話的關鍵詞是『嚴重』。任何合併審判都帶有一些潛在的偏見元素，不過就我看來那並不嚴重。此外，我也必須衡酌兩場獨立審判對納稅人的負擔。基於這些理由，我駁回你的聲請。合併審判將在兩週後開始，我們會在即將到來的星期一讓陪審團宣誓成立。退庭。」

「法官大人……」我說，但他已走向法官辦公室的門。他理都沒理我便逕自離開。

「該死，」我壓低音量說，「我們今天可以提出上訴嗎？」

哈利扠起手臂，閉上眼睛，眉頭深鎖。「不行。審判還沒開始，所以我們沒有理由聲稱眞的受到偏見影響。要提出上訴，我們必須證明法官不當行使處理權。當承審法官在做決定時挾著固有的處理權，要讓上訴法庭駁回他的決議是災難一場。在這案子是行不通的。他承認我們的論據不無道理，但他說那不代表就一定要分開審判，他可以提醒陪審團注意證據的特定部分，藉此避免被告受到嚴重的偏見影響。札菲羅案[1]算是爲他的理論背書了。眞可惡……」

「但刑事法典說如果被告之間徹底對立——」

「我知道法典是怎麼說的，你也知道，他也知道。但他仍然有處理權。除非他的決定有違常理，不然我們不能對他提起上訴。」哈利說。

「那主張有預設立場怎麼樣？史東和崔爾聯手這麼一搞，兩個被告都要被整死了。」

「你有什麼證據說他有預設立場？尤其是你其他的聲請他全都批准了，那算是證明了他沒有預設立場。我相信他給我們那些揭露事項時，就已經打著這個算盤了。如果在審判過程中出現明確又嚴重的偏見，我們的客戶就有充分的上訴條件。只能這樣了。」

「可是那種偏見會導致她被定罪，我們不能讓那種事發生。蘇菲亞在牢裡撐不下去的。你也知道上訴過程曠日廢時，就算成功，也只會重審。到時候她又得重新經歷這一切。」我說。

哈利搖頭，喃喃道：「他是個王八蛋。」

「福特先生，你剛才說什麼？你是不是提到可敬的承審法官？」崔爾一本正經地說。他想讓哈利下不了台，讓他知道誰才是贏家。這是個威脅。你敢對崔爾的白人國家主義者好友不敬，而那人又剛好是法官，崔爾一定會向法官通風報信。

哈利沒搭腔，只是咬牙切齒地瞪著崔爾。

「我好像聽到你說他是『王八蛋』？你有說嗎？」崔爾問。他窮追猛打，仗勢欺人。

「我沒說他是王八蛋。」哈利說。

「很好，眞是個乖孩子。」崔爾說。

哈利站起來，「乖孩子」三個字激怒他了。

「我是說：『他是個新納粹混蛋，而你是他的姘頭。』我是這麼說的，韋斯里，你一定要確實給我把話帶到。你們兩人可以穿上你們的白袍[2]，好好地笑個開心。」

---

1 指的是一九八九年，葛蘿莉亞．札菲羅（Gloria Zafiro）、荷西．馬丁尼茲（Jose Martinez）、薩爾瓦多．賈西亞（Salvador Garcia）、阿方索．蘇托（Alfonso Soto）涉嫌販運毒品被捕。在合併審判時，四人均供稱自己不知道搬運的箱子中裝的是毒品，最後四人都被判刑。承審法官不願意分開審判，上訴法院則表示「除非合併審判會嚴重影響陪審團可靠地評斷一至多名被告是否有罪」，才要進行分開審判。

2 暗指三K黨的服裝。

崔爾皺起鼻子，退後一步。哈利已經不是律師，也不是法官了。他沒辦法向任何單位檢舉他出言不遜，因爲他不歸任何單位管。不再是了。

「你可能還沒搞清楚，合併審判讓我勝券在握。那兩個女人之一殺了阿維利諾，陪審團會判其中至少一人有罪。我不在乎是你們的客戶還是凱特的客戶，我會努力讓她們兩個都被定罪，但即使有一個人獲判無罪，我還是能給一個人定罪。我穩贏的。你和布魯克斯小姐嘛——你們之一或兩個人都會輸。二位男士，我們法庭見了。」崔爾說完就走了。

「哈利，那不太聰明吧。我們可不需要法官對我們存有比原本更深的成見。」我說。

「已經沒辦法更深了。」哈利說。

凱特收起她的檔案，離開時經過我的桌子，小聲說：「我的客戶要接受測謊。」然後她就走了。

該死。

現在出現更大的麻煩了。

19 凱特

凱特看著崔爾跟老法官衝突。她久聞哈利．福特的大名，大部分年輕律師都知道那些故事。他是個傳奇人物，聰明、公正、無畏。每個法官都當如是。

她聽到崔爾叫哈利「乖孩子」。

在那一刻，她眞希望哈利一拳揍在崔爾臉上。當哈利被他釣到，直接出言嗆史東法官時，凱特不禁偷笑。史東法官跟哈利完全是相反類型。她當下就知道，如果她的策略奏效，艾迪的客戶會去坐牢，而她是崔爾的幫凶。她的胃裡扭出一個結。布洛克抱起裝有檢方證據開示的紙箱，凱特收好檔案，她經過艾迪時透露了一項資訊。

那是一件小事，只是讓他知道雅莉珊卓已決定接受測謊，這讓艾迪可以更確定他的客戶該怎麼選擇。如果姊妹倆都拒絕測謊，檢方將兩人都定罪的機率就比較高。凱特知道，如果雅莉珊卓通過了，對她的客戶大爲有利，尤其若是蘇菲亞沒通過，或是不接受測謊。

凱特完全沒有想過蘇菲亞能通過測謊這種可能。雅莉珊卓說服力十足，就連布洛克都豎起拇指。凱特對客戶的清白有百分百的信心，而這自然表示蘇菲亞是兇手。兇手被定罪後送進監獄，是天經地義的事，她是這麼告訴自己。然而她內心深處對於指證另一個人爲兇手，是有所遲疑的。這是檢察官的工作。她認同的其實是辯護律師的精神，檢察官完全是另一種生物。

布洛克在她身旁默不作聲地抱著那一箱檢方的證據開示，她則思索著這個念頭，兩人沉默地走出法庭，通過走廊，搭電梯到一樓。凱特站到戶外中央街冷冷的陽光下時，原本令她微微困擾的思緒已發展成重大的憂慮。

萬一她的客戶在說謊怎麼辦？萬一是雅莉珊卓殺了法蘭克．阿維利諾呢？凱特的策略可能讓一個無辜的女人坐一輩子牢啊。

凱特停下腳步，甩甩頭。她彷彿想用這動作讓念頭鬆脫，然後從耳朵掉到人行道上。

「凱特．布魯克斯。」有個嗓音說。她抬起頭。有個身穿黃褐色大衣、頭戴黑色羊毛帽的男人朝她走來。他表情和善，眼神有詢問的意味。他就這麼突然出現在她面前。

「凱特．布魯克斯？」他又說一遍。

他一定是記者，凱特心想。想要搶先報導這個案子。記者通常不會出現在聽證會上，除非他們能引用當事人的隻字片語，再配上被告痛苦又嚇到動彈不得的照片。

「對，我是凱特。」她說。

男人撩開黃褐色大衣，取出一只信函大小的信封，往凱特面前一杵。凱特困惑又微微吃驚地接過去，男人馬上說「傳票已送達」，然後就走開了。凱特撕開信封。

凱特的臉頰漲紅。她吞了吞口水。她被告了。

對方要求她賠兩百萬美元。

布洛克從她手裡拿走那些文件，快速掃過。

「這遲早會發生的。」布洛克說。

由於凱特從任職的公司搶走案子，她已經跟萊威、伯納德與葛洛夫聯合事務所纏鬥了好幾回合。對方先是客氣地打給雅莉珊卓，而雅莉珊卓一諾千金，拒接萊威每一通電話，也不答應他的請求出席會議。一陣子後，事務所改變戰術，不再有人打給雅莉珊卓。第一封信裝在牛皮紙袋寄來，上頭蓋著各種紅色印章，嚴正警告收件者若是不立刻拆閱這封該死的信，它很可能會燒掉他們的房子。

那封信說凱特違反了她合約中的競業條款和禁止招攬條款，因爲她竊取了事務所最大的客戶。第二，她也侵犯了她的保密條款，因爲她利用屬於事務所的資訊去招攬客戶。換言之，她查詢客戶資料庫，找到雅莉珊卓的住址，藉此去她家找她。信的最後一段說若是她辭去雅莉珊卓的律師一職，以上都可一筆勾銷。她有七天時間可以考慮。

七天後來了另一封信，這封信複述第一封信的主張，不過這次它說事務所要告她違反合約、造成收益損失和其他傷害。

凱特懂這種遊戲。她寄出簡單回信，表示有鑑於她是因爲持續的性騷擾和不平等待遇而被迫離職，她不認爲自己仍受到合約條款的約束。既然事務所打算無視於其反騷擾政策，她也會無視限制她執業的合約條款，因爲是事務所的錯，她才不得不走。

這阻止了信件，後續沒有再收到信了。

她想像另外兩名高級合夥人執行了徹底的內部調查，決定不值得再追究下去。

「我以爲他們就這麼算了。」凱特說。

「才怪，」布洛克說，「好歹也要打一架看看。」

這事會演變成全武行，這點沒有疑問。凱特當下就知道自己必須反告對方，舉出萊威那些色膽包天的行爲，而儘管她將在這場訴訟中陳述的內容都是眞的，卻無從證明。

布洛克把證據開示的紙箱放在人行道上，拿出車鑰匙，用遙控鈕打開她的卡車門鎖。凱特坐在紙箱上，雙手捂著臉，試著鎮定下來。

「好了啦，」布洛克說，「我們可以晚點再處理那件事。現在我們要打贏一場謀殺案官司耶。我有預感，所有答案都在妳屁股底下。」

凱特微笑站起來。

她們合力將紙箱抬上卡車，關上尾門。凱特坐進副駕駛座，布洛克坐駕駛座。凱特扣好安全帶，注意到自己的手在發抖。她抓住膝蓋，跟自己說不會有事的。她根本不相信自己的鬼話。

引擎轟地發動，布洛克駛入車流。前方五十公尺左右，號誌燈由綠轉黃。凱特聽到旁邊有摩托車的聲音，她轉頭，看到騎士戴著附有深色護目鏡的黑色安全帽。騎士直直盯著凱特，她從緊身防摔衣看出對方是女性。突然間，摩托車猛然加速，轟鳴著衝出去，引擎聲在她耳中有如渦輪機的聲音。那個一身黑的機車騎士闖黃燈穿過十字路口，在紅燈前一秒抵達路口對面，接著穿梭在車陣中消失了。

布洛克停下卡車等紅燈，說：「好帥的機車。」

凱特和布洛克在凱特的公寓研究證據開示，耗掉接下來一整個白天，直至深夜。她們叫了外送，凱特不停煮咖啡，到了凌晨兩點，布洛克放下最後一頁文件，按揉太陽穴。

「完了嗎？」凱特問。

「我想兩個女孩都完了。」布洛克說。

檢方的論據奠基於鑑識證據上。

被害者屍體上有兩名被告的ＤＮＡ。

凶器上有兩名被告的指紋和ＤＮＡ跡證。

被害者屍體上有蘇菲亞．阿維利諾的毛髮。

被害者屍體上有雅莉珊卓的齒印。

兩名被告都有行凶動機，兩名被告都有下手機會。

兩人的衣服上都沾到大量被害者的血。

「要切割責任歸屬很困難，到時候會取決於陪審團相信誰。」凱特說。

布洛克指著整疊的鑑識報告，說：「那種證據會把她們兩人都關進大牢。」

雙人座沙發中央的骨架斷了，因此沙發中間往下凹。兩側也沒舒適到哪裡去，不過凱特直接坐中間，因為她憑經驗知道，不管她挑哪個位置坐，最後都會滑到中間。她雙肘撐著膝蓋，用手指繞著頭髮，眼神發直。

「明早再看看她怎麼說吧。」凱特說。她送布洛克出門，然後衣服沒換倒頭就睡，到凌晨五點才終於冷得受不了，她起身裹著毛毯走到電暖器邊，縮在地上又睡著了。

等到早上十一點，凱特已沖過澡並換上乾淨套裝，到雅莉珊卓的公寓找她。她的客戶讓她進門，請她在小小的餐桌邊坐下。

「我好喜歡妳的套裝，是新衣服嗎？」雅莉珊卓問。

「對，謝謝。」

她們同坐在桌旁，邊啜飲熱花草茶邊閒聊，然後凱特切入正題。她向雅莉珊卓解釋鑑識證據，說證據看起來很不妙。唯一的光明面或許是，證據對姊妹倆都很不妙。

「也許有一種方式可以將證據的影響減到最低。」凱特說，「我想設定我們不去挑戰DNA、血跡和指紋證據。妳告訴警方妳趕到父親身邊，並且抱住他。刀子妳也在烹飪時使用過。這些證據全都不表示妳殺了父親，只代表凶手『可能』是妳。我認爲如果陪審團必須坐在那裡聽專家解釋這些證據，罪證確鑿的重量會使他們認定妳必然和妹妹聯手殺了他。這方法的重點則是將對妳不利的影響降到最低。處理它的最好方式就是說證據符合妳的說詞。」

「那麼就實際上來說，如果我們不挑戰證據，會發生什麼事？」

「我們要告訴陪審團這些證據確實存在，但我們暗示它不重要，它不能證明任何事。齒印證據就不一樣了，那一項我們要力駁到底。」

雅莉珊卓轉開頭，眼中冒出淚水。

「妳覺得怎麼好就怎麼辦吧。庭審的事眞讓我煩惱極了。我……我……我不能看著她，我不想跟她待在同一個空間。她殺了我爸，她想毀掉我的生活。我不想見到她。能不能架個螢幕之類的，讓我不用在每個開庭日都跟她見面？」

「就我所知並沒有這種做法……我會去問問看。我知道這很難熬……」凱特看到雅莉珊卓手指在顫抖，便沒說下去。凱特忽然發現她客戶最關心的並不是自己會不會被定罪，而是喪父之痛，以及父親遇害造成的那道難以癒合的深度傷口。

「交給我吧，我盡量想辦法。如果實在不行，請妳要堅強。妳不用看她，看著陪審團就好。讓他們看到我現在看到的妳。」

雅莉珊卓迎向凱特的目光，下巴抖動著，她舔掉嘴角的一滴眼淚。

「我會盡力而爲。」雅莉珊卓說，她深吸一口氣然後憋住。她呼氣時手指按壓桌面，然後滑繞出圖形，像是在觸摸木頭所有不完美之處並加以探索。

她釋出胸中的空氣後，從上衣袖子抽出一條手帕，秀氣地擦拭濕漉漉的臉頰。凱特聞到空氣中有薰衣草和香料的氣味，大概來自手帕。雅莉珊卓嗅了一下有香味的手帕，用食指和拇指搓揉棉布，然後攤開手帕舉高給凱特看。

布料一角以黑線繡有「ＦＡ」的姓名縮寫花押字。

「這些手帕上還留有爸爸的味道，」雅莉珊卓說，眼角又冒出新的淚水，「我只剩這個可以懷念他了。」

凱特握住雅莉珊卓的手，她們互相露出苦笑。

「明天就要測謊了，記住這種感覺。這會幫助妳通過測驗。」凱特說。

20 艾迪

「我的房東規定狗不能進這棟樓。」我說。

「是喔。你昨天就說過了，前天也說過了。事實上，同一句話你已經說了好幾星期，打從我帶克萊倫斯到辦公室來你就嘮叨個沒完。我開始覺得你不喜歡牠了。」哈利說。

他正在讀檢方證據開示的最後幾頁資料。一捆捆文件攤放在我的沙發上，哈利在退休派對當晚遇見的狗趴在他腳邊。哈利給牠取名叫克萊倫斯，他們相處起來非常自在。狗側躺著，哈利每次垂下手去拿下一捆文件時，牠的尾巴就會敲打地板。哈利每隔一小時會從口袋的塑膠袋裡拿出一根法蘭克福香腸，用手餵給克萊倫斯。牠一定已在街頭流浪許久。哈利剛收容這隻狗時，牠骨瘦如柴，毛也光禿禿的，現在牠身上那些缺毛的部位漸漸消失了，這可憐動物的肋骨也不再凸出。

哈利放下最後一疊紙，拍拍狗夥伴，給牠一根香腸。我從桌子後起身，收拾散落在沙發周圍和地上的文件，在桌上碼整齊。我們先前將證據開示分成兩半，我跟哈利各讀一半。現在我們交換。

又過了兩小時、吃掉兩根半香腸後，我們三個看起來都需要喝一杯。我拿早餐穀片碗到浴室水龍頭接滿水，放在地上。克萊倫斯飢渴地舔著。

「牠看起來不像叫克萊倫斯的人。」我說。

「牠本來就是狗啊，我又不是因爲長得像才給牠取丹諾的名字。克萊倫斯．丹諾[1]是史上最偉大的辯護律師，也是個生命鬥士，就跟這小傢伙一樣。」

「那麼這位克萊倫斯．丹諾有沒有任何妙計，可以爲我們客戶辯護呢？」

哈利根本沒在看我。我們都已讀完檢方的證據開示——那些資料構成檢方對我們客戶的所有控訴論據。哈利的注意力似乎更集中在克萊倫斯身上，他揉著狗肚皮，克萊倫斯則開心地猛蹬短短的後腿。

「克萊倫斯說牠還在想。這案子不簡單啊，來杯喝的可能有幫助？」

我拿咖啡壺幫哈利和我各倒了杯咖啡。我遞馬克杯給他時，他明顯不悅地瞪著杯子，好像我給他的是從克萊倫斯狗碗裡舀出來喝剩的水。

「我們不是要喝一杯嗎？」

「這是一杯喝的沒錯啊。」

「那玩意兒會害死你。給我一大杯威士忌。」

他在不離開座位的前提下盡可能把咖啡推遠，然後繼續揉捏克萊倫斯，我則幫他倒一杯

---

1 克萊倫斯．丹諾（Clarence Darrow, 1857-1938）是美國律師，曾負責多項著名案件，也提倡公民自由權，被譽為美國最偉大的律師。

像樣的飲料。他接過威士忌小口啜飲，克萊倫斯發出滿足的低嗥。

我們沉默了一會兒，我伸展背部，感覺脊椎底部又痠又麻的感覺消散。

「你說說看，」哈利說，「檢方的主要支柱有哪些？」

這是準備辯護工作的入門課。檢方有權決定要怎麼用證據構築樑柱，他們希望在屋頂放上「判決有罪」的結果。我們愈是能削弱底下的支撐結構，那座屋頂穩穩撐住的可能性就愈低。

很單純。

「犯罪現場調查員從阿維利諾的傷口之一採得一根頭髮，他說這根頭髮有一部分卡在傷口中。它是一根長髮，約有二十三公分。他說這根頭髮進入傷口的唯一可能，就是刀子刺入時剛好將頭髮夾進去。這說法算是符合邏輯。」

「這項證據本身倒不是太致命，」哈利說，「負責檢驗頭髮的是山德勒教授，他才是眞正給我們造成麻煩的人。」

檢方找的毛髮及纖維專家山德勒教授檢驗過這根頭髮後，判定它符合由蘇菲亞身上取得的頭髮樣本。

「毛髮及纖維分析並不是一門精確的科學，或許有辦法攻擊他的發現。就這項證據而言，只能從這個點去攻擊了。」

「我贊同。」哈利說，「我們請哈波去研究研究那個優秀的教授吧。有那麼多定罪案件因爲不可靠的毛髮及纖維分析而翻案，勢必已經有人質疑過山德勒的做法。」

「我會讓她也挖一挖教授的個人紀錄，也許他有什麼不可告人的祕密。」

「很好。那還有什麼？齒印專家說被害者胸前的傷口，符合雅莉珊卓的牙齒造成的印記。這不錯，也許我們可以利用。若是齒印專家沒問題，這對蘇菲亞有幫助。」哈利說。

「是啊，但如果毛髮及纖維專家也沒問題，我們是兩敗俱傷。我們可以就那一點支持檢方的論證，在交叉詰問時對他們的專家放水，讓雅莉珊卓受到重創，但你知道嗎，那讓我感覺怪怪的。」

「什麼東西感覺怪怪的？」哈利說。

「我們是辯護律師，我若做出任何幫助檢察官的事，都會讓我很想吐。」

「可是那對你的客戶有幫助。」

「也許吧，但感覺不對。從現在起，我們把焦點放在對蘇菲亞的指控上就好。我們必須忘了雅莉珊卓。」

「我以為你希望犯罪者受到懲罰，你不是一向走這個路線嗎？」

這是體制的一部分，也是我ＤＮＡ的一部分。無辜者自由離開，犯罪者為罪行付出代價。如果蘇菲亞是清白的，雅莉珊卓勢必就是凶手。我應該像獵犬追著雅莉珊卓的鮮血跑才對。

但這個案子不同，感覺不一樣。我相信蘇菲亞沒殺她父親。但那天晚上在警局看到雅莉珊卓時，我也不覺得她看起來像殺人犯。

「你相信蘇菲亞是清白的嗎？」我問。

「我相信什麼並不重要，她是我們的客戶。我知道那對你來說很重要。只是我剛好相信蘇菲亞，我無法想像她對她父親做出那種事。」

「那表示凶手一定是雅莉珊卓了。」我雖這麼說，其實缺乏信心。我相信蘇菲亞是無辜的，問題出在我還不能斷定雅莉珊卓就是凶手。有證據對她不利，但我還沒有產生那股直覺。

哈利傾向前，說：「你呢？想法動搖了？」

我搖頭，不確定是想說服哈利還是我自己，說我心裡沒有任何疑慮。克萊倫斯從地上站起來，蹭到哈利身邊，用鼻子把他擱在腿上的手撥開，然後跳上他的腿。克萊倫斯需要一點哈利時光。

哈利輕柔地撫著狗，啜飲威士忌。

「凶刀上採得的兩組指紋，都符合蘇菲亞和雅莉珊卓。這很容易解釋，她們都有爲父親烹飪的習慣，所以兩人都拿過那把刀也很合理。我不太擔心這一項。案發當晚雅莉珊卓和蘇菲亞都在屋子裡，所以作案機會是相等的，不過……」

「不過只有我們的被告有明確列檔的心理健康問題、毒癮和暴力紀錄，而雅莉珊卓是代表穩定與成功的模範生。這椿凶殺案看起來像出自暴怒的瘋子之手，這是另一個大問題。」哈利說。

「我該找一個精神病學家來降低傷害嗎？」

「那是浪費時間。我看我們不要太把她的心理健康當一回事，那應該證明不了什麼。我們愈是把注意力引到它上頭，它愈像眞的有問題。」

哈利言之有理。

哈波推開辦公室門走進來。她沒理睬哈利和我，只是彎腰逗弄克萊倫斯，牠跳下哈利的腿，開始用身體側面摩蹭哈波。哈波軟語對牠說話，跟牠說牠好乖，牠興奮得低哼搖尾巴。

「喂，辯護律師也是人，妳知道嗎？」我說。

「別說笑了，連你自己都不相信。」哈波說。

「蘇菲亞為明天做好準備了嗎？」我問。

她站直身體說：「她要接受測謊。她很平靜，我教了她我在聯邦調查局學過的壓力管理技巧。」

「妳覺得她能不能挺住？」我問。

「測謊的重點在於管理壓力，以免測出偽陽性結果。有些天生緊張的人會讓結果失準——數據其實無法判別精神脆弱者與騙子有什麼不同。我們等著瞧吧，她已經處於最佳狀態了。明天是大日子。我剛才接到警局電話，他們要讓我們明天晚上進到阿維利諾公館看看現場。」

「太好了。」哈利說。

「這是一場聯合檢視，只允許律師與工作人員進入。在現場不能討論案情，檢察官會派人全程錄影。」

「他很謹慎。」我說。

「難道你不會嗎？這是個棘手的案子，他絕對不希望其中一名被告破壞現場，或更糟的是，偷放什麼東西栽贓給對方。對造律師能夠看我們檢視現場的影片，我們也能看對方的影片。至少我們能看到他們把焦點擺在哪裡，或許可以得到一些提醒。」

「凱特．布魯克斯大概也打著同樣的主意。」我說。

「啊，我已經想到這點了。」哈波說。她一肩掛著背包，現在她卸下背包，遞給哈利一部裝了長鏡頭的大相機。

「要是我們發現什麼東西想要仔細看，又不想讓檢察官注意到，我們就分頭行動。哈利可以用這部相機，我們用手機。錄影的人不可能跟緊我們三個人。」她說。

「我愛妳，哈波。」我說完馬上就後悔了。

我說這話的語氣是很俏皮的，只是想告訴她我認爲她是在場最聰明的人。可是說出來的感覺卻不如我預期，感覺像別有深意。

「我是說，我、我……」

「毛髮及纖維專家是誰？」哈波無視於我的窘態問道。

「山德勒教授。」哈利說。

哈波搖著頭說道：「該死，他是正牌的。就我所知沒有出過什麼包，不過我會再查一查。」

在上訴法庭，毛髮及纖維分析受到一些批評，有好幾位毛髮及纖維分析師必須爲錯誤的定罪判決負責。隨著他們的名聲一敗塗地，他們經手過的所有案件也都會被重新檢視。我們原本期望地方檢察官找的專家也是這染上汙點的少數人之一。哈波已做過功課，她知道東岸所有名聲敗壞的毛髮及纖維專家的名字。而山德勒不在其中。

哈波從包包拿出筆電，坐到哈利旁邊的沙發上。

「他有個人網站，」她說，「有很多關於他研究的文章。他的名聲很好，是美國頂尖的鑑識纖維專家。他曾協助設計匡提科一間光譜儀分析鑑識實驗室，基本上聯邦調查局的實驗室就是他蓋的。我們沒辦法挑出這傢伙的任何毛病——他是貨眞價實的。」

我把咖啡喝完，但我沒伸手拿咖啡壺續杯，而是拿起那瓶威士忌。拔起瓶塞，開始傾斜瓶身要倒一些在我杯子裡。酒液流到瓶頸處時，我停住了。戒酒似乎是很久以前的事了，我現在可以適度飲酒，但我總是可能在倒了一杯威士忌後，就再也停不了手。我站起身，面帶微笑替哈利重新斟滿酒杯，然後將酒瓶放回我書桌上。

「成功的詐騙全都建立在一項原則上：每個人都想不勞而獲。貪得無饜，見錢眼開。既然山德勒這麼純淨無瑕，看來我們只好稍微把他弄髒了。」

「怎麼做？」哈利問。

「我們誘使他做他最擅長的事。」

哈波抬頭看我，一時間困惑不解。

「我可不想涉入什麼違法行爲，如果你在動這種歪腦筋的話。」

「別擔心。」

她一臉憂慮，垂下頭，髮絲蓋住眼睛。我不想害她不安。我想都沒想就伸出手，手指輕輕拂開她臉上的頭髮。

不管她現在在想什麼、有什麼感覺，當她驚覺自己直直盯著我時，那些似乎都飄走了。她目光快速閃向地板，身體向後縮，緊張地笑了一下。

這下我們兩人都很尷尬了。

我看到她喉嚨有條血管在搏動。她總是戴著一只垂在細金鍊上的金色十字架，那鍊子看起來很廉價，十字架也很舊，底部有點發黑。我總是認爲那是某個特別的人送的禮物，她每天都掛在脖子上。我不知道是誰給她的，或其中的緣由。我想要知道。我想知道關於她的所有私人小事，所有細節。

恐懼讓我躑躅不前。我知道有一條線我不該跨越。不論我多想跨出去，不論我多麼強烈懷疑，她也想要我直接跨過那條線。

「克萊倫斯，我們去散步吧。」哈利說。

克萊倫斯馬上跳起，跟著哈利走到門口。哈利離開前說：「你們應該約會看看。」

我笑了，感覺像變回十六歲青少年。好難爲情，緊張到好想吐。

「他得先約我出去啊。」哈波隔著門對哈利嚷嚷。

我聽到哈利在走廊上的笑聲，還有克萊倫斯的腳爪踩著木地板，隨著他們接近樓梯而愈來愈小聲。

「假設啦，如果我約妳出去，那是件好事嗎？」我問，我緊張到胃都變成了果凍，努力想擠出笑容。

「看情況囉。」哈波說，「你得下一番功夫才行。我爸人生中就只買過一次花——在他第一次約我媽跟他出去的時候。他不是浪漫的人，所以他一定真的愛昏頭了。我媽常提起那束花，她不在意那是從加油站便利商店買來的便宜玫瑰，重點是心意。」

「我再看著辦。」我說。

21 凱特

進行測謊的當天早上，凱特坐在檢測員辦公室外的鐵椅上，一心只希望自己能躲進一個沒人找得到的洞裡。她的左手無法控制地顫抖著，所以她把手塞到膝蓋後面。

「妳比我還緊張耶。」雅莉珊卓說。

她的客戶坐在她身旁，捧著兩公升容量的水瓶在喝水。凱特注意到她每次跟雅莉珊卓見面，這女人幾乎都會隨身攜帶一大瓶水，每隔五分鐘就往喉嚨裡灌。她是凱特見過最常補充水分的人。雅莉珊卓在喝水時，凱特發現客戶手臂微微顫抖。雅莉珊卓靴子的鞋跟以三拍的節奏敲打地板。

布洛克靠在對面牆上，冷靜、漠然、警醒。沒有任何事能逃過布洛克的注意，她就像機器，四周的一切都是必須吸收以及或許要記下的資料。永不遺忘。布洛克不斷輪流看凱特和雅莉珊卓。

「保持冷靜就好，實話實說。」布洛克說。

雅莉珊卓點頭，再喝了一口水。

凱特點頭，啃著右手指甲。

布洛克有如石像。

凱特左側的門打開，走出一名穿西裝的男人。他向她們打招呼，介紹自己爲領有執照的測謊專家，名叫卡特．強森，並請她們進去。

那個房間沒有窗戶，角落的桌子被檯燈照亮，除了檯燈兩側不超過三公尺的範圍之外，整個房間一片漆黑。檯燈旁放著一部筆電和一部桌電，桌電上方架了三個螢幕，桌子旁有一張椅子，它面向房間，背對牆壁。

強森示意雅莉珊卓坐進椅子，然後開始將監測器固定在她的拇指、手臂、額頭和頸部。

「我只是來旁觀的。」黑暗中有個嗓音說。

凱特鎖定聲音來源，看到韋斯里．崔爾的半張臉，被他手機螢幕光線照亮。

「我並沒有同意你待在這裡。」凱特說。

「妳也沒說過不准我出席啊。我已經來了，我不會妨礙妳們，我會待在角落，跟老鼠一樣安靜。」崔爾說。

凱特漸漸習慣昏暗的光線，現在她看出房間對角有一排椅子。凱特和布洛克坐在一起，看著雅莉珊卓讓自己鎮定下來。用鼻子深深吸氣，再從嘴巴吐氣。悠長緩慢，然後短而急促。她伸展脖子，閉上眼睛。

雅莉珊卓準備好了。

檢測員強森說明，他將問她幾個問題，得到的回應會作爲判讀基準點。

「妳是雅莉珊卓．阿維利諾嗎？」他問。

「是。」

「妳是金髮嗎？」

「是。」

「妳住在紐約嗎？」

「是。」

她在回答問題時，眼睛直視前方，整個人盡可能保持靜止。她唯一的動作是用手指撫摸著一條手鍊，那是串在皮繩上的黑珍珠手鍊，還夾著幾個金屬小飾品。雅莉珊卓並沒有緊張不安地轉動腕上的手鍊，她只是摩擦皮繩、滾動珍珠、捏著小飾品感覺它們，彷彿第一次探索它們的觸感。

「希拉蕊．柯林頓是現任美國總統嗎？」

「不是。」

隨著一道道問題累積，螢幕上快速畫出線條，強森邊做筆記邊按滑鼠。這是新科技。凱特覺得這和那種上頭有針跳來跳去畫出波紋，同時底下送出一長串紙張的機器，已有了天壤之別。

「今天是星期三嗎？」

「不是。」

「妳進到大樓時外面有沒有下雪？」

「沒有。」

「法蘭克．阿維利諾是不是妳殺的？」

「不是。」

「法蘭克．阿維利諾是妳妹妹殺的嗎？」

「是。」

「妳目前的作答有沒有任何謊言？」

「沒有。」

強森回頭瞥了一眼，朝崔爾點點頭，崔爾吁出一口氣，對強森比了個大拇指。強森左手往下探，拎起一個裝在透明塑膠袋裡的東西。

「妳是否用這把刀殺了法蘭克．阿維利諾？」

停頓。雅莉珊卓盯著面前的東西，凱特則起身朝崔爾發飆——每說一個字，她的音量和怒氣都更添一分。

「這是偷襲。這場測試到此爲止。我答應讓你的檢測員問問題，並沒有同意把凶刀秀給我客戶看——這實在太過分了。你毫無廉恥心嗎？」

崔爾舉起雙手安撫她。布洛克大步走到雅莉珊卓身邊，她仍沒有回答那個問題。她別開頭不看刀子，還遮著眼睛。她的胸口劇烈起伏。布洛克扯掉固定在她皮膚上的監測器。

「這種事我們不能接受。我們受夠了，現在就要離開。我的客戶是受害者，你怎麼敢把殺她父親的凶器送到她面前？怎樣病態的禽獸才做得出這種事？」凱特說。

「除非陪審團的十二個人說她無罪，她才是受害者，布魯克斯小姐。妳心知肚明。在這裡發生了什麼實際狀況，都能在交叉詰問時被提出來。跟妳的客戶說我不會被她的假眼淚唬住。」

布洛克陪雅莉珊卓走到門口，凱特跟著她們出門。到了走廊上，凱特撞上布洛克的背。

布洛克站著不動，直直盯著前方。要不是凱特站在她們後面，她肯定不會注意到布洛克抬起手，牢牢抓住雅莉珊卓的右手臂。

凱特往旁邊跨了一步，看向前方。

走廊另一頭是布洛克停下腳步的理由。艾迪．弗林、哈利．福特和哈波正陪著他們的客戶蘇菲亞朝這裡走來。

凱特迅速轉回身子，看到崔爾走出檢測室。他走到她們前方然後停住。她們若想離開大樓，就得先經過崔爾，再經過另外那支辯護團隊。

凱特不希望雅莉珊卓這麼快就得面對這一刻。

雅莉珊卓的恐懼之一就是與妹妹置身同一空間。與殺父凶手面對面是一回事，但是當凶手是妳妹妹，更是加倍痛苦。

「雅莉珊卓，眼睛看地上，跟我一起走。別看她，別跟她說話。」布洛克說。

她們開始走。

「這是你設的局。」她們經過崔爾時，凱特惡狠狠地對他說。

他不發一語。雅莉珊卓的保釋條件跟蘇菲亞一樣，兩人都不能與案件證人或彼此有任何直接或間接接觸。

「只要妳對她說一個字，崔爾就會逮捕妳，要求法院撤銷妳的保釋令。別跟她說話，別看她，頭低下。」凱特說。

看起來艾迪．弗林也在對客戶說同樣的話。他找到一扇門，跨了進去，哈波也把蘇菲亞拉進門。

他們只隔三公尺了，蘇菲亞巴著門框，艾迪擋著她不讓走廊上的人看見。蘇菲亞在對他們說：「不、不、不……」她們經過時，凱特看到蘇菲亞從艾迪身體旁探出來偷看。凱特永遠不會忘記她的表情。

蘇菲亞目光如炬，眼周泛紅，眼中閃著淚光、憎恨以及悲哀。她們經過時，蘇菲亞沒再說什麼。哈利．福特貼向牆壁，凱特點頭致意。他點頭回應，然後望向凱特的客戶。

雅莉珊卓遮著眼睛，好像她妹妹是日蝕，光是直視她都會弄瞎雅莉珊卓的眼睛。姊妹倆都沒開口。凱特一手按著雅莉珊卓的背，輕輕催促她加快腳步。凱特感覺到一波緊繃氣氛，彷彿有一團毒霧從那道門飄出來。

她們平安無事地通過了，繞過轉角，走向出口。

布洛克替她們拉開門，然後帶頭走向雅莉珊卓停在停車場的休旅車。雅莉珊卓在包包裡翻弄一陣後，把車鑰匙掉在地上。凱特撿起鑰匙，打開車門，讓雅莉珊卓坐進駕駛座。車門仍開著，凱特陪伴哭出來的雅莉珊卓。

「我不知道要怎麼撐過這一切。」雅莉珊卓說。

「我們會在妳身邊，陪妳走過每一步。妳比妳自認爲的更堅強。」凱特說。

雅莉珊卓發出一陣神經質的笑聲，說：「我簡直一團糟。明知道蘇菲亞做了什麼——我不能跟她待在同一個空間。我就是不能。」

「妳能，妳也要這麼做。」布洛克說。

一時間沒人說話。雅莉珊卓點點頭，用餐巾紙擤鼻子，向布洛克和凱特道謝。凱特說她晚點會用電子郵件寄出檢視犯罪現場的影片，看雅莉珊卓能否發現什麼有用的線索。凱特關上車門，看著雅莉珊卓開走。

「崔爾想看她的反應，包括對刀子還有見到妹妹的反應。很聰明。」布洛克說。

「他不確定哪一個殺了法蘭克．阿維利諾，他在評估她們。我覺得他是刻意要擾亂她們的心智。他希望姊妹倆互相廝殺，然後他就能坐收漁翁之利，將兩個人都定罪。希望蘇菲亞的測謊結果比雅莉珊卓糟得多。」凱特說。

⚖

當天晚上，凱特和布洛克按照規定時間準時抵達富蘭克林街去看犯罪現場，雅莉珊卓沒有去。她們不希望雅莉珊卓和蘇菲亞再有更多接觸。

地方檢察官辦公室派的錄影人員在大門口跟她們會合，有一位年輕的紐約市警局制服警察開門讓她們進屋。

凱特原本期望實際見到房屋內部能給她更多辯護靈感，以為她能看出什麼有助於證明雅莉珊卓無罪，或該說，證明蘇菲亞有罪的東西。

她們拍了照片，也拍了自己的影片。

一小時後她們離開房屋時，兩人都很失望，因為她們沒能發現什麼打贏官司的制勝點。不過兩人確實都更了解房屋的格局以及它到底有多大，所以倒也不能說完全白來這一趟。

等凱特回到家，檢察官已將雙方影片都寄來了。凱特點進電子郵件，將它轉寄給雅莉珊卓。

也許她會看出凱特沒發現的東西？

22 艾迪

我確定凱特和她的客戶已穩妥地經過儲藏室後，便放開蘇菲亞。她原本就對於即將接受測謊很是焦慮，而這只讓狀況更糟。我看到她們朝我們走來時，知道非把她拉開不可。我們身處的房間角落堆著紙箱，剩下的牆面被置物架占據，架上擺滿各種文具。一開始蘇菲亞不配合，我看出她湧現一股怒氣，也有受傷的情緒。最初她抵抗著，不斷對我說「不」並且巴著門框。她想去找她姊姊。雅莉珊卓奪走了蘇菲亞的一切。然後，她情緒潰堤。

蘇菲亞抓著我、抱住我，把頭埋在我胸前，嗚咽著緊緊揪住我。我用雙臂摟著她肩膀，悄聲說不會有事的。現在我放開她，告訴她雅莉珊卓已經離開了。

她鬆開抱住我的手臂，退後一步，順了順頭髮。她剛才哭了，我的襯衫口袋上濕了一塊。

「對不起。」她說。

「沒關係，多年來這件襯衫已經沾過很多眼淚了，大部分是我的。別擔心，她已經走了，妳很安全。」

「危機解除。」哈利從走廊說。我們出去找他，沿著走廊到檢測室。入內後，我看到崔爾以及穿著實驗袍的檢測員，檢測員在電腦上打字，上方有一排螢幕，旁邊有一張給受測者坐的椅子。我要蘇菲亞放鬆心情坐下來。哈利陪她過去，以確保她心情穩定，也順便確認檢測程序。

「希望你覺得剛才是值得的。」我對崔爾說。他當作沒聽見。他已經在寫筆記了。

「到時候就知道了，不是嗎？」他回答。

穿白色實驗袍的檢測員在將蘇菲亞連上機器時，哈利對她輕聲細語，提醒她如實回答，最重要的是放輕鬆。

檢測員用一些簡單的問題開始測謊。幾分鐘後，蘇菲亞便上手了。她回答時更有自信，且堅持自己的說詞。

「妳有沒有殺妳父親？」檢測員說。

蘇菲亞直視他，然後看向崔爾，表情無動於衷。她握有掌控權。另一方面，崔爾看起來像是醒悟到自己可能搭錯公車的人。他啃著食指指甲，調整一下領帶，又把已經啃到禿的指甲送到嘴裡。無論他爲今天安排了什麼比手畫腳的遊戲，都不如他期望中發展。

我將注意力轉回蘇菲亞身上，發現她並沒有回答問題。她的嘴唇顫抖，說：「沒有。」

現在檢測員手裡多了一樣東西，它裝在塑膠證物袋裡。他將袋子放在蘇菲亞旁邊，說：「是妳將這把刀捅進妳父親的眼窩嗎？」

蘇菲亞眼中充淚，快速滑下雙頰，她小聲說：「不是。」

「眞該死，」我說，「太低級了。馬上停止測驗。」

崔爾還來不及插話，蘇菲亞就說：「不，沒關係，我沒事。繼續吧。」

我搖頭。

「蘇菲亞，這是偷襲。這場測驗的結果已經失準了。妳對凶器的反應很自然，卻會被這位混帳博士記錄爲數據中的尖峰，他會說妳這一題撒謊。」我指著檢測員說。

他轉過頭說：「我只是在盡我的職責。」

「如果你的職責就是威嚇、嚇唬我的客戶，那你做得很成功。走吧，這簡直是鬧劇。」

「不，沒關係，我說的是實話。」蘇菲亞說。

除了直接走過去撕掉她皮膚上的監測器，我其實也做不了什麼。我考慮了一下。那是正確做法。我望著檢測員面前三個螢幕中間那一個，上頭秀出一波瘋狂線條，然後是比較有節奏又平順的弧形。狂亂線條的部分是蘇菲亞看到凶器的反應，使得監測器暴跳如雷的結果。

情況不太妙。

「再問她一遍上一個問題。」我說。

「好吧。」檢測員說，「妳有將那把刀刺進妳父親的頭部嗎？」

「沒有。」蘇菲亞說。

我看著螢幕。平順的線條。

實話。

安心感整桶淋在我頭上，像一波暖流將我沖乾淨。我的判斷是正確的，蘇菲亞是清白的。但這項認知帶來的安慰並不持久，正如同來時的迅速，責任的重量也使安心感瞬間消散。

如果我失敗了，這個人生亂七八糟的無辜女子就會去坐牢，而她一逮到機會就會用毛毯做成繩子上吊。代表無辜的客戶打謀殺案官司就像要拯救墜落懸崖邊緣的人，你抓住他們的手了，你必須撐住，你必須將他們拽到安全地帶。他們的命掌握在你手裡，你的力量是唯一阻止他們墜入深淵的東西。

只剩幾週就要開庭。

雖然我很肯定，崔爾卻正好相反。我敢說他原本預期用測謊來將兩名被告區分出一些差異，結果反而害到自己。他啃著指甲，完全無視我，盯著檢測員的螢幕。他嘆口氣，站起身說道：「準備好出庭吧，我可不會手下留情，艾迪。」

「放馬過來吧。」我說。

⚖

當天晚上去凶案現場的檢視毫無意義。除了比較了解豪宅的格局之外，我什麼收穫也沒有。開車回我辦公室的路上，哈波和哈利承認他們也沒什麼發現。沒什麼警方遺漏的線索。我們拍了照片，不過似乎沒什麼用處。檢察官會給陪審團看他們的官方攝影師所拍的有屍體在原處的照片，我們的照片沒有任何證據價值。

不過我可能還是會再仔細看一遍照片，看能不能有什麼意外發現，但我相當懷疑。

我回到辦公室後兩小時，哈波和哈利已經離開了。我收到檢察官的電子郵件，附有我們檢視現場的影片。我看了凱特的影片，不覺得她們在看現場時有任何靈光乍現的時刻——就算有，她們也巧妙地掩飾住反應。

我將兩支影片轉寄給蘇菲亞看，接著喝光咖啡。

她 23

她從喉中發出動物般的吼叫聲，回音在公寓的四壁間慢慢散去。對面牆上的一大塊汙漬往地上滴著紅酒。汙漬下方是玻璃碎片，她剛才丟出酒杯將它砸個粉碎。

她滑著手機螢幕，叫出影片的播放選項。她選擇倒轉，將影片往回拉三十秒，然後重看一遍。

兩支影片她都看了。雙方的辯護團隊都在屋內到處查探，尤其著重在那間臥室。拍照，做筆記。她並不像自己應該做的，尋找有助於自己打官司的事情。她反而仔細觀察，確保兩邊的辯護團隊都沒在那間臥室發現什麼能將她與父親凶案連結起來的線索。因爲那裡確實有線索，有她遺漏的東西。對細心的觀察者來說，那個房間的小地毯上沾滿各種腳印，裸露的床墊上還有一大塊橘色汙漬。以血跡模式看，沒有什麼能讓她與共同被告有所區別的元素。那不是她在玩的遊戲。

不，直到她看了這支影片，她才發現她的計畫目前爲止唯一的瑕疵。

它既明瞭又單純，而且看起來其中一方的辯護團隊可能只用一張照片就會揭露她的失誤。他們的相機就對準那個位置亮起閃光燈。就算他們沒有馬上看出端倪（她相當確定他們沒有），等他們沖印出這些照片時也絕對會發現。由他們在影片中的反應研判，拍照者似乎沒有意識到那張照片有什麼了不起。但假以時日，他們會察覺的。

這事風險很高。只有一方的辯護團隊拍了那張照片。那張照片不能曝光，若是有人仔細研究它，他們會知道她是眞凶。他們會恍然大悟。她得阻止此事。全世界不能有任何人知道她殺了她爸爸，她就是不允許這種事發生。因爲一個愚蠢的失誤以及一張幸運的照片，她努力的一切都會瓦解。

她需要行動。今晚。現在。

拿到照片。

殺了拍照者。

第四部　殷紅之夜

她 24

她背著新背包，沿著那排深色房屋而行，避開路燈在人行道投下的一塊塊琥珀色光圈。背包中有小手電筒、繩子、葉片型摺疊刀、打火機、小型乙炔切割器、電擊槍和破壞剪。這次下手會很快，不需要棄屍，她會把犯罪現場布置成失控的搶案。

若是運氣好的話，她不必用到破門工具。如果對方應門時沒拿掉門鍊，她就得使用電擊槍了。等對方倒地，再用乙炔切割器燒門鍊。往黃銅門鍊燒個十秒，它對破壞剪來說就像義大利麵一樣脆弱。如果門鍊勾著，她猜想要花二十秒才能進屋。站在被害者門口二十秒是很長的時間，但是沒別的方法了，從後門進去風險更高，她從沒進過那間屋子，不知道可能觸發哪種警報系統，而且後門有安全照明，可能搭配動作感應器。

從屋子後側進去不列入選項。

她繞過房子。

有隻狗開始吠叫，牠在室內。很難判斷叫聲來自目標的房子還是鄰近的其他房屋。她站在屋後的巷子裡。二樓有盞燈亮起，是檯燈。那燈光不夠刺眼，不是天花板的燈。這是微暗而溫暖的光芒。

也許那隻狗把目標吵醒了。

她從巷子出來，拉起帽兜，緊緊包住棒球帽——棒球帽的帽簷讓帽兜不致於遮擋到她的視線。她喜歡黑暗。她從未害怕夜晚，她跟她姊妹不同，她們小時候，姊妹每晚都會哼哼唉唉地抱怨。姊妹睡覺時總是需要有燈光，開著檯燈，不然讓走廊的光線透一點到房間裡也好。

她愛黑暗，感覺就像披上一件涼爽舒心的斗篷。從很小的時候起，她就知道黑暗裡沒有什麼東西會傷害她。她一向不愛睡覺，當她家人都在沉睡時，她會在安靜的屋子裡遊走，觀察陰影中形成的輪廓——享受房間和家具被黑暗轉變，而呈現出既熟悉又陌生的角度。她覺得月光好美，它是惡魔的霓虹燈。

雷聲轟鳴。

大雨傾盆而下，像有人打開蓮蓬頭。又重又密的雨珠。她暫時仰面朝天，讓雨落在臉頰上，用它冰冷的愛撫賦予她新的活力。

她脫下背包，拿在身前，拉開拉鍊，取出刀子。她打開刀刃，固定住，小心翼翼地放進外套口袋。

時候到了。

那隻狗又叫了，同時她踩上屋子前門的第一級門階。然後再一級，一連串的狗叫聲爲她喝采。她心中默數，共跨上五級石階來到前門。門廊的燈自動亮起，照在她身上。她瞥向周圍。

街上沒有任何人。

狗叫聲減弱，只留下平靜，以及林立在街道對面那一排樹，樹枝間風的細語。

她再次確認街上的狀況，街道是空的。她放下背包，敲門。背包半敞，準備好讓她隨時伸手進去拿電擊槍。

她沒再聽見別的聲音，沒看到門廳的燈打開。如果有人開燈，她應該會從門上方的窄窗看到。

她再敲一次門，等待。

她湊近一些，轉頭，貼在門上。她能聽到腳踩在樓梯上微弱又有節奏的嘎吱聲。下樓的速度不快，很穩定，因爲時間已晚而保持謹慎。

她感覺有人朝她靠近，現在在門的另一側，只隔一公尺左右，她的心跳加速。她站直身體，硬是壓抑住興奮。她知道僅僅幾秒後，她就會進到屋內，當她在柔軟的肉裡扭轉刀子，溫熱的鮮血會噴在她手腕上。

哈利

他知道自己又陷入同一個該死的夢境。

在那個介於做夢與甦醒之間的奇異曖昧狀態裡，他告訴自己他很安全。那只是夢。他並非眞的跪在距離越南河內三十公里遠的叢林散兵坑裡，將他的作戰服黏在皮膚上的汗水不是眞的，他的M-16步槍並沒有眞的從濕淋淋的手中往下滑。他的雙手沾滿副官的鮮血，副官剛才踩到地雷，在一陣巨響和火光中失去了雙腿。

他在做夢。

他像多數夜晚一般，喘吁吁地醒過來。他在床上坐直，大口大口吸氣。今晚他克制著衝動，不察看雙手以確定那不是眞的。哈利聽到克萊倫斯發出一聲嗚咽，原本蜷在床尾的小狗站起來，輕柔地走向他。克萊倫斯的濕鼻頭擦過哈利的臉頰，然後他感覺粗糙冰冷的舌頭舔著他的鼻子。

「沒事，你好乖。」哈利拍拍小狗說。

幾分鐘後，哈利的呼吸恢復正常。這時他察覺自己眞的滿身是汗，他的白色背心都濕透了。他脫下背心扔到角落，等早上再撿起來丟進洗衣籃吧。剛卸任不久的前福特太太要是知道，肯定會爲這種事把他削一頓。她現在在夏威夷，想必和她的網球教練你儂我儂。

「那只是個夢，小子。」哈利撫著克萊倫斯說。

但它曾是眞事，很多年前了。他永遠擺脫不了這個陰影。不管他活到多老，哈利・福特有一部分始終未離開那個散兵坑。

克萊倫斯猛然轉頭朝向臥室門，牠發出低吼，然後跳下床對著房門吠叫。哈利打開床邊桌上的檯燈，摸到檯燈旁的眼鏡戴上。

「克萊倫斯，怎麼了？」

小狗轉頭看哈利，叫了一聲，然後又將警覺的目光轉回房門方向。

哈利掀開被子，感覺冷空氣拂在腿上。他跨下床站起來。

「嗯，至少可以確定不是越共。」他低喃。

雷聲轟鳴。

哈利幾乎立刻聽到暴雨打在屋頂上的聲音。克萊倫斯面不改色，仍定定地望著房門。

哈利感到一陣尿意。年紀大了。他在臥室的附屬浴室上了廁所，聽著克萊倫斯繼續對著門低吼和吠叫。哈利叫牠安靜，但現在他相信狗狗聽到或感覺到雷以外的事物，他應該去察看一下。他沖了馬桶，洗手，順便往臉上潑水讓自己更清醒。夢中的景象已經從他腦海淡去，至少今晚是如此。

哈利走出浴室，看到克萊倫斯用腳掌撓著房門。事情不太對勁。一瞬間他想到以前從軍時留下的槍，它安全地鎖在衣櫃的一個盒子裡。開鎖的鑰匙在五斗櫃上的罐子中，埋在一堆錢幣底下。

他搖搖頭，打開臥室門。克萊倫斯急著將鼻子塞進門縫往旁邊扭，用最快的速度擠出門，然後奔下樓梯。

哈利正準備跟過去，突然聽到某個聲音。他停住。再仔細聽。有了，微微的敲擊聲。

哈利走下樓梯時，無法判斷磨擦聲是來自老舊的樓梯還是他的膝蓋。那不重要，反正兩者都不會在近期之內得到修復。他走到樓梯底部，預期看到克萊倫斯站在大門前守衛。

然而克萊倫斯卻不在那裡。

他往旁邊看，看到牠蜷縮在門廳角落。牠的小頭垂得低低的，尾巴夾在腿間，全身發抖。牠沒在低吼或喘氣，牠很安靜，整隻狗都僵住了，哈利認為牠被門外不知道什麼東西嚇到了。克萊倫斯混過街頭，天知道牠經歷過什麼事，或誰曾經傷害牠，但哈利現在才第一次在他的小狗的臉上看到恐懼。顯然牠很怕外頭的東西，因爲儘管這隻動物已嚇成這樣，牠仍定定地望著前門。

哈利走向前，走向大門。他口腔發乾。門廳感覺很冷，他脖子上的金鍊子似乎放大了寒意，有如冰冷的吊索勒住他。

他轉開單門鎖的門閂，握住門把，開始轉動。

布洛克

布洛克一向無法輕易入眠。她從小就會清醒地在床上躺個好幾小時，盯著裝在天花板上的吊燈，以及外頭路燈的微光透進房間而將那盞吊燈投射出的陰影。

現在她躺在父母的舊臥室裡。她已經搬回來好幾個月了，卻還未拆開搬家紙箱或是好好裝潢家裡。一塊日式薄床墊、幾件臥室家具和一張沙發，就是整棟房子僅有的擺設了。她開車經過三間居家園藝用品店，但想到要在兒時的家裡放入新家具還是有點彆扭。感覺她老媽老爸不會贊成的。她知道這想法很沒道理，卻足以讓她暫時維持家徒四壁。萬一她買了什麼，結果那東西卻不符合她對這個家的感覺怎麼辦？這令她憂慮。她希望一切都很完美。

床墊硬邦邦，不過有種奇異的舒適感。她在地上放了個舊檯燈，電線太短，她無法把它放在新的床邊桌上。要讓這棟房子像個樣子還需要點時間，在那之前她只能將就一些不完美。她探過身去打開檯燈，然後翻開一本艾爾莫·萊納德的犯罪小說，這本書她多年前讀過，不過現在已經忘光了。

她的下巴發痠，她提醒自己別再磨牙。

都是因爲檯燈放在地上而不是床邊桌上，才害她磨牙磨到痛。她的檯燈以前總是放在床邊桌上。

布洛克喜歡一切井然有序。室內有東西格格不入，會讓她感覺像鞋子裡有顆碎石頭。她思考深夜的這個時間能到哪裡買到延長線。布洛克告訴自己，她讓狀況太失控了。她離開床墊走進浴室。洗手台旁的玻璃杯裡放著一個護齒器，她每晚就寢時都應該戴上它來防止磨牙，但它會讓她牙齦疼痛，也就更難睡著。她沖了沖護齒器，正準備戴上，就聽到有隻狗在叫。

叫聲並不是來自隔壁凱特的父親家，路易斯沒有養狗。一定是另一側的鄰居，從聖地牙哥來的年輕夫妻，他們開的車款是福特金牛座，老是停得太靠近布洛克的車道。

雷聲轟鳴。

那隻狗又發出一連串叫聲，並不是太吵。布洛克聽得出那狗是在室內某處。要是牠在後院，叫聲一定大得多。這附近的房子在設計時可沒考慮過噪音問題。大雨像用水管噴在房子上。布洛克戴上護齒器，關掉浴室燈，正要走回臥室，便聽見雨聲之外的聲響。

聽起來像敲打聲。

是從樓下傳來的。

她探出護欄，望向底下的黑暗。

她豎著耳朵，什麼也沒聽到。

她站直身體，將護齒器頂到唇邊，張開嘴，然後她又聽到了。

不是敲打聲。

有人在敲她的門。

已經很晚了。晚到其實應該要說很早才對。

她快步走到浴室，將護齒器丟進杯子，再慢慢走下樓梯。樓梯旁的牆上掛著兩張照片，一張是她警校結業式當天拍的，另一張是她父母在某座海灘的合影。他們看起來很開心。她母親將蛋捲冰淇淋舉到嘴邊，她父親則吻著母親的臉頰。那一吻使她母親半瞇起眼睛。布洛克從母親眼角的皺紋看得出她很歡迎這一吻——它就和冰淇淋一樣甜蜜。

布洛克繼續下樓，但她經過父母的合照時，彎腰撿起當天稍早她掛完照片後，就留在樓梯上的羊角鎚。

鎚子握起來的手感很好。理想來說，布洛克靠近大門前，應該先回樓上去拿槍。三更半夜不管來者何人，絕對都沒好事。

布洛克穿著棉質睡衣，光著腳走到前門。她在門邊站了一會兒，仔細聽。她握緊鎚子，讓鎚子垂在身側，然後轉動彈簧鎖，讓門閂脫出。門閂縮回門板內的凹槽時發出咔嗒一聲。

她一手放在彈簧鎖上，將那道鎖也打開，然後轉門把，對她將在門的另一側發現什麼提心吊膽。

她

她的手指牢牢扣住刀柄，取出刀子，藏在大腿後面。她將身體向左側微斜，確保自己藏著武器的動作不致於太明顯。

她的感官增強了，她感覺與世界、與自然融爲一體。她是食物鍊頂端的自然掠食者。她的耳朵聽到門鎖打開的機械咔嗒聲，門閂退開時幾乎難以察覺的金屬摩擦聲，被轉動的門把所帶動，然後門板打開一條小縫。黑暗的門廳以慢動作自我揭露，吸氣，她做好猝然施暴的準備。她聳起肩膀肌肉，踮起腳尖，像是張開大口、露出利爪，即將從高草叢裡撲向獵物的母老虎。

門又開大了一些……

哈利

哈利慢慢拉開門，左手握著門把，右手握成拳頭。街道慢慢變得清晰，他看出有個人影站在那裡。那個人將夜色像裹屍布一樣披在身上。

克萊倫斯開始嗚咽嗥叫。

她

沒有門鍊阻擋她進屋。她動作很快，用右肩撞門，讓獵物大吃一驚。進屋後，門廳很暗，但她的眼睛早已適應昏暗。

有隻狗在嗥叫。

目標踉蹌後退時，她謹慎而迅速地跨出三步，然後將刀子捅進肉體。

刀刃刺在肋骨下方，角度很完美。它由肋骨底下滑入，軌跡比垂直稍偏一點，刀尖直取心臟。

她的拳頭緊緊握著刀柄，扭轉刀身。

這一扭帶出洶湧的動脈血，沿著刀身中央的溝槽流出來，漫過她的手和手腕。她放開武器，屍體倒在地上。她的被害者在後腦杓碰到地毯之前就已經死了。

她蹲下來搜查屍身。一無所獲。她跑到樓上的臥室，拿到有照片的手機，又翻查抽屜並把裡頭的東西全倒在地上。她找到一小疊現鈔，便放進口袋。她將手機砸爛，再跑下樓。

她彎腰抓住毫無生命力的軀體，將它往門廳的方向拖近一些。

她看到地上有個亮亮的東西。

剛才屍體脖子上鬆鬆地掛著一條細金鍊，當她抬起屍體時，鍊子一定勾到她了。想必有個鍊環扯斷了，鍊子就這麼散開來掉在地上。它看起來很廉價，她判定搶匪不會認為它值得帶走。她離開房屋，出門後把前門帶上，然後奔離現場，背包在她後腰彈跳。

布洛克

布洛克開門時，夜風讓她打了個冷顫。當她看到門外是什麼時，忍不住驚恐地捂住嘴、閉上眼睛。

有隻又大又肥的渡鴉踩在一隻小綠鳥身上，是一隻和尚鸚鵡。那隻渡鴉狠狠啄食獵物，用力到鳥喙都穿透鳥身敲擊到底下的木板了。大黑鳥吃相貪婪無比，滿頭都是鸚鵡肉，布洛克的門廊上血跡斑斑。

布洛克朝渡鴉大叫，牠向後退，撲著翅膀飛到門廊的欄杆上。布洛克拿來少數空紙箱之一，拆開，用底部那片紙板將鸚鵡的殘骸鏟進紙箱裡。她先後封起紙箱底部和頂端，把紙箱抱進屋。

她關門時看到渡鴉瞪著她，然後發出抗議的叫聲，牠的大餐被搶走了。

那隻鳥死了，布洛克無法忍受坐視牠的屍體在她的門口被撕碎。明天早上她會連同紙箱將鳥埋在後院。

哈利

站在他前門外的人影看起來很怪。扭曲又駝背，彷彿背負著巨大的重量。

克萊倫斯再次嗚咽。

人影快速跨向前，進入光線中。

艾迪看起來像被大雨淹到只剩半條命。他的西裝和襯衫貼在身上。他抬起頭，哈利看出弄濕他臉的不只是雨而已。艾迪的臉痛苦到扭曲變形。他說不出話，不過嘴唇仍兀自動著。

哈利本能地抬起手去摸脖子上的金鍊，鍊子上掛著他兩位摯友的軍牌，在某個殷紅之夜，他們再也未能離開河內東方一座炙熱叢林中他們駐守的散兵坑。艾迪舉起一手。繞在他指間的是一條鍊子，鍊子下垂著一只古舊泛黑的十字架。即使下著雨，哈利都能看見鍊子和十字架上有血。

那是哈波的項鍊。

這時哈利才注意到艾迪另一隻手拿著什麼。一束濕透的鮮花，包裝紙上印著Circle K的商標。

加油站便利商店賣的便宜花束。

「她不在了。我去她家送她花，結果看到警車停在屋外。」艾迪說，嗓音如實體現出那道快要撕裂他的傷口，「哈波遇害了。」

第五部　審判

（案發三個月後）

她 25

剛過午夜十二點，再九個小時就要開庭了。她的雙腳在人行道上化爲模糊的影子。她在步伐中找到穩定節奏，前方還有好幾公里路要跑。跑步讓她的心思飄向最近的一些事件。

律師們爲挑選陪審團而去法庭的那最初兩天，她沒有看姊妹。她能感覺姊妹的目光投向她，但她沒看。她不能。她把焦點擺在法官、她的律師以及陪審團身上，就這樣。她知道若是自己轉頭看姊妹，她會忍不住微笑，她可不能讓任何人看到這一幕。她不能在審判期間不小心讓面具滑落。她所有的努力都爲了這一刻。

她公寓裡的西洋棋盤完全複製了以前與姊妹下的那盤棋。所有棋子都擺在她們下完上一步時的位置。在媽媽摔斷脖子之前。

從那天以後，她就在腦中與姊妹對戰。布署士兵，將一個騎士和城堡移動到完美攻擊位置。她的皇后蓄勢待發。皇后很快就會出手，那是她兵器庫中最強大的武器。

要是她姊妹沒有受到懲罰，接收爸爸財富的甜美滋味要打對折。

這場進行了一輩子的棋局，將在九小時後的法庭上決勝負。

她將需要她的所有力量確保計畫貫徹始終。白天裡，她是姊妹倆中清白的一人，被誣指爲殺父凶手。黑夜裡，她有工作得做。

她接近餐廳時放慢速度。她慢跑經過餐廳，從窗戶瞥向裡面。哈爾．柯恩牽著坐在桌子對面的年輕女人的手。柯恩身穿瀟灑的黑西裝，大概是亞曼尼或拉格斐。女人穿著緊到讓她血液循環不良的紅色連身裙，不過相對而言勢必能讓柯恩血脈賁張。她目測這女人年齡只有柯恩的一半，比柯恩的老婆年輕至少二十歲。

她在餐廳寬闊的側窗外停住。她的手機固定在一條臂環上，上頭套著一層透明塑膠膜。她也戴著無線入耳式耳機。她按了一下耳機上的按鈕，啓動手機的相機。她的手臂角度正好，將那對偷情的男女全拍了下來。

她從臂環取下手機，選取那張照片傳給哈爾，並繞過街角走向後巷。她轉進後巷之前又拍了張照，也傳出這張照片。哈爾會穿過廚房到後門來找她。

巷弄內沒什麼光線。她一直往內走，經過大垃圾箱，到餐廳後頭的雙開鐵門外。其中一扇門開了，哈爾走出來然後把門帶上。如果他跟她說過的事正確無誤，現在有些工作就必須處理。最好在黑暗中解決掉的那種事。

「我收到你的訊息了，是眞的嗎？」她問。

「妳自己看。」哈爾說，從外套內側口袋取出一張紙交給她。

她用手機的手電筒功能照明，掃視那張紙，心跳加速。

「當然這是影本，不過妳看得出來我說的是實話。」哈爾說。

她點點頭，說：「你在訊息裡說我們該來談筆交易。難道你忘了我們已經談好交易了嗎？」

「那是之前的事。」哈爾說。

「什麼之前？」

「在我發現那個之前。」他指著那張紙說。

「這又造成什麼變化？」

「這個嘛，我在想，妳姊妹也許會付更高的價錢？」哈爾說，暗暗的五官露出狡獪的笑容。在光線不足的情況下，這表情看起來格外猙獰，像是惡犬在咬人前先齜出牙齒。

「原件在哪？」她問。

「在地方檢察官辦公室。我幾天前交給他們了。」

「什麼？」

「若是沒有我，它毫無價值。妳不懂嗎？沒有我的證詞它根本是張廢紙。」

「你跟地方檢察官說了什麼？」

「沒說什麼，不過他們很想談。」

「你的證詞值多少？」她問。

「以妳來說是一千。先付。」

「我沒有那麼多現金。」她說。

「那是妳的問題。我等妳到明天早上九點，然後我就要找妳姊妹談了。我的證詞要偏向哪一方都行，就看誰願意多付一點。」

他拉開廚房後門，回去餐廳找他的情婦，讓門在身後關上。

她兩手扠腰。她現在沒有一千萬美元。等她收到繼承的遺產，可以相當輕鬆地拿出那筆現金，可是現在——不可能。

她邁開腳步沿著巷弄奔跑，等她跑到有路燈的地方時，她已有了計畫。

26 艾迪

「我都搞不清楚那一晚到現在已經過了多久了，」我說，「每當我想起那件事，總是不太能拼湊起來。記憶並不齊全，只有碎片。也許這是好事。心理醫生會說這是創傷的徵兆。」

我用指尖撫過墓碑上的刻字。

瑪麗．伊莉莎白．哈波

我無法再往下讀。儘管哈波與她徵信社的合夥人喬．華盛頓離開聯邦調查局已將近兩年，聯邦調查局還是爲她舉行了榮葬。喬不願意跟我交談。哈波的前同事們比較通情達理，他們讓我與其他弔喪者一起站在墓旁，也許是因爲我是和哈利一起來的。儀式結束後，有位探員來找我。佩姬．迪雷尼。不算太久以前，我們與哈波合作過一個案子，佩姬和哈波救了我一命。她是聯邦調查局行爲分析組的分析師，也是我所認識絕頂聰明的人。當時她剛好待在紐約好幾個月，追查康尼島殺手。

「喬會走出來的，」她說，「他很心痛，因爲他沒能在現場救她。」

我點頭道謝，但我知道傷口永遠不會癒合。喬怪他自己，也怪我，因爲哈波需要我們時我們都不在。我不怪他。該在那裡的人是我。我早該告訴她她對我有多重要。我早點去她家的話，也許她還活著。凶案當晚，我站在鏡子前，努力鼓起勇氣過去向她告白。要是我更勇敢一點，這一切都不會發生。

佩姬一手按在我肩上，說：「我請紐約市警局讓我看檔案，我正在進行哈波的凶手側寫。如果我聽說什麼消息……我是說……如果他們逮到嫌疑人，會馬上讓你知道。」

「謝謝，太感激了。」

說完這些，她便轉身離開，去找其他探員。佩姬五十幾歲，單身，工作就是她的伴侶。她銀白的髮絲被風吹得在黑色套裝外套周圍飄動，我感覺胸口又是一震。哈波永遠活不到那個年齡了。我的婚姻宣告終結，部分原因在於我爲了妻女安全而刻意疏遠她們。我的工作性質使我會接觸到壞人，但問題並不在這裡。不知怎地，我的生活只會爲我身邊的人帶來痛苦與失去，尤其是我最深愛的人。

不光是哈波失去了生命，我感覺自己也有一部分死去了。我喪失能與所愛之人幸福相守的機會。

哈波之死將我內心的某種東西翻了出來，某種一直都在的黑暗事物。我原本壓抑著它，用朋友、艾米、哈波硬把它制伏住，現在我再也控制不了它了。

我越過墓碑望去，阿維利諾庭審首日的朝陽已幾乎升起。

我親吻大理石，然後我站起身。

「我會查出是誰幹的，」我說，「眞的很對不起。」

墓碑底部仍堆滿鮮花，是朋友的致意。許多已被雪和雨淋成紙漿的卡片。有一張卡片看起來特別新，它夾在一打玫瑰的玻璃紙包裝後頭。是蘇菲亞寫的。

上頭寫著：「我很遺憾。」

走回車子時，淚水蒙蔽我的視線。我開回曼哈頓，握住方向盤的指節發白，咬牙切齒。

我停在我的辦公室外，走上樓。哈利和克萊倫斯已經在裡面了。哈利坐在我的書桌後，克萊倫斯躺在牠的窩裡。牠在這裡待的時間夠久了，我希望牠起碼能舒適一點。克萊倫斯和哈利現在形影不離。哈利在瀏覽辯方展示證據，我們上星期才與檢方和凱特·布魯克斯分享這些展示證據。

「你不覺得已經夠久了嗎？」哈利說，「你不能再這樣下去了。」

「哪樣下去？」

「每天都去看她的墓。葬禮已經過了好幾週，該是開始放手的時候了。如果你一直去摳傷口上的痂，它是不會癒合的。」

「我不想讓傷口癒合，我想讓蘇菲亞獲判無罪，然後查出是誰對哈波下手。」

我辦公室的電話響了，我接聽。

「艾迪阿弗，我在樓下。到外面來，我們需要聊一下。」

那嗓音帶著紐約義大利腔，是吉米·「帽子」·費里尼。現在除了他，沒有誰會叫我艾迪阿弗，那是以前在酒吧、下注場和撞球場常聽見的名字。我跟吉米一起長大，在同一間健身房學會打拳。一旦你跟「帽子」吉米當上朋友，你得找外科醫生動手術才能擺脫他。你有難時他隨時都在。紐約各行各業的大人物，大部分都跟吉米有交情。紐約犯罪家族的首領若是跟你站在同一邊，你將如虎添翼。

「嗨，吉米。我馬上下去。」我說。

「艾迪——」哈利說，但我打斷他。

「我去去就回。」我告訴他。

哈利對我性格中的這一面很不認同。我當律師前，是在法律界線的另一側討生活。我偶爾還是得跨回線的那一邊去。

我下樓走到街上。

有一輛禮車大剌剌地停在西四十六街路中央，沒有熄火。一輛垃圾車停到禮車後方，司機按著喇叭不放。垃圾車被擋住，過不去。禮車紋風不動。我打開禮車後座車門。垃圾車上的清潔員跳下車，有幾人從後方繞過來，大叫著要禮車讓開。他們都是彪形大漢，總共五個人，必須完成工作，被禮車耽誤讓他們很不爽。

「移開你的屁股，花美男！」他們嚷嚷。

吉米下車，轉身對著那些人問道：「有什麼問題嗎？」

每個人都認識「帽子」吉米，就算不認識本人，也聽過他的名號。

那群人立刻舉起雙臂，一邊後退一邊忙不迭地道歉。

「真的很抱歉，先生。我們倒車出去就好，不用擔心。我們不是有意冒犯。」

吉米像一顆手榴彈。我鑽進禮車，跟他面對面坐下。他穿著黑長褲、擦得很亮的手工義大利皮鞋、領口敞開的白色扣領襯衫，當然，還有他爺爺的帽子。自從他接掌費里尼家族的犯罪事業後，我就沒看過他不戴帽子的樣子。近年來，吉米的生意已有百分之九十九都合法了。他擁有大量地產，也在數間合法且賺錢的私人公司握有大批股份，更在紐約規劃局有直接人脈。曼哈頓想申請許可的開發商可以花兩年時間埋首於文書作業中，也可以選擇找吉米幫忙。只要付一筆錢，他們就能在一個月內破土動工。

他伸出手，我們擁抱。他放開我時用力拍拍我的背，硬漢常這樣表達感情，不是用力拍你就是親你兩邊臉頰親到你會痛，但其實他是好意。我交了吉米這個朋友之後才知道，被吻也可以讓人受到皮肉之苦。

「你看起來糟透了。你有沒有吃東西啊？」他問。

「最近沒什麼胃口。」

「你女朋友的事我很遺憾，我已經叫市長辦公室隨時向我更新進度。」

「她不是我的……我們只是很親近。」

沉默填滿禮車由眞皮圍成的內部空間。吉米點頭，潤了一下嘴唇。

「如我所說，如果條子找到嫌疑人，市長辦公室會通知我。」他說。吉米很務實——要是有人傷害他朋友，或是上帝垂憐，傷害他家人，吉米會確保有討回公道。他跟法蘭克·阿維利諾是老交情了，看來市長辦公室裡仍然有吉米的朋友。如果吉米想要本市任何一件凶殺案的資訊，他一眨眼就能拿到。

「當時她在調查什麼危險的案子嗎？有人對她懷恨在心？」

我搖頭。

「就我所知，當時她就只有在進行一件案子——我那件阿維利諾訴訟案。她在聯邦調查局的時候關過一些壞人。我想警方已經徹底查過她以前的案子，以確認有沒有誰最近從聯邦監獄放出來，又可能想殺哈波。但他們什麼也沒查到。」

「手法看起來很專業，」吉米說，「沒人能那樣殺害屋主之後，又逃個無影無蹤。至少過程很快，艾迪。」

「她立刻就死了，警方是這麼告訴我的。我也不知道。你弄到我要的東西了嗎？」

吉米瞥向他左側，那裡有個牛皮信封袋。

「條子說你當晚在現場。」吉米說。

「是啊，可是我沒記得多少。等我到的時候，她已經被帶走了。我硬闖進門廳，發現她的項鍊在地上，我就知道她死了。我拿走項鍊。我就是不能任由它掉在那裡。」

那一刻，我不由自主地想觸摸頸部。我原本爲了好運而戴著掛在鍊子上的聖克里斯多福聖牌，現在我把哈波的項鍊修好，跟我自己的鍊子同時佩戴。讓我們的某樣東西待在一起感覺很好，即使只是廉價黃金。

「吉米，我需要那個信封袋裡的東西。那一晚我無法理性思考，或許遺漏了什麼。」我說。

「這裡面的東西你看了沒有好處。我懂，但我覺得你不該看。」

「我非看不可，」我說，「這件事我不能交給警察全權處理，它太重要了，她太重要了。」

吉米點點頭，把信封袋遞給我。

「法蘭克的事你有查到什麼嗎？」我問。

「有啊，只是我這陣子忙不過來。我餐廳的一個員工小東尼P進了該死的醫院，腦部受傷。天殺的，他在過馬路時被車撞了，我跟你談完後要去看他。我有好多事要操心。抱歉拖了這麼久，不過我也得等所有消息來源回到我身邊來報告他們的發現才行。法蘭克不但廣結善緣，更樹敵無數。我得確定他不是被仇人暗殺的才行。所有消息來源都告訴我同樣的說法：沒有動機、沒有機會、沒有需要算的舊帳、沒有可疑的金錢交易，也沒人雇殺手幹掉我們親愛的故友法蘭克。」

我也是這麼猜想的，但我必須確定。吉米證實了我的恐懼：法蘭克不是被暗殺的。這是一樁弒父案，毫無疑問。

「你跟法蘭克有多熟？」我問。

「那要看是誰問我了。你問我的話，對，我們很熟。如果是地方檢察官問，那我跟他幾乎不認識。」

「你認識蘇菲亞或雅莉珊卓嗎？」

「法蘭克通常都不讓家人接觸大部分的事。他跟我很多生意夥伴一樣，最好別讓國稅局、聯邦調查局還有其他什麼什麼局的政府單位知道我們的關係。他還在當市長時我們不會聚在一起，不過我告訴你，他能坐上市長的位子還不是靠我。要不是有工會撐腰，他根本贏不了初選。至於他兩個女兒？法蘭克會帶她們來餐廳慶生、辦家庭聚會——雖說這類活動也不多。」

「你有覺得哪個女孩很奇怪嗎？」

「你說的奇怪是指能夠毫無理由地砍死老爸嗎？沒有。我是知道她們互相討厭啦，法蘭克老是在抱怨這件事。我知道他們家有很多錢，可是鈔票不代表一切。家人才是你最重要的資產。法蘭克當了兩次鰥夫，你知道嗎？那會在人身上留下印記的。對那兩個小孩來說，那可不是什麼幸福家庭。法蘭克告訴過我……」

吉米猶豫了。

他喜歡講話。我們是一起長大的，吉米沒把我當成律師，而且我知道的內幕足以讓他在監獄度過餘生。但我不會這麼做，永遠不會。我們互相信任。他之所以遲疑，表示他不想背叛別人向他透露的祕密——那個人就是法蘭克。吉米在這方面很老派。

「你可以信任我。」我說。

吉米望向窗外，仰頭看我那棟樓房。

「艾迪，你怎麼不找個好地方住呢？這地方不適合你這樣的男人。」

「我過得很好。快說吧……」

「聽著，我要跟你說的事可能沒用處，也許完全派不上用場。搞不好根本沒什麼大不了，不過……」

「吉米……」

「法蘭克的第一任老婆摔下樓梯，脖子卡在樓梯扶手裡。兩個女孩都在家，她們看到屍體了。眞他媽悲慘，你知道嗎？隔天法蘭克來找我，而我在市立停屍間安插了個內應，別問我理由……」

如果我對任何事有把握，那就是我並不想知道吉米幹嘛在停屍間安插內應。不過想也知道。笨蛋也能想像得到，有些屍袋送進火化爐時，裡頭可能多了一具屍體。

「他請我幫忙。我的內應找法醫談了一下，我處理好了。」

「你處理了什麼？」

「驗屍報告。」

哈波曾經取得這份報告列入我們的背景資料，我讀了。意外死亡。死因是從樓梯滾落對脊髓造成重創，導致瞬間死亡。

我沒有逼吉米，只是默默等他自己說出來。

「其實報告裡有缺東西。跟死因無關。珍·阿維利諾的小腿上有個印記，是咬痕。很小，跟小孩的嘴巴差不多大。」

我腦中閃現一幅畫面，令我不禁用力閉緊雙眼。那畫面感覺像一記猛拳，我感到痛，但不是肉體上的痛。我看到的是第一分局偵訊室裡的蘇菲亞，她嘴唇和臉頰上沾著血，手腕上有個咬痕。我甩開那念頭，打了個冷顫，告訴自己那完全是兩碼事，那跟咬別人不一樣，而且她只是因爲沒有刀片可用才咬自己。她手臂上那些疤證明這一點。況且還有齒印專家，他說法蘭克·阿維利諾胸口的印記符合雅莉珊卓的齒印。

我開始懷疑珍·阿維利諾是否眞的是意外死亡。

「老天，你認爲蘇菲亞或雅莉珊卓咬了母親，害她跌下樓梯摔斷脖子嗎？」

「不是，沒人能判斷她是失足或被推落。法醫說咬痕是之後才造成的。」

吉米臉色一沉。

「死亡之後？」

「這些對你都沒有幫助，因爲法蘭克始終沒查出究竟發生什麼事。葬禮後一個月，他就把兩個女孩都送去寄宿學校了。你能怪他嗎？他安排兩個女兒住校期間都按時看心理醫生，那些醫生也一直向法蘭克回報進展。其中一個心理醫生告訴他，咬人的舉動可能是發現母親死亡的創傷反應，也許她只是想弄醒母親。之類的狗屁。」吉米翻了個白眼。

「你不認爲是這樣？」

「法蘭克跟我說珍心腸很硬，對小孩很嚴格，你知道吧？法蘭克很強悍，但他愛兩個女兒。不過珍嘛，我只見過一面，我不喜歡她。她冷冰冰的。法蘭克說她會打小孩，也會咬她們。我老爸拳頭很嗆，但我愛他，我從來沒對他動過手。他是我的老爹。其中一個女孩就跟她們的老媽一樣強悍又冷血。」

「家暴會留下傷痕，會毀掉人生。」

「沒這麼單純，這也是一種病態，靈魂生病了。我只能這麼說。我可沒見過哪個小女孩發現媽媽死在樓梯上，結果跑去咬她的屍體一口。你還會去教會嗎？」

我搖頭。

「我每個星期天都去。我跟羅尼神父說了這件事，他說法蘭克家裡住著一個惡魔。其中一個女孩很邪惡。」

「我對神父的想法沒什麼信心。」我說。

吉米傾向前，他再度開口時，話聲輕如耳語，彷彿他生怕被某個人或某個東西聽見似的。

「我以前做過不少會讓你吐出來的事，在法蘭克家發生的事卻另當別論。其中一個女孩咬了死去的母親一口，那才不是腦子不正常的小女孩會做的事——那就是**邪惡**。」

27 凱特

中央街法院的會談室又冷又不舒適。雅莉珊卓穿著俐落的黑色長褲套裝，外套內搭配的是白色絲質上衣。她微微發抖，凱特不確定是因爲冷，還是想到一小時內就要展開的庭審。

布洛克穿的是深藍色休閒西裝外套、藍色襯衫和卡其褲，這已經是布洛克爲陪審團特地正式打扮的了。她看起來夠專業，又保有適度的舒適性。凱特當初建議布洛克上法庭時穿套裝，她沒搭腔，而凱特能夠接受她以這身穿著作爲合理的妥協。

凱特將裙襬往下拉，蓋住膝蓋，然後讀著她對陪審團開場陳述的筆記。這段話她已準備了將近一星期——對著鏡子練習。她將陳述的長度由一小時十分鐘刪減到只剩十分鐘。這番演說談及證據的重點何在，強調應以假設無罪爲前提，並爲控訴蘇菲亞的理由打下基礎。

雅莉珊卓與凱特之間擱著一張刮痕累累的舊桌子，雅莉珊卓用手指敲打桌面。這幾週以來，雅莉珊卓愈來愈緊張，她的焦慮與日俱增。這似乎很正常。只要凱特能管好自己的擔憂和焦慮不讓客戶察覺，雅莉珊卓就不致於垮下去。

凱特將筆記推開，注意力放到客戶身上。

「妳眞的嚇壞了，這完全正常。害怕也沒有關係，要是妳很冷靜，我才會擔心呢。妳只要撐過接下來幾天就好，就這樣。還記得我跟妳說過的話嗎？」

雅莉珊卓點頭，說：「好，我會試試看。」

她的手指安靜下來，不再亂動。她深吸一口氣，整個人立刻呈現出近似平靜的態度。

凱特跟雅莉珊卓說過，如果她很緊張就扭動腳趾，沒人會看出她在做這動作。這是凱特在法學院學到的對抗焦慮的小技巧。證人、被告，甚至律師，都會不由自主地感到緊張，這無法避免，但有方法應對。刻意扭動腳趾能讓焦慮有個出口。沒人看得到你的動作，因此你能維持冷靜自信的表象。

「我吃兩顆我的藥好了，應該可以舒緩一點。」雅莉珊卓說。她從泡殼包裝中剝出兩顆藥，配水吞下。那是低劑量的抗焦慮藥，雅莉珊卓每天都會吃一顆。凱特覺得在謀殺案審判第一天服下雙倍劑量似乎不失爲是個好主意。

凱特後方傳來敲門聲。布洛克離開牆壁，鬆開扠起的手臂。她將門打開一條縫，朝外窺視。這次凱特和布洛克奇蹟式地避開了記者和寫手，他們通常會像大啖屍體的食腐鳥一樣圍繞著這類案件。

「是崔爾。」布洛克說。

凱特站起身，跟著她到走廊。

「天啊，怎麼了？是壞事嗎？」雅莉珊卓問。她冷靜的僞裝煙消雲散。她繃緊肩膀，舉起雙手，像是要擋住攻擊。

「我相信沒事的。在這裡等，我馬上回來。」凱特說。

崔爾站在走廊，身後還有三名助理檢察官。他們都是瘦弱的年輕男子，看起來比檢察官至少年輕五歲。未來的崔爾，凱特心想。

崔爾手中拿著一本裝訂的文件，塑膠封面上標示著「追加揭露事項」的字樣。

「這是什麼？」凱特說，「別告訴我這是幾個月前就該給我的東西，否則我會向法官提出通知——我們都還沒開始，你已經給了我很充分的上訴理由了。」

「我們可以私下談嗎？」崔爾問。

凱特瞄了一下崔爾身後的年輕人，說：「布洛克要留下。」

「可以。」崔爾說。他走向前，他的隨行人員便隨之解散。他遞出文件的態度好像它有毒。凱特不久前才收過傳票，不敢隨便接受不知道內容的文件。

「這是什麼？」凱特問。

「弗林要求我們對法蘭克·阿維利諾進行毒物篩檢，我們檢測了血液和器官，而這是檢驗結果。我並沒有義務與妳分享這份結果，但我覺得妳和弗林起碼該公平競爭。」

凱特接過文件，快速翻到結論。

「什麼是氟哌啶醇？」她問。法蘭克·阿維利諾的肝臟、腦部和血液中都找到這種物質的殘跡。

「這妳得自己搞清楚。我們現在正在拆房子，搜查哪裡有那種東西。妳真正應該琢磨的是爲什麼我們沒想到的事，弗林卻想到要去驗，還有爲什麼阿維利諾體內會有這東西。布魯克斯小姐，要我猜的話，這兩個答案對妳的客戶來說都不是好事。」

崔爾走了，凱特將報告遞給布洛克。

布洛克快速翻頁，讀了結論，不到一分鐘就把文件還給凱特。凱特已趁這時間用手機上

Google網站搜尋氟哌啶醇的學術類文章——任何比維基百科更可靠的資料來源。

「妳不用查了，」布洛克說，「那是一種鎮靜劑。我以前有個女朋友在貝城的安養院工作，說她主要的工作就是清大便。貝城那間安養院的人喜歡讓患者乖順聽話，在他們的燕麥粥裡加一些液態氟哌啶醇就能達到目的。」

「這是一種抗精神病藥物耶。天啊，他們餵給老人家吃？」

「以前在貝城是這樣沒錯。」她說。

「現在沒有了？」

「我聽說以後就沒有了。我曾經去找過安養院經理，看來他們儲備的氟哌啶醇大部分都在半夜時不小心倒進排水管了。同一天晚上，那個經理被破掉的地毯絆倒，狠狠摔了一跤，兩條手臂都骨折了。」

凱特提醒自己，她多麼慶幸布洛克是她的朋友。她絕對不想與布洛克為敵。

「法蘭克．阿維利諾為什麼要吃這個藥？他的醫療紀錄沒提到啊。」凱特說。這句話裡有什麼因素讓她深思，好像整件案子有某個災難性的關鍵點，而她幾乎要發現它了。布洛克比她快了一步。

「也許法蘭克不知道自己在吃這個藥。」布洛克說。

⚖

凱特一回來，趴在桌上的雅莉珊卓立刻抬起頭。

「他要幹嘛？」雅莉珊卓問。

凱特揮舞文件，然後讓它戲劇化地落在桌上。

「這是一份毒理學報告，它說妳父親遇害時，體內有大量的某種藥物——氟哌啶醇。妳聽過嗎？」

雅莉珊卓放鬆肩膀，表情也變了。凱特回來前她緊繃又憂慮，現在看起來卻截然不同。她的嘴唇像是表示堅決地抿著，眼中隱然燃著火光，她說：「我確實聽過，我很多年前就知道它了。我妹妹小時候吃過這種藥。」

28 艾迪

我在中央街法院設法找到一間聞起來不像《現代啓示錄》中馬龍・白蘭度的褲子的男廁。我打開水龍頭幾秒後，開始往臉上潑冷水，然後望向洗手台上方有裂痕的鏡子。

該是撥動開關的時候了。

身爲庭審律師，你是某些人的依靠。很多人。在庭審中，有一個人將整個人生交付在你手裡，你不能讓自己的鳥事出來搗亂，你得想辦法關掉那些事，讓自己把工作做好。你的小孩生病了——**撥開關**；銀行剛沒收你的房子——**撥開關**；你生病、沮喪、酗酒，還有股黑暗的悲傷在侵蝕你的骨頭——**撥那該死的開關**。

你必須想辦法把那些鳥事通通關在門外。擺脫它，專心在牌局裡。如果你做不到，你永遠不會原諒自己，你的客戶更絕對不會原諒你。

我鼓起雙頰，拿紙巾把臉擦乾，然後撥開關。

這是庭審的第一天。我的首要任務是中止它——把法官踢出這案子，將聽證會延後幾個月。我需要些時間釐清思緒。這是一著險棋，但我必須除掉這個法官。

我進入法庭時遲到了。

法庭設置成合併審判的布局，檢方席在左邊，崔爾和他的狐群狗黨已將座位坐滿。右邊有兩張被告席，以將近兩公尺的間距並列。哈利與蘇菲亞坐在第一張桌子。我們那一桌有兩張空椅，一張是我的，一張是哈波的。我要求保留這個空座位，哈利同意了。凱特・布魯克斯、她的調查員布洛克、雅莉珊卓坐在另外那張被告席。

三張桌子都朝向法官席，陪審團的座位則在被告席右側。在法庭左側，也就是證人席旁邊，架起了一面大型投影幕，現在它一片空白。我坐到客戶身旁。她伸出手，我輕輕握住。這是我所能做出最具安撫意味的動作了。

「你看起來不太好。」蘇菲亞說。

「我沒事。別擔心，我只是很努力在研究妳的案子。」

她的嘴唇漾開一抹假笑，又很快噘起嘴，然後換成蘇菲亞輕捏我的手要我安心。我沒望向凱特或崔爾，牌局已開始，我不需要任何事讓我分心。我的腦袋感覺像灌滿水泥，要是我不刻意把它抬高，它會掉到桌上砸成兩半。

「**全體起立**。」書記說。史東法官大步走進法庭，黑袍像某種肉食性黑鳥的翅膀一樣在他後方鼓起。他皺著臉，鼻子和嘴唇都惡狠狠地對準我和哈利。

旁聽席坐滿民眾、文字記者和電視記者。法庭內的男男女女都立正站好，聽從書記的指示站起來向可敬的史東法官致意。

蘇菲亞站起來了。檢方團隊也是。雅莉珊卓・阿維利諾、凱特和布洛克都是。他們一直站著，等法官走到他的寶座，將袍子壓向肚子，然後微微欠身。法官進入和離開法庭時全體起立，是一種尊重的表現。

哈利和我的屁股黏在座位上。

該死的一吋都沒移動。

史東注意到了。他看我的眼神彷彿我是地球上最卑賤的人渣，他甚至不屑輕視我。

他坐下，目光像要刺穿我。我們後方傳來衣物摩擦的沙沙聲以及旁聽席的座椅嘎吱聲，還有被告和檢方團隊入座時，椅子刮過拼花地板的唧唧聲。

「弗林先生，你的腿有毛病嗎？」史東說。

我慢吞吞地站起來，抬頭挺胸地說：「完全沒有，法官大人。」

「福特先生，那你呢？」

「兩條腿都處於絕佳生理狀態，法官大人。」哈利說。

「是嗎。那好吧，看來我得讓律師公會的紀律委員會處理這件事了。」

「身爲卸任法官，我正好是紀律委員會的主席之一。」哈利說，「你要現在就把申訴書寫給我，還是晚點再寄電子郵件？其實都沒差啦。」

「我覺得他應該現在寫一寫，只要他手邊有蠟筆。」我說。

法官盡可能緩慢而優雅地站起身。他站在那裡，臉色由灰轉粉，然後又轉爲近似紅色。

「我從未如此……」他氣到說不出話，顫抖的嘴角冒出帶有泡泡的白色唾沫。

我瞥向哈利，他回看我。

奏效了。

「法官大人！」崔爾叫道，「或許這些事可以另外找時間處理？當前還有比弗林先生藐視法庭更迫切的議題。我們可不想提供他彈藥，讓他對你提出毫無根據的預設立場主張。」

該死。

哈利嘆氣。

差點就成功了。

我們原本計畫讓史東爆發，他的壓力閥很脆弱，所有種族歧視者和偏執狂都是如此。只要他對哈利或我罵一個字，我們就要立刻提出聲請，以預設立場為由要求史東自動退出此項審判。他會駁回聲請，我們會有機會立刻上訴，而上訴會成功的。沒有哪個上訴法官會冒險讓被告接受可能偏頗的法官審判，因為若是被告被定罪，他們會直接回到更高一級的上訴法庭，而他們抱怨的對象將不光是最初的法官，還會加上讓審判繼續進行的上訴法官。如果要求更換承審法官的聲請獲准，史東以外的任何法官都會選擇分開審判，讓蘇菲亞擁有公平的機會。

崔爾看穿我們的招數，在四分衛能把球送出去之前就撂倒他。該死，崔爾腦袋真靈光，我絕對不會再低估他了。

史東法官恍然大悟地瞇起眼睛，他發現崔爾在提醒他。雖然慢了半拍，但史東還是懂了。他坐下來，說道：「如果再有任何忤逆性的突發狀況或戲劇化情節，我會向高等法院法官提起，等審判結束後他再處理你們。聽清楚了嗎？」

哈利和我都點頭。

我小聲向蘇菲亞解釋，我們原本企圖換掉這個法官並分開審判，但沒有成功。本來就希望不大，她也明白。我們只能盡力而為。她知道這麼做的風險，我們覺得值得賭一把，畢竟對蘇菲亞來說，合併審判的風險更大。

至少現在史東會把我們主張他預設立場的風險放在心上了。他會對被告表現出公正的態度，以免落人口實。我們討不到便宜，但史東會在作出任何陳述時都很小心地不對我們的客戶帶有偏見，或許在我交叉詰問時還會給我多一點操作空間。這一步棋沒有任何損失。史東從來就不是我們的盟友，如果史東法官跟你一個鼻孔出氣，你可能需要好好反省自己。

「陪審團管理人，帶陪審團進入法庭吧。該讓這場審判開始了。」法官說。

我們右側有扇門開了，陪審團被領了進來。上星期我們挑完陪審員後，我對陪審團算是滿意。他們看起來是各項條件相當分歧的一群人，而且不帶偏見的程度已超乎我的期望。有男有女；有的信教，有的不信；他們的背景、職業和人種都很廣泛。我並不在乎任何人的背景，他們都是美國公民。他們是普通人，現在卻背負著龐大的重擔。他們這群人將決定這案子的結果，我只能確保他們做出正確決定。

崔爾站起來自我介紹。他比平常打扮得更正經，看起來拘謹而樸素。灰西裝、白襯衫、深色領帶。一個公務員。

「各位陪審員，」他開口，「感謝你們爲這個法庭效勞。在此案件結束時，我會請求法官讓各位餘生都免於再擔任陪審員的義務。這個案件勢必將影響各位，你們將在這間法庭內看到一些讓你們做噩夢的影像，你們再也不是原本的自己，因爲接下來幾天，你們將直視邪惡。你們面前有兩個女人，她們是姊妹，請看看她們。」

我從眼角餘光看到哈利傾向前觀察陪審員。我也試著聚焦在他們的臉孔上，我想知道有沒有誰特別盯著某一名被告看。目前爲止，大部分的人傾向於注意蘇菲亞。她姊姊穿著襯托小麥色肌膚的黑色商務套裝，金髮向後紮起，看起來就是自信又專業的女人。我原本打算要哈波在今天這個日子之前，帶蘇菲亞去買出庭穿的衣服。我知道蘇菲亞自己是不會主動做這種事的，她對自己的外表沒自信，我看得出她很在意前臂上密密麻麻的疤痕。結果哈波不在了，我也忘記跟蘇菲亞討論她出庭要穿什麼。沒撥開關就是會這樣。蘇菲亞穿著黑長褲以及黑色長袖毛衣，一頭黑髮襯得皮膚格外蒼白。雅莉珊卓看起來剛去巴黎開完一場成果豐碩的商業會議，直接搭私人噴射機前來這裡；蘇菲亞看起來則像剛參加完匿名戒酒會的聚會。

「檢方將出示證據給各位看，那些證據將兩個女人都連結到她們父親的殘忍凶殺案，而她們的父親正是本市一位重要的守護者與公僕，前紐約市長法蘭克．阿維利諾。現在，仔細看看這兩個女人吧，她們冷酷地謀殺了法蘭克．阿維利諾，她們的親生父親。」

崔爾讓這句話懸住，陪審團花了點時間去評估兩名被告。由陪審員的表情看來，他們似乎不太滿意——尤其是對蘇菲亞。

「這對姊妹指控對方殺害父親，她們會試圖質疑檢方的證據，但此案的證據是不會說謊的。根據我們的鑑識人員以及犯罪現場專家，兩個女人都與凶殺案有關聯。我們會將那些證據呈現在各位面前，交由你們去評估、選擇，做出裁決。」

陪審員對這案子還很陌生，他們還未聽說任何證據，還未被專家弄得很厭煩或很困惑，還未開始擔心這案子何時才會結束，他們才能回歸正常的工作與生活。每個陪審員都全神貫注地聽崔爾說話，而他也充分利用每一秒。

「去年十月五日，有人從廚房的砧板上拿起一把刀。那是一把三十公分長、用精鋼製成的料理刀，用途是爲家人準備餐點，我們任何人家裡都可能有這種刀。結果這把刀在臥室被發現，上頭沾滿了血。刀子上找到兩名被告的指紋。檢方願意接受，指紋可能是在與凶案無關的情況下沾上刀子的，不過也或許有關。這就由各位來決定。明確的事實是，那把刀被帶到樓上法蘭克．阿維利諾的臥室，然後其中一或兩名被告對他做了這種事。」

他退到檢方席，投影幕上閃現一幅畫面。

陪審團不應該說話，他們必須保持安靜。但這個陪審團看著螢幕時不再沉默了。有一個陪審員是從事居家設計的中年女性，她摀住嘴發出一聲哀號，然後又遮住眼睛。咒罵、驚呼，有一個陪審員甚至小聲尖叫，但我分不出是哪一個。

螢幕上是一幅煉獄圖。

法蘭克．阿維利諾仰躺在血淋淋的床上。他的上衣被扯開，衣服破破爛爛，好像一頭野熊用兩隻前腳撕扯過他。他已經沒有臉了，只剩一團組織和曝露在外的骨頭和牙齒。他的眼睛也沒了，眼窩裡只有看起來像暗紅色撞球的東西。

「兩名被告的衣服上都有被害者的血。同樣的，這可能源自於其中一人在黑暗的房間裡碰了他，或是試著叫醒他，並沒有發現他已經死了。由各位來決定是否接受這種解釋。其中一或兩名被告殺害了這個男人。這個案子最後應該至少將其中一名被告定罪，將兩人都定罪也是可能的，顯示蘇菲亞和雅莉珊卓．阿維利諾有罪的證據相當明確。」

他停頓一下，指著照片，用花俏的手勢總結他的演說。

「我知道有些人沒有宗教信仰，在這個法庭上，那也不重要。」崔爾說，「但我想大膽試問各位，有誰能看著法蘭克．阿維利諾，還說得出你不相信世上有邪惡存在嗎？各位女士先生，那個邪惡之人就在這個房間裡，跟你們在一起，就是現在。別讓邪惡橫行無阻。」

29 凱特

凱特在她的筆記本上用藍筆寫下註記。

崔爾屬於譁眾取寵的類型，他會利用這起犯罪中的暴力元素來達到目的，他在挑起陪審團的情緒。利用這一點。

她站起身，看著史東法官向陪審團介紹她為雅莉珊卓．阿維利諾的律師。她練了千百遍的演說非得推翻不可。她邊聽崔爾說話邊決定放棄原有的說詞——她必須另闢蹊徑，而且她想扭轉檢方施加的劣勢。

凱特從桌子後頭走出來，默默來到律師席。律師席位在法庭的中央，相當於洋基體育場的投手丘。她雙手手指交錯，讓手臂自然垂放。她面向陪審團，等了一會兒。

然後她轉向法官說：「法官大人，恕我直言，我認為陪審團暫時已經看夠那張照片了。」

史東朝崔爾揮了一下食指，有一個助理檢察官便關掉投影機，讓布幕恢復空白。有些陪審員如釋重負的表情讓人看了很欣慰。凱特想要快速站到能對陪審團發言的位置，並確保是她為他們解除了布幕上的噩夢。

崔爾希望那個影像烙印在每個陪審員的視網膜上，但他讓畫面留在場中太久，結果凱特轉而讓它對自己有利。這是她的招數。崔爾朝她擊來的每一球，她要嘛會把它打到飛出場外，要嘛會直接擊向艾迪的客戶。

「各位陪審員，我叫凱特．布魯克斯，我很榮幸擔任雅莉珊卓．阿維利諾的辯護律師。」

凱特停頓，看向雅莉珊卓。剛才那張照片讓她的客戶淚流滿面，雅莉珊卓抬頭挺胸地坐著，臉上淚痕斑斑。她用手帕輕拭淚水。凱特暫時沒說話，她要陪審團看到她客戶的悲痛，盡量感受，就像他們剛才沉浸在檢方那張血腥照片的衝擊中。

「各位在此案中將聽到許多間接證據。我的客戶在她父親遇害時正好在屋內，她發現屍體時驚慌地報警，並且躲進洗手間，害怕妹妹也會殺害她。這些都是無須我證明的事實，她的報案電話文字紀錄都寫得很清楚了。在她報案前，她發現父親倒在床上，渾身血淋淋又支離破碎，她曾想救父親。雅莉珊卓並不邪惡，她也是受害者。」

她停頓，將陪審團看了一圈，發現有些人在點頭。情況比她預期中更順利。她得做個結束了，見好就收。

「雅莉珊卓在成長過程中，一再失去至愛。她在不幸事件中，先是失去母親，後來又失去繼母。現在她父親也不在了，我的客戶認爲她已經沒有家人了。她的妹妹已經不算是家人，她的妹妹奪走了雅莉珊卓的一切。各位女士先生，這個房間裡有一個凶手，凶手擁有複雜的精神病史，也有明文記錄的用刀、自殘、吸毒與犯罪前例。凶手正在接受審判，凶手就是蘇菲亞．阿維利諾。我的客戶是受害者，你們有責任判她無罪，並且將她妹妹送到永遠無法再傷人的地方。」

凱特再次停頓，注意到陪審團給她的微笑、頷首和關注。成敗的關鍵就在跟陪審團打好關係，而她已有個很好的開始。

她瞥向布洛克，看到好友坐在那裡，一臉毫不掩飾的崇拜。凱特走回座位。

布洛克湊過來說：「妳太強了。」

雅莉珊卓小聲說「謝謝」，然後淚汪汪地擁抱凱特。

陪審團將她們的一舉一動都看在眼裡，然後他們轉向蘇菲亞以及艾迪．弗林，眼神似乎帶著輕蔑。

30
艾迪

我從未在起身進行開場陳述時，看到陪審團如此充滿敵意。他們沒在看我，而是盯著蘇菲亞。她看起來像馬路中央的兔子，汽車大燈朝牠直衝而來，而這隻兔子僵在原地發抖，等著被輾成肉餅。

我跟她說別擔心，哈利也拍拍她的手背。她兩手交疊放在桌面上，手指在顫抖。哈利穩住她，不過其實他的眞正用意是用掌心蓋住她的手。蘇菲亞的焦慮也可以解讀爲恐懼，這恐懼源自於某人做了可怕的事，而剛剛東窗事發了。

我沒站在法庭的律師席。凱特剛才重創我們，而且陪審團顯然喜歡她，我不想給陪審團在心裡比較我們兩人的機會，於是我直接走到陪審團面前，直到離第一排不到一公尺遠才停住。我雙手插進口袋，思考要說什麼。

我準備了一篇講詞，但現在它在我腦中顯得平庸。我不能用它，我得想出新的內容。凱特借了崔爾的東風，崔爾提出的每一項論據，凱特都會把矛頭指向蘇菲亞。這場仗可不好打。陪審團聽到了這個案件的一個說法，目前他們對自己聽到的說法很滿意。

我的說法必須跟她不一樣，而且必須更有力。

誰說的故事最好聽，誰就贏了。

我清了一下喉嚨，不疾不徐地與某些陪審員眼神接觸。我前幾天挑選的陪審員，總共七個女性，五個男性，候補陪審員一男一女。陪審團中的女性大部分都比蘇菲亞年長至少十歲，全都有工作，清潔員、貨車司機、廚師、飯店房務員、咖啡店經理、退休教師。比蘇菲亞年輕一歲左右的女性陪審員是紐約大學的學生，至少她與我對望時沒有藐視意味。這位陪審員還沒拿定主意。

男性則有工人、電話推銷員、網頁設計師，以及兩個同樣一邊在連鎖餐廳端盤子、一邊等待史匹柏先生來電的未來演員。

我很想模仿凱特選擇的防守策略。不論她和崔爾拿什麼攻擊我，我都可以丟回去給他們。儘管凱特初出茅廬，卻是天生好手。或許她是比崔爾更強大的對手。

現在我望向雅莉珊卓，陪審團跟隨我的視線。為了救蘇菲亞，我應該毀掉雅莉珊卓，這份工作要求我這麼做。如果陪審團相信雅莉珊卓，蘇菲亞就有麻煩了。更重要的是，我相信我的客戶，那表示雅莉珊卓就是凶手，我應該竭盡全力摧毀她。

無辜者應該獲得自由，犯罪者受到懲罰。在合併審判中，這些都成了空談。唯一眞正的對手是檢察官——他們背負著巨大壓力，要在合理懷疑面前，仍證明被告有罪。要是你忘了這一點，跑去攻擊另一名被告，對方會反擊，於是你們在陪審團面前互相廝殺，而陪審團勢必會認爲你們雙方都在說謊。與此同時，檢察官能夠蹺起二郎腿，偶爾丟一顆皮球讓你們去爭搶或是互踢。

跟凱特．布魯克斯鬥，我就等著輸掉這案子。我相信蘇菲亞的清白，而此刻我唯一在乎的就是讓她獲判無罪。爲了達到這目的，我得盡可能專注在崔爾身上，別去管雅莉珊卓。

雅莉珊卓擦了擦紅腫的雙眼。她穿著商務套裝，指甲保養得宜，做一次頭髮要五百美元，看起來就是標準的成功又迷人的曼哈頓社交名媛。她不像殺人凶手，她看起來很緊張。她伸出一手，我看到她觸摸桌子，食指在木材紋理上畫出小小的同心圓。我猜是出於不安。我回頭瞥向蘇菲亞，再次看到一個痛苦不堪的年輕女子，努力要勉強撐下去。

我不能同時做檢察官與辯護律師的工作，那不是我的本性。

「陪審團的各位女士先生，我在本案中代表蘇菲亞．阿維利諾。正如同雅莉珊卓，她也失去了父親。我不會對你們說凶手就在這個房間裡，那樣太武斷了。能夠爲這案子下決定的人只有你們。你們每個人都將聽到這場審判中的證據，然後你們將決定裁決結果。我不需要向你們證明雅莉珊卓是凶手，也不需要證明我的客戶是清白的，而本案中無論是布魯克斯小姐或崔爾先生，任何人若不同意我這個說法，嗯，他們都錯了。

「檢方有責任證明他們控訴的根據，可是你們猜怎麼樣？檢察官不會告訴你們是誰殺了法蘭克．阿維利諾。崔爾先生提出的證據將指出凶手可能是兩名被告的任一人，而他會交由你們決定。各位陪審員，我認爲這不太對吧。你們不能替檢察官塡空啊。他或許會說兩個女人合力犯下謀殺案，但若是如此，她們又爲何互相指控，還報警？」

我暫停下來，跨前一步，離陪審團更近。發揮效果了。我問了他們一個問題，而儘管我不抱期望，有些人眞的在思考。我需要他們思考，需要他們質疑一切，而不是盲目地接收其他律師餵食的資訊。

「好像說不通吧？」

兩個陪審員搖頭。

「或許在場的其中一個女人確實殺了法蘭克．阿維利諾，但檢察官不會告訴你們是哪一個。只要有可能，他希望兩名被告都被定罪。但我想你們都知道那是不可能的。而如果檢方無法在面臨合理懷疑時，仍證明是誰殺了法蘭克．阿維利諾，那麼，女士先生，你們就必須做一件事——你們必須做出無罪裁決。

「在這個案件中，我只會請求你們做兩件事：認眞聽取證據；以及假如到了審判尾聲時，你們並不確定是誰殺了法蘭克．阿維利諾，你們必須判兩名被告都無罪，因爲檢方的起訴理由是不足的。謝謝你們，我知道我能依靠各位。」

我坐下來，狀態比剛站起來時好多了。有些陪審員會思考並好好評估這案子，我所能要求的也不過如此。

蘇菲亞湊過來，眼中冒出新的淚水，臉上帶著堅決表情，她說：「雅莉珊卓殺了我爸爸，我要你確保她付出代價，別用這種方式打官司。」

「蘇菲亞，我在努力救妳的命，讓我把工作做好。」

她眨眼，淚水落在攤放在桌上的文件上。

「他是我爸爸，而她殺了他。她得付出代價。」

31 凱特

艾迪的開場陳述出乎凱特意料。她本來很篤定他會在法庭中央丟下某種震撼彈，也準備好看著他炸開她的防線。

結果他沒有。

他並沒有衝著雅莉珊卓來。這是風險很高的策略，卻很聰明。這仰賴陪審團認眞看待他們發的誓，決定既然他們無法選出雅莉珊卓和蘇菲亞誰才是眞凶，他們就得做出無罪裁決。嚴格說來，這樣的論點很穩固。

布洛克小聲說：「他很行，不過那絕對沒用的。」

「爲什麼？」凱特說。

「陪審團看到那張法蘭克的照片了，如果他們相信姊妹之一幹出這種事，他們肯定要讓某人付出代價，否則他們不會甘心走出這間法庭。」

凱特點頭，然後她看到崔爾站起身，傳他的第一個證人出場。

「布瑞特．索姆斯警探。」崔爾說。

凱特快速翻著筆記本，尋找她用粉紅色便利貼標記的筆記。她在找頁面時，聽到索姆斯走向前。她認出凶案當晚曾見過他，當她在警局跟雅莉珊卓初次見面時。當時這位警探穿著非常可怕的黃色襯衫，那襯衫醜到忘都忘不掉。就是這麼糟。

索姆斯很高，五十五歲左右，花白的頭髮緊貼頭皮。黃襯衫今天休假，不過代班的襯衫也沒好到哪去。他穿著深藍色西裝和綠色襯衫，搭配藍白條紋領帶，整體組合相當古怪，凱特不禁懷疑他會不會是色盲。索姆斯舉起聖經時，凱特注意到索姆斯左手無名指有一圈凹痕：他最近才拿掉原本戴著的婚戒。這就難怪了——沒有哪個老婆會讓老公以這身打扮走出家門的。

索姆斯發過誓之後，史東法官請他坐下，又花了點時間確保警探有水可以潤喉以及不缺任何東西，讓他在證人席能舒舒服服的。

爲了讓證人進入狀況，崔爾先問了些簡單的問題，包括警探從警多久了，資歷爲何。他是職業警察，從警十五年以來大半時間都待在重案組。這不是他第一次參加牛仔競技。

「警探，警方一開始是怎麼知道有這起罪行的？」崔爾問。

「兩名被告都用手機打九一一報案電話。」索姆斯說。他發言時刻意轉朝陪審團，對著他們回答。他沒有微笑，甚至沒向陪審團展現友善。他給凱特的感覺是一個很有榮譽感的警察，來這裡只是盡自己的職責，把事實說出來。他是檢察官夢寐以求的證人。

「法官大人，我想爲求謹慎，現在應該播放報案電話的內容給陪審團聽。」

「我同意，警探，你不反對吧？」法官問。

凱特從未見過如此偏袒警察的法官。哪怕你在律師資格考拿到再好的成績，哪怕你對每部判例法和判例都滾瓜爛熟，哪怕你高分通過每場模擬審判的考驗，都無法對這種事做好心理準備。即使你的論點在事實面與法律面都完全精確，碰上有預設立場的法官，你仍然可能輸掉官司。這可是現實世界。

崔爾向助理之一比了個手勢，凱特放下筆，聽著擴音器響起，第一段錄音開始播放。是雅莉珊卓。

布洛克打開一個檔案，跟著文字稿邊聽邊讀。雅莉珊卓吞了吞口水，閉上眼睛，聽著自己的聲音，聽到貫穿每個字的恐懼，有如流經岩床的厚厚金脈。

陪審團也在聽，凱特仔細觀察。他們完全沉浸在錄音裡。

錄音戲劇化地結束了，調度員與雅莉珊卓斷了通話，不知道她出了什麼事。

「請接著播第二通電話。」崔爾說。

這是蘇菲亞的通話，比雅莉珊卓幾乎晚了一分鐘打進九一一緊急報案中心。在凱特聽來，蘇菲亞嗓音中的顫抖相當眞實。若要她評斷這兩通電話，她認爲蘇菲亞聽起來更害怕。

布洛克闔起通話文字檔的檔案，扠起手臂靠向椅背。她肯定也做出同樣的結論。

蘇菲亞聽起來更眞實。

凱特並不懷疑她客戶當時的恐懼是否眞實，這只代表蘇菲亞很擅長假裝而已。

「索姆斯警探，你受到紐約市警局特勤小組指派，至現場調查？」

「是的。」索姆斯說，「特勤小組控制住房屋及現場的狀況。有鑑於兩名住戶身上都有血，而且兩人都表示對方犯下謀殺案，特勤小組警官便決定拘留兩人。我抵達現場時，兩名被告都被逮捕，警官也向她們宣讀過權利，於是我跟兩人都談了一下。」

凱特的筆原本一直在紙頁上移動，記下索姆斯警探提出的證詞，現在她的筆突然停住。

先前索姆斯從未揭露在現場與被告的任何對話內容，他的書面證詞裡沒有。這是全新的證據。她快速瞥了艾迪一眼，看到他繃緊下巴，下巴邊緣的肌肉皺起。他也沒防到這一手。

兩人都不知道接下來會發生什麼事。

「你先跟誰談？」崔爾問道。

「我跟雅莉珊卓・阿維利諾談。」

「她說了什麼？」

索姆斯轉開頭、在對陪審團說出答案之前，短暫地瞄了凱特一眼。凱特當下就知道大事不妙。

「我可以參考我的筆記嗎？」索姆斯問。

法官和崔爾點點頭。索姆斯伸手從外套口袋拿出筆記本。凱特沒有收到這本筆記的影本，她也不認爲艾迪有看過。

「雅莉珊卓說——**逮捕那個賤貨。她殺了我爸。她會殺了我**。我記下這些話，然後我跟蘇菲亞・阿維利諾談。」

「蘇菲亞・阿維利諾說了什麼？」

「她說——**你得逮捕雅莉珊卓，這是她幹的。她很邪惡，她毀了我的生活**。」

崔爾點頭。

這並不像凱特以爲的那麼糟。這些指控算是互相抵銷了——不過這只是暫時的想法。

「我們繼續討論犯罪現場之前，我注意到你在現場與兩名被告交談時，蘇菲亞・阿維利諾和雅莉珊卓・阿維利諾都沒有詢問她們父親的狀況。你有跟她們任一人說他已經死了嗎？」

「我沒有。」

「而就你所知，不論在現場或在警局接受偵訊時，蘇菲亞．阿維利諾或雅莉珊卓．阿維利諾是否曾在任何一刻，關心過她們父親目前的健康狀況？」

「沒有，先生，她們沒有。我猜她們已經知道了，因為——」

「反對，」凱特說，「這位警官的猜測不算是證據，他並不是在提供專家證詞。」

凱特已經彎下膝蓋準備坐回去，她的反對很清楚、精準且百分百正確，結果她卻聽到史東法官說：「反對無效。」

凱特又站起來，「法官大人，證人是在臆測——」

「布魯克斯小姐，」史東說，「我知道妳對法庭程序並不是十分熟悉，但妳提出的反對已被我駁回了。這位是經驗非常豐富的重案組警探，在他長久而卓越的職業生涯中，他勢必已親歷數百個重大犯罪現場，與現場數千名當事人談過話。如果他願意就此事提供意見，本庭樂意聆聽。」

凱特感覺自己像五歲小孩。知道規則是什麼，以及期望真實世界中的法官會遵守規則，似乎是截然不同的兩碼子事。她得很快學會教訓。

「抱歉，警探，你能複述你的回答嗎？」崔爾說。

「好的，根據我的經驗，每當我們與被害者的家屬談話時，他們都只想知道被害者是否還活著。不管被害者看起來傷得有多重，這都是他們關心的第一件事。他們不放棄渺小的希望，希望所愛之人仍然能撐過來。在這個案子裡，她們兩人都沒問法蘭克是否還活著，這很不尋常，極為不尋常。我認為那是因為她們都知道他已經死了。」

「在那兩通報案電話中，她們是說她們的父親被攻擊了，並沒有說他死了，對嗎？」

「對。她們應該也知道每一通報案電話都有錄音。」

「她們在報案時有要求急救人員到場嗎？」

「有，兩人都要求派救護車。」

「然而警方與救護車趕到後，她們卻沒問起父親的狀況？這是為什麼？」

「她們知道他已經死了。」索姆斯說。

「你認為她們為什麼知道他死了？」

「其中一個原因是她們用三十公分長的刀子刺進他兩隻眼睛，這樣就會知道了。」

凱特提出反對，法官點點頭。

「我們換下一題好了。請把編號E.3.8的照片展示在布幕上。」崔爾說。布幕馬上如他所願，被恐怖片畫面給填滿。那是法蘭克·阿維利諾躺在床上被摧殘過的屍體照，不過比先前那張鏡頭拉得較遠。

「警探，你能為我們描述這個現場嗎？」

「這是一間位於三樓的主臥室，地址是死者在富蘭克林街的住家。照片是從臥室門口拍攝的。巡警抵達時，這個房間沒有開燈，他們看到床邊地毯上的深色汙漬時便把燈打開了。可以看到多枚鞋印，其中一枚是雅各斯巡警留下的，他穿的是紐約市警局配發的標準靴子，鞋底紋路很清楚，所以在這類犯罪現場我們可以輕易認出它。雅各斯巡警在被害者身上確認有無脈搏，發現沒有。床周圍其他組血腳印則屬於蘇菲亞·阿維利諾和雅莉珊卓·阿維利諾。」

陪審團注意力集中在索姆斯身上，只有兩三個人偶爾會快速瞥一眼照片。

「你可以描述一下你抵達時，法蘭克．阿維利諾屍體的狀態嗎？」

索姆斯清了一下喉嚨，啜了一口水，然後才開口。彷彿他要先讓自己鎮定下來，才能面對接下來的事。

「我跟我的搭檔以賽亞．泰勒警探已經共事五年了，這段期間我們也見過不少，但從沒見過這種事。泰勒看到屍體後不得不離開房間。現場的血腥味以及屍體的氣味非常重，這我們倒是習以爲常，但我們並不習慣看到被害者身上有這麼大量的傷口。一開始我以爲被害者遭到獵槍從近距離往身體中心射擊。等我靠近之後，才發現那不是槍傷。那些是用長刀造成的獨立傷口。多數是刺傷，我數到四十刀左右時就數不下去了。也有些是用刀子劃傷的。正如各位所見，被害者的鼻子被削去一部分，喉嚨以及……」

索姆斯停止說話，垂下目光，然後抬起眼皮繼續說。

「……以及胸骨上都有平行的割傷。兩個眼眶都被刺傷，眼球受到重創而造成嚴重的前房積血。在我看來，這些刀傷隨便哪一刀都可能是致命傷。然而凶手仍持續毀壞屍體。在調查過程中，我們發現兩處傷口特別重要。」

「哪兩處呢？」

「胸口的一處刺傷，我看到傷口內伸出一根長頭髮。還有被害者胸部的一個齒印。」

「先跟我們說說那個刺傷吧。」崔爾說。

「我用鑷子小心地夾起那根頭髮，犯罪現場鑑識人員在旁邊看著並拍照存證。那根頭髮深深卡在傷口裡，從頭髮末端五公分都染著血就看得出來。那根頭髮已放入證物袋密封起來，交由相關單位進一步檢驗。」

「那齒印呢？」

「拍照後交由專家分析。」

崔爾翻著他桌上的筆記。

「以你作爲紐約市警局重案組警探的身分，你認爲這些傷口是由一個人造成的嗎？」

「這是無法判斷的。可能只有一個攻擊者，也可能有兩三人。從外觀上看，攻擊者用的是同一把刀，也就是我們在床邊的地上找到的刀。」

「是這把刀嗎？」崔爾說，並舉起裝在塑膠袋裡的料理刀。

「就是它。」

「最後一個問題：被害者身上有沒有任何防禦性傷口？任何跡象表明他曾與攻擊者扭打，或試著自衛？」

索姆斯轉頭對著陪審團說：「沒有。在以利刃攻擊的案件中，我們有時會在當事人手上或前臂上看到傷口，但這名被害人身上完全沒有。在他能採取防禦動作前，他就遭到突襲，或許也已受了致命傷。」

「謝謝你，索姆斯警探。」

凱特迅速離開座位。有很多證據她不需要現在就去挑戰，但有些她不能放它過關，必須立刻處理。

「警探，你在筆記本裡寫下蘇菲亞．阿維利諾和雅莉珊卓．阿維利諾在現場的陳述，然而你在書面證詞裡卻沒提到這些，爲什麼呢？」

「我的書面證詞呈現的是我的調查過程，而兩名被告的陳述在她們被登記接受拘留時，已經納入紀錄了。既然那些陳述已經精確地記錄在中央拘留所，我就不需要在書面證詞裡提起。」

凱特一口氣堵在胸口。她提問時搞砸了，問得太籠統了。她要求對方給個解釋，結果她得到了，陪審團卻聽得一頭霧水。她本來可以處理得更好的。她仔細思考下一個問題，在腦中構思，然後才開口。

「看著法蘭克·阿維利諾的那張照片，即使對深愛他的人而言，難道法蘭克已經死了的事實不是顯而易見嗎？」她說。

「這我不敢說。」索姆斯說。

「警探，他看起來死了，不是嗎？」

「他看起來身受重傷，沒人能光用看的就斷言那些傷要了他的命。在報案電話中，兩名被告都要求派急救人員到場。」索姆斯一板一眼地說。

「我的客戶及蘇菲亞·阿維利諾都曾接近他並觸碰他，她們是否可能在那時候發現他已經死亡？」

「是有這個可能，但爲什麼後來她們報案時又要找急救人員到場？不合理吧。」

「如果她們抱著他，認爲他傷勢過重而死，那就能解釋雅莉珊卓爲什麼沒問你她父親死了沒有，不是嗎？」

「也許吧。」

「就是這樣，對不對？」凱特逼他給出更理想的答覆。

「這是一種解釋，但我不接受。」索姆斯說，凱特覺得她頂多只能從他這裡得到這樣的回答了。「另一種解釋是妳的客戶知道法蘭克已經死了，因爲她花了些時間把他切成碎片。」索姆斯說。

凱特點點頭，她走回被告席的途中，看到兩三個陪審員好奇地望著雅莉珊卓。那是驚奇中帶著鄙夷的眼神，索姆斯害她失去了一些陪審員。這場仗將比她想的還要難打。

32 艾迪

我有點想乾脆放棄問索姆斯任何問題。他剛才的證詞有殺傷力，但不算太強。凱特已盡了她的全力減輕損害，可惜她第一個提問不夠嚴謹。這不能怪她，你對待某些證人就是需要把牽繩扯得特別緊，然而你必須問完第一個問題才能知道對方是不是這一類證人。久經沙場能為你帶來一些優勢，不過凱特表現得比我在謀殺案庭審中初試啼聲時好多了。

我站起身，判定我得再搖一搖這棵樹，看看會落下什麼東西來。

「索姆斯警探，被告在現場對你作出這些陳述時，我想她們兩人都已被逮捕，也已被宣讀米蘭達權利，才跟你交談是嗎？」

「當然。」索姆斯說。

即使這不是事實，當你這麼問，紐約每個警察必定都會給出肯定的答覆。沒有哪個警察會承認，有嫌疑人尚未被告知他們有權利保持沉默，就說出重要資訊。如果沒對嫌疑人宣讀權利，嫌疑人作出的陳述大部分都不會被接受作為呈堂證供。索姆斯絕不會承認在嫌疑人尚未聆聽過米蘭達權利時就和她們交談。

「你確定你在現場與兩位被告談話之前，她們都已經被正式逮捕，且聆聽過米蘭達權利的內容？」

「我百分之百確定。」他狀甚滿足地說。他是掛著得意的笑容對陪審團給出這肯定答案的，但他不知道，他剛才也等於將自己的心臟裝在盤子裡奉獻給我。我還不急著從他手裡搶過盤子，我得靜候最佳時機。

「索姆斯警探，你認為被告在現場作的陳述很重要，是嗎？」

「是的。」

「我猜也是。你似乎暗示，由於雅莉珊卓和蘇菲亞沒有問你她們的父親是否還活著，就表示她們殺了他？」

「這是符合邏輯的結論。」

「我們在此先提醒自己：檢方聲稱他們握有對兩名被告都不利的證據。如果有一名被告在犯罪現場對你作出重要陳述，嗯，這對檢方來說不是很關鍵的證據嗎？」

「是。」

「你在現場用筆記本寫下這陳述時，就知道這是重要證據了，不是嗎？」

「應該吧。」

「既然它這麼關鍵，你卻沒想到要納入你的書面證詞，或是把你的筆記本影本交給檢方，當作揭露事項分享給辯方團隊？」

「我把所有相關資訊都交給地方檢察官辦公室了。」

「但不包括你筆記本相關頁面的影本？」

他停頓。

如果他撒謊，回答「有包括」，他可能損害檢方的信譽；如果他說實話，他就完全不知道我打算把他引入什麼暗巷裡。

「我一定是漏看我的筆記了。我好像沒有給地方檢察官辦公室一份影本。」

「你好像沒有給？前紐約市長陳屍自己的臥室裡，被切割得殘破不全，你拘留了兩名嫌疑人，根據你的說法，她們兩人都作出重要陳述，而你好像沒交出那些陳述的筆記？你要嘛交了，要嘛沒交，到底是哪個？」

索姆斯清了下喉嚨，努力恢復幾分鎮定，然後望著陪審團說：「我沒有交。」

輪到我按暫停鍵了，讓陪審團吸收這句話。這是個次要的重點，不過我想放著讓它先默默啃一下桌腳，晚點再來處理。

「索姆斯警探，你沒有能力執行基本調查工作嗎？」

他回答時不再費心望著陪審團，而是帶點火氣地直接衝著我回話。

「我的紀錄自可證明。我的部門在本市創下數一數二高的凶殺案破案率，應該說跟任何一個城市比都不會遜色。」

「那麼身為經驗豐富又才華出眾的調查員，你應該不會犯下未將重要資訊交給地方檢察官辦公室這麼基本的錯誤？」

「我猜……」

「警探，兩名被告在現場作的陳述根本不重要，對不對？」

「誰說不重要。雅莉珊卓和蘇菲亞沒問她們父親是否還活著，是因為她們都知道他已經死了，因為她們『確保』他『死透』了。」

「兩名被告都沒問她們父親是否還活著，還有另一種原因，不是嗎？」

「我想不到還有什麼原因，我當了這麼多年的重案組警探，從沒遇過這種事。」

「稍早之前，你證實了被告在現場接受問話之前，她們曾聆聽權利，你還記得嗎？」

「我記得，我確定，我們向她們宣讀過權利了。」

「嫌疑人只有在被正式逮捕後，才會被宣讀權利，對嗎？」

「對。」索姆斯說，這些問題讓他開始厭煩了。

「請看這份文件，這是逮捕紀錄。負責逮捕的警官是雅各斯巡警？」

我從檢方的揭露事項裡取出一頁文件，遞給書記。

「對。」索姆斯說。

「兩名被告都是因單一罪名遭到逮捕的？」

「對。」索姆斯說，現在他驚覺我想幹嘛了。

該擊倒他了。

「根據這份紀錄，雅各斯巡警以謀殺罪名逮捕兩名被告，她們該不會就是因此猜到自己的父親已經死亡？」

索姆斯吞口水，喉結在喉嚨上下滾動。

「除非發現了屍體，否則你不可能因謀殺罪被逮捕，是吧？」

他沒回答。回答是多餘的。

「警探，對這兩名被告不利的證據少得可憐。你和檢方爲了建構論據，不惜緊抓著薄弱的希望，這裡的眞實情況是不是這樣？」

索姆斯清了下喉嚨，抿一口水，湊向麥克風說：「不是，先生。」

索姆斯從法蘭克．阿維利諾胸部的傷口深處取出那根頭髮。毛髮及纖維專家還有泰勒警探對此會有更多話要說，但我只需要先徹底解決掉索姆斯。

「警探，你作證說你從被害者胸部一處傷口裡取出一根頭髮。你並不是毛髮及纖維分析專家，對嗎？」

「我不是，先生，這部分我們委由山德勒教授負責。」

「好的。沒有別的問題了。」

崔爾並沒有試著修補任何損害，不過他也無能爲力。在我看來，地方檢察官確實是狗急跳牆地抓住每一絲傾向於顯示有罪的證據——只要能拗成對檢方有利的事情，都會不分青紅皂白地往我們這裡扔過來。

「檢方傳以賽亞．泰勒警探。」崔爾說。

索姆斯走下證人席，只跟泰勒交換了一個眼神。他的眼神在示警：當心了。泰勒比索姆斯年輕得多，也更急躁魯莽，聰明的律師能夠更輕鬆地引導他被突襲。

泰勒穿得一身黑：襯衫、領帶、西裝、皮鞋，很適合這個場合。他宣誓後在證人席安坐下來。

「泰勒警探，你負責執行被害者與其家人的相關調查工作？」崔爾問。

「是，」泰勒說，「我的搭檔和我各分配一部分這個案子的工作。在凶案當夜，我接到名叫麥克．莫丁的律師來電。那是星期六凌晨。他跟我說他跟被害者事先約好，要在星期一討論修改被害者遺囑的事。」

「你是否取得被害者遺囑的副本？」

「是的。遺囑執行人爲哈爾．柯恩。柯恩先生是被害者的競選總幹事及友人，他提供了一份最後版本的遺囑影本給我，在檔案中標記爲第六號證物。」

問答中斷了一會兒，因爲陪審團這下有理由打開面前的文件，翻到正確的證物並開始閱讀。

「這份遺囑是五年前訂的，對嗎？」崔爾問。他在引導證人，但我沒有提出反對。這對我們沒有什麼傷害，而且他等於在加快進度。

「沒錯，這份遺囑是二〇一四年在莫丁先生的事務所訂立的。」

「警探，這份遺囑有什麼效力呢？」

「遺囑留下總額一百萬美元的慈善捐款，死者遺產的剩餘部分則平分給兩個女兒——雅莉珊卓和蘇菲亞．阿維利諾。」

「你當時能夠查明法蘭克．阿維利諾的遺產總値多少嗎？」

「是的，柯恩先生曾因稅務因素而收到這方面的估價，遺產總額爲四千九百萬美元。扣掉應付稅額以及捐款部分，剩下的遺產總額爲四千四百萬美元。」

我們後方人群裡有人吹了聲口哨表示讚嘆。法官肯定沒聽見，因爲他並沒有告誡旁聽席的人。這個數字引起不少耳語、嘟囔和吸氣聲，甚至包括幾個陪審員。以任何人的標準而言，這都是一大筆錢。

「好，我們由莫丁先生的來電知道死者想要修改遺囑，並且已約好在星期一上午和莫丁先生見面討論此事。你知道遺囑將如何修改嗎？」

「我不確定。不過我們有理由相信，死者遇害時受到不正當的影響。」

「你說不正當的影響是指什麼？」

「法蘭克．阿維利諾在不知情的情況下被人下藥了。由該種藥物的類型研判，我們認為下藥的目的是設法掌控阿維利諾先生以及他的財富。」

陪審員紛紛往前傾身。這時我忍不住望向蘇菲亞，她一手摀住張開的嘴，轉頭用受傷又痛苦的眼神凝視姊姊。我們已經告訴她這項假設，以及毒理學報告結果。然而聽自己的律師說是一回事，在公開法庭上聽到它被列入紀錄，又是另一回事。

雅莉珊卓垂著頭，哭得肩膀一起一伏。

崔爾不疾不徐地帶領泰勒講一遍毒理學報告結果，並解釋給陪審團聽。氟哌啶醇是一種抗精神病藥物，若是施用的劑量正確，能讓服藥者變得溫順、言聽計從、易於掌控。

「警探，你說被害者遭人下藥，可是你的根據是什麼？法蘭克．阿維利諾會不會是自己要吃這種藥的？」

「我不這麼認為。根據他的醫療紀錄，醫生並沒有開這種藥給他。此外，從他遇害前數個月開始，他便因為出現類似早期失智症的症狀而向家庭醫生求診。這也可能源自阿維利諾先生體內的藥物造成了失智症的症狀。醫生建議十二月時做磁振造影檢查，但阿維利諾先生沒能活到那時候。」

「如果有人在不知情的情況下被施用了氟哌啶醇，你覺得可能是怎麼回事？」崔爾問。

「某人想控制法蘭克．阿維利諾，譬如說，那人可能說服他在授權書上簽名。」

一股寒意漫過我全身。崔爾想把這件事帶往我沒料到的方向。我在檢方的檔案中翻到某一頁證物頁，再仔細看看那文件。崔爾一直在慢慢累積這波切入點的動能，而泰勒剛才把門又開大了一點，方便他進去。崔爾指示陪審團與證人翻到我在看的這一頁。

「警探，二二八號證物這份文件是什麼？」

「這是一份於九月十五日執行的授權書，它授予阿維利諾先生指定的代理人處理他所有財產及事務的權力。」

「那麼被指定成爲阿維利諾先生代理人的是哪些人呢？」

泰勒緩慢且謹慎地說：「是哈爾．柯恩先生以及雅莉珊卓．阿維利諾小姐。」

法蘭克、阿維利諾

日誌紀錄，二〇一八年九月十五日

我已經不知道要相信什麼了。要嘛我快瘋了，不然就是有人想殺我。某方面來說，我倒希望是有人找了殺手取我性命。這總比我快失去理智要好，我能應付殺手，吉米可以處理。

今天早上我跟吉米聊了一下，他說我有被害妄想症。沒人敢雇人暗殺我，也沒有哪幫人馬會動搶劫我的歪腦筋，我可是吉米的老朋友，那種鳥事不可能發生。

我是個上了年紀的老糊塗。我確信他錯了，於是我雇了一個私家偵探，負責留意有誰在跟蹤我。哈爾覺得這很浪費時間金錢，但我感覺安心一些。私家偵探是個姓貝德福的大塊頭，他說我根本不會看到他。確實，從他兩週前上工以來，我都沒見過他。這對我沒有幫助，我覺得他搞不好根本沒在盯著我，也許他在家看電視，把我當成另一個有被害妄想症的笨蛋。但我知道，我看到機車騎士盯著我了。

後來我走出餐廳時，站在人行道上，發現鞋帶鬆了。我蹲下去，結果天殺的，我蹲了起碼有十分鐘，怎麼也想不起該如何綁鞋帶。我就單膝跪在地上，雙手拎著鞋帶，盯著我的棕色皮鞋，直到眼淚落在皮革鞋頭上。

我把鞋帶塞進皮鞋兩側，搭計程車回家。

晚上十點

今晚我不餓，只幫自己做了個三明治。

蘇菲亞昨天煮的湯還在冰箱裡，雅莉珊卓讓熟食店送來的燉菜擱在湯旁邊。我做了個花生醬配果醬三明治，倒了杯牛奶，邊吃邊看新聞。今晚感覺好一些了，幾天以來，我的頭腦第一次比較清醒。

私家偵探公司打電話來，我跟他們說貝德福都沒有跟我聯絡，不管是打電話或傳簡訊都沒有。不，我不知道他在哪——老天，他跟我強調過我不會看到他。明天早上他們要派新的人員來。

貝德福失蹤了，新聞報導了警方呼籲民眾提供消息的事。

我現在躺在床上，睡不著，頭痛個不停。

而且胃裡有種不祥的預感。我打給雅莉珊卓，留了語音訊息。打給蘇菲亞，她接了，說她明天會來看我。

她 33

儘管在生理上和心理上都已做了萬全準備，但當她看到父親血淋淋的屍體照被放大投映在巨幅布幕上，還是感到極度震撼。她從未保留殺戮後的紀念品，沒有任何東西能用來回味那些極樂時刻。看到照片讓她下腹部有一股暖意，心臟也雀躍起來。

她幾乎能嚐到他血肉的滋味。

她快受不了了。她試著在心裡回想那首歌，歌曲節奏能消除在她體內奔騰的亢奮。這時她注意到自己右手摸著桌子，食指摳進桌面被上千個邊緣鑲著金屬的沉重檔案夾刮出的凹槽裡。她趕緊抽回手放在腿上。

今天進展得還算順利，跟她預期中差不多。泰勒警探作證時誇大了氟哌啶醇的效果，這種藥並不會使人完全順從，某方面來說，它反而讓爸爸更難搞——但他終究是簽了授權書。用幾個月時間在他食物裡下毒以及朝他耳朵灌輸有毒言詞，就能讓他對她的姊妹產生反感。到時候她會說服他修改遺囑，然後用輕度過量的劑量送他上路。藥物本身不會致命，不過若是劑量夠高，呼吸系統就會停擺，或是在過程中導致心臟衰竭。她爸爸都這個年紀了，若是呼吸衰竭或心臟病發，法醫或病理學家也不會深究。

問題就出在她低估了爸爸。

如果她更注意他一些，就不必執行這些計畫了。她心底莫名地覺得，爸爸早就知道她的眞面目。他看到媽媽腿上的咬痕，結果設法掩蓋這件事。又或許某種程度上，他刻意不想弄清楚她到底是什麼樣的人。她的本性會嚇壞任何一對父母。他從未直接問她什麼，但是她們的母親死後，他無法跟任何一個女兒住在一起。

他把她們送走。她覺得媽媽死後那幾年，法蘭克怪罪她們兩個人。他知道其中一人咬了珍，但他絕口不提，或許是覺得丟臉。等到她高中畢業時，法蘭克看起來已經忘了這件事，或至少是先擱下他的疑慮。

四年前，她餵法蘭克的第二任妻子海瑟吃下三瓶疼始康定，那時他就應該知道一切都不曾改變了，他的女兒本性難移。海瑟有她自己的問題，藥物成癮是最大的一個。他能輕易接受不小心服藥過量的說法——有關當局也是。

海瑟倒是不願意接受，一開始抵死不從。

她先是打到家用電話，得知法蘭克出遠門了，海瑟會一個人在家喝酒，配幾顆藥則是餘興節目。等海瑟已醉到拿不住酒杯，她喝下的伏特加與蘇打水裡仍未加進足夠的疼始康定藥粉。到了某個階段，她不得不強壓住海瑟，把橡皮漏斗硬塞進海瑟的喉嚨，將一瓶摻了疼始康定的夏布利白酒灌入她的胃。

她陪在旁邊看著海瑟默默死去，然後清除自己當天晚上曾出現在屋子裡的所有痕跡，再將海瑟留在那裡，等隔週爸爸回家時才發現。那股氣味在房子裡縈繞了好一段時間，因爲海瑟是在盛夏時節死的。辦完葬禮，法蘭克還得聘請一支昂貴的生物整治技術團隊，來去除海瑟腐敗屍體的氣味。

海瑟的葬禮就是她上一回與姊妹長時間共處的場合了。她們分別站在敞開的墳坑兩側，爸爸站在她們之間，也就是墳坑的前端。他低著頭，淚水滴在海瑟的棺木上。姊妹沒有看她，姊妹把所有事都怪在她頭上。她懷疑其實姊妹偷偷在嫉妒她。

她握有權力。她願意不擇手段，這賦予她一股權力。姊妹很軟弱，一向如此。從她們很小的時候起，姊妹就被牽著鼻子走。只要答應給她一顆糖果，或一本書，姊妹就會百依百順，即使叫她做壞事她也照做不誤。差別在於，當姊妹闖禍被媽媽逮到時，她會一直哭一直哭。

媽媽死在樓梯上那天，姊妹也在哭，就她看來，姊妹從那之後就不曾停止哭泣。某些行爲是無從寬恕的，它們會玷汙靈魂。那天她把牙齒咬進媽媽皮膚時，就醒悟到這個道理。媽媽沒有叫痛，沒有畏縮，沒有躲開。一部分的她覺得媽媽也許還活著，也許媽媽某部分的大腦還未因脊髓斷裂而完全失靈，那塊大腦讓媽媽尙有意識，能夠感覺到小牙齒刺破皮膚的疼痛。她知道這可能性很低，但好奇媽媽有沒有感覺所帶來的顫慄，讓這行爲變得更重要、更具意義。

她聽著律師們先後與索姆斯警探和泰勒警探唇槍舌劍。

那都不重要。

她的姊妹會被定罪，而她會逍遙法外。

沒有疑問。

她的思緒消散了，令她回到法庭內。她低頭看，自己的手指又在撫摸桌子了。她將雙手夾在大腿間，然後抬起頭。

她不知道有沒有人注意她，不過那不重要。

姊妹的命運已經注定。

不久後，她和爸爸的財富之間將沒有任何阻礙。

全部財富。然而重點倒也不是那些錢，而是不讓姊妹拿到那些錢。金錢也是權力。姊妹是唯一知道她眞實本性的人，一定要用這種方式才行：她們兩人都上法庭受審。謀殺姊妹和爸爸會引起太多疑問，即使她將他們的死布置成意外。況且那樣一來，樂趣何在？聽說爸爸和親愛的姊妹出車禍死亡，是能帶來某種慰藉，但絕對沒有愉悅感。

爸爸被殺害，姊妹背上殺害他的罪名並失去繼承權，才是最完美的。她會取得金錢——也就是權力。法蘭克終於要爲多年來忽視她、將她丟在冰冷的寄宿學校、放任媽媽打她咬她……付出代價。法蘭克．阿維利諾死有餘辜。

姊妹也活該成爲代罪羔羊。

34
凱特

泰勒證詞所發揮的效果，有如砂石車一般狠狠撞擊凱特。

泰勒警探斷言法蘭克·阿維利諾被迫下藥，是因為某人想掌控他的事務與金錢。接著他又證實最近有一份對雅莉珊卓和哈爾·柯恩有利的授權書被執行了。

這看起來太糟了。看起來雅莉珊卓靠著給父親下藥，為自己爭取到受信任的地位。離他的財富又更近一步。

崔爾沒再問別的問題，他坐下了。

他讓泰勒證詞的言外之意飄浮在法庭內，有如一股難聞的氣味。那股氣體會像薄霧般籠罩陪審團，弄臭他們的衣物，以及主觀意見。

凱特能感覺到潮水已溺向雅莉珊卓，她需要吹走這團懷疑，立刻就要，不然它會汙染陪審團，讓他們反對她的客戶。她得做點什麼，不論是什麼，她都得立刻行動。

她將座位猛地往後推，椅腳刮過拼花地板，像是什麼動物吠了一聲。她鞋跟併攏，奮力支撐住上半身，雙手按在木椅扶手上，準備好挺身站起，但她腦中一片空白。

她畢生從未像準備這場審判般這麼努力準備過什麼事。她背下書面證詞的每個字，對每份文件都爛熟到能直接說出它在資料夾中的第幾頁。但今天出現的毒理學報告是一記出乎意料的變化球，突然間，那份檔案、她的策略、她準備的交叉詰問問題，一切感覺都不再熟悉熟練，而是變得陌生。

那份授權書是原本就在檔案中的文件，在這一刻之前，它並沒有什麼意義，感覺並不重要。可是搭配證據，證明在授權書執行的那段期間，法蘭克．阿維利諾其實遭人下藥以達到順從的效果——嗯，那讓所有事有了新的觀看角度。她客戶簽過的一份平凡無奇的法律文件，現在看起來居心叵測。整個庭審卷宗現在都成了未知領域，每份文件都可能是定時炸彈，等著在她面前爆炸。

她即將站起來。所有眼睛都盯著她。

等她站起來時，她必須提出一個問題。一個好問題，能夠澆熄正在陪審團間如野火肆虐的揣測。問題只有一個：她一個問題也沒有。她的腦子裡是空白的。

汗水像血一樣從她皮膚滲出，彷彿她是顆被沉重的靜默擠壓的水蜜桃。即使她真想出一個問題，現在她也沒把握自己在能大聲問出口之前，不會先被恐慌給勒死。

一隻有力的手握住她手腕，她轉頭看。布洛克握著她，把她拉近一點說悄悄話。

「爭取一點時間，要求短暫延期。我這裡有新資訊。」布洛克說，並將手機的大螢幕傾向凱特。螢幕上的顯示訊息寫著：「已將兩個新檔案分享至Dropbox。」

凱特趕在自己忘掉要說什麼之前，匆匆站起身。

「法官大人，辯方請求短暫延期。」

史東懶洋洋地望向陪審團，然後看著他們後方牆上的時鐘。

「看來我們已度過漫長的一天。明天上午十點，各位女士先生。」他說完站起來。整個法庭的人都起立目送法官退庭，艾迪和哈利則一直黏在座位上。凱特幾乎能感覺到法官走回辦公室時，朝那兩人投擲的不屑。

「妳查到什麼？」凱特問。

「我也不知道，還不確定。」布洛克說，「或許沒什麼，也可能是鎖定法蘭克·阿維利諾凶手的新線索。」

把雅莉珊卓交給一輛優步載走花了五分鐘。凱特和布洛克等不及回到凱特的公寓，因此她們在拉法葉街的寇特咖啡館找了個安靜的角落，坐下來點了咖啡。布洛克另外點份肉丸潛艇堡，凱特則點了雞肉沙拉配薯條。

打從早上她們拿到毒理學報告，布洛克就沒閒下來過。她一直與紐約的幾個執法機關和多間警察分局保持良好關係，她讀完毒理學結果後十分鐘，便放出消息。話一下子就傳開：布洛克需要幫忙，於是全紐約最優秀又騰得出空的高手都動了起來。布洛克現在是私家偵探，而且還替辯護律師效力，對他們來說並不重要。她的名號響噹噹，她父親也曾是如此。紐約市警察會照顧自己人。她請他們查詢過去一年內所有藥局或藥品批發商搶案。

Dropbox內的第一個檔案即是搜尋結果。

值得注意的搶案共有三十七件，大部分是搶藥局，不過有兩件是搶批發商，還有一件是搶貨車。

這些搶案中，以氟哌啶醇爲主要戰利品或部分戰利品的，一件都沒有。

「搶案沒結果。」布洛克說。

「毒販呢？」凱特問。

「沒用，氟哌啶醇並不是娛樂性用藥，它不會讓人亢奮，也不會讓人迷亂。嚴格來說它並不是鎮定劑，更像是一拳把你揍昏，會把你搞得暈頭轉向，讓人變成一坨疑神疑鬼的果凍。」

「可是我還以爲黑市能買到任何一種藥。」

「如果找對藥劑師就能輕易買到那種藥，黑市就不需要提供了。只要遞出一張假處方箋和五百大洋，你就能嗑到飽。」

布洛克用力一滑螢幕關掉那個文件，然後打開第二個檔案。檔案裡有一封電子郵件和影片。

「聯邦調查局的暴力罪犯逮捕計畫（ViCAP）查到一筆結果，」布洛克說，「看來紐約市警局把這當作仇恨犯罪來偵辦。上個月有一名印度裔藥劑師以及收銀員被殺了，這裡有影片。」

感謝上帝，這支影片沒有聲音。這裡是公開營業的咖啡店，四周都是顧客。它看起來像是大型連鎖藥局的監視器畫面，凱特認出櫃檯上的商標。有個穿黑色防摔衣、戴安全帽的人走進店裡，移動到鏡頭之外，然後若無其事地走到櫃檯的藥劑師面前，拿斧頭砍他的腦袋。

凱特畏縮著別開目光，無聲地說：「天啊。」

她睜開眼，發現鄰桌的老太太對她投以異樣眼神。

「妳看那裡。」布洛克指著螢幕說。

布洛克手指在螢幕上一轉，將影片倒回去，然後重播。收銀員看到藥劑師出了什麼事，便逃向前門。然而前門紋風不動，於是收銀員一頭撞上玻璃，把玻璃都撞裂了。她被門彈回來，倒在地上。黑衣人幾秒內就來到她身邊，用斧頭往她脖子後方連砍兩次。然後那人移向右邊牆壁離開了鏡頭，門開了，那人離去。

看到暴力行爲的後果是一回事，看著它在眼前發生又是另一回事，即使只是透過比較大的手機螢幕觀看。

「我不認爲這有什麼用。」凱特搖頭說，「這大概跟我們的案子一點關係也沒有，我看不出有任何關聯。」

布洛克回頭讀電子郵件，重看一遍與影片附在一起的文字。

「這很重要，我覺得這可能是法蘭克的凶手。」布洛克說。

「怎麼會？」凱特又搖頭，這次是不敢置信。「妳爲何這麼認爲？」

「我得再多查探一番，但這裡面有鬼，我感覺得到。妳有沒有看到她是怎麼移動的？」布洛克問。

「她？」

「她。那是個女人，從骨盆就看得出來。一個很有自信的女人。這不是針對種族的犯罪，首先，對方沒有噴漆塗鴉，也沒留下訊息。凶殘又腦殘到會出手殺人的蠢種族歧視者，總是會想留下某個團體或邪教的訊息。」

「而且她殺了收銀員，收銀員是白人。」

「民族第一、三K黨或叫得出名號的隨便哪個白人至上主義團體，都不會在意殺掉礙事的白人。但以這案子來說，凶手沒有非殺她不可的理由。她是計畫好要殺收銀員的。妳看……」

影片播放，這次凱特更仔細看那個人。現在她很明白地看出那是個女人了。那個人一進到店裡，馬上離開監視器鏡頭。

「那裡。她走進來做的第一件事是鎖住自動門。所以等收銀員看到她對藥劑師做了什麼而衝向門口，門卻沒有如預期中打開。她原本可以留收銀員活口的，但她沒有。她沒從藥局拿走任何東西，現金、藥品都沒碰。凶手用的是利刃，而斧頭是這樁罪行的完美工具，重到能造成嚴重傷害，又輕到能揮動自如以及隨身攜帶。」

「爲什麼不用槍呢？」

「槍會留下子彈，而子彈可以追蹤。而且槍聲很吵，會引來很多人注意。這是專業殺手，眞正的行家。入行一陣子後，他們會想靠近目標、好像有個人恩怨似的。這個女人……」布洛克指著螢幕上定格的黑衣人影像，「這個女人殺過人，她甚至沒從藥劑師櫃檯跑到收銀台，而是用走的。好整以暇，毫不慌亂。如果說……」

「如果說怎樣？」

布洛克研究螢幕良久，然後說：「我覺得她很享受這種殺戮行爲。」

女服務生送來淋滿義大利紅醬的肉丸潛艇堡，凱特的沙拉配薯條緊接著上桌，凱特推開盤子，她的胃口已經消失得無影無蹤。布洛克拿起潛艇堡大口咬下去，醬汁從她嘴角淌下，她用紙巾擦掉。

「妳不是餓了嗎？」布洛克說。

凱特對她秀出中指，布洛克咧嘴一笑。

「我還是看不出這跟阿維利諾案有什麼關係。」凱特說。

「嗯，是有可能沒關係。我得確認一下這家店氟哌啶醇的銷售紀錄和庫存報告，也要查查藥劑師的背景，他才是凶手的主要目標。要先確定這不是因爲他開錯藥之類被報復，我很懷疑是這樣，不過我還是想先排除這可能。倒是有另一件跟我們案子相關的事。」

凱特耐心等待。

布洛克又咬了一口潛艇堡，吞下肚，擦嘴後說：「妳還記得幾星期前——提出聲請那天？我們看到一個機車騎士。穿得一身黑，是個女的。她超我們的車，然後闖黃燈，就在前面那個路口。」

「拜託，那沒什麼吧，只是巧合。」

布洛克用舌頭弄出卡在齒縫裡的肉渣。她喝了一大口咖啡，靠向椅背，說：「那天之後我又見過她兩三次，黑色皮衣、黑色安全帽，配上深色護目鏡。我昨晚還看到她呢。」

「在哪？」

「妳公寓的馬路對面。」

凱特僵住了，嘴巴張開，然後她哈哈笑起來。

「差點被妳給唬住了。拜託，布洛克，妳過度聯想了吧。爲什麼有人要監視我們？」

布洛克看起來並不像在開玩笑，她放下潛艇堡，要凱特搞清楚狀況。

「如果我正在為我犯的謀殺案受審，我也會盯著律師，雙方的律師。確保沒人想通來龍去脈，要是有人接近眞相——殺。」

凱特想了一下，說：「妳覺得，這案子該不會跟艾迪．弗林的調查員出的事有關吧？」

「我不確定，但就算是，我也不意外。」

對話默默結束了，布洛克繼續吃潛艇堡，凱特勉強又了幾根薯條。吃完後她們一起回到中央街。現在天色已暗，沒有風，但氣溫已低到冰冷，而且仍迅速下降。布洛克的車停在倫納德街，現在該回到凱特的公寓，認眞準備明天的審判了。

她們經過「霍根路」時，凱特看到崔爾帶著一群助理站在大樓外。他們拱著背縮在大衣裡，呼出來的氣在冷空氣裡凝成白霧，邊喝咖啡邊抽菸。他們看到凱特和布洛克走近，原本的對話便稀稀落落地打住。凱特沒向崔爾打招呼，只是一直低著頭從他們旁邊經過。她們一走遠，凱特就聽到崔爾嘟噥了什麼，換來眾人嘲弄的笑聲。她毫不懷疑嘲笑的對象是她們兩人。

布洛克看起來絲毫不受影響。

她們在通往倫納德街的行人穿越道前停下，布洛克按了過馬路的按鈕。這一段中央街是單行道——所有車流都從她們左側往右開。一輛貨車飛速經過，然後是幾輛小客車。凱特看到斑馬線對面有個身懷六甲的女人，紅色大衣包住鼓脹的肚皮。女人保護似地一手按著肚子，有些孕婦覺得這動作能給她們安慰。凱特看了面露微笑：這孩子尚未出生已經被愛了呢。有個穿著喀什米爾大衣的灰髮男人過來站在孕婦旁邊，男人氣呼呼地又按了一下過馬路的按鈕，彷彿交通號誌系統只爲他一人服務。

一輛小客車停在凱特面前的停止線，這輛車再過去的一輛公車也停住了。變紅燈了，凱特和布洛克開始過馬路。

那個孕婦和灰髮男人也是。

凱特和布洛克從小客車前經過，她們還沒走到公車前面，周圍的大樓間開始迴蕩起一個聲響，在柏油路面振動，最後終於落入凱特胸腔。那噪音愈來愈大——音量飆升到極限——凱特突然間知道那是什麼聲音了。

那是尖銳的機械哀鳴，伴隨著油門的低吼。

一條強健的手臂猛地伸在凱特胸前，將她攔住。布洛克在公車前急煞住腳步。凱特望向布洛克，然後她聽到自己正前方傳來爆炸般的聲響。

某個深色的東西由公車旁射過去，孕婦尖叫一聲往後跌坐在地，抱著肚子，兩腿岔開。灰髮男人則往前倒，先是雙膝跪下，然後整張臉趴下去。他並沒有伸出手臂撐地，因此他的鼻子撞上柏油路時發出帶有水聲的碎裂聲。凱特張開嘴，卻沒發出聲音。她仍聽到那吼聲，於是看向右側，看到一輛摩托車，騎士穿得一身黑，那機車騎上人行道，然後直接鑽進了集水塘公園。

攔住她的手臂挪開了，布洛克奔向機車。凱特望回面前的場景。公車門打開，司機下車，直接趕到仍在尖叫的孕婦身邊。凱特上前關心面朝下趴著的男人。

「天啊，你還好嗎？出了什麼事？」她跪在地上說，雙手顫抖，心臟狂跳。她碰了一下男人肩膀，男人身體下漫開一片深色血液，她往後縮。

她身後有一些迅速接近的腳步聲，突然間凱特就被圍住了。她被一個嫌她礙事的西裝男推開，不禁側躺在地。她抬頭看，發現那是崔爾和他的助理們。其中一人將灰髮男人翻過身，接著他們都驚慌地叫嚷起來。

他的喉嚨伸出一支刀柄，睜開的雙眼已失去生命，面龐血肉模糊，鼻子扭成奇怪角度，在跌倒時往右側壓扁貼著臉頰。凱特的胃在翻攪，她捂住嘴，連忙坐起。

布洛克趕回來，蹲在凱特身邊。

「機車騎士逃掉了。」布洛克說。

有一個助理檢察官起身去救助孕婦，試著勸她冷靜下來，這樣對胎兒也比較好。有人在跟急救人員通電話，凱特無法判斷是誰。

崔爾對著凱特說：「這是我的證人，我們正在等他來辦公室提供書面證詞。」

「他是誰？」凱特問。

「他名叫哈爾·柯恩。」

她 35

她時間點算得恰到好處。

花了很多功夫，不過是値得的。她知道五點以前哈爾．柯恩都見不到崔爾，因爲崔爾和她一起待在法庭內。崔爾會想親自爲哈爾記錄書面證詞，他將是檢方的關鍵證人。

哈爾對她來說還有別的用處。他已完成使命，而她連一分錢都不必付給他。

哈爾發現並交給崔爾的東西會很有趣的。即使沒有哈爾，崔爾也能隨心所欲地拿那項證據作文章。少了哈爾，它的衝擊力較小，變得較不重要，但仍然堪用。

殺死哈爾得抓準毫釐不差的時機。她有四秒的空檔，事實證明那已綽綽有餘。她離開法院後搭計程車去她的車庫，穿上皮衣，然後去哈爾辦公室外等他出來，事先已打過匿名電話確定他仍在辦公室。等他步行離開後，她便跟著他穿過四個街區來到霍根路的地方檢察官辦公室。在中央街幹掉他是完美的下手地點。

紅燈時她讓機車怠速，等看到哈爾開始過馬路，就讓後輪猛轉、衝出去、抽出刀子，飛掠過哈爾身邊時用刀尖對準他。機車的速度替她完成工作。刀子嵌進骨頭時，一股衝擊波沿著她手臂往上竄。

這次，她沒有失手。

不需要留下來確認哈爾眞的死了——她知道這是致命的一擊。她擦撞那個孕婦，幸好力道夠輕，沒害機車傾倒。機車搖晃了一下，但她迅速調正，用燃燒胎皮的速度橫越馬路，穿過集水塘公園來到懷特街上。

不出幾分鐘，她已在幾個街區之外，她利用紐約這一區少數的巷弄避開最近五部交通監視器，然後進入一棟十層樓高的立體停車場。她將機車停進棕色麵包車的後頭，然後將麵包車開出停車場。那些監視器都在找一輛裝著假車牌的黑色機車，而不是破舊的麵包車。

冒險是值得的。哈爾死了。

她的姊妹一點都不知道法庭內將颳起什麼風暴。

36 艾迪

哈利兩隻手肘撐在膝蓋上，打量著克萊倫斯。小狗在主人的注目禮下怔怔坐著，尾巴搖來搖去。

「如果有人給法蘭克下藥，掌控了他的帝國，迫使他聽話，還能夠逍遙法外，又爲什麼非得殺了他不可呢？」哈利問。

克萊倫斯舔了一圈嘴巴，往前四肢趴地，並將鼻子塞到哈利手臂底下，把他手臂頂開。哈利順著朋友的意撫摸牠的毛，卻像是陷入了沉思狀態。

克萊倫斯回答不出哈利的疑問，我也是。

「我們不能預設任何事情，」我說，「法蘭克是遭到緩慢下毒及控制沒錯，但我們無法確定下毒的跟最後殺他的是同一個女兒。」

「確實，不過那樣才最合理。我猜想法蘭克發現是誰在給他下藥，於是通知麥克・莫丁要把犯人從遺囑中砍掉。那逼得下毒者出手了——那個人別無選擇，只能在法蘭克修改遺囑前先殺了他。」

「那說明了凶手爲什麼得在他星期一與律師見面前便採取極端作爲。警方沒找到麥克・

莫丁有點奇怪，你不覺得嗎？」

「我認爲非常可疑，有件事我很確定，那就是莫丁這種律師絕不會隨便拋下原本的生活改名換姓，除非他們擔心要去坐牢。」

「我跟他的事務所確認過了，麥克的身家背景都很正常，沒有人打算告他，他已經離婚了，而且就事務所的人所知，他也沒有新的約會對象。他就這麼消失了。感覺大有問題啊，哈利。」

「跟阿維利諾姊妹扯上關係的人，似乎死了一大票。她們的母親、繼母，現在又加上法蘭克。也許雅莉珊卓也殺了莫丁？」

「你仍然認爲蘇菲亞是清白的嗎？」我說。

哈利站起來，將克萊倫斯的牽繩勾到牠的項圈上，邊挺起腰邊發出哼哼唉唉的聲音。哈利已是一把老骨頭了。

「我一開始是有些疑慮，不過我相信你的判斷。我跟她相處愈久，愈覺得她只是生錯家庭、長歪的孩子。她需要協助，她需要她父親。我無法想像蘇菲亞傷害任何人，至於雅莉珊卓嘛——倒是比較容易有畫面。」哈利說。

「怎麼說？」

「犯下這樁案行的人勢必有覺悟自己會被逮住。要殺自己的父親，絕不能讓屋子裡有另一個證人，沒人會這麼做。即使你當下氣到失去理智——那也愚蠢到極點，除非你把證人也殺了。我想不透爲什麼兩個女人都還活著，其中一人可是騙子兼凶手啊。蘇菲亞反覆無常，但雅莉珊卓給我的印象是能夠做出精密計算過的行動。這個案子中有許多不合常理之處，除非其實有我們看不出的另一層真相。總之，今晚我是無法再想通什麼事了。Adios（再見），我和我的amigo（朋友）要回家睡覺了。」

哈利和克萊倫斯剛過十一點時離開我的辦公室。我再看了一遍庭審卷宗，等我抬頭看錶時，發現已經快十二點了。我該睡了。

想到躺在裡屋那張行軍床上，就讓我難以忍受。今晚不行。我每次閉上眼睛都會看到哈波的臉。現在已經過了悲痛的階段，變成別的情緒。我爲她狠狠哭了好幾個星期，感覺像流血。彷彿我某部分受了傷，傷口讓我愈來愈虛弱，但我不知道怎麼治好它。失去她的痛苦漸漸被愧疚取代。說不清這種轉變是什麼時候發生的，不過我仍深刻感受到了。我已經因爲擔心家人受傷，而失去或該說推開某個家人。艾米三年前曾被俄羅斯黑幫擄走，要不是有「帽子」吉米，我絕對救不回她。那件事改變了我的婚姻。克莉絲汀和艾米受到的最大威脅就是我的工作，以及我的工作引來的壞人。一部分的我爲了家人的安全而與她們切割，現在我付出代價了，我是個週末老爸，承受著週末老爸的各種困擾與憂慮。

哈波之死與我也有關係嗎？要是她沒遇見我，她是否還活著？

這是我想問自己的問題，但我不敢聽答案。

我再度播放影片，這是今天的第五遍。

影片中是我們：哈利、哈波和我在法蘭克．阿維利諾家。我們拍照，小聲提出理論以免錄影人員把聲音錄進去。這是哈波做的最後幾件事之一，這是她最後的身影。

我扭開威士忌瓶蓋，倒了超大一杯，靠向椅背看影片，筆電就放在面前的書桌上。我仔細研究她的每個動作。我從未注意到她是如此優雅，我知道她很美，但這是另一回事。她移動的方式彷彿她不是人類，卻同時又比我們任何人更有人性。從她的笑容裡就能看到她的心。

警方認爲哈波的凶殺案是一樁失控的搶案。那一陣子有很多侵入住家的事件，不過話說回來，這種事什麼時候都會有，在那一區本來就屢見不鮮。也許是我的罪惡感作祟，也許是悲傷過度，總之我有種揮之不去的感覺：這事歸根究柢要算在我頭上。每當我有這種感覺，我便試著理性思考，告訴自己我想聽的話，說那不可能眞的與阿維利諾案有關，因爲沒有理由拿她當目標。如果有人因爲這案子殺了哈波，我還眞是百思不得其解。爲什麼鎖定哈波？爲什麼不是我？

是我就好了。

砰。

是我就好了。

砰。

是。砰。我。砰。就。砰。

聽到碎裂聲時我停下動作，不知道裂的是桌子還是我的手。我低頭看，桌子角落的木頭跟我的指節都裂開了。我去浴室貼了個OK繃，然後回到座位上。哈波的倩影在螢幕上凍結。

我輕輕把頭垂向桌面，擱在手背上。我想入睡，但我知道我辦不到。

凶手從她臥室五斗櫃拿走了一些現金。也許凶手考慮過帶走她的項鍊，想想又作罷。然後凶手砸爛她的手機。

她遇害當晚的畫面將永遠糾纏我。我看到她門廳地板上的血，血中躺著斷掉的項鍊，小小的金色十字架在鍊子中間。我還需要想起別的事情，重要的事情。我用力閉緊眼睛。那裡，我看到了。在我的腦中像噩夢般展開。

從哈波的門廳再往裡走有一對通往廚房的法式格狀玻璃門，她的筆電掀開來放在廚房桌子上。我進屋時就看到了，不過一開始並沒有放在心上，因爲我忙著注意地上的血。

凶手拿走現金，留下項鍊，砸爛手機，但沒碰筆電。

我猛地抬頭看向影片，從頭再播一次。哈波之死才不是搶案的結果，她身上沒有防衛性傷口，凶手一踏進房屋就刺死她了。對方若是來搶劫的，那支手機可以賣一百元，筆電更至少可以賣五百元。

這不是搶劫，只是布置成搶劫。

蘇菲亞手上有這支影片，雅莉珊卓也是。

莫非哈波看到了什麼？我們其他人都沒看到的東西，能夠指出凶手身分的東西。

莫非凶手發現了這一點？

我點了觸控板，讓影片開始播放。

看完之後，我掃描了阿維利諾案件的大部分資料，開始寫一封電子郵件，然後將掃描檔和影片附在郵件中，寄出。

世界上有一個人，我敢放心地讓她看這個。也許她能看出我的盲點。

37 凱特

這棟位於紐澤西州艾奇沃特的房子感覺既熟悉又新鮮。凱特還記得以前布洛克的爸爸在這房子的每個角落都擺滿聖誕燈飾，直到復活節才肯收起來。凱特每次見到他，他都面帶微笑，口袋裡總是預備好糖果和笑話，沒有一次例外。直到他被紐約市警局開除，一切都改變了。

現在房間四周散落的不是燈飾，而是布洛克掛起的小燈串。說這讓她想起父親，況且屋內也沒有足夠的插座能提供充分的照明，若是在頭頂裝一顆燈泡又太刺眼。布洛克喜歡這些燈串，凱特說她也喜歡。

吃剩的特大號披薩放在外帶盒裡，擱在布洛克的餐桌中央，已經冷掉了。披薩旁邊是阿維利諾案的庭審卷宗。凱特又打開一罐零卡可樂，布洛克撬掉麥格黑啤酒的瓶蓋。她們用新開的飲料互敬，沒說乾杯，只是各牛飲一口，然後靠向椅背。

「妳還好吧？」布洛克問。

凱特花了點時間才找到適切的用語來回答。「我從沒見過別人死去，我忘不掉那個聲音，當他的臉砸在馬路上……」

「我會再詳查藥局凶殺案。女性機車騎士，穿得一身黑，深色護目鏡。可能就是同一人。」

「妳覺得是蘇菲亞嗎？」凱特問。

布洛克搖頭，「老實說我不知道，這是全新的局面。我不認爲雅莉珊卓是殺手，要是我錯了我會大吃一驚，但我並不能百分百肯定。我打給她時，她說她從法庭直接回家了。我沒辦法驗證她的說詞，我們也無從得知柯恩被殺時蘇菲亞在什麼地方。」

最後這段話讓室內被沉重的靜默籠罩。氣溫似乎驟降。既然本案證人哈爾．柯恩被視爲目標，表示他勢必握有能指認眞凶的資訊。布洛克和凱特都不知道會是什麼資訊。這天的事件讓凱特心神不寧，她今晚要待在布洛克家，鑽研案情之外，也試著睡一下。她在這裡比較有安全感。

「我睡眠時間很短，」布洛克說，「如果妳想睡，客房已經準備好了。」

「沒關係，我大概也不會睡很久。」

自從哈爾．柯恩遇害，還有布洛克透露那個黑衣人曾出現在她的公寓外，凱特就判定人多比較安全。應該說只要多出來的那個人是布洛克就好。不需要否認，她在布洛克身邊就是有安全感。前門上方的兩根釘子上掛著一把十二口徑泵動式霰彈槍，布洛克要伸長手才能取下它，不過確實是拿得到的。廚房餐檯上的番茄醬旁邊，擱著一把布洛克的個人手槍，是麥格農500。稍早前，披薩尚未送來時，凱特曾掂過這槍的重量，不禁納悶布洛克怎麼有辦法隨身攜帶它一整天。這把麥格農的彈膛裡可以裝五發子彈，每一發大小都有如打火機，要價兩塊五美元。

不管你有哪一類的煩惱，只要你帶著這把槍，大概都只需要花兩塊五就能解決。

「這麼大的槍是做什麼用的啊？」凱特當時問道。

「野生動物管理員會帶在身上，這是少數能擋住熊的手槍。」

「我們的中央公園裡沒什麼熊啊。」

「用來射人效果也很好。」

凱特用兩手拿起槍，很謹慎地避免碰到扳機。

「別怕，妳得**真的**使出全力扣那玩意兒才能發射。」

「妳究竟怎麼取得這種槍的使用執照的啊？在紐約？」

布洛克從凱特手裡取走槍，放回檯面上。

「誰說我有執照？」

現在胃裡裝滿披薩的凱特瞥向那把槍，一股不安擴散開來。要是她們遭到攻擊，布洛克手邊有這把槍是好事。但是另一方面，凱特知道她一點都不希望布洛克使用它。

「說正經的，妳爲什麼要使用火力這麼強的武器？」凱特問。

布洛克隔了半晌才回答，她喜歡三思而後言，彷彿她能動用的詞語量有限，用完就沒了。布洛克從不談自己的心情或恐懼的事物。隨著她們相處的時間愈來愈長，布洛克正慢慢敞開心房。

「好一陣子之前，我穿著防彈背心時中了兩槍，我被嚇到了。我辭去警職時買了這把麥格農。我讓自己增加三點六公斤的肌肉，才終於能穩穩地發射這把槍，不過很值得。有時候你就只有開一槍的機會。有了這把槍，我就只需要對準目標開一槍就夠了。」

凱特還想追根究柢，詢問這種駭人經驗對好友造成什麼樣的影響，確保好友沒事，問她想不想聊聊感受。但是由布洛克的表情就能看出來，她就只能獲得這片段資訊了。布洛克盯著書架，架上只有一本書封面朝外放，是一本小說：J・T・勒波的《扭曲》[1]。

凱特瞥著桌上的審判文件，說：「我明天可能有機會毀掉檢方的論證。」

「妳有問題要問泰勒？」

「兩個。我早上得跟雅莉珊卓談一談。」

「妳眞的認爲她是清白的嗎？」

凱特喝完僅剩的可樂，捏扁罐子，丟到披薩盒的蓋子裡。

「對。我認爲她妹妹可能想陷害她。」

「這種陷害法還眞奇怪——讓自己也因謀殺罪受審。」布洛克說。

「我有種感覺：我們還沒看到這場審判的所有好戲。雅莉珊卓是無辜的，我感覺得出來。」

---

1 《扭曲》（Twisted，暫譯）其實是本書作者史蒂夫・卡瓦納的作品。J・T・勒波（J. T. LeBeau）是書中真實身分成謎的小說作家。

38 艾迪

收到電子郵件時「叮」的一聲通知音讓我驚醒。

我又趴在桌上睡著了。我看向螢幕。剛過早上五點。通知訊息寫著：「凱特．布魯克斯傳送新信件。」

電子郵件中說昨天傍晚時分，哈爾．柯恩被殺害了。看起來是身穿黑色皮衣的女性機車騎士在斑馬線從他身旁騎過去，拿刀插進他脖子。信中就只有寫到這裡。郵件還附了一個壓縮檔，我將它點開，裡頭只有一個影片。

影片填滿螢幕，是某間藥局的監視器畫面。有個穿黑衣、戴機車安全帽的人走進店裡。我看到凶殘的雙屍謀殺案在螢幕中上演。黑衣人走出商店時我按下停止鍵，然後奔到浴室乾嘔。後來我的胃恢復穩定，但憤怒沒有平息。我沖了個澡，穿上乾淨襯衫、打上領帶，在電子郵件底端找到她的號碼，於是撥她手機。

她幾乎立刻就接聽了。

「我們得見個面。我們的客戶不能知道我們有交談，這得保密。」

「來我辦公室吧。」她說。

半小時後，我將我的福特野馬停在一棟名爲「萊辛頓村莊」的公寓大樓外面，但叫它「費茲派翠克父子建設公司的拆除工程」還更貼切一點。大門洞開，跟它旁邊牆上的巨大裂縫一樣。一進門就聞到不新鮮的蔬菜味，我很訝異唯一的電梯還能用。我搭電梯到凱特那層樓。這層樓的走廊聞起來並不會比較清新，地毯很髒，牆壁被更多大型裂縫撐開。這裡應該被列爲危樓才對。凱特打開公寓門，已經穿好出庭的服裝了，不過髮尾還濕濕的。

「請進，抱歉屋裡很亂，我昨晚去朋友家過夜，還沒時間整理。」她說。

她穿著愛迪達Superstar經典鞋來搭配套裝。進門後，這公寓讓我想起自己在曼哈頓的第一個住處。它比大部分的墳墓都小，廚房、臥室和起居室亂七八糟地塞進同一個空間，沒怎麼事先規劃過，擁擠又不舒適。光是我們兩人就讓屋子感覺人滿爲患。

「很抱歉我說要你來我辦公室。我在家工作啦。」凱特心虛地說。

「沒關係，我是住在辦公室，所以我們半斤八兩。」

凱特的笑聲很隨和，她似乎暫時放鬆了，不再難爲情。她把我帶向唯一的凳子，凳子前擱著她所謂的「早餐吧檯」，也就是用雜物墊高的美耐板。我坐下來，面向小小的廚房區。凱特忙著煮咖啡。她擺出兩個馬克杯，沒徵詢我的意願。她自己想喝，而她不打算獨飲。

咖啡機開始咕嚕作響，她倒咖啡。她用上頭寫著「雷文克勞學院」的馬克杯喝了一口咖啡，然後給了我印有哈利波特圖案的杯子。

咖啡很香，我向她道謝，仔細看了看杯子。那個小巫師的圖案已經褪色，像是進過太多次洗碗機。

「我是《哈利波特》粉，告我啊。」她說。

「不，這很好啊，我女兒很愛這套書。」
「聰明的小孩，她幾歲了？」
「十四歲。」
「這年齡有點麻煩。」凱特說。
「對多數人而言，青春期都爛透了，她會撐過去的。妳呢？第一場庭審應付得還好嗎？」
凱特點點頭，喝了口咖啡，然後放下杯子說：「累死人了，這一點我沒有料到。我一走出法庭就發現我好累好累，眞的有種被榨乾的感覺。」
「會習慣的，腎上腺素會幫助妳度過前六場庭審，除了腎上腺素還有恐懼啦。到最後，妳的身體和腦袋都會適應撐完一場庭審需要耗費的能量。妳做得很好。」
我停頓，讓她消化一下讚美，然後說：「昨天柯恩出了什麼事？」
「等崔爾過來我才知道他是誰，崔爾本來在『霍根路』外頭等柯恩。我們當時在過馬路，突然有一輛機車從旁邊衝過去。騎士往柯恩脖子捅了一刀。我簡直不敢相信。事後我跟警方談話，錄了口供，布洛克也是。警方認爲這可能是搶劫未遂，我跟他說不可能，速度太快了。機車騎士什麼話也沒說，直接就刺他。」
「妳覺得有人除掉我們案子中可能的證人？」
「不，我認爲是蘇菲亞除掉證人。」
「等一下，警方並沒有查到蘇菲亞頭上啊。如果她有嫌疑，就會被逮捕了。雅莉珊卓呢？她有被逮捕或訊問嗎？」

「沒有。要不是紐約市警局辦事不力，就是崔爾在從中授意。這是他的大案子，無論如何都穩贏不輸。也許他不想爲了不相干的事拘捕被告，影響到審判進行。」

滿有道理的。崔爾大概心想至少有一名被告會遭到定罪，在那之後被告就跑不掉了，有的是機會到牢裡拷問被告柯恩遇害的事。

「凶手是個穿黑色皮衣、戴深色護目鏡、騎摩托車的女人。你看影片了嗎？」凱特問。

「看了。我有確認畫面中的時間和日期戳記，後來在《紐約郵報》找到一篇報導。一名藥劑師及一名收銀員在他們位於哈伯曼的店裡被殺害，沒有財物失竊。報導的寫作角度把這當成針對種族的謀殺，而白人收銀員只是必須滅口的目擊證人。」

「那間藥局是曼哈頓方圓八十公里內，前五大氟哌啶醇的供應商。在法蘭克．阿維利諾死前數個月，他們此款藥品的銷量激增。他們每個月都要叫貨，我不禁猜想有人會來掃光他們的庫存。美國正面臨鴉片類藥物氾濫的危機，有很多藥劑師只要價格談妥就願意給個方便。在我說的這段高峰期之前，他們要九到十八個月才需要向上游廠商訂一次氟哌啶醇。」

「妳的資訊是怎麼查到的？」

「我的調查員——布洛克。」

我把喉嚨裡的緊繃感用力嚥下去。我時不時地會突然撞見跟哈波類似的人事物，這時會感覺被球棒敲中。我咳了一聲，花了很大力氣控制嗓音，竭力不流露太多情緒。

「她聽起來很厲害。」

「確實是。也許沒有你已故的朋友那麼優秀。抱歉……」

「沒關係，我需要專注在審判上，這是唯一支撐我活下去的動力。」

我們都沉默了一會兒，我在心裡撥著開關。回到賭局中。

「妳眞的認爲那個黑衣人是阿維利諾姊妹之一？爲了掩蓋行蹤而殺死藥劑師與柯恩？」我問。

「我認爲必然是如此吧。」凱特說。

我停頓，思索這句話，同時喝光咖啡，凱特替我補滿杯子。

「妳對麥克・莫丁有什麼了解？」我問。

「不多。他是遺囑及認證律師，專門從事遺產財富管理。他協助死者將金錢轉交給遺族，並盡可能壓低扣除的稅金金額。他說他不知道法蘭克想怎麼修改遺囑，然後他就跑不見了。也許帶著一個二十一歲的排球員在馬里布度過中年危機吧。」凱特說。

「麥克・莫丁去年賺的稅前收入是兩百五十萬美元。他藉由某種有創意的會計手法，在蘇黎世一間銀行存了他以爲國稅局沒發現的五百萬元，而在他銷聲匿跡的當下，他的皮夾裡還有一打正在使用的信用卡。他在目前的事務所擔任合夥人已當了八年，在那之前他當了十五年的受雇律師，好不容易才熬出頭賺大錢。」

「你怎麼會對莫丁的事瞭如指掌？」

「我有認眞做功課。如果他有偷偷賺外快，他總得找地方藏起來。他經手案件的所有銀行紀錄都受到審查，看起來他並沒有撈客戶的油水。我就是不相信他會放棄拚了老命才爭取到的職位。」

凱特低下頭，似乎有某種畫面閃過她眼前。也許是她從萊威、伯納德與葛洛夫事務所閃電辭職的那一刻吧。我覺得她在重新思考這決定到底對不對。無論如何，她很快就回過神來。

「你認爲莫丁被炒魷魚了，所以跑去躲起來？」凱特問。

「不是。」

「那是怎樣？你不覺得他跑路，也不覺得他被炒魷魚，那……」

凱特露出恍然大悟的表情。

「你認爲他死了，對吧？」

「我相當確定。我認爲莫丁對於法蘭克爲什麼想修改遺囑有基本概念，若非如此，就是凶手不知道法蘭克究竟對莫丁說了什麼，索性把他除掉——以防萬一。」

我把我的理論說給凱特聽，告訴她海瑟與珍．阿維利諾之死、其中的疑點、珍大腿上有死後才留下的齒印。

「我覺得自己受到監視，有人在記錄我的一舉一動。那個人應該就是凶手。不論我們誰的客戶殺了法蘭克，都不是第一次殺人。她殺了她的母親、繼母、藥劑師、收銀員、哈爾．柯恩、法蘭克、麥克．莫丁。我認爲她可能也殺了哈波，但這件事我眞的不確定。也許還有我們根本不知道的人。這一切都有關聯，我們其中一人正在替極度危險的女人辯護。我覺得可能是妳。」我說。

「等一下，**我的**客戶？你的客戶才是有嚴重精神問題的妹妹耶。而你提到的這麼多凶殺案……我覺得可能有點危言聳聽。」凱特說，「我們沒有證據——」

「我們當然沒有，正是因爲『沒有』證據，她們現在才不必爲那些謀殺案受審。但那不表示我錯了。而且蘇菲亞以前有過心理疾病，並不等於她就會殺人啊。這些謀殺案需要具備某種程度的技巧、策劃與時機控制，我覺得蘇菲亞根本做不來。」

「嗯，雅莉珊卓不是殺人犯。昨天我親眼看到一個人死掉，你覺得如果我有任何一絲懷疑，覺得凶手可能是雅莉珊卓，我還會繼續接這案子嗎？」

「我覺得妳對妳的客戶並沒有十成把握。」

「嗯，我有啊，九成九吧。你呢？你總不可能百分之百確定你的客戶就是清白的？」

她堵到我了。我相信蘇菲亞，至於那是否因為我「想要」相信她，我就不確定了。我的心與我的腦都告訴我：蘇菲亞不是凶手。

「我腦海深處總是會保留一絲懷疑的空間，就這樣而已。」

「我也是啊，我不能肯定，但我已盡可能堅定地相信雅莉珊卓是無辜的。我為她賭上了我的事業呢。」

「我們得記住一件事：我們其中一人確實在為無辜者奮戰。我看目前就先靜觀其變好了。我覺得凶手之所以上法庭，是因為她認為這是必要之舉。」

「什麼？」

「這事可是攸關將近五千萬美元。崔爾是怎麼說的？稅後四千四百萬？這麼大筆錢，怎麼可能不是殺人主因。四千四百萬不光是錢——也是權力。我想凶手知道她會獲判無罪，她知道妳或我會設法讓她脫罪。」

「太荒謬了，這樣的決定未免太冒險，之後獲判無罪的機率大概只有百分之五十吧。」

「目前是這樣沒錯，而且我們要讓現狀維持下去。」

「什麼？」

我停頓，思考。「應該有某樣東西我們還沒看到，在不久後會出現某個證人或證物，發揮傾斜天秤的作用。有一張類似大富翁遊戲中『出獄許可證』的東西已經爲我們準備好了。等我們看到它，就知道凶手是誰。」

凱特打了個冷顫，說：「你認爲她們其中一人打從一開始就計畫好一切？」

「我認爲她的計畫是下藥讓法蘭克服從，結果沒有用，或是法蘭克察覺她的計畫，想要修改遺囑，於是她只好改變方案。想要確保妳能繼承四千四百萬遺產，又不讓姊妹分享，最好的方法是什麼？」

「讓姊妹因爲殺死遺產贈予人而被定罪。」凱特說，「『凶手規則』禁止殺人犯繼承被害者的遺產。如果你獲判無罪，就不能再接受審判，否則會構成雙重追訴[1]。所以說，我們其中一人屬於計畫的一部分？」

「也許不是一部分，我覺得重點不在我們身上，而是證據或證詞，某個我們還沒看到的東西。如果那個關鍵證據出現，我們得再商量。聽著，我從沒問過另一個律師這個問題，大部分時候也根本不需要問，但我現在非問不可。妳眞心認爲雅莉珊卓是清白的？憑良心說，別打馬虎眼。」

「我相信她。那你呢？你認爲蘇菲亞是清白的？」

1 類似我國法律之「一事不再理」原則。

我點頭，說：「不然我是不會接這案子的。」

「該死。」凱特說。

「這件事我們不能對崔爾提起半個字，對任何人都不能提。我們得互相信任。」我說，「即將有狀況發生——證人或證物，證實姊妹中的一人有罪，或是無罪。我有預感就是這樣。等我們看到那張『出獄許可證』出現，就知道它是假的，是另外那個姊妹栽贓的。我認爲其中一人殺了法蘭克，而且不但堅定地要讓姊妹背黑鍋，也會確保自己能無罪脫身。」

凱特伸出手。

「可是如果我們看到這張『出獄許可證』，要怎麼處理它呢？」

「我們就放下武器。如果我看到是蘇菲亞打出這張牌，我會撤了她的案子。」

「你的意思是你就不幹了？」

「不是，我的意思是我會確保她被定罪。我不會再替她辯護，還會在避免被取消律師資格的前提下，盡我所能地毀掉她的辯詞。」

凱特望著天花板，雙手沿著喉嚨往下滑過，然後才開口。

「我母親犧牲了一切，好讓我在頂尖事務所當個優秀的律師。現在我卻被那間事務所控告。我爲這案子賭上我的人生，幫助殺人凶手脫罪或是被取消律師資格都不是我的計畫。」她說。

「我不知道妳被告了，妳早該告訴我才對。妳有找律師嗎？」我問。

「沒有，請不起。」

「我們先把這場審判搞定好了。如果妳需要，我或許幫得上忙。」我打開皮夾，我在裡頭存放了某樣東西，以備不時之需。我將它拿出來遞給凱特。

「這是什麼？」

「這是我在萊威皮夾裡找到的卡片。」我說，「我不知道它是什麼，它不屬於我聽過的任何服務機構或公司，還滿神祕的。也許它有什麼蹊蹺，也許根本沒什麼。老實告訴妳，自從妳接手這案子後，我就完全沒管它了。本來想說哪天可能需要萊威的把柄，而這個似乎派得上用場。」

凱特接過卡片時，我說：「昨晚我寄了電子郵件給一個朋友，她是聯邦調查局的分析師，我想知道她對這案子的看法。晚點我會打給她，如果有什麼收穫，我再跟妳說。現在的狀況已經不該受到律師及客戶間的保密義務約束了，我們其中一人已淪爲凶手賽局中的棋子。」

凱特點點頭，在手裡翻轉卡片，仔細研究。

「眞奇怪，我從沒見過這樣的卡片。」她說。

「對啊。萊威這種人有很多祕密，也許這是其中之一，也可能不是。只要答應我一件事就好。」我說。

「什麼事？」

「如果妳發現這是能攻擊萊威的子彈，一定要把它射出去。」

39 凱特

泰勒警探坐上證人席，這次凱特有備而來。她站起身，面前的桌上放著一本筆記本。凱特瀏覽筆記最後一眼，然後抬起頭，直視泰勒的眼睛。他跟昨天一樣滿臉傲慢，而凱特的責任就是讓他換一副表情。

「泰勒警探，在凶案發生後，被害者的住家是否經過搜查？」

「我想是的。」

「就你所知，屋內沒有找到氟哌啶醇？」

「對。」

「紐約市警局也搜查了我客戶的公寓，也沒有找到氟哌啶醇，對嗎？」

「對。」

「所以並沒有找到我的客戶與那種藥物有關係的證據？」

泰勒哼了一聲，眨眨眼，說：「我們認為——」

凱特打斷他，「警探，你並不是以專家證人的身分坐在這裡，你怎麼認為並不重要。請回答問題：並沒有實質證據證明我的客戶與被害者體內找到的藥物有任何關聯，是不是？」

「的確沒有實質證據。然而，妳的客戶有機會將那個物質放進被害者的食物裡。」

「那你在被害者家裡找到摻有氟哌啶醇的食物了嗎？」凱特問，很費力地保持語氣平穩。她並不確定這問題的答案，但她猜想若是地方檢察官找到下過藥的食物，事前就會寫成報告並給她一份。

「就我所知並沒有。」

「所以還是一樣，沒有證據證明我的客戶與這種藥有關係？」

「沒有實質證據，但是有法蘭克醫療紀錄中討論到的症狀，還有他死時在體內驗出的藥物。」泰勒說。

「在鑑識方面，該藥物與我的客戶也找不到關聯？」

「對。」他不情願地說。

凱特點點頭，她盡力了，把泰勒拴得很緊。她有點想乘勝追擊，再問一個問題，決定還是算了。現在只要一個問題出現漏洞，就可能前功盡棄，於是凱特向證人道謝後坐下。

雅莉珊卓小聲說：「謝謝妳。」凱特點點頭。她已經不知道該怎麼看待雅莉珊卓了。她向她道謝是因為她是清白的？抑或是因為凱特幫她甩掉謀殺罪，表現可圈可點？

凱特打了個冷顫，拿起原子筆。她不認為艾迪會問任何問題，而他也確實沒問。該換下一個證人上場了。

崔爾站起身說道：「檢方傳貝瑞．山德勒教授。」

凱特能夠輕鬆地呼吸了。山德勒是毛髮及纖維專家，他並沒有提出任何牽涉到雅莉珊卓的證據。她讀了山德勒的報告，很好奇艾迪將如何應對。她回想起山德勒報告的細節時，原本悄悄爬進腦中的疑慮似乎又消散了。如果山德勒是對的，蘇菲亞幾乎肯定有罪。她完全無法想像有誰能挑戰山德勒的證詞，不過這項證據早就曝光，所以它並不是今天早上她和艾迪所討論的那張「出獄許可證」。

一隻手擦過她手臂。是雅莉珊卓，她正盯著走向證人席的山德勒。凱特對客戶微笑，輕拍她手背。

她對這案子感到比較樂觀了。她很篤定自己站在正確的一方。

雅莉珊卓是清白的。一定是。

40 艾迪

山德勒教授是那種不像教授的教授，至少我沒看過這一種。首先，他不老，沒有稀疏飄飛的白髮，沒有雲朵般濃密的白眉毛，沒穿開襟毛衣、燈芯絨長褲、阿公款的寬頭皮鞋。

他看起來不超過五十歲，大波浪黑髮應該用了某種定型液，沒留落腮鬍或小鬍子，皮膚白皙到像是走到梅森－迪克森線[1]以南就會被灼傷，身著新式剪裁的藍條紋西裝，裡面搭配昂貴的藍色絲質襯衫，以及紫色絲質領帶。這身奢侈的西裝很適合他的窄下巴、高顴骨和栗棕色眼睛，他看起來更像高級時尚雜誌裡的男模。

有幾個女陪審員看到山德勒教授時都坐直了一些。他曾在紐約市警局鑑識科學實驗室工作，後來到業界當私人顧問，獨立接案，這樣能賺更多錢。

1 梅森－迪克森線（Mason-Dixon line）原本是美國賓夕法尼亞州與馬里蘭州之間的分界線，於一七六三至一七六七年間由查爾斯．梅森（Charles Mason）和傑瑞米亞．迪克森（Jeremiah Dixon）共同勘定，以解決殖民地的領土爭端。到了南北戰爭期間，此線成為北方的自由州與南方的蓄奴州之間的界線。

他宣誓後在法官許可下入座，崔爾帶領他細數漫長的學術成就和工作經驗。遇到每道提問，山德勒都點點頭，簡單回答一聲「對」。他自帶一股權威，低沉的嗓音微微沙啞，使他說的每個字都有如眞理。崔爾用山德勒的輝煌資歷驚豔陪審團後，便切入正題。

「教授，在本案中你收到一些毛髮及纖維以進行分析，或許你能先爲我們說明這些樣本的細節，我們再來討論你測試的結果？」

「好的。」山德勒說，他調整座椅角度，方便望著陪審團。「我從地方檢察官辦公室那裡收到三個樣本要測試。第一是一根頭髮，其中一部分曾陷在被害者的傷口內。第二是雅莉珊卓．阿維利諾的頭髮樣本，第三是蘇菲亞．阿維利諾的頭髮樣本。我將後兩者稱爲對照樣本，因爲我知道它們的來源。」

「那第一個樣本呢？一號樣本？」

「我要分析這根頭髮，並與對照樣本比較。」

「在我們開始前，你能不能先跟我們說些人類毛髮的知識？」

「可以。大部分人身上都有幾千根毛髮，頭皮上的每根毛髮都是長在一顆毛囊裡，毛囊裡也有一個毛根。我所檢驗的三個樣本都不包括毛根。不幸的是，我手邊能用的只有毛幹，而毛幹並不是人體的活組織，不含有ＤＮＡ。然而髮絲仍然具備某些特徵，這是我能夠檢驗的。」

「教授，是什麼樣的特徵呢？」

他目光沒有抽離陪審團，便熟練而從容地秀出他的表演。

「各位女士先生，請想像一個圓形的槍靶。」山德勒說。他說到「圓形」二字時，用手指畫出一個大圓來強調他的重點。

「這個槍靶上唯一的東西，就是正中間的靶心。毛髮內部長得就像這樣。毛髮外層是表皮鱗片，這層鱗片是有排列模式的。然後，在毛髮外層與靶心之間的空間則有皮質，皮質內黑色素的多寡決定了髮色。再來則是靶心——它稱爲髓質，也可能有特定模式與特殊結構。當我檢驗某根毛髮進行比對時，我會用顯微鏡去觀察上面提到的種種特徵。」

「你的測試結果如何？」

「一號樣本，也就是用來比對的原始樣本，與被告蘇菲亞．阿維利諾提供的頭髮樣本有明顯相同的特徵。」

崔爾再度停頓，讓陪審團吸收這訊息。

「你能否更具體說明你是怎麼做出這結論的？」

「可以。這兩個樣本的形態特徵完全一樣，它們的表皮鱗片都呈現疊蓋模式，此外其色素沉著也相同。兩個樣本的髓質有近似的直徑大小、相同的連續模式和相同的空泡結構。根據我的鑑識檢驗，唯一的結論就是在被害者身上找到的頭髮，很可能來自蘇菲亞．阿維利諾。」

「我想提醒陪審團，這根頭髮其實嵌在被害者身上多處刀傷的其中一處裡面。教授，這能提供你什麼訊息？」

「陪審團的女士先生，我是科學家，我奉行邏輯以及已確立的科學原則。根據路卡德交換定律，當兩個人互相接觸時，必定會產生某些物質的轉移。有鑑於蘇菲亞．阿維利諾的頭髮是被推進傷口的，且可想而知是被刀子推進去，這根頭髮轉移的時間點應該很接近凶案發生的時間，或就在那當下。」

「謝謝你，教授。」

我瞥向左側，看到蘇菲亞緊抿著嘴唇在搖頭。聽到別人胡扯與你有關的事，還是當著你的面說，感覺太難受了。她皺起額頭，趕在淚水湧出前抹眼睛，想要遏阻淚水、用意志力叫它別冒出來。

哈利輕拍她手臂，然後越過她背後向我示意。

「我要去接我們的朋友了，等你準備好就傳訊息給我。」哈利說。

我朝他比大拇指，哈利走出法庭。

我轉頭看，發現崔爾已經坐回座位。有個叩擊聲吸引我注意，我看到史東法官用指尖戳著他的手錶錶面，眼睛直視著我。

「很抱歉，法官大人。」我邊說邊站起來。

我的文件夾底下壓著五個牛皮紙信封袋，我拿起它們，繞過被告席的桌子。我遞了一個信封袋給崔爾、一個給凱特，另外三個給法官的書記。

「法官大人，山德勒教授是檢方名單上諸多證人之一，到此刻之前，我並不知道山德勒教授是否真的會被傳喚作證，所以我沒有將這份報告交給二位同僚以及庭上。這是重要證據，我在交叉詰問這位證人時可能會用到。」

史東不肯接過書記遞給他的一個信封袋，只是用過大的音量「悄聲」說：「把那玩意兒給我拿開。」

他意識到自己講太大聲了，假咳一聲，然後說：「不管那是什麼，都該在數週前就拿出來。我不打算認可這項證據。」

「法官大人，在適當時機未能認可證據，將構成預設立場的申訴理由。」

我能看到他的兩耳向後一貼，額頭上的紋路消失。史東最不願意發生的事，莫過於這個案子喊停，而他到目前爲止的決定都被另一個法官仔細檢視。

「好吧，如果你講得出我爲什麼應該容許這位證人、你的共同被告以及地方檢察官辦公室被你的資料突襲，我就讓你用。」

「我可以先處理一些概括性問題。」我說。

史東朝我揮揮手，叫我動作快。

「山德勒教授，早安。」

「早安，弗林先生。」

他很有禮貌，也很專業。泰然自若。他在職業生涯中已爲將近二十件備受矚目的案子作證，而他的發現或證詞在上訴法院遭到推翻的紀錄是零。他的嘴角彎出淡淡笑意。

我瞥向我放在被告席桌上的手機，我已打好一封訊息準備傳給哈利，只要我按下傳送，他就會帶著騎兵衝進來。哈利旁邊的空座位把一團黑霧送進我腦袋。她應該在這裡的，哈波應該還活著的。

我閉了一下眼睛，只是爲了撥動開關。

當我再睜開眼，發現山德勒的表情變了，他看起來幾乎有點同情我。他一定以爲我是隻徹底的三腳貓，正努力想出一個像樣的提問。

「教授，在我們繼續下去之前，我要給你一個機會，讓你能向陪審團收回證詞。我要你向陪審團解釋，你剛才誇大了你的發現，而且你的報告與分析都有根本上的瑕疵。我給你十秒鐘。」

41 艾迪

我在心裡倒數十秒。

我的目光始終緊盯著山德勒不放，而他也不曾移開視線。

他已經犯下天大的錯誤，那就是被我誘戰成功。現在對山德勒來說，陪審團不再重要，他不會再凝視他們，不會再慎重地解釋、頷首、比手勢。他全神貫注在我身上，這正是我想要的。這樣更容易激怒他，讓他的嘴巴動得比大腦更快。

「有很多被定罪的案件，都因爲毛髮及纖維分析師提出不可靠的專家證詞而遭到推翻，是不是這樣，教授？」

「這我不清楚，我沒有任何一件案子被推翻，律師。」

「聯邦調查局原本在重新檢視三千件他們的毛髮及纖維分析師參與作證、後來定罪成功的案件，直到當前的政府中止這項調查。在被命令中止調查前，他們已設法複查了將近兩千個案件，發現其中百分之九十的毛髮及纖維分析和證詞都有瑕疵。你是否贊同，就總體而言，毛髮及纖維分析在根本上就是有瑕疵的？」

「我不贊同。我說過了，我的案子沒有任何一件成功上訴。」

「你最初是接受聯邦調查局的毛髮及纖維分析師訓練，對嗎？」

山德勒在座位上轉過身，傾向前說：「對，那是我最初的訓練。我要重申，我能爲我提供的每個測試和分析結果負責。從來沒有任何一項被成功推翻。」

「我問清楚一點，你是說你願意爲你給過的每一項毛髮分析意見負責？」

這次他轉朝著陪審團說：「對，我願意爲每一項負責。」

「你聽過『確認偏誤』這個概念嗎？」

「我對這概念熟悉得很。我的實驗方式並沒有任何偏誤存在。」

「我爲陪審團解釋一下，當專家拿到數量很少的樣本來進行比對，譬如說只有兩三個樣本好了，就很容易產生確認偏誤。你在那些樣本裡尋找相似處，對不對？」

「還有相異處。」

「沒有毛髮及纖維資料庫這種東西，對吧？」

「沒有。」

「所以檢方問你某根毛髮纖維是否符合某個嫌疑人的時候，你就只是比對兩個樣本，你並沒有在廣大人口的毛髮樣本裡搜尋。」

「的確。但如果這兩個樣本不相符，我會如實說出來。既然它們的特徵確實相符，我也很樂意證實。」

我等了一下子，讓山德勒感覺自在一些。我希望他自認反駁得漂亮。

「在毛髮及纖維分析中，有可能同一個人頭皮上取下來的兩根頭髮，卻擁有不同的形態特徵，對嗎？」

「可能性是有，但不高。」

「不過可能性確實存在。如果是這樣的情況，你用顯微鏡看那兩根頭髮，可能認為它們來自兩個人身上？也就是說你無法很肯定地比對出同一人身上兩根頭髮的關係？」

「如我所說，這是極為罕見但不無可能的情況。」

我轉朝法官，「法官大人，我希望你能認可信封袋中的辯方毛髮分析報告。請將一個信封袋交給證人好嗎？」

崔爾馬上反對。他氣急敗壞地向法官說理，而他的助理則打開我剛才給他們的信封袋。

「法官大人，如果被告取得他們自己的專家證人報告，應該要通知我們才對，讓我們的專家證人有時間研究。這是突襲。」

「弗林先生，我很慎重地在考慮這項反對。你的毛髮及纖維專家是誰？」

「他名叫貝瑞．山德勒教授。」我說。

整個法庭陷入沉默，只聽見撕開信封袋的聲音。我趁崔爾還沒回過神之前打岔，提出我的主張。

「我並不是要突襲這位證人，因為信封袋裡的報告正是這位證人準備及撰寫的。他怎麼可能被自己的報告突襲呢？這份報告內的發現與他為檢方做的分析沒有關聯——這是獨立案件，與他的可信度有關。」

史東法官快速翻閱報告，檢察官和山德勒也在做同樣動作。

「我准許你繼續。我總不能排除檢察官自己的證人所做的報告，哪怕我認為這八竿子打不著。」史東說。

「我讓證人和陪審團先把報告看完，很短，只有兩頁。」

其中一個信封袋裝著給陪審團的影本，文件快速發給各陪審員，他們開始閱讀。等所有人都讀完了，我看到他們面露困惑。

「山德勒教授，這份報告顯示，哈波徵信社委託你檢驗兩個毛髮及纖維樣本。一個樣本標示爲F1，另一個爲CD，對嗎？」

山德勒隔了一會兒才回答。他緊張地左顧右盼，彷彿生怕自己隨時都會被陷阱吞沒。

「這分析是我做的沒錯。」

「而你發現的結果是這兩個樣本很可能相符？」

「對。」

「你今天的證詞是說，被害者傷口取出的毛髮及纖維很可能符合我的客戶？」

「對。」

「稍早前你也已經向陪審團確認過，你敢爲你所有報告的正確性負責？」

「對。」

我按下手機訊息的傳送鍵。

「你在僅僅六週前爲哈波徵信社準備的報告，確認F1及CD樣本很可能相符。我現在可以告訴你，F1毛髮樣本取自我身上，那是我的頭髮。這會改變你的看法嗎？」

「不會，完全不會。CD樣本勢必也取自你身上。」他說。

「其實並不是。這位才是CD。」

我向後退一步，指向法庭後方的門，哈利走進來。山德勒兩手按著椅子扶手將自己撐起，好越過旁聽席的人群頭頂看清狀況。當他看到哈利時，他坐回去，露出得意的笑容。

「那是不可能的。恕我直言，顯微鏡分析在許多方面都能看出高加索裔毛髮和非裔美國人毛髮有明顯的差異。CD樣本並非取自這位先生。」他指著哈利說。

哈利抵達走道盡頭，站在法庭的律師席，證人席、法官和陪審團都能把他看個一清二楚。他聽到山德勒剛才說的話，難掩臉上的笑容。

「你說得對，山德勒教授。CD樣本並非取自福特先生，而是來自牠身上。」

山德勒張大嘴巴，因為我指著坐在主人身邊的克萊倫斯・丹諾，牠用長舌頭舔了一圈嘴巴，然後睨著山德勒，清脆地吠了一聲。

「教授，你願意為每個案件的分析結果負責，然而你卻分不出我的頭髮和這隻狗肚子上的毛有什麼不同。現在你想修改證詞了嗎？」

「太過分了！」山德勒叫道，他站起來，用顫抖的手指指著我。他又叫又罵，我很確定要是我離得近一點，他會動手揍我。

現場哄堂大笑，陪審團看山德勒的眼神彷彿他剛長出第二顆頭，史東法官開始用拳頭猛敲筆記本。

「把那隻畜生趕出去。」史東大叫。

哈利用一句妙答贏了這一局：「法官大人，你指的是哪一隻？克萊倫斯還是山德勒教授？」

42 凱特

凱特從沒見過這種場面。

史東法官要大家休息一下、吃個午餐，然後便清空法庭。艾迪並沒有把地方檢察官的專家大卸八塊，他只是讓專家自己把自己大卸八塊。換作凱特絕不會帶狗進法庭，她才沒這個狗膽。陪審團喜歡這齣好戲，當艾迪和哈利要離開法庭時，凱特知道她的優勢已走到極限。她原本希望山德勒教授的證詞能在蘇菲亞．阿維利諾的背上畫一個靶心。

現在鹿死誰手完全是未定之數。下一個證人就可能瞬間改變全局。

她們在法庭樓上找到一個安靜的房間，將雅莉珊卓安置在裡面，遠離媒體，爲她準備了沙拉和礦泉水。凱特和布洛克則走樓梯往下兩層樓，邊交談邊穿過走廊。兩人都不餓，凱特也不希望被任何人聽到她們的對話，尤其是她的客戶。

「這下什麼都可能發生了，」凱特說，「妳還是有信心我們選對邊了嗎？」

「妳是辯護律師耶。」布洛克說。

「什麼意思？」

「根本不應該有所謂對的一邊，妳把工作做好就是了。」

「妳明知道這是鬼話。妳了解我的爲人，而且要是妳不相信雅莉珊卓，妳也不會在這裡。」

「是沒錯啦。」布洛克說。

凱特有時候覺得好友眞讓人氣惱。凱特現在只想聽布洛克耐心解釋，說她仍然在做正確的事，雅莉珊卓是清白的，她們會打贏這場官司。她希望被這些話淹沒，讓它吃掉她的疑慮，把疑慮沖走。

她們邊走邊討論對付齒印專家的策略，他名叫彼得．包曼。沒有任何州立或聯邦執法機關能分析齒印，他們必須聘請獲得認可的專家。包曼是齒印界的第一把交椅，他已和執法機關合作多年，是經驗老到的專家證人，雖然他使用的並不算是最先進的方法。凱特知道檢察官會根據兩項標準挑選專家：他們在所屬領域的資歷與專業程度，以及或許更重要的另一項——他們承受交叉詰問的能力。即使地方檢察官找來全國最厲害的齒印分析師，若是那專家一坐上證人席，就像遇熱的好時巧克力棒一樣軟趴趴，那也是白搭。

午休的一小時很快就過去了，布洛克和凱特都沒吃東西。凱特就只喝得下一杯販賣機的咖啡，或該說號稱是咖啡的東西。轉眼間她又回到法庭中。檢方沒打算再詰問山德勒教授，崔爾知道這個證人已經廢了。你的證人被棘手的問題攻擊得體無完膚就已經夠糟了，然而當你的證人淪爲笑柄，那更慘十倍。凱特覺得艾迪其實犯不著把哈利的狗牽進法庭也能達到相同目的，但狗狗讓陪審團嘲笑山德勒，一旦發生這種事，遊戲就結束了。

彼得．包曼長得跟凱特想像中不一樣。她以爲他會比較像山德勒教授，是個高富帥。結果包曼是個矮冬瓜，頂多一百五十公分高。他鬍子刮得很乾淨，頭頂一根毛也沒有，眉毛顏色淡到凱特幾乎看不出他有眉毛。他經過法庭前方的被告席要走去證人席時，凱特聞到包曼身上飄出一股不尋常的體味。那味道倒不算難聞，融合了做齒模的塑土、漂白水和肉桂的氣味。他聞起來有點像牙醫的診療室，凱特覺得既詭異又有點安心。她好奇自己是否散發墨水和紙張的氣味。

包曼拒絕以聖經發誓，而是以代替宣誓的確認保證會說實話，絕無虛假。檢察官比較喜歡他們的專家以聖經發誓，對信基督教的專家證人而言，這不成問題，但無神論專家就不開心了。檢方覺得這麼做會給陪審團較好的印象，而且若是他們的專家當眾排斥聖經，可能得罪一些基督徒陪審員。有些科學家對這件事很反彈，說他們分明半點信仰都沒有，卻要按著聖經發誓，打一開始就感覺自己有作僞證之嫌。

這個陪審團似乎並不在意包曼不肯以聖經發誓。他穿著粉藍色西裝、白襯衫配螢光綠絲質領帶，凱特覺得那領帶讓她分心，感覺可以用它來引導飛機降落。

「包曼先生，請你向陪審團說明你的專業領域好嗎？」崔爾說。

令人訝異的是，包曼並沒有直視陪審團。他甚至沒轉頭看他們一眼。他的目光鎖定凱特後方牆壁上的一個點，回答問題時露出恍惚疏離的眼神。

「我是法醫齒科學家，德州大學聖安東尼奧分校研究員，也是美國法醫牙科學與齒印比對齒科學協會的會員。我從超過三十五年前便開始檢驗齒印，在全美超過十五州提供專家證詞。」包曼說，每個音節都帶著濃濃的德州腔。包曼唸到「齒科學」這個詞時一字一頓，彷彿這個詞太長了，沒辦法用德州腔順暢發音，必須花很大力氣啐出口。

「你是否檢驗了被害者身上的齒印？」崔爾問。

「對。法醫在被害者左胸發現在她看來像是一個齒印的痕跡。齒印總共有七種，我辨認出的這一種稱爲『切口式齒印』。它是牙齒造成的皮膚穿孔，與『撕裂式齒印』不同，因爲並沒有皮膚被扯掉。它也不是『加工式齒印』，那表示有一塊肉被咬掉。這是單純的穿刺傷。我辨識出八個穿孔，排成圓弧形，符合前牙留下的齒印。」

說到這裡，包曼指著對面的布幕，於是崔爾的助理按下遙控器按鈕，爲陪審團秀出一幅彩圖。

「我在檢驗被害者時拍了這張照片。如各位所見，這是該齒印的實際尺寸近照。它形狀呈橢圓形，穿刺傷的輪廓很清楚。皮膚底下有些出血，是牙齒咬下去時夾住皮肉、向中心擠壓造成的。」

「你如何進行這個齒印的分析工作？」

「我測量齒印的尺寸，然後用實際尺寸的照片比對量得的數據，以確保兩者相符。後來我拿到本案兩名被告的齒印樣本，我用齒印製作兩個主模型，再用這些模型進行分析，來比對齒印。」

「你怎麼能確定那些模型能精準地代表眞實齒印呢？」

「那些模型做得很完美，我使用的是坊間所有齒顎矯正治療都在用的模子，它很精確。」

「你做好主模型後，又做了什麼步驟？」崔爾問。

「我測量尺寸，並用兩個模型模擬出齒印。我量了犬齒到犬齒間的距離、門牙寬度，以及門牙的旋轉角度。我比對醋酸纖維齒模的測量數據與實際尺寸的照片，發現照片與其中一個主模型相符。該主模型模擬出的齒印也完全符合被害者身上齒印模式。」

「那是哪一個主模型呢？」

「二號主模型，也就是由雅莉珊卓．阿維利諾取得的模型。」

「根據你的測試與分析，你在調查、比對完齒印與被告牙齒後，是否能做出相關結論？如果可以，結論是什麼？」

包曼清了清喉嚨，傾向前說：「被告雅莉珊卓．阿維利諾咬了她父親胸膛一口，力道足以穿透他的皮膚。這是我的結論。」

原本一直默默坐著聽包曼用柔和南方紳士腔說話的陪審團，現在望向雅莉珊卓。有些人面露反感，少數人顯得失望。

「我沒有別的問題了。布魯克斯小姐可能有一些問題要問，所以請留在座位上，包曼先生。」

43 凱特

凱特放下筆記，起身繞過被告席桌子，好離包曼近一點。他眉頭緊蹙，但保持彬彬有禮的微笑。那是一種高高在上的表情。

「包曼先生，你說你是美國法醫牙科學與齒印比對齒科學協會的會員？」

「是的，女士。」

「美國至少還有另外三個法醫齒科學的相關組織，包括法醫牙科局、美國法醫齒科委員會、國際法醫齒科及口腔學組織。你並不是這些組織的會員？」

「不是，女士。」

「爲什麼呢？」

包曼大聲呼出一口氣，彷彿這實在有夠浪費他的時間。

「嗯，我加入的組織將總部設在休士頓，離我只有兩三小時車程。最主要是它對我來說比較方便。」

「我剛才提到的另外三個組織，過去幾年來嘗試訂出齒印檢驗與比對的標準鑑識指導原則，而你的組織並沒有這麼做，對嗎？」

「那些組織設在紐約或加州，而且我們不怎麼認同它們的做法。我們有自己的一套方式。」

凱特停頓，朝陪審團揚起一眉。紐約人不太喜歡別人明目張膽地貶低他們的城市或他們的市民。凱特等了夠久，讓陪審團感覺受了包曼的委屈，然後才繼續。

「所以，譬如說，你們並不會用電腦建構嫌疑人牙齒的3D影像？」

「不會。」

「你們也沒有標準化的評分系統，可以為相似度分級？」

「沒有，女士。」

「你們只有比對嫌疑人的齒列以及被害人身上的齒印。你們並沒有……譬如說，用十個左右的齒模去製造出一排模擬齒印，就像警方讓受害者指認犯人時的做法，而這也是法醫牙科局建議的方式？」

「我沒有這麼做。」

「你是什麼時候被找來進行齒印分析的？」

「我星期六接到電話，星期天搭飛機出發，當天晚上就檢驗屍體。」

「你是在哪裡檢驗屍體的？」

「停屍間。」

「那麼你沒有把傷口的變形放在心上？」

「我認為傷口有一定程度的變形，但它並不影響我的發現或測量結果。」

「我們還是來釐清一下我說的變形是什麼好了。人類的皮膚是非常有彈性的，它能伸展、收縮、腫脹、皺起？」

「對。」

「當屍體被搬動時，皮膚勢必被施加了一些力量。屍體從犯罪現場抬起裝進屍袋，放上輪床送到市立停屍間，進到停屍間後，屍體必然又從屍袋中被抬到檢驗檯上。」

「應該吧。」

「屍體被抬起來的時候，通常搬運者會將雙手伸到屍體手臂底下，也就是腋窩處？屍體兩側各有一人，還有一人抬腿？」

「我猜想情況如妳所言。」

「皮膚受到拉扯時，若是本來就有某部位破皮了，這動作可能使得皮膚撕裂得更厲害，是不是？」

包曼沉吟半晌，說：「有這個可能。」

「很有可能，對嗎？」

「有可能。」

「有鑑於你的測量數據都精確到零點幾公釐，你所測量的傷口完全有可能在搬動屍體的過程中被拉大？」

「有這個可能，任何可能都存在。」

「你檢查被害者時，應該已經有屍僵現象了，那會讓皮膚變緊，因此撐大所有穿刺傷口，對嗎？」

「應該吧。」

「我剛才提到的齒科組織之一，表示當屍體出現屍僵時，或是屍體被移動過，就無法再進行準確的齒印比對了，這難道不正確嗎？」

「女士，我覺得好像在回答同樣的話。我已經跟妳說過我採行的不是那一套方法了。」

「包曼先生，這難道不正是齒印比對的部分問題所在嗎？亦即沒有公認的比對標準？」

「我不這麼認爲。比對的準確度取決於我的專業能力。」

凱特花了點時間停下來思考。她來到了抉擇點，接下來事情有可能急轉直下。她可以停住，利用她已經取得的回答，也可以把所有武器都丟向包曼。她回頭瞥了一眼，看到布洛克。她雙手捧著下巴，閉上眼睛點點頭。

跟他拚了。

「包曼先生，美國沒有齒印資料庫，對嗎？」

「就我所知沒有。」

「所以你不能拿被害者身上的齒印去跟任何一組牙齒比對，就只能跟本案的兩個主模型比對？」

「我幹嘛要拿那個齒印去跟紐約所有人比對？我能看出也能測量它們的相似處，我不需要拿它跟普羅大眾比對。」

「我們都有同樣類型的前齒，除非少了一顆牙或有一顆牙受損，對嗎？」

「確實。前齒包括中門齒、側門齒和犬齒，在上頜弓和下頜弓各有兩顆這三種牙齒，總共十二顆牙。每一顆我都檢驗過，並且與齒印比對。某人每顆牙的間距與另一個人相同的機率……嗯，我甚至計算不出來，機率實在太低了。」

「一般牙科的目標，就是維持牙齒及牙齦健康，還有確保齒列整齊一致，是嗎？」

包曼的臉開始變紅。血色迅速擴散到他的頭皮，使他看起來活像一顆憤怒的番茄。他仍然沒回答。

「某人戴上矯正牙套時，總是以整齊一致為目標了吧？」

「不一定都是以整齊一致為目標。」

他低吼：「沒錯。」

「你剛才提到普羅大眾有人的齒印與雅莉珊卓．阿維利諾相同的機率，是用『每顆牙齒與另一顆牙齒的相對位置都獨一無二』為前提來計算的？」

「這前提必然是對的。」

「若是如同雅莉珊卓．阿維利諾這樣，曾為了調整牙齒位置而戴了十二個月的矯正牙套，這前提就有待商榷了。她戴牙套是為了讓牙齒看起來更整齊一致。」

「我不知道她戴過牙套。」

「知道以後會改變你的結果嗎？」

包曼搖頭，「應該不會，不太會。」

「了解。而別的法醫齒科學家都根本不會嘗試比對這案子中的齒印，因為屍僵以及屍體移動過的關係，這一點並不會讓你對自己的發現有所懷疑？」

「不會，女士。」

「關於你用主模型模擬齒印這部分，你用什麼材料來模擬被害者？」凱特問，其實她已經知道答案了，她只是要陪審團聽到。

「豬皮，這是我們在符合道德標準下所能使用最近似的材料。」

「你認爲豬皮能跟屍僵狀態的人體相提並論？」

「我們沒有更好的材料。」

「總結來說，你的分析沒能納入傷口產生後齒印外觀發生的各種變化，你也無法做出我客戶的齒印確實獨一無二的結論？」

「好像是如此，女士。」

凱特轉身背向證人，一邊走回座位一邊觀察陪審團。有些人在對包曼搖頭，其他人要嘛沒被凱特說服，要嘛沒被包曼說服——他們看起來幾乎不置可否。很難判斷這次的交叉詰問究竟順不順利，不過至少她扭轉了幾名陪審員的想法。她的交叉詰問目的是縮減傷害，僅此而已。以這個角度來看，她認爲算是成功。

崔爾不甘心讓兩位專家證人都敗下陣來，又花了十分鐘努力修補包曼的證詞，但凱特已造成夠大的傷害。同樣那幾個陪審員仍然懷疑地看著包曼。

那就夠了。

包曼走下證人席時，朝凱特的方向做出「賤貨」二字的嘴形。起初她很錯愕，後來她仔細盯著包曼的臉。他經過她桌子時還用嘴形說了別的話。

他說這句話時並不是看著凱特，也不是看著布洛克。

不，他罵的是雅莉珊卓。雅莉珊卓無法直視包曼，她迴避著他的目光，因此沒看到他說：「殺人的賤貨。」

凱特考慮提出申訴，向法官強調這件事，要求他管束包曼。不過她又不希望陪審團知道包曼怎麼稱呼雅莉珊卓。

也許包曼對自己的狗屁科學深信不疑，凱特心想。

接著她浮現另一個念頭。

該不會包曼才是對的？

44 艾迪

由於凱特用兩倍速打趴了齒印專家，史東法官允許崔爾在今天下午傳最後一個證人出場。我認爲凱特著實給了那個光頭德州佬一點顏色瞧瞧，比他那張臉上的紅暈還漂亮。

崔爾在和他的團隊商議時，我趁機觀察陪審團。有些人仍被包曼的證據弄得頭昏腦脹，我覺得有七個人看起來一頭霧水，剩下五個則不接受崔爾的齒印專家的說法。崔爾很可能找了半打齒印專家來看被害者身上的印記，而比較有名望的專家知道屍體曾被移動過之後，大部分都回絕這案子。

總是會有一個專家，只要能拿到酬勞，就願意在任何主觀認定式的報告上簽下名字。驅動美國法律系統內鑑識科學的主要不是科學，而是金錢與想要讓被告定罪的決心。有錢好辦事。

「今天我還有最後一位證人。」崔爾說，「我們本來打算傳哈爾·柯恩，他是被害者的多年好友及同事。不幸的是，昨天柯恩先生在前往我辦公室途中，遭人刺殺致死。警方仍在追緝犯人。警方認爲這可能是一起失控的搶劫未遂案，也可能另有犯案動機。」

「警方有沒有訊問本案的兩名被告呢？」法官問。

「沒有，」崔爾說，「這場審判太重要了，不該受到任何潛在干擾。我相信等審判完成後，紐約市警局會訊問被告，確認她們的行蹤。」

在庭審中，你的五感全都處於高度敏感狀態。你隨時準備好判讀證人和陪審團的肢體語言，傾聽與評估每個人說的每個字。這就像連續走七小時鋼索，只要有一瞬間恍神，你的客戶就會掉進深谷。崔爾回答那個問題時，我感覺室內出現某種變化。發生了某件事。

蘇菲亞。

她雙手交握在桌子底下，手指互扣，兩手緊緊相壓，用力到手臂都在顫抖。她表情恍惚，眼中含淚，身體微乎其微地前後搖晃。她就像是在等待劊子手一般。

我瞥向遠處，看到雅莉珊卓在座位上坐立難安，左腿緊張地上下彈動。

她們兩人都認識哈爾．柯恩。今天早上我已告訴蘇菲亞柯恩遇害的事，她看起來悲傷又困惑，或許可說是震驚吧。我很好奇雅莉珊卓知道消息時有什麼反應。此時此刻，當他的名字被提起，其中一人應該很難過，另一人則努力掩飾自己殺了他的事實。

「法官大人，」崔爾說，「儘管我本來希望傳柯恩先生，現在我得比預期中提早傳另一位證人。我需要一點時間。」

「你需要多久？」史東法官問。

「頂多一小時。」

「休庭一小時。」史東法官說。書記喊道：「全體起立。」哈利的屁股往座位下滑了幾公分，我則靠向椅背並扠起手臂。哈利和我先前已聲明立場，現在則必須堅守原則。

我瞥過去，看到凱特憂慮地望著我。

我鮮少碰上這樣的庭審。我完全不知道崔爾藏了什麼證人。也不知道接下來會發生什麼事。

史東會讓崔爾予取予求，放任他進行各種突襲。那都沒關係。史東就和崔爾一樣想讓人定罪。

我們帶蘇菲亞到一個安靜的房間，把她安置好。這場庭審雖然進展快速，仍然讓人元氣大傷。蘇菲亞眼周淡淡的紋路變深變長，現在還冒出黑眼圈。她手指顫抖，嗓音又喘又忽高忽低，彷彿她體內有什麼東西時不時就會搖撼她。

「我認為我們現在跟雅莉珊卓差不多勢均力敵。我不知道檢方預備了什麼招數，不過反正我們見招拆招就是了。妳做得很好，妳挺過來了。我只需要妳再撐一兩天，一切就結束了。」我說。

她點點頭，說：「我不確定我還能承受多少。跟她待在同一個空間，天啊，讓我想起好多不堪回首的往事，我已經好久沒想起那些事了。還有她對爸爸下的毒手……」

哈利一手按在她肩上用力握了一下。她抬起手壓住哈利手背，然後將臉頰貼過去。她淚水原本就快潰堤，結果一閉眼睛就流出來。淚珠一顆顆滴到哈利手指上。

「不會有事的。」哈利說。

我們默默坐著，她試著振作起來。在這段寂靜的時光裡，我自己攔阻的痛苦之河也有衝破水壩的危機。我是可以撥動開關，可是悲傷與愧疚永遠都在。我的腦殼底部有一股壓力。我知道今天開完庭後，晚上的某個時刻水壩就會破開。另一個無眠的夜，另一個搥牆的夜。我吸一口氣，硬把水壩關起來。我晚點再處理它。

「是誰殺了哈爾·柯恩？會是雅莉珊卓嗎？」她問。

「我們也不知道。」我說。

我們一直待在房間，直到崔爾的某個助理檢察官找到我們、過來敲門。

「崔爾先生想跟你見個面。」助理說。

蘇菲亞堅持她沒事，好說歹說才讓哈利願意留下她，但最後他屈服了，我們兩人都沿著走廊去找崔爾，他坐在黃色牆面旁的長椅上等我們。黃漆沿著牆上一道裂縫剝落，有些屑屑掉在崔爾完美無瑕的西裝一側肩上，但他還沒發現。

我坐到他旁邊。哈利站著，叉起手臂。

「就算你要求法官扒光衣服，在法庭中央跟你一起翩翩起舞，他也會答應。」我說。

崔爾咧嘴挖苦一笑，露出潔白的小牙齒。

「眾所皆知法官和我私交甚篤。我有東西要給你。我拿給你時你會很生氣，不過我用我的職業身分向你保證，我直到現在才有立場把這個拿出來。」

崔爾另一側的長椅上放著一小疊文件，頂多一百頁。那些紙張正面朝下，因此經過的路人不會看到文件標題。

「這是哈爾·柯恩拿來的，我三天前才看到，這些是影本。最上面的文件是席薇雅·薩瓜達寫的報告，它是合法文件，我要將它當作證據，並傳薩瓜達作證。」

我接過文件，看都沒看就交給哈利。

「說真的，這東西你壓了多久？」我問。

「我三天前才看的，我等確定它是真的才拿給你。薩瓜達女士說它是真實的。本來哈爾．柯恩要作證說明他是怎麼拿到這個的，但現在說這些都沒用了，他人都不在了，對吧？」

「艾迪——」

「哈利，你等一下。」我說，「崔爾，你以爲我會相信你滿嘴的屁話嗎？這就是突襲。在謀殺案庭審中這樣做很沒品。」

「說得好像你不是等到開始交叉詰問檢方的證人，才突然拿出你自己的毛髮及纖維報告？」崔爾說。

他站起身。「我跟你說實話好了。柯恩好幾天前就把這個送到我辦公室，我得確定它是眞的才能把它遞交出去。如果它是個騙局，我就不會用它，我們也不會有這段對話了。做好準備吧，十分鐘後我就要傳席薇雅．薩瓜達上證人席。」

我們站起來，面向彼此。我比他高一點，不過崔爾站得很直，努力配上我的身高。他目光緊盯著我，用力一伸手臂讓襯衫袖口露出來，挺出胸膛，嘴角彎成類似咆哮的表情。要是我不夠了解他，我會很肯定地以爲他想要幹架。

我低頭看他的鞋，發現他踮著腳。

「如果你想嚇唬我，你的Hush Puppies皮鞋可能要裝一下增高鞋墊，夥伴。」

「我不喜歡你，弗林先生。」

「我也不是你的粉絲。你爲了仕途順利以及在法庭上討點便宜，就刻意拉攏一個右派的種族歧視法官，眞讓我作嘔。」

崔爾突然發出嘲弄的笑聲。

「這案子我不需要史東也能贏。我偷偷告訴你好了，我很慶幸我沒用測謊這一招，你客戶的結果不太明確。我猜那條排除測謊專家的判例法仍然有效吧。但這項證據會讓你的客戶入土爲安，她就是凶手。我認爲她姊姊也有涉案，我認爲她們兩人合力殺了他。也許我沒辦法證明，不過至少我能把你的客戶關到她該待的地方——大牢。」

他越過我肩膀望著哈利，說：「祝你閱讀愉快。」

45 凱特

凱特和布洛克花了不到五分鐘看完席薇雅．薩瓜達的報告，然後快速翻閱附在後面的影本。布洛克不發一語。凱特想問她問題，布洛克卻只是搖搖頭。她還在消化這些資訊，現在問問題操之過急。但凱特看到布洛克的眼神。這就是她們在等的那項關鍵證據。她已經將她與弗林的對話內容都告訴布洛克了，說他們之間有個殺手在遊走，殺害證人、操弄案件，還置入一項萬無一失的證據來讓自己獲判無罪、讓姊妹被定罪。

凱特向雅莉珊卓解釋這報告，看到雅莉珊卓眼中亮起光采。

「我就知道，我就知道會發生這種事。噢，上帝，謝謝祢。」雅莉珊卓說，雙手手指交錯，頭微微後傾，望著天花板。雅莉珊卓很確定，這項新證據會讓蘇菲亞因謀殺罪被關進牢裡。

「這是妳的『出獄許可證』。」凱特說。

「這是眞相，」雅莉珊卓說，「法庭終於要聽到眞相了。」

布洛克搖搖頭。

她們回到法庭，穿著高跟鞋的雅莉珊卓幾乎蹦蹦跳跳，臉上煥發新的希望。凱特覺得好想吐，她的胃有股緊繃感，一直蔓延到喉嚨。她評估錯誤，她竟然替凶手辯護。凱特將喉頭蓄積的膽汁用力嚥下去。她告訴自己，她早該想到為凶手辯護的人是她才對。艾迪．弗林身經百戰，哪會讓自己被客戶給耍了。她們在被告席就定位，等候開庭。法官回來了，崔爾說他要傳一位新證人：席薇雅．薩瓜達。艾迪起身反對，但史東揮手打發他。他會允許新證人上場，也會評估證據看看是否可用。

凱特感覺像被困在一輛高速行駛的車上。她兩條手臂僵硬地伸著，方向盤狂亂地左右轉動，不受控制，她一隻腳將油門踩平，車子則偏向一堵堅實的磚牆。她睜開眼，深吸一口氣。

她和弗林討論過對策。凱特不能參與陷害無辜女人，並讓凶手逍遙法外。當她跟弗林達成這個協議時，她壓根沒想過雅莉珊卓會是在棋盤上調兵遣將的那個凶手。凱特不能成為共犯，她不會再做任何協助客戶脫罪的事了。如果她試著開除客戶，只會讓狀況更棘手。法官大概不會讓她拍拍屁股離開謀殺案庭審現場。即使法官讓她中途退出庭審，問題也沒有解決。她能做的就只有確保自己不成為一項武器，被利用來將無辜的蘇菲亞．阿維利諾冠上謀殺罪。

法庭內一片死寂。她感覺布洛克用手肘頂她肋骨。她抬起頭，布洛克指了指法官。

「布魯克斯小姐，」史東法官說，「希望妳的魂魄還與我們同在。我問妳，妳的客戶是否就此事做出指示？我想妳並不反對讓這位證人作證？」

凱特根本不必轉頭，用眼角餘光就看到雅莉珊卓在搖頭，還小小聲地說：「不，完全不反對。」

「是的，法官大人，我的客戶這次並不反對。」凱特說。

「很好，請繼續吧，崔爾先生。」史東說。

「謝謝法官大人。檢方傳席薇雅．薩瓜達博士。」

身穿灰色長褲套裝的嬌小女人走上前，高跟鞋咚咚地踩過地板，一頭長髮在天花板燈光下黑得發亮。她宣誓時，凱特發現她比自己預期中年輕，而且有股靈秀之氣。她說話頗具權威感，很篤定。薩瓜達博士發言時，你會相信那是眞的。

「博士，關於妳的頭銜，我們先爲陪審團說清楚一點好了。妳並不是醫學博士，對嗎？」

「我擁有墨西哥大學文書鑑定及比對鑑識學的博士學位。我目前待在紐約大學。」

「我的辦公室寄給妳一份案件摘要，請告訴陪審團案件摘要中包含哪些內容。」

「一份備忘錄，一份法蘭克．阿維利諾的毒理學報告，幾份我們已知從法蘭克．阿維利諾那裡取得的當代信件，還有這個。」她邊說邊舉高某樣東西。

凱特看到薩瓜達手裡是一本黑色小冊子。

「這是法蘭克．阿維利諾生前最後幾個月所寫的日誌。」薩瓜達說。

法庭內的人群竊竊私語。這是新進展，這是極爲關鍵的新證據。

「幾天前，地方檢察官辦公室取得這本日誌。提供者是哈爾．柯恩，他在搜尋被害者的個人文件時發現它。在此聲明，他並沒能有機會發表評論或是親自出席這場審判，來針對這本日誌的眞實性提出他的意見。但妳是否能告訴我們，這確實是法蘭克．阿維利諾的日誌嗎？」

「我的意見是：沒錯，這是法蘭克．阿維利諾的日誌。」

人們在座位上挪移，向前傾，急於聽這段證詞。聽起來就像有支軍隊準備開始行軍。噪音從凱特身後的旁聽席開始，有如野火蔓延。

「法庭內保持肅靜。」史東法官說。

「博士，藉由妳剛才所提及我們提供妳的資料，妳是怎麼鑑定日誌的呢？」

「我先針對對照樣本，也就是已知屬於法蘭克．阿維利諾的筆跡樣本，去進行鑑識鑑定，然後再跟日誌中的筆跡比對。」

「結果如何？」

薩瓜達回答前，拿起證人席的冷水壺往塑膠杯裡倒了些水，喝了一口。她放下杯子，望向陪審團。

「對照樣本品質都很好，包括一些信件、一些簽名，讓我能建立被害者筆跡的良好比對基準。接著我審酌已知因素。讀了毒理學報告後，我知道被害者體內有氟哌啶醇，這符合我在日誌的筆跡中觀察到的一些狀況。日誌中某些段落非常明確地吻合被害者筆跡，有些段落則不符合。後者看起來像是寫作者受到藥物或酒精影響，雖然風格相同，持筆的手卻顯然握得不牢且難以控制。不過我的看法是，那仍是相同筆跡。」

「博士，我想問清楚一點，關於日誌作者的身分，妳的結論是什麼？」

「以我的專業意見，這本日誌是法蘭克．阿維利諾寫的。」她說。

「妳有多肯定？」

「就這個案子而言，因爲有藥物影響，我只能說憑我的專業判斷，日誌作者是法蘭克．

阿維利諾。在字母形態、語法和句構的排列、建構、模式方面，都有足夠的一致性，讓我導出這個結論。」

「謝謝。可以請妳唸出日誌中的最後一筆紀錄嗎？應該是十月二日的紀錄，在凶案發生的兩天前。」

凱特緊盯著陪審團。她已經讀過那筆紀錄了，她想看看陪審團有什麼反應。

「十月二日。」薩瓜達開始唸，「我知道這陣子發生什麼事了，她一直在我食物裡下毒，我今天晚上看到她了。她拿一個白色瓶子往湯裡倒了什麼東西，然後把瓶子藏在她的包包裡。她以爲我沒看見。我敢說她也在我的果昔裡放了那東西。我要修改遺囑，然後我要報警。我才沒瘋，也沒病。都是她。我問她在我的湯裡放了什麼，她說我在幻想。我得趕緊採取行動，所以沒有逼問她。天啊，我從沒想過背叛我的人會是她……」

薩瓜達放下筆記本，抬起頭。最後一句話她不需要看著唸。她已經背起來了。

「竟然是蘇菲亞。」

有人爆出一聲哀號。凱特轉頭看到蘇菲亞已站起來，艾迪攔著她。她指著證人尖叫，滿面通紅，頭髮黏在臉上，然後又指著雅莉珊卓大叫。

「不，這全是謊言。是雅莉珊卓，她才是凶手！我是清白的！」

雅莉珊卓無動於衷地坐在凱特身旁，不理會蘇菲亞。這場庭審進行到現在，凱特還是第一次看到她的客戶坐在被告席時，處於放鬆、近乎平靜的狀態，於是凱特毫無疑問地知道，這本日誌就是艾迪預言的東西了。這就是雅莉珊卓的「出獄許可證」，一項誣陷無辜女人的證據。凱特絕不參與這勾當。她不能在法庭內直接反駁自己的客戶，她得信賴艾迪會想辦法，而凱特頂多只能避免妨礙他。這就是她擔任首席律師的第一個案子哪。這是她生涯第一場謀殺案庭審，凱特卻一心只希望自己輸掉官司。

46 艾迪

「我們知道日誌是假的，只是得想辦法證明。」我說。

蘇菲亞臉上一塊塊的紅斑看起來很醒目，眼皮以及眼周的皮膚都腫了起來。她一整天都抖個不停。我打給一個朋友，幫蘇菲亞弄來可以讓她恢復穩定的東西。

煩寧藥片讓她平靜了一點，不再處於高度緊繃狀態。至少她現在能談話了，她可以比較輕鬆地呼吸，不再被驚慌扼住。

蘇菲亞回頭望向她的公寓內，哈利正在拉起她的遮光簾，檢查門鎖，確保這地方很安全。「艾迪，直接告訴我吧——我要去坐牢了嗎？」她問。

「沒有。」我說。在這當下，感覺像睜眼說瞎話。「妳不會有事的。放一部妳最愛的黑白老電影來看吧，叫個外送，哈利和我今晚要工作，我們得專心，如果我們一直擔心妳，可沒辦法好好工作。」

蘇菲亞放開門，向前衝來。她環抱我的腰，頭靠在我胸前。她的舉動出乎我意料，一時間我不知所措。然後我摟住她，輕拍她的背，告訴她一切都會順利解決。

她鬆開手，向我道謝，哈利走出公寓來到走廊。

「別擔心，親愛的，這傢伙是我見過最厲害的庭審律師。他是沒我強啦，他並不完美，不過他有兩把刷子。」哈利說。

「如果我是你見過最厲害的庭審律師，又怎麼會輸給你？」我問。

「欸，我可沒見過我自己啊。誰能跟自己見面？」

在一秒間，短暫的一秒間，蘇菲亞聽著我和哈利抬槓而露出微笑。

「謝謝你們。」她說完便關上門。

我跟著哈利走到電梯，我們進了電梯，在門關上前我問道：「你全都拿了嗎？」

「我拿了料理刀，還有浴室的一包剃刀。」

他掀開外套。蘇菲亞的料理刀藏在他的內側口袋裡。

「我們已經盡力了，她會沒事的。我們只需要想出該怎麼打贏這場官司。」哈利說。

第二大道熟食店已經不在第二大道上了。自從二〇〇六年房東和店老闆談不攏租約，這家餐館就搬到東三十三街與第三大道交叉口，紐約人也跟著他們轉移陣地。阿比．勒伯渥是落腳紐約的移民，在東十街的一家熟食店從雜工一路爬到櫃檯服務員的職位，最後於一九五四年開了自己的店。阿比熱愛美食、人以及紐約市，每個人也都愛阿比。一九九六年他帶著餐廳賺得的現金前往銀行途中，在街上被殺害。紐約爲他哀悼，他的家人接管生意。

一開始我是跟著爸媽來的，那時我還是小孩子。當阿比把一個比我頭還大的燻牛肉三明治擱在我面前，還願意花時間跟我家人聊天、認識我們，我就知道我將成爲忠實顧客。

我上到二樓，哈利在後側角落訂了一個雅座。我抵達時，凱特、布洛克和哈利都已入座，雅座旁還有一張空椅，留給第五位客人，她還沒來。我坐到哈利旁邊，凱特和布洛克在我們對面。

「很遺憾，凱特。」我說，「我們早料到會這樣了，換作是我也會大受打擊。但我們已經討論過了，雅莉珊卓想誣陷蘇菲亞，那本日誌對陪審團來說就像顆炸彈。」

她低著頭，默默啃食一碗薯條。布洛克點了咖啡，哈利喝啤酒。氣氛相當凝重，所有人都感受到壓力。

「我實在不覺得是雅莉珊卓，」凱特說，「但沒有別的可能了，這件事只有她會得利。我觀察過陪審團，他們完全被席薇雅．薩瓜達懾服，她說的每個字他們都相信。你眞該看看他們是用什麼眼神看蘇菲亞的，充滿憎恨。天啊，我也很遺憾。你的客戶是無辜的，我不能參與把她關進監獄……我只是……」

凱特手肘支在桌面上，用手指按揉太陽穴。她太慘了。她放棄事務所的職涯出來自立門戶，來爲她相信清白的女人辯護。現在卻天地變色，她的第一個案子竟然成了噩夢，她是殺人凶手的律師。不論要付出多大代價，我知道凱特是不會縱容凶手無罪開釋的。她現在在這裡，表示她能幫忙就會幫忙。她尙未被那一套倫理規範痲痺，而律師們要靠那套倫理規範保持理智以及免於牢獄之災——你不該深究客戶是否清白，你不該問客戶是否有罪，你該做什麼就做什麼，讓陪審團去定奪。律師整天都聽到這個問題：你明知道那人有罪，怎麼還能替他辯護？我們的工作要求我們別管有罪無罪，絕對別讓自己質疑客戶的清白問題，我們只要替他們力辯到底。這就是我們的工作。

狗屁不通。我們如此騙自己，晚上才睡得著。凱特還未學會將良心擱在一邊，現在是缺乏經驗救了她。她還沒去過門的另一側。那扇門讓你關閉直覺，即使你的客戶有罪，你也會使命必達。我曾穿過那扇門，而我的餘生都將努力修補這錯誤。

「我覺得你們兩個說得都很對。」哈利說，「這樁謀殺案實在是機關算盡、故布疑陣，而且有太多能說出眞相的人都死了或是失蹤。這不是巧合，絕對不是。那本日誌是雅莉珊卓寫的，她殺了那些人。」

凱特向後靠，閉著眼睛搖搖頭。

「我不能讓她逃掉。我得逮住她，凱特。我愈想愈懷疑哈波的死跟這案子有關聯。」我說。

桌邊的椅子被拉開，在地上刮出嘎吱一聲。佩姬．迪雷尼坐下來。我爲凱特和布洛克介紹她。

「佩姬是聯邦調查局探員，但別因此對她有成見。她已看過這個案子的檔案與影片，我請她幫忙製作犯罪側寫。」我說。

「我還沒完成。」佩姬說，「我也不確定能派上多少用場。我最晚明天可以給你，但我現在可以先說明一部分。首先，我相信我們面對的是連續殺人犯，而這就是製作犯罪側寫所遭遇的第一個問題。」

「我以爲聯邦調查局已經把犯罪側寫提升爲一門精細的藝術了。」哈利說。

「還沒有，目前局裡產生某種分歧。我們使用的殺手類型定義、類別和子類別都已經用了超過四十年，我認爲我們需要全面翻修整個程序。」

「爲什麼？」哈利問。

「因爲我們用的是最簡單的基準線，我們一向把重點擺在製作出每位執法人員都看得懂的犯罪側寫上。但現實從來就沒那麼單純。這個案子困難度更高，因爲我們缺乏針對女性連續殺人犯的研究。就連我們針對連續殺人犯的子類型和類別，都是以著眼於男性的研究爲基礎。這幾十年來，女性連續殺人犯都被忽略了。連續殺人犯中約有百分之十五到二十是女性，但她們只占研究資料的百分之三左右。

「就連我們用來追蹤及辨識連續凶殺案的做法，也沒有發揮應有的效能。轄區員警若要在我們的暴力罪犯逮捕計畫資料庫裡輸入一筆凶案的細節，必須塡寫有一百五十道問題的表格。要正確塡完得花兩小時，你覺得警察會有兩小時閒工夫幫我們做研究嗎？」

布洛克傾身向前，但沒說話。除了點頭致意以外，她從頭到尾什麼也沒說，不過我看得出她沒漏聽一個字。

「結果就是聯邦調查局會告訴你，美國大約有五十個連續殺人犯在逃。眞實數字可能更接近兩千。就統計而言，這表示目前有三百到四百個女性連續殺人犯仍在作案。我們完全不清楚她們的身分，或是她們犯案的規模。」

「天啊，」哈利說，「那這個案子呢？」

服務生送來各式各樣的三明治以及拼盤，我們默默地等他上完餐點。

「那妳覺得怎麼樣？是雅莉珊卓還是蘇菲亞？我不想用我的意見讓妳有先入爲主的想法，我只需要聽聽這場審判局外人的觀點。」我說。

「阿維利諾姊妹誰才是凶手？這是很難回答的問題。她倆誰都不符合典型的側寫類型。兩人都因爲母親之死，而經歷了重大的童年創傷。那起死亡有疑點，你告訴我的齒印一事也耐人尋味。兩個女孩都在母親死後被父親送走，不同的學校，個別的生活。然而……」

「什麼？」我說，「我們需要妳做個決定，迪雷尼。我們覺得這場審判被操弄了。」

迪雷尼咬了一口三明治，用餐巾紙擦嘴，仔細思考。我彷彿看到她腦中的齒輪在轉動。

「大部分連續殺人犯並沒有心理疾病。」她說。

「怎麼可能。」哈利說。

「他們很多人是俗稱心理變態的人格障礙者，但那並不是一種心理疾病。如果是的話，《財星》前五百大企業的執行長有半數都要進精神病院。大部分連續殺人犯都能正常生活，他們其實會學著融入社會。針對連續殺人犯的第一本重要著作是克勒利的《精神健全的面具》。在該書出版的一九四一年，他們認爲假如你做了瘋狂的事，就表示你是瘋子。現在這觀念改了。拿你們這兩個女孩來說吧，蘇菲亞的自殘行爲不怎麼符合側寫。人們會出於各種理由自殘，但這是讓我排除她的其中一個因素。」

「硬要選一個的話——誰是凶手？」凱特問。

「雅莉珊卓。」迪雷尼說。

哈利告訴她日誌的事，還有它現在成爲審判中的證據後，我們是怎麼想的。

「這招很聰明。那本日誌會大幅度影響陪審團的想法。如果日誌指向下毒者爲蘇菲亞，而這凶案與審判又都是計畫好的，看起來也確實如此，那麼就沒錯了。雅莉珊卓將日誌本僞造得夠逼眞，足以讓妹妹被定罪，自己則獲判無罪。她倒也不必是僞造大師——因爲藥物的關係，法蘭克的筆跡本來就變得疲軟無力。太聰明了。」

「那我們現在該怎麼辦？我們不能讓她得逞。」我說。

「如果我讓她上證人席，你能交叉詰問她？」凱特說。

「那妳等於故意出賣客戶。妳也不能給她作僞證的機會，萬一她說服陪審團不是她幹的怎麼辦？她都成功騙到妳們兩個了。如果我傳蘇菲亞出場，結果崔爾把她修理得很慘，情況可能變得更糟。」我說。

我們沉默地坐了一會兒，沉浸在思緒中。

「不要傳被告出場，」布洛克說，「問題出在日誌上，我們讓陪審團看出它是假的。檢方所有精力都用來證明它是『眞的』，我不認爲他們有時間考慮它的內容是否『精確』。」

除了若無其事邊吃薯條邊聽朋友講話的凱特以外，哈利、迪雷尼和我都目瞪口呆。打從我們坐下後，布洛克這才第一次發言。我猜若非眞有重要的話要說，她是不會開金口的。

「見鬼，這正是我們該做的事。」我說。

布洛克不吭聲。

「哎唷，她還眞是點到爲止。」哈利說。他直視著凱特說：「她常這樣嗎？」

凱特將汽水湊到嘴邊，猶豫了一下，說：「歡迎來到我的世界。」

47 艾迪

席薇雅．薩瓜達的高跟鞋踩在地板上的聲音，有如滴答的時針在倒數我的交叉詰問。我又熬了一夜沒睡，這次是在挑燈夜戰。我已準備好在今天上午扳倒薩瓜達，我該做的都做了，該打的電話也都打了。

然而我並沒有準備好，我並不感覺胸有成竹。

薩瓜達在證人席就座，開始給自己倒水。

「艾迪……」哈利小聲說。

他開始低聲說話，但我充耳不聞。我不是在想日誌、薩瓜達、蘇菲亞或雅莉珊卓。由於這些念頭已塞滿我腦袋一整夜，今天早上我唯一能想的人是哈波。自從她死後，我每天晚上都是想著她度過的，而昨夜感覺像是背叛她了。現在她占據我所有心思。我試著撥動開關，可是沒有用。

「請記住，妳仍受誓言約束，薩瓜達小姐。」史東法官說，「弗林先生，你有問題要問這位證人嗎？」

我有，但我一個都問不出來。這種痛苦的感覺就像被那種老式的深海潛水裝裹住，有銅製頭盔與氣泡形面鏡、裝了鉛塊的靴子與加上重物的腰帶。這種痛苦保護著我，讓我與世界隔絕；它也重重地壓住我，把我往下拖。

「艾迪，上場吧。這是爲了哈波。」哈利說。

我站起來，決定不隱藏這痛苦，反而要善用它。

「薩瓜達博士，妳是否同意：與妳擁有相同專業的其他人士，在鑑定完這本日誌後，對日誌的作者身分可能做出與妳不同的結論？」

「我同意。我們只能提供自己的意見而已，我明白其他人也許有不同意見。」

第一步完成了。

「妳同意妳對日誌寫作者身分的解讀可能有瑕疵？」

「這是可能的。我不認爲有，但確實可能。」

她很小心避免讓自己被逼到牆角。要是我在接下來二十分鐘內好死不死推翻她的意見，她需要留一條後路來保住自己的專業信譽。很聰明。此外，這也讓陪審團對薩瓜達的信譽多了幾分信心——她陳述的是誠實的看法，而她也以開放心態看待其他可能性。這反而使得她的證詞更爲有力。我得小心處理。

「妳的意見建立在字母形態上——也可說是風格？還有語法和句構，對嗎？」

「對，原則上是。」

「不過日誌裡的筆跡並不完全符合法蘭克．阿維利諾已知的筆跡樣本，對嗎？」

她移開視線，直接對著陪審團解釋。

「筆跡可能隨著時間與情境而改變。整本日誌的筆跡都是相似的，有些段落相似度較高。在這裡已知的變因是被害者在寫日誌的期間遭到下藥。」

「熟悉被害者筆跡的人，知道被害者說話習慣的人，就能相當貼切地模仿出死者的筆跡，不是嗎？」

「要看那個人的技巧如何。對，我想那是可能的。」

「日誌中的第一筆紀錄，日期標記爲去年的八月三十一日。我稍微唸一點開篇的內容好了：我討厭寫這鬼玩意兒，從來沒寫過。我可不是想出回憶錄的那種人。要說起不可告人的事，我櫥櫃裡藏的骷髏多到能裝滿一座墓園呢——甚至是兩座。是醫生叫我寫這個的，只是寫給我自己看的，還有古德曼醫生也會看……若不是我的攝護腺有問題，就是我的大腦有問題。哈爾・柯恩終於說服我把這兩科的醫生都看一看。我現在在吃攝護腺的藥，大腦則得寫這鬼玩意兒。醫生問了我一些問題，我回答了，他說我好得很。可是為了讓他高興，他要我寫下我的想法以及我注意到的任何症狀。過幾個月他會再看看我。我想這麼說應該沒有問題：這本日誌是在被害者的神經科醫師古德曼醫師建議下寫的，因爲他想取得病患的症狀概述？」

「這個說法應該頗爲正確。醫師大概想在進行腦部掃描前，先確認這些症狀是壓力引起的或另有原因。我猜想醫師擔心這可能是失智症的初期階段。」

「應該是這樣沒錯。妳拿到了被害者的醫療紀錄，對嗎？」

「對，我想知道被害者是否在接受某方面的治療，因而可能影響了他的精細動作技能，並進而改變筆跡。」

我俯向被告席桌子，從面前那疊文件中拿起一頁紙，然後走向證人。

「這是法蘭克‧阿維利諾醫療紀錄的一部分，是被害者的神經科醫師古德曼醫師的看診報告。上頭記錄了血壓和生命徵象的測量值，以及身體檢查結果。最後一筆手寫紀錄寫著『RV 3/12 DY』，妳看到頁面最底下寫著這些字了嗎？」

「我看到了。」

「我原本不太確定這些縮寫的意義。我想『RV 3/12』是說三個月後複查？」

「對，沒錯。這符合被害者在日誌裡寫的內容。」

「至於『DY』，我著實困惑了一陣子，但妳是否願意勉為其難接受，它可能是日記（diary）的簡寫？」

「我不只是勉為其難接受，我贊同它就是。古德曼醫師很可能記下他想在三個月後看看法蘭克的日記寫得如何。當然，日誌中該筆紀錄的字母形態和句構也確實符合被害者的比對樣本。」

「謝謝。日記（或可稱之為日誌）的下一筆紀錄是去年九月五日寫的。我再次唸一小段：我並沒有神智不清。今天我吃完早餐走出吉米的餐廳，她就在馬路對面。兩天以來，我已經見到她兩次。她一催油門就騎走了，哈爾正好從餐廳前門走出來。他說他沒注意到她。也許哈爾頭殼快要壞去了。我馬上打給麥克‧莫丁，叫他雇用哈爾推薦的私家偵探。這一段是否符合被害者的字母形態和句構呢？」

薩瓜達點頭。「是。」

「下一筆紀錄是九月十五日，我再唸一小段：蘇菲亞昨天煮的湯還在冰箱裡，雅莉珊卓讓熟食店送來的燉菜擱在湯旁邊。我做了個花生醬配果醬三明治，倒了杯牛奶，邊吃邊看新聞。今晚感覺好一些了，幾天以來，我的頭腦第一次比較清醒。私家偵探公司打電話來，我跟他們說貝德福都沒有跟我聯絡，不管是打電話或傳簡訊都沒有。不，我不知道他在哪——老天，他跟我強調過我不會看到他。明天早上他們要派新的人員來。貝德福失蹤了，新聞報導了警方呼籲民眾提供消息的事。這一段符合被害者的字母形態和句構嗎？」

「符合。」薩瓜達說。

我等了一會兒。我在這些問題裡埋了炸藥，在我按下引爆器之前，我想先看看有誰會被爆炸波及。

雅莉珊卓的右手握住左拳，兩隻手肘都支在桌子上，下巴抵著指關節。我看到她的貝齒緊咬住下唇，眉頭緊鎖，不知是專注還是憂慮，也許兩者皆有吧。以前常聽到一種說法，凶案被害者眼裡會留有凶手的影像。這是古老的迷信，然而當我望進雅莉珊卓的眼睛，我看到她眼角微紅，彷彿她的目光仍染著鮮血。

蘇菲亞的表情柔和。她雙手擱在面前的桌上，手指伸直，像是想探觸到什麼東西——也許是真相吧。或是慈悲。我在蘇菲亞身上看不到凶手的形象，只有被害者。她在其他人手裡受了太多苦難。我猜她過去傷得太重，那種痛苦幾乎令她懷念。它成了一種慰藉，或至少能提醒她她還活著，還會痛，還會流血。有些被害者會被「失去」的痛苦給滅頂。那種痛苦奪走他們的一切：味覺、嗅覺、愛、安全感、理智。悲傷是可惡的盜賊，除非有人關住它，它會偷光所有東西。蘇菲亞看起來已經承受不起再失去了。她知道那本日誌是送她接受終生監禁的單程票，我得把它撕毀。

我轉回頭看薩瓜達。

「妳已相當公允地表示，妳的觀點主要建立在個人意見上，而對日誌作者的意見可能因人而異。如果有新的資訊質疑這本日誌的眞實性，妳願意改變意見嗎？」

文件鑑定分析並不眞的像用木盆裡的指骨來占卜一樣不著邊際，卻也不算跟那種事差了十萬八千里遠。薩瓜達仔細考慮要怎麼回答，然後說：「要取決於是什麼樣的新資訊。」

「如果新資訊能揭露，這本日誌完全是爲了這場庭審而寫的呢？」

「我不太懂。」薩瓜達說。

「我換個說法好了：這本日誌是僞造的。」

有時候在法庭內說出的一句話，效果有如一道突如其來的寒風。每個人都坐直了一點，揚起眉毛，互換訝異眼神，彷彿他們馬上要打開爆米花欣賞表演了。這是歌劇序曲最後幾段激昂的和弦，布幕即將升起。

「我已經就筆跡提出我的意見了。」薩瓜達說。

「我說的不是筆跡，我說的是日誌的內容。日誌第一筆紀錄的日期是八月三十一日，提到被害者剛看過醫生，必須爲醫療目的寫這本日誌。而根據醫療紀錄，該次就診日期是九月一日，這筆紀錄上方還寫了一行字：八月三十一日——DNA。DNA是『未報到』（Did Not Attend）的簡寫，阿維利諾先生錯過原本的預約日，重約了隔天再看診，也就是九月一日。日誌上把這次看診的日期記錯了，記錄成八月三十一日。也許寫下這筆紀錄的人知道他那天約了診，卻沒發現法蘭克錯過預約，隔天才去？」

薩瓜達望著崔爾，但沒搭腔。

「日誌中九月五日的紀錄提到被害者在吉米的餐廳吃早餐，這是被害者每天早晨都會做的事。然而，由於附近發生瓦斯外洩的意外，那間餐廳在九月五日臨時暫停營業。日誌中沒提到瓦斯外洩，也沒說去了別處吃早餐。只有當天根本沒去現場的人才會省略這些細節，理所當然地以為法蘭克就是在吉米的餐廳吃早餐的。日誌中九月十五日的紀錄提到私家偵探貝德福失蹤，說新聞也報導了，然而這起事件首次登上新聞媒體是九月十八日的事。薩瓜達博士，這本日誌的作者是某個知道法蘭克·阿維利諾大致動態的人，但並不是法蘭克·阿維利諾本人。」

「我製作報告時沒有這項資訊，我並沒有查核日誌的內容是否正確。」

「對，妳沒有。如果妳製作報告時具備這項資訊，我想妳的意見會更全面？」

她猶豫著。我給了她一條出路，不致影響她的專業判斷力。如果她聰明的話就會接受。

「驗證日誌內的資訊正確與否是執法機關的工作，不是我負責的。得知這項新資訊後，我無法再堅持自己先前的意見是對的。在這項新資訊的幫助下，我必須質疑這本日誌的作者身分。」

陪審團中有幾人倒吸一口氣或是低聲咕噥。他們原本毫無疑問地鎖定了本案被告之一，現在又被剝奪了這份篤定。這下兩名被告是有罪或無罪就跟先前一樣撲朔迷離。直到我提出下一個問題。

「地方檢察官辦公室透過哈爾·柯恩取得這本日誌，而柯恩先生現已身亡。我們對柯恩先生的財務活動做了些調查。若我告訴妳，有人最近匯了一百萬美元到柯恩先生的帳戶，妳會很訝異嗎？」

「我不知道這件事。」

「它是由雅莉珊卓·阿維利諾名下的帳戶匯過去的。這下我們不禁要問了：寫一本假日誌指出蘇菲亞·阿維利諾是給被害者下毒的人，到底對誰有好處？」

「抗議！」崔爾叫道，「與本案無關且要求證人臆測。」

「法官大人，這位是獲准提供個人看法的專家證人。」

「我允許你問這問題，但證人要小心回答。」史東說。

薩瓜達可小心了，這場交叉詰問可能損及她的專業。她未獲得充分時間好好檢視這本日誌，紐約市警局也並沒有查核它的正確性。她若想全身而退，不在個人紀錄上留下任何汙點，唯一的選擇就是背棄檢方和警方。

「我再問一次：僞造這本日誌對誰有好處？」

「嗯，顯然是雅莉珊卓·阿維利諾。她勢必極爲可能是這本日誌的寫作者。日誌將矛頭指向她妹妹，而我相信這日誌應該是假的，她可能付給柯恩先生那筆錢，讓他把日誌交給警方。」

陪審團的十二顆頭都轉過去，控訴般望著雅莉珊卓·阿維利諾。我坐下來，讓他們盡情地瞪那個殺了自己父親的女人。

48 凱特

凱特無法默不作聲地坐在客戶面前，卻不設法減低薩瓜達的證詞造成的傷害。布洛克已告訴她那一百萬的事，但她們並未向雅莉珊卓提起。看起來雅莉珊卓是在賄賂哈爾．柯恩，而柯恩之所以被殺，要嘛是因為他又要求更多錢，要嘛是他打算向警方吐實。無論是何者，雅莉珊卓都有殺他的潛在動機。

現在雅莉珊卓的辯詞面臨瓦解。凱特很懷疑自己還能做什麼來止血，但若她連試都不試，雅莉珊卓會起疑，她得做點什麼。雅莉珊卓正低喃道「不、不、不」，她的手臂和腿又開始顫抖了。她從包包取出一顆藥丸，沒配水就硬吞下去。似乎沒什麼用。凱特至少要演演戲才行。

「薩瓜達博士，妳可能沒聽到之前所有證人的證詞內容，我想提醒妳，泰勒警探已證實，警方對被害者住宅以及我客戶的公寓進行完鑑識檢驗後，沒有找到任何氟哌啶醇，完全沒有。妳接受這一點嗎？」

「我接受。」

「而我說現在妳並不能肯定地知道究竟是誰寫了這本日誌，這說法公平嗎？」

「我想是公平的。被害者可能寫了日誌的一部分，或全部，或完全沒寫。」凱特能做的都做了，她坐下來。崔爾沒有再次詰問，檢方結案了。弗林站起來，向庭上表示被告沒有證人要傳。

被告最不願意發生的事莫過於承受交叉詰問的酷刑，如果他們夠聰明就會避免。如果被告不作證，表示他們沒有機會告訴陪審團他們沒有犯案，不過另一方面，這樣的主張也不會被檢察官當眾摧毀。

「我想要作證。」雅莉珊卓說。

今天一開庭時，凱特就刻意把椅子挪得離雅莉珊卓遠了幾公分，她覺得需要保持距離。雅莉珊卓犯下多起殺人案，是個操弄及殺害父親、還嫁禍給妹妹的心理變態，且爲了確保自己不被定罪而奪去更多人命。凱特希望審判盡快結束，不只如此，她還希望自己的客戶被定罪，被關在監獄很久很久。

「我覺得這不是明智的做法，妳可能因爲試圖賄賂證人而面臨更多罪名。那是怎麼回事？妳沒跟我們說過柯恩的事。」

雅莉珊卓哭了起來，凱特心想她好像有個開關似的，眼淚和歇斯底里說來就來。

「我要他說實話啊。他說他會去找蘇菲亞要錢，誰付他錢，他就幫誰，看要說日誌是眞的或假的。我、我、我眞的眞的很抱歉，他叫我不要告訴律師。」

「現在是檢方要負責證明他們的論據，如果崔爾在交叉詰問中毀了妳，妳等於是替他省事。而且假如妳把剛才的說法告訴庭上，妳絕對會面臨更多罪名。我們就交給陪審團決定吧。」

「妳確定？」雅莉珊卓問。

「我確定。我認爲妳上台作證的缺點超過妳的想像，一定會很難看，而且會提供崔爾優勢——妳是他唯一有機會當面指控的被告，也是他唯一有機會攻擊的對象。」

凱特看到客戶在思考，算計中伴隨著恐懼。五秒，十秒。雅莉珊卓咬著濕濕的嘴唇，望向陪審團。有兩個陪審員直接瞪回來。凱特努力分辨這些眼神，他們是看著心目中的無辜者，或是等著懲罰殺人凶手？要凱特猜的話，她覺得他們看雅莉珊卓的目光，就像十歲小孩看著籠子裡的老虎：有一點著迷，背後卻湧動著強烈的認知，知道這頭猛獸會殺人。

「好吧，既然妳認爲這樣比較好，我就接受妳的建議。我信任妳，我不作證。」

凱特向庭上確認她也不傳任何證人。

「嗯，那就只剩結案陳詞了。崔爾先生……」

檢察官起身走向陪審團，他慢條斯理，勝券在握而充滿自信。凱特知道他聞得到室內的血腥味，他現在想要攻擊了。

「這場庭審進行到這裡，我們得知一些新的事情。」崔爾開口，「我們知道蘇菲亞和雅莉珊卓·阿維利諾口袋夠深，能幫自己買到厲害的辯護律師，這是無庸置疑的。」

崔爾的面部肌肉將他的嘴唇扯開，狀似一般人臉上的微笑，但凱特從未見過崔爾微笑。這笑容出現在檢察官臉上，假得就像在看腹語師的木偶下巴上下移動。崔爾是個稱職的檢察官，策略穩固、聰明、無情、堅決。但在這一刻，凱特看到的是他欠缺了什麼：人性。他跟陪審團沒有建立起融洽的關係，應該說根本沒有任何連結。她猜想崔爾自己也明白這個弱點，或是以前曾有人爲他點出來，所以他很迫切地想在這方面下功夫。

他想當個開心果，結果自己的臉差點像開心果從中裂開。

崔爾看起來令人發毛。

「但這些昂貴的辯護律師是無法阻擋通往眞相的道路的。有一項眞相、一項事實、一項絕對事物，這個法庭內沒有任何人去挑戰它，而它也是你們該考慮的關鍵：法蘭克．阿維利諾死時，他的兩個女兒都在他的豪宅裡。急救人員趕到他身邊時，他屍骨未寒。其中一名被告殺了他，或是兩人都有動手。不過現在在你們面前的被告，至少其中一名勢必是凶手。」他說，先指著雅莉珊卓，又指著蘇菲亞。

「蘇菲亞．阿維利諾選擇不作證，雅莉珊卓也是。這是她們的權利。她們的沉默表示你們沒機會聽她們說她們沒殺自己的父親，她們各自藉著律師之口否認了罪行。但既然各位沒有機會聽被告的說法，那麼你們就得運用判斷力，評估對她們不利的證據與證詞。這些可是多得很……」

他鉅細靡遺地重述警方與專家的證詞，並表示辯護律師對證據的質疑或許有理，但陪審團也可能判定那只是法庭內的詭辯。

「各位陪審員，我請求你們裁定兩名被告都有罪。如果你們認爲其中一人的罪名尙有疑慮，那就不要輕易將她定罪，但至少其中一人是凶手沒錯。也許是雅莉珊卓，因爲她試著收買證人，還僞造父親的日誌？也可能是蘇菲亞，因爲在她父親胸口的刀傷裡找到了她的頭髮？我們檢方代表人民，請你們考慮到她們都有殺害父親的動機和機會，而鑑識證據也將兩姊妹都與這起可怕的罪行連結在一起。謝謝。」

艾迪站起身，手裡拿著六頁紙。是篇講稿，已經寫好準備唸出來了。凱特認爲內容應該很有膽識，以無罪推定爲主題激勵人心，並提及我們司法系統與憲法的基礎。她心想艾迪大概幾天前就開始寫他的講稿，並隨著證據累積而添加及修改內容。完成之後，他會像她一樣對著鏡子練習、精修，雕琢每個字詞，直到演說完美無瑕，清楚有力地傳達出訊息。

陪審團默默等待。艾迪把那些紙拋在被告席桌子上，任由它們散開。

「我不需要唸我的講稿，我甚至不需要跟你們談本案的證據，我知道你們一直都很專心，所以我就不浪費你們時間。做正確決定吧，判蘇菲亞．阿維利諾無罪。」

說完他就坐下了。

如果他手上有麥克風，他肯定會往桌上一丟。

「布魯克斯小姐，」史東法官說，「妳有沒有什麼話要跟陪審團說？」

凱特吞了吞口水，看著自己寫的講稿，然後將它翻過去正面朝下放到桌上。她站起身，拉平上衣，繞過桌子走到陪審團前方。

「我的客戶……」她說完便僵住了。

我的客戶殺了她父親，與父親的朋友哈爾．柯恩，一個藥劑師、一個收銀員，可能還有麥克．莫丁，也許還包括她母親和繼母，以及天知道多少人。

該怎麼擔任已知有罪者的律師？該怎麼站在那裡告訴陪審團那個人是清白的？爲什麼她第一場庭審就得遇上這種事？這些問題在她腦中亂滾，就像圓形轉桶中的賓果球。

「各位陪審員，我在這場庭審開始前就寫好了結案陳詞，那是我學習到的做法。庭審開始前，我爲客戶準備了辯詞，我知道自己要強調哪些重點，也知道本案會討論哪些議題。我寫講稿時，心裡想著這些重點，我想要提醒你們這些重點。像是鑑識證據並不可靠、檢方的論據有哪些漏洞、共同被告有什麼謀殺動機……」

她再次停頓，讓靜默籠罩室內。有兩個陪審員坐直了一點，他們在認眞聽。他們不知道她想表達什麼。

凱特自己也不知道。

「但我現在不打算這麼做了。我想你們都已有定見，都已經充分理解證據。我要請你們秉持公正、不帶偏見，做出我的客戶應得的裁決。」

凱特並沒有告訴陪審團她的客戶應得什麼裁決。她將結案陳詞完成了，而她沒有對她律師生涯中第一個陪審團說謊。

她站得很直，抬頭挺胸地回到被告席，她問心無愧。

至少在裁決結果出爐前是如此。

49 艾迪

身為庭審律師，我們聽到某一句話會特別膽戰心驚。現在這句話就在我的手機螢幕上跟我大眼瞪小眼。它是我幾秒前收到的訊息。

他們回來了。

陪審團才離開法庭四十八分鐘。

四十八分鐘的時間可以做很多事。

可是有一件事無法在四十八分鐘內辦到，那就是針對紐約市有史以來最錯綜複雜的謀殺案庭審，做出公平而不偏頗的裁決。那是不可能的。大概是陪審團有什麼疑問要提出來，我心想。並不是做出裁決了。

不可能是。

但的確是。我內心深處知道是如此。我扔掉咖啡，轉身走回法院。

我從掛在法院大樓外旗杆上那面飄飛的破舊褪色星條旗下走過，渡鴉向我提出抗議。已經死了好多人。也許在事情結束之前，還會有人死去。我小時候住在布魯克林區一間寒傖的小房子裡，當時母親告訴我世上沒有怪物。我小時候讀過怪物和巫婆從父母身邊抓走小孩帶進森林的故事，母親說那都只是童話。世上沒有怪物，她說。

她錯了。

刑事法院大樓的電梯很老舊，慢得讓人抓狂。我搭電梯到我要去的樓層，出電梯沿著走廊到法庭，跟著大家進門。我走到被告席，在我的客戶旁邊坐下。

陪審團魚貫走進來時，窸窸窣窣的說話聲安靜下來。

他們已經將書面資料交給書記了，那是他們在陪審團室裡就準備好的文件。我的客戶說了什麼，但我沒聽清楚。我聽不清楚，血液奔流的聲音塞滿我的耳道。

我相當擅長判斷陪審團會傾向哪一邊，我看得出來。而且我每一次都說對了。

這是我第一次說不準裁決結果會如何，我陷得太深。在我心裡，我覺得是五五波。裁決結果的機率簡直可以用擲硬幣來比擬，五十、五十。我知道我希望有什麼結果，現在我曉得凶手是誰，我只是不確定陪審團是否看得清真相，我摸不透這個陪審團。

書記站起來，對著陪審團主席發言。陪審團主席是個高大的男人，身穿格紋襯衫，有雙做粗工的手。

「就這些事項，你們是否全體達成共識並做出裁決？」書記問道。

「是的。」陪審團主席說。

書記說：「就蘇菲亞．阿維利諾公訴案，你們裁定被告有罪還是無罪？」

陪審團主席直視前方，這不是好兆頭，通常如果陪審團要判無罪，他們會看著被告——他們等著看清白的被告露出如釋重負的表情。這就是司法成功的要訣：它是一種權力。

我垂下頭，我不敢看。哈利握住我肩膀，我從他的勁道感覺出他有多緊張。

此。

鴉雀無聲，連呼吸聲都聽不見。法庭內有如墓穴。我毛骨悚然，深恐蘇菲亞將被埋葬在此。

陪審團主席清了下喉嚨，他開口時彷彿是從屋頂上喊叫，聽起來像從我頭頂遠處傳來的。

「無罪。」

有一股低沉的聲響在逐漸累積。蘇菲亞抓住我手臂大叫一聲，聽起來既像人類也像動物。那聲低吼揉合痛苦與安心，有如當事者肉裡的一根刺被拔了出來。

「就雅莉珊卓．阿維利諾公訴案，你們裁定被告有罪還是無罪？」

這次沒有停頓，沒有任何遲疑。

「有罪。」

現在喧鬧聲怎麼也壓不住了。雅莉珊卓喉中發出的聲音與蘇菲亞相反，沒有安心，只有痛苦和憤怒。她的雙手由身側迅速揚起，凱特試著安撫她。

根本沒辦法讓這間法庭安靜下來，旁聽席議論紛紛，史東法官只能跟凱特說他改日再決定她客戶的刑期，然後就解散陪審團、撤銷雅莉珊卓的保釋令，並宣布休庭。

崔爾仍在朝空氣揮拳，帶著惡狠狠的滿意笑容看著法警拿著手銬走向雅莉珊卓。她向後縮，嚷道：「**不不不，他們搞錯了，是我妹妹才對！**」

他們把她壓住，上銬帶走，凱特跟在後面。他們通過側門離開之前，凱特轉身看到我，對我比了個大拇指。凱特的心情一定很複雜，她一直以來都爲有罪的姊姊說話，她也知道。然而，現在她做了對的事。

一隻大手拍在我背上。

「我們做到了，艾迪。我們逮到她了。」哈利說。

「我眞不知道這個陪審團打算怎麼做，完全沒把握。」

「從你揭發日誌是假的以後，就不會有別的結果了。」他說。

「眞的嗎？我感覺不到耶。我就是算不準會是怎樣，這案子讓我迷失了，在中途的某個時刻。」

「你很久沒好好睡覺了，我很訝異你還能站著。沒關係啦，你總不可能每次都算得那麼準。去休息吧。」他說。

他吸了吸鼻子，跟著蘇菲亞走，她已淹沒在人群裡。記者在對她吼著各種問題，噪音和相機閃光燈亂成一團。崔爾也被記者包圍，他露出那副可憎的勝利者表情，表達對他團隊的感謝。

我推擠著突破人群外緣，低著頭走向門口。結束了，凶手被羈押了，蘇菲亞自由了。世界上如果眞有正義，也鮮少反映在裁決結果中。正義無關乎對與錯，人都會犯錯，無論是罪犯或陪審員。裁決結果經常有瑕疵，因爲人本身就有瑕疵。這次的裁決是正確的，我離開法院時抬頭凝視星條旗，感覺也許這面旗子的狀態其實恰到好處。我需要回我的辦公室去。

我想睡到明年。

50 艾迪

裁決結果出爐後不到一小時，我已回到辦公室裡屋，閉著眼躺在行軍床上，空空的胃裡有兩指深的威士忌在晃動，眼皮闔得死緊。

我的身體想要睡眠，我的大腦也是。我從未感到如此疲憊。接連數月夜裡失眠、白天耗神，終於壓垮了我。

可是我睡不著。

我滿腦子都是哈波。殺她的凶手仍逍遙法外。雅莉珊卓可能殺了哈波，我很難抗拒這個想法，可是除了哈波在調查蘇菲亞的案子之外，雅莉珊卓與這起凶案扯不上任何關聯。如果哈波去富蘭克林街的房屋時看到了什麼線索，因而雅莉珊卓必須將她滅口，我卻看不出是什麼線索。我只有一些理論，而且全都不著邊際。

思緒在我的腦袋裡撞來撞去，我幾乎聽得到它們咚咚作響。

我坐起來。

我真的聽到咚咚聲。

有人在敲我辦公室大門。

我穿上T恤和牛仔褲，走進辦公室。外側那道門是毛玻璃，我看得出門外有人。我拉開書桌抽屜，拿了一副黃銅手指虎戴在右手。如果門外的人不是哈利或凱特，我會先把對方打暈，晚點再問問題。哈波就是因爲打開大門而死的。

又是一陣咚咚響，這不只是單純的敲門而已，門外的人似乎來者不善。

我吸了一口氣，跨向前，右手臂擺好出拳姿勢，然後猛地拉開門。

不是哈利，也不是凱特。

但我並沒有把那人揍暈。

門外的人穿著灰色緊身牛仔褲、黑靴子、深色花襯衫，外頭搭藍色休閒西裝外套。布洛克沒有打招呼，她什麼話也沒說。她瞪著地板，彷彿視線能穿透它看到底下的混凝土和金屬。她沉浸在思緒裡，也因別的事而失魂落魄。她看起來像要傳遞噩耗——說你的親戚出了車禍之類的。不論是什麼事，她都難以啓齒。我想說點什麼，但我覺得要是我開口，她可能會用其中一隻馬汀靴踹我的臉。這時我想起布洛克惜話如金，於是推想我應該冒著被靴子踹的風險，好歹打破僵局。

「布洛克，妳還好吧？」我說。

她沒動，臉部肌肉沒有一絲抽搐，沒看我。她只說：「不太好。」

「怎麼了？是凱特嗎？她還好嗎？」

「她不知道我來，還不知道。我可以進去嗎？」

「當然可以。」我邊說邊退開。我脫掉手指虎，讓它落在桌上。

雖然我請她坐，布洛克仍沒坐下。我說要幫她倒杯喝的她也搖頭。

「好吧，妳得幫我一把。我明白出了某種狀況，跟我說吧。」

「到頭來，實在太簡單了。」布洛克說。

有時候只要一句話，就能改變你看事情的角度。我感覺這案子某部分像一扇關閉的門，而布洛克剛才將它推開了一吋。

我早該知道陪審團會將雅莉珊卓定罪，判蘇菲亞無罪。哈利就很確定，唯一看不出這結果的人只有我。現在我知道爲什麼了，我從布洛克的表情看得出來。我不只是疲憊，我還有疑問。我對所有事都不確定，那股疑慮使我沒有錨點。我在水面上亂漂，被悲傷迷霧包圍。而我並沒有全神貫注。這案子的鑑識證據靠不住，毛髮及纖維專家還有齒印專家都不值得信賴。就算崔爾設法影響了他們的報告內容，讓他能同時指控兩名被告，我也不意外。到頭來那都不重要，因爲陪審團兩個專家都不喜歡。

「有兩件事讓我耿耿於懷。」布洛克說。

她停頓。談話對她而言並不容易，她得先做心理建設。最後的餘暉透過對面布滿汙垢的窗戶灑進，她望著在光束中飄浮的塵埃微粒。

「我想日誌有一部分是眞的。法蘭克發現是誰在給他下毒，於是準備修改遺囑，而這就是他被謀殺的原因。氟哌啶醇，是液態的，白色大瓶子。警方怎麼會一點殘跡都沒找到，法蘭克又怎麼會沒注意到她把那東西加進他的食物？」

「嗯，也許她很小心？」我說。

「她餵他吃了好幾個月，他都沒看過半次，她也沒弄灑過半滴？但他卻還是設法察覺了？」

「她非常小心？」我說。

「這是我在意的第二件事。這幾乎是完美的犯罪，她眞的很謹愼。殺死證人，處心積慮計畫，然而她卻馬虎到在假日誌裡寫錯『二』個細節。」布洛克說。

我腦中的那扇門豁然洞開。我們面面相覷。證明那本日誌是假的實在太容易了。這個念頭有如一副手銬，將我們的眼神與心思牢牢扣在一起。

布洛克說的這寥寥數語已足以傾斜我的世界。有時候你從完全錯誤的角度看事情，會導致你對眞相視而不見。

「妳和我在想同一件事嗎？」我說。

她沒回答，只是朝我迅速瞥一眼，然後又望著地板。

「我們還是不知道哈波爲什麼被殺。我已經反覆看了富蘭克林街的檢視影片無數次，我心想也許她在富蘭克林街那棟屋子裡看到什麼對姊妹之一不利的線索，並拍照存證。也許她當時根本沒發覺那是線索，但她留下照片了。或許我錯了，我也沒有她的手機照片可以確認，但她只可能因爲這樣才成爲法蘭克的凶手的目標。哈波比我聰明，人品也比我好，我必須爲她查出眞相。」

「馬上就要天黑了，我想再去富蘭克林街的屋子裡瞧一瞧。」她說，「你想一起去嗎？」

我想。我想親自看看，但在做任何事之前，我得先確認行動方針。需要證實一些事。我對氟哌啶醇有個想法，得去查清楚。

「妳帶哈利一起去吧，要是被警方發現，有個前資深法官同行會有點幫助，紐約市沒有哪個警察不知道哈利・福特是誰。妳要告訴凱特這件事嗎？」

「先不要。」布洛克說。

「等妳離開富蘭克林街再跟她說，不然她會想跟妳去。要是她被逮到擅闖民宅，她的律師生涯還沒開始就結束了。」

布洛克點頭，問道：「你要跟我們來嗎？」

「我不能去，我還有更重要的事要做。」

「像是什麼？」

「我要打給一個老朋友，然後我要買份報紙去醫院。」

「你沒事吧？」布洛克問。

「我有事得很。」

51 哈利

從布洛克位於艾奇沃特的住處開到富蘭克林街只花了一小時，但哈利已經後悔自己決定負責開車了。有柔軟車頂的二十年老敞篷車並不是寒冷夜晚開長途的理想交通工具。天空下起小雪，車頂的裂縫開始往哈利左大腿上不停滴水。以哈利的年紀，他對寒冷比大部分人更敏感。他的圍巾和長大衣緊緊裹在身上，衣領豎起，戴著手套，卻仍瑟瑟發抖。

車內的對話也一樣毫無溫度。布洛克希望由哈利開車，她必須專心，思考一些事。哈利當時沒有反對，現在卻眞希望自己沒答應。

哈利從布洛克口中聽到的話不超過十二個字。她的地址、他們抵達她家時她說「在這等」，之後她回到車上時說「走吧」。就這些了。現在再開幾分鐘，就到富蘭克林街了。

「別停在房子外頭。開過去，停在下一條街。」布洛克說。

他們從法蘭克．阿維利諾被殘忍屠殺的房屋外駛過。房屋一片漆黑，和夜晚一樣冷。哈利遵照她的吩咐，停在一個路口外。

「我敢發誓，車外還比較溫暖。」哈利踏上人行道時說道。布洛克從憋得要命的綠色小跑車裡鑽出，伸展背部，低頭睥睨這輛車。

「這是經典車。」哈利說。

「爛得很經典。」布洛克邊說邊從前座拿起一個袋子。

他們頂著小雪走向房屋。街上沒什麼人，富蘭克林街上除了偶爾經過的車輛外，更是一個人也沒有。哈利從大衣口袋拿出一頂豆豆帽戴上，盡可能往下拉蓋住耳朵。布洛克似乎不怕冷，就算她覺得冷，也沒表現出來。

她戴上綠色皮手套，拉開袋子，同時走向房屋大門。她從袋子裡取出某樣東西，跨上三級門階，站在門前，裝作用凍僵的手笨拙摸找鑰匙的模樣。哈利站在她身後，盡可能擋住路過車輛的視線，並聽著類似小型鑽孔機發出的呼呼嗡嗡聲。

他們在大門前只待了三十秒，哈利便聽到門鎖打開，門板向內推開。

兩人未交談，只是跨進屋內，布洛克在哈利身後把門帶上。

她給了他一支小手電筒，跟原子筆差不多大，說：「別往窗戶的方向照。」

「妳不覺得等妳們提出上訴後，崔爾就會讓妳和凱特回來檢視現場了嗎？」哈利問。

「那要等多久？」她反問。

與其說這是個問句，不如說它成功結束了話題。嚴格來說，這是破門闖入，他倒也不是第一次違法就是了。跟艾迪·弗林當朋友，還要循規蹈矩，難度高得出人意料。艾迪遲早會帶所有人偏離正道——當然是出於正當理由。

幸好屋內很溫暖。這房子有用定時系統設暖氣，來避免管線結冰而爆裂。他跟著布洛克走進廚房。這裡與他上次來時不同，但哈利一開始搞不懂是哪裡不一樣。布洛克慢慢拉開冰箱門，只拉開幾公分，她不想讓廚房充滿光線。她把頭湊向冰箱門縫，哈利過來察看。冰箱內空無一物，他們連隔板都帶走了。這時候他才恍悟是哪裡改變了。他上次來的時候，有些裝著玻璃門的櫥櫃後頭擱著水晶葡萄酒杯、高球杯和威士忌杯，現在那些雕花玻璃門後什麼也沒有。哈利拉開一個抽屜。沒有餐具。

快速檢查一遍廚房後，哈利發現所有馬克杯、咖啡杯、玻璃杯、碗、盤子、平底鍋、刀叉都被帶回去檢驗。任何能用來吃喝或烹飪的器具都不見了。他們甚至將洗碗機都拔出來帶走。

「結果這些東西上連半點氟哌啶醇都沒驗到。」哈利嘟囔。

布洛克不發一語，只是往樓上走。她要跟影片中的哈波走同樣路線，看同樣的東西，試著看她看到了什麼。

哈利嘆口氣，跟著她爬上頂樓，到法蘭克·阿維利諾的臥室。臥室的雙開門敞著，布洛克站在門口，用手電筒照著房間內。她的目光跟著光束緩緩掃動，先是看地板，然後看遍每個角落。她跨出一步，再一步，手電筒慢慢移動，她的焦點保持絕對的專注。

「看到什麼了嗎？」哈利問。

布洛克沒回答，哈利甚至不確定她聽到了沒。哈利走進房間，在布洛克身後保持安全距離，不想侵入她手電筒的光束範圍。地板很堅實，不論踩在什麼位置都不會嘎吱作響。哈利的手電筒一直往地上照，當布洛克走向床鋪，將注意力集中在染血的床墊上，哈利走向臥室內附的洗手間。大部分的血都被床墊吸進去了，地上沒什麼血。地上鋪著又厚又軟的淺色地毯，血跡很醒目，只有一些飛濺的血珠，沒有蓄積的血泊。兩個女人衣服上都染了大量血漬，她們說是因為抱著父親，想確認他是否還活著才會沾到的。很難證明這種說法是假話。哈利看過照片，在這臥室裡接觸到法蘭克．阿維利諾的人，勢必都會搞得滿身血。

室內有個床邊桌，上頭沒有書，只有一盞檯燈和面紙。房間另一側擺著五斗櫃，看起來完全未受影響。五斗櫃上擱著一面鏡子，飛濺的血跡並沒有噴得這麼遠。哈利將手電筒指向天花板。那裡什麼也沒有，沒有血跡。除了床上方的牆上有幾條血痕之外，牆壁上也幾乎都沒有血跡。

布洛克不慌不忙地湊近血漬，那是屋子裡僅剩的真正實質證據。哈波當初也花了時間做這件事。哈利在一旁看著，然而過了一會兒之後，他實在看不出布洛克到底在找什麼。他關掉手電筒，打開附屬洗手間的門走進去。洗手間內沒有窗戶，哈利關上門後打開電燈。這裡頭沒有淋浴間，只有馬桶和小小的洗手台，搞不好是用壁櫥改建成的。法蘭克的臥室隔壁另有一間豪華的大浴室，裡頭有按摩浴缸以及大到能容納一整支籃球隊的淋浴間。

寒冷與年齡的綜合因素使得哈利需要上廁所。他掀起馬桶座墊，叼住一手手套的指尖部位，這時聽到某個聲音。他整個人僵住，一股寒意掠過皮膚。

「哈利！」喊聲再度傳來。

是布洛克。

「這裡面沒有窗戶，我得開燈上廁所。抱歉，我年紀大了。」

「哈利！」她又喊了一聲，這次語氣更加緊急。

「怎麼了？」

「出來一下。」布洛克說。

哈利轉了一百八十度，往前跨兩步。他朝門把伸出手，握住它，慢慢轉動。金屬把手轉動時發出磨擦聲。

「停。」布洛克說。

「什麼？」

「你在轉門把嗎？」

「對啊。別擔心那聲音，是機械在嘎吱響，只是我弄出來的聲音。」

雖然哈利很喜歡凱特，但他對布洛克並不是很有好感。她沉默寡言，個性就和他背後的馬桶一樣「鮮明」。然而，他知道她很聰明，該說話時就會說話，而對她說出口的話就不能要求太高了。如果哈利要進行一個案子，他會希望與布洛克合作，但他知道自己不會想邀她在工作完後一起喝杯啤酒。他年事已高，自認無法承受太多場與布洛克的對談。

他慢慢轉動門把。整個轉開以後，門把停住，哈利關掉電燈，打開門。他走出來，看到布洛克盯著他，表情很古怪。

「我知道哈波爲什麼被殺了。」她說。

哈利的嘴唇在動，甚至有發出聲音，但那不是話語。他只是無意識地嘟囔，直到稍微恢復過來，能夠控制自己的舌頭。

「妳、妳、妳什麼？」

布洛克張開嘴唇，吸一口氣，準備告訴他當哈利在廁所裡的時候，她有什麼發現，但她沒機會開始。她突然瞪大眼睛，兩人都站著不動。

有個聲響。

關門聲。

是大門。金屬相碰的關門聲，以及鑰匙串丟在大理石廚房檯面上的叮噹響。有人在樓下。

布洛克將食指抵在唇上。哈利僵立著，短淺地呼吸，緊盯布洛克的眼睛。如果樓下是警察，他們麻煩大了。如果是蘇菲亞，他們很難自圓其說。

「到床底下，快。別出聲。」布洛克悄聲說。

哈利趴跪在地，然後整個人臥倒。床底夠高，他將身體挪進去。布洛克從另一側爬進來。他們能看到臥室敞開的門，走廊上沒開燈，還沒有。他們被困在這上頭了。布洛克拿出手機，開始打字。

52 艾迪

在西奈山醫院的私人病房裡，有個我從未見過的男人躺在床上沉睡。他面色安詳，頭上和臉頰仍纏著繃帶。他的右腿打了石膏，用吊帶架高，看起來並不怎麼影響他。很難判斷他右手臂也打了石膏，橫放在他的大肚腩上。

我推開他私人病房的門，在門口等著他看見我。他似乎不認得我。我已經盯著他看了幾分鐘，我確定沒見過他。

「你是誰啊？」他問。

他的膚色白得像死人，跟他垂死般的沙啞嗓音很搭。他的嘴唇火紅乾裂。

我沒回答他，而是走進房間好看得更仔細。

「你是醫生嗎？」他問。

另一個人進到病房。「帽子」吉米在床邊坐下。

「你感覺怎麼樣？」吉米問。

「不錯。好多了。」男人說。

「東尼，這位是艾迪．弗林，他是我的好麻吉。艾迪，這是小東尼P，就是我跟你說過的人。他過馬路時被車撞了。」

「幸會，」我說，「我想問你幾個跟你車禍有關的問題。」

「你是律師？我、我、我不想告任何人，我沒看到車牌號碼，我不知道是誰撞我的。」

他臉上滲出汗珠，沒受傷的那隻手微微顫抖。他很緊張，雖然他沒有道理緊張。

「就我了解，你把車停在吉米的餐廳附近。當時是大清早，你正要去上班。你剛下車，就有一輛摩托車直接撞上你，把你夾在機車和車門間。你是這麼告訴吉米的，對吧？」我問。

「對啦，對啦。我下車前大概忘了先看一下後照鏡，大概只能怪我自己。」

吉米看著我，我點頭。

「根據一些目擊者的敘述，那個機車騎士幾乎把你的車門整個撞掉，然後還用腳蹬地把機車退回來，再用前輪壓你的頭？我聽起來不像意外啊。」

「我不知道發生什麼事，我不記得了。我記憶中最後一幕就是走下車。」東尼說。

「你這輛車是新買的？」

他嚥下一口口水，說：「對啦，對啦，全新的。我收到一筆賭金，十萬美元。我正覺得時來運轉，就發生這種衰事。」

他抬起沒受傷的手臂，彷彿要提醒我們他身受重傷。

「我該死地頭破血流啊。不知道耶，我下車前應該多注意的。」

「我要吉米找他的組頭們聊一聊，還有在曼哈頓任何收賭注的莊家，問他們有誰在過去半年內付了十萬元賭金。你猜他們怎麼說？」我問。

「我不知道，我是說我……」

「認識你的組頭說你下了更多賭本，但並沒有回收。而且去年他們沒向任何人付過六位數的賭金。」

「聽著——」他開口。

「告訴他實話，」吉米說，「如果你撒謊，我會知道，然後我會生氣。」

「我沒撒謊。」東尼說。

腦筋正常的人都不會對「帽子」吉米撒謊，尤其如果你替吉米工作，做這種事等於拿到往哈德遜河底的單程票。我需要這傢伙全都招來。

「東尼，這件事你有一條出路，」我說，「那就是跟我說實話。我告訴你我是怎麼想的，如果我說中，你就說對，如果我說錯，你就說不對，懂嗎？現在只有說實話才救得了你。」

「我——」

「閉上嘴，專心聽。你是個快餐廚師，你已經在吉米的餐廳工作兩年了。之前吉米有個叫法蘭克·阿維利諾的朋友每天都會到餐廳吃早餐，他會在店裡邊喝咖啡邊跟一些人會面，然後才開始一天的生活。到目前爲止我說得都對嗎？」

他現在在發抖。他眨去眼中的汗水，點點頭。

「很好。是說，法蘭克·阿維利諾被下毒了，應該說被下藥，持續了好幾個月。結果警察在他家沒找到任何毒藥的殘留痕跡，連一滴都沒有。我在想，也許那毒藥從沒進過他家。我在想也許有人付錢要你每天把毒藥加進法蘭克的早餐蛋裡，我想那人付了你十萬元，你乖乖完成任務，後來付你錢的人卻擔心了，擔心也許十萬元不足以塞住你的嘴，所以那個人就試著讓你永遠開不了口。目前我表現如何？」

「那不是毒藥。我對天發誓，她說那是藥物，是藥物。她說他在家不肯乖乖吃藥，所以我應該偷偷加在他的蛋和臘腸裡……」

吉米抹了抹臉，低下頭，氣惱地呼出一大口氣。

「幫忙在別人食物裡加藥，就給你十萬元小費，還眞是出手闊綽啊。」我說。

「我發誓——」

「閉嘴。」吉米說。

我原本拿著一份《紐約時報》貼在腿邊，現在我把它舉到東尼面前，將頭版正對著他。

「你見過那個女人，那個付你錢、給你氟哌啶醇，後來又想殺你的女人。她的照片在頭版。」我說。

頭版有兩張照片，這場審判已抓住讀者聳動的想像，報紙下半頁是雅莉珊卓和蘇菲亞昨天走出法庭時的照片。特寫。呈現出她們面臨個人的噩夢時，那股沉重的堅決。

「是哪一個？」我問。

他閉上眼。東尼陷入難以自拔的大麻煩，現在他不得不付出代價。

「當時她想刺我的臉，但她失手了，還弄掉刀子，它一定滑到我車底了。然後她就用機車壓我的頭，她瘋了。」他說。

「嘿，東尼。」吉米說，「我知道你可能怕死這位女士了，畢竟她差點宰了你。不過你看，她又不在這，你不用再怕她了。你應該要怕我才對，因爲我會宰了你。你懂嗎？」

東尼睜開眼，點頭如搗蒜，然後把一根手指戳在報紙上。我探出身去看他指的是誰。

「你確定？」我問。

「我確定。就是她。」

現在我得救東尼P。

「吉米，東尼要作證說他替她弄到氰哌啶醇，且收到豐厚報酬。他還要說在她父親被謀殺後，她問他氰哌啶醇是從哪弄來的，而他告訴她是跟哈伯曼一家藥局買的。然後他要說她想在街上殺了他。東尼，你會配合吧？」

「你怎麼說我怎麼做就是了。」

「因為如果你跟警察說實話，作證說你在吉米的餐廳給客人下毒，會害到吉米的生意。那如果你完全不作證的話，吉米又沒有理由留你的命了。所以你會聽我的？」

「我會聽你的，我發誓。」

我留下報紙，向吉米道謝，接著衝向門口。

「別殺他，我需要他。」

「條子來找他談的時候他還會有呼吸的。在那之後，誰知道他還能呼吸多久？」吉米說。

53 艾迪

富蘭克林街那棟房子看起來平靜無波。有輛舊麵包車停在屋外，我從麵包車的後窗往裡瞧，看到車內堆了一些箱子，還有另一樣東西。我在夜風中站了一會兒，側耳傾聽。這座城市難得安靜一回，只有遠方的車流聲。

我走向房屋。大門沒鎖。儘管如此，我仍敲了門，一邊進屋一邊高聲打招呼。門廳的邊桌上亮著一盞桌燈。我再次呼喊，向前移動，直到看見廚房和客廳。

蘇菲亞站在半明半暗的客廳裡，桌上另一盞桌燈的光芒映在她眼中，讓她的雙目彷彿在燃燒。

「艾迪，你怎麼會來這裡？」她說。

她面前的茶几上擱著一面棋盤，上頭的棋子擺放的位置像是一局棋賽熱戰方酣。

「我來看看妳好不好。」

「你怎麼知道我在這裡？」

「妳公寓沒人應門。這棟房子現在應該歸妳了，我想妳也許在這裡。我看到外面有輛麵包車，妳要搬過來了嗎？」

「我想說把一些東西拿來這裡放好了。我想找事情忙。」她說。

「那是妳的棋盤嗎？我是不是打擾妳下棋了？這裡還有別人嗎？」我問。

「這裡沒有別人。對，這是我的棋盤。這是我姊姊的棋局，是我們小時候開始下，但始終沒下完的那盤棋。」

她伸手往下挪動一個騎士。

「現在下完了，」她說，「我贏了。」

燈光似乎在她眼底深處移動，讓她雙眼發亮，有如月光下跟蹤獵物的掠食者。那個畏縮、溫順的蘇菲亞消失了。她姊姊正等著爲謀殺法蘭克被判刑，而蘇菲亞已洗脫罪名。她高枕無憂，全身煥發自信的光芒。

「妳絕對是贏了，」我點著頭說，「妳一定眞的恨透了雅莉珊卓。」

「早在她殺死爸爸很久之前，我就恨她了。她把媽媽推下樓梯時，奪走了我的一切。」蘇菲亞說，「那是意外，愚蠢的意外，她不是故意要殺死她的。我並不是氣雅莉珊卓奪走我們的母親，而是這件事太早發生了。我恨媽媽，我希望有朝一日下棋時打敗媽媽。我想要長大後讓媽媽知道我比她強，也比雅莉珊卓強。我想傷害媽媽，結果她剝奪了我的機會。她死了我就傷不了她了，雖然我有試過。後來爸爸就把我們送走了，我也失去了他。她活該爲她做的事活在地獄裡。」

蘇菲亞有了劇烈轉變，無論是外貌或態度都截然不同。我感覺自己首次眞正看見她，所有事都開始有脈絡可循了。她與雅莉珊卓之間深仇大恨的眞正原因，現在也變得明朗。當她說她試過在母親死後傷害她，我完全知道她指的是什麼。雅莉珊卓在樓梯頂端推珍，害她摔下來，但珍死後咬她的人是蘇菲亞。

蘇菲亞甩甩頭，像是大夢初醒。「你要喝咖啡嗎？」

「好啊，謝謝。事情有些新進展，我想向妳報告一下。」

她帶我到廚房，把剩下的燈都打開。檯面上有一部新的咖啡機，才剛從紙盒拿出來，紙盒還在旁邊。她告訴我，法蘭克從不喝咖啡，他晚年比較愛喝茶。她在水箱裡裝水，插上插頭，填入新鮮咖啡粉，然後啓動讓它濾煮。

「凶手總是會失誤。」我說。

「你發現一個失誤？」蘇菲亞用平穩而好奇的語氣說。

「我發現兩個失誤。她留下一個證人的活口，那人可以指認她。」

她打開櫥櫃，尋找馬克杯。一個都沒有。

「他們把馬克杯都帶走了。」她說。她又打開更多櫥櫃，什麼都找不到。

「我猜咖啡是喝不成了。」我說。

「看來是這樣沒錯。抱歉，你剛才說證人怎樣？」她繞過廚房中央的小型早餐桌，站在離我只有一公尺左右的距離。雖然屋子裡很溫暖，她仍穿著長大衣和靴子。

「她付錢讓那個人在法蘭克的食物裡下藥，那個人以前在吉米的餐廳工作。」

「我的天啊！他跟你說什麼？」

「他現在正在跟警方談。他說他是收了錢來做這件事的。」

她低頭盯著地磚，消化這項資訊。

「我還是不敢相信她這麼做，她是我姊姊啊。」蘇菲亞說。

「這不是她唯一的失誤。」

「眞的嗎？」

「是啊，但妳不用擔心，眞的。現在都結束了，蘇菲亞，妳已經沒有危險了。我只是想來一趟，確保妳沒事，剩下的就交給警方。」

「你確定你不想去吃點東西嗎？或者我們也可以待在這裡叫外送？」

「我確定。」我邊說邊走向她，「我很慶幸事情結束了，我好擔心若是妳被定罪，妳在獄中會撐不下去。妳可以把這件事放下了。我知道需要時間，但妳能做到的。妳現在是大富翁了，妳擁有一切。」

她張開雙臂朝我走來，我迎向她，與她相擁。剛才我讓大門開著，現在我花了幾秒用力聽。我聽到遠處有警笛聲。

「謝謝。」她說。

我輕拍她手臂，我們鬆開對方。

「我該走了。」我邊說邊向後退。

咖啡機開始咕嘟咕嘟地吹起號角，宣告它已煮好。

「另一個失誤是什麼？你說你發現兩個？只是好奇啦。」

我聽到一輛車停在屋外，發出微弱的煞車聲。「九一一報案電話。」我說。

「怎麼說？」

「嗯，人在奪取性命後，情緒會相當激動。腎上腺素飆升，血脈賁張……之類的事。在那當下是很容易犯錯的。是這樣，當她打電話報案時，她說她知道姊妹在洗手間裡，因爲她看到門底下有腳的影子。大約二十分鐘前，我收到朋友的訊息。原來從妳父親的臥室根本看不到關上的洗手間門底下有沒有腳或腿的影子，即使門內有人正在轉門把都看不到。所以她怎麼會知道她姊妹在裡面呢？」

蘇菲亞表情驟變，原本親切滿足的表情轉化成別的神態。她瞇起眼睛，嘴唇緊繃在牙齒上。

「在報案電話中說這些話的人不是雅莉珊卓。」她說，朝我跨出一步。

「我知道。妳知道雅莉珊卓在洗手間，是因為妳看著她進去，然後妳才打給九一一。哈波拍了一張洗手間關著門且開著燈的照片，要是我們仔細研究那張照片，就會發現門底下根本透不出燈光，所以妳才趁哈波還沒細看照片前就殺了她。小東尼P也沒指認妳姊姊，他指認的是妳。」

我退後，說：「你們可以逮捕她了。」

泰勒警探繞過牆角走進廚房，後頭跟著索姆斯。

「蘇菲亞．阿維利諾，我是紐約市警察。馬上轉過身，雙手放在檯面上。」泰勒說。

我退開來等著。

蘇菲亞搖頭，冷靜地說：「少鬼扯了，全是狗屁。我爸爸的謀殺案我已經獲判無罪，你們不能再讓我受審——那會變成雙重追訴。」

「女士，轉過身並將雙手放在檯面上，現在就做。」泰勒說，作勢去拿腰間的槍。

蘇菲亞雙手舉高，慢慢轉身，將手放在檯面。

泰勒放開槍，走向蘇菲亞說：「我得為妳搜身，妳身上有任何武器嗎？」

「沒有。」

泰勒伸出雙臂，按在蘇菲亞肩上。他開始隔著她大衣探觸，雙手順著背部往下搜尋隱藏的刀具。他一邊搜身一邊向蘇菲亞宣讀權利。

「我現在因爲妳涉嫌謀殺阿夫札爾．賈特、佩妮．賴特曼、哈爾．柯恩以及伊莉莎白．哈波而逮捕妳，妳有權保持沉默——」

「簡直是鬼話連篇，根本沒有證據將我跟這些謀殺案連結在一起，一項證據都沒有。某個嗑了藥的快餐廚師說的話根本不算數，你們什麼都沒有。」

「我們有這個。」泰勒邊說邊從蘇菲亞大衣口袋取出某個閃亮的物品。

那是掛在廉價金鍊子上的金色十字架，十字架上還有血跡。哈波的血。至少，三十秒前我把鍊子放進蘇菲亞口袋時，上頭的血還在。

「不。」她看到泰勒手裡的鍊子時說。

索姆斯保持距離，他很樂意讓較年輕的搭檔負責大部分的體力活。他轉向我說：「謝謝。」

「不用謝我，」我說，「只要遵守你的諾言，一切都會很好的。還有外面的麵包車，後車廂裡有些搬家紙箱，不過也有另一樣東西：一輛黑色摩托車。」

泰勒退後一步，另一手伸進大衣口袋，想找個證物袋來裝鍊子。

索姆斯轉向我準備說什麼，嘴巴已經張開，但還來不及說話，就聽到一聲可怕的脆響。聽起來不像任何一種槍聲，或甚至也不像油箱爆炸。聽起來濕潤又中空。

泰勒轉朝我們，現在他背對著蘇菲亞。他整張臉幾乎都不見了。有東西濺到我臉頰上，熱的東西，很燙的東西。

蘇菲亞丟下咖啡機水箱的握柄，那是咖啡壺僅剩的部分了，其他的玻璃都砸進泰勒的臉。她在拋開握柄的同時順勢跪地，用力一扯泰勒的外套，然後快速爬到餐桌另一側。

我轉頭看索姆斯，他正慌亂地抹著臉。他一定被潑到比我更多的滾燙液體。

另一聲脆響，這次眞的是槍聲。

索姆斯向後倒。我低頭伏下身體。我看到的第一個畫面是一把槍掉在地上，接著是索姆斯。他腹部中彈，正大量失血。他剛才想拔槍，卻弄掉了。距離太遠，我搆不到。

腳步聲。

我抬起頭，看到蘇菲亞握著泰勒的槍，槍口對準我。

「Alexa，播我的愛歌。」她說。

廚房某處驀然響起斷斷作響的電子語音，聽起來很冰冷。「正在播放艾維斯．卡斯提洛的〈她〉。」

音樂響起，蘇菲亞微笑。

她 54

蘇菲亞瞥向索姆斯，他快要失血過多而死了，他身下已積了一灘深色的血，腹部也鮮血淋漓。蘇菲亞還聞到一股難聞的氣味，也許子彈撕裂他一部分腸子，讓膽汁滲進傷口。索姆斯活不了多久了，不需要擔心他。

她繼續拿槍對準艾迪，眼睛望向泰勒。他臉頰插著一片長長的碎玻璃，脖子插著另一片，躺在地上抽搐。

艾迪．弗林仰躺在地上，被她手裡的點四五手槍指著。

「妳差點就逃掉了，蘇菲亞。要不是妳殺了哈爾．柯恩，我們也不會發現妳和藥局凶案有關聯。他爲什麼非死不可？」

她歪著頭，微笑。弗林太聰明了，對他自己沒有好處。她需要他這種律師。他是紐約市數一數二強的，而他只爲他相信無辜的人辯護。對她來說他是完美人選，她要仰賴他發現日誌是僞造的。蘇菲亞很小心地模仿法蘭克的筆跡，但又不模仿到一模一樣，保留的差異足以讓人懷疑日誌究竟是誰寫的。在日誌中納入隱藏的不正確細節有點冒險，不過她非得冒這個險不可。唯有這樣才能證明日誌是眞凶所寫。只有犯罪者才會爲了嫁禍給別人而寫一本假日誌，這是審判中的關鍵證據，她現在仍引以自豪。

「哈爾．柯恩很像我爸爸，以及這座城市的很多男人。他們都靠別人的苦難賺錢。我需要藉哈爾之手找到日誌，我在警方搜查過房子之後，把日誌藏在法蘭克的私人文件裡。我希望哈爾找到它，因爲他一定會想從中牟利。他的貪欲可想而知。他將日誌交給檢察官，然後試著敲詐。他打算看誰付他更多錢，他就作出對誰有利的證詞，要說日誌是眞的或假的他都無所謂。我本來就沒準備付錢，我希望他交出日誌，然後雅莉珊卓付他錢，要他作證說日誌是眞的。接著，等你在法庭內揭穿日誌是假的，看起來就會是哈爾和雅莉珊卓從頭到尾都合夥騙人。尤其是她還有付他錢。我不能讓哈爾出現在法庭內，說我也有意賄賂他，那可不成。他已經把日誌給了檢察官，也收了雅莉珊卓的錢，他的任務已經達成。」

弗林向後退，用腳和手肘朝走廊移動。蘇菲亞跟過去，槍口始終對準他。她的刀子在客廳的背包裡。血腥味，手中武器的觸感，都讓她沉醉。她用槍比了一下，示意他繼續移動。

這次她要用刀子。

她想感覺刀子刺進他肉裡。

55 艾迪

她用槍示意我繼續退，往客廳方向移動。這不是我第一次被槍指著，但我感覺她並不想開槍。她喜歡近身肉搏。她臉上露出我不太能理解的表情，她並不慌張，甚至沒有加重呼吸的力道。

她在享受這件事，每一秒。她要了我，但我不是唯一上當的人。蘇菲亞·阿維利諾是個怪物，她一輩子都戴著面具過活。現在她成爲自己一向渴求的角色了：勝利者。她父親的錢全歸她所有，雅莉珊卓也被毀了。她報復了她認爲對不起她的人，做這件事帶來的權力感幾乎在她體內陣陣搏動。

「繼續移動。」她說。我在廚房和客廳之間的走廊上，幾乎已挪到正中間。

「知道自己快要死了的感覺怎麼樣？」她問。

我沒說話，只是繼續挪。

「哈波死得太快了，我很想照爹地那樣切割她，但看起來會太可疑。你會死得很慢的，艾迪。」

我應該害怕才對，恐懼能像子彈一樣讓身體停止運作。但我不害怕，而是滿腔怒火。我想跳起身，奪過那把槍，抵住她下巴。讓它留在那裡，讓蘇菲亞有時間思考死亡，然後再扣下扳機。

在整棟房屋內播放的歌曲進入高潮，蘇菲亞隨著每個音符變得更興奮。「你想殺我對不對？」她說，「爲了我對哈波做的事？嗯，那是辦不到的，你不會殺我的，艾迪。」

「要是哈波還活著，肯定會更早逮到妳。」我說，「妳對她做的事罪該萬死，但妳說得對，我不會殺妳。」我停止移動。「她會。」

蘇菲亞的眼睛瞪大，眼裡映出火光，然後她就不見了。震耳欲聾的巨響塡滿走廊。我大叫，但我的聲音被那巨響蓋過。有東西爆炸了。前一秒蘇菲亞還居高臨下地站在我面前，下一秒她已趴在一點五公尺外的走廊上。她失去了槍，手臂底下漫開一大灘血。我抬起頭，看到布洛克站在走廊另一頭，手裡拿著一把超大的銀色手槍。哈利在她身後。

我拿出手機撥九一一。

56

艾迪
（一個月後）

「我好像在哪裡看過你？」熱狗攤老闆說。

「我是個律師。」我說。

「對喔，你幫殺了法蘭克．阿維利諾的女孩辯護。」

「那已經是過去式了。」

「她開除你了？」

「不，是我開除她了。」

「你的熱狗堡要加什麼配料？」

「辣椒醬、起司、墨西哥辣椒——有什麼都加下去。」我說。

他遞給我一份用塑膠淺盤裝著的巨大熱狗堡。我給了他十美元，跟他說不用找了。這幾週來，他不是第一個認出我的人。我沒能看穿蘇菲亞的真面目，她竟成功騙過我、哈利和……哈波，這仍令我心痛難耐。她喚起我的同情，而對面具後的怪物視而不見。要是我及早發現，也許哈波還在。

那天晚上，急救人員將索姆斯、泰勒和蘇菲亞分別抬上救護車時，我打給凱特，告訴她一切。她在電話另一頭哭了，她表現出的如釋重負對我造成更大的震撼。凱特對雅莉珊卓的看法一直都是對的。

「我早該聽妳的，妳一開始就做了正確的決定。」

「你被騙了，艾迪。不只是你，蘇菲亞說服了所有人。這不是你的錯。」

「別擔心我了，去把妳的客戶弄出監獄吧。」

索姆斯和泰勒都大難不死，雅莉珊卓・阿維利諾則成為本州有史以來第一個尚未被判刑，就成功翻案的被告。

蘇菲亞面臨多項謀殺案罪名。她將以精神失常為由提出無罪抗辯，但不會成功的。她確實有心理疾病，可是那都不會促使她殺人，也不能作為她打心底散發的邪惡的藉口。肩膀中的那一槍並未要了她的命，但她失去一條手臂。或許這是為法蘭克申張正義——由於避免雙重追訴的緣故，殺他的凶手永遠不會受到審判。對蘇菲亞而言沒什麼差別，她的餘生都將在痛苦以及囚室中度過。等她知道雅莉珊卓將繼承法蘭克的遺產，她的痛苦會雪上加霜。

我過了馬路，穿過玻璃門，進入萊威、伯納德與葛洛夫聯合事務所設址的辦公大樓。接待員告訴我正確樓層，我過去搭電梯。電梯邊有兩個西裝男等著護送我，我認出其中一人是史考特，萊威寵愛的男孩。進了電梯，史考特皺起鼻子，嫌惡地瞪著我的熱狗堡。

「抱歉，不能分你吃。」我說。

電梯門開了，我被帶進一間用玻璃牆圍起的會議室。房間中央有張長桌，事務所的三位合夥人坐在長桌一側。約翰・伯納德七十幾歲，打理得很體面，身穿量身訂做的條紋西裝。

馬修・葛洛夫稍微年輕一點，也更白皙，如果這些人還能更白的話。萊威年紀最輕，坐在中間。他們兩側有一群保全和律師護駕。我已聽說布洛克與萊威的小衝突，我喜歡布洛克。凱特和布洛克坐在面向敵軍的位置。凱特正對著萊威，布洛克在她左邊。我坐進凱特右邊的空椅。萊威和他的合夥人後方是遼闊的曼哈頓天際線。

凱特面前擱著掀開的筆電，布洛克腳邊有個紙箱。圍坐桌邊的律師手邊都備有iPad、筆記本或厚厚一疊法律文件，三位合夥人也是。

我把我的辣味熱狗堡放在面前，問布洛克和凱特要不要嚐嚐看。凱特婉拒了，布洛克只是搖搖頭。

「這是一場無損權益[1]的協商，將討論萊威、伯納德與葛洛夫事務所以及凱特・布魯克斯之間的糾紛。在我們開始之前，有沒有人要提問？」萊威說。

「有。」我說，「可以給我一支叉子嗎？我沒料到這熱狗堡吃起來這麼狼狽。」

萊威掃了一眼我的午餐，然後看著我說：「我們等你等了十分鐘，被告的律師到場之前，我們無法開始協商。我希望除了廉價的垃圾食物之外，你還能爲我們帶來其他貢獻。」

「噢，我不是凱特的律師啦。」我說。

「什麼？」

---

1 無損權益（without prejudice）為法律用語，指的是若協商失敗，必須走正式法律途徑，則先前協商過程中發表的陳述不得當作不利於當事人的呈堂證據。

「不需要，她靠自己就夠了。她用不到我。」我說完咬了一口熱狗堡。辣到爆，好吃極了。

「弗林先生，那你來做什麼？」伯納德問。他的嗓音聽起來有如從橡木衣櫃的深處傳出來的。

「我只是來看戲的，我絕對不會錯過這個。」我說。

「好吧，在此記錄，我們可以忽略弗林先生了。布魯克斯小姐，我已和兩位合夥人談過，我們達成的共識是兩百三十萬美元。這是我們的底線。妳搶了我的客戶，也就等於搶了我們的律師費，我們要討回這筆錢，還有妳的律師執照。這是妳最後的機會。」

凱特拿出我從萊威皮夾摸走的黑色塑膠卡片，放在桌上。

「我另有一項提案。」她說。

萊威的臉露出很詭異的表情，像是他看到有隻鬼在他的草坪脫下褲子拉屎。

凱特拿起卡片，按了側面一下。卡片側面彈出一個小小的金屬連接頭，看起來像micro-USB。

「這張卡片是萊威先生的東西。」她邊說邊將它插上筆電。

「不。」萊威說。聽起來不像在否認，而是懇求，哀求她大發慈悲。

「這張卡片的作用是某種數位入口，能連到暗網的一個網站。」她說。

她將筆電螢幕轉過去時，我瞄到那個網站一眼。我沒看到網站名稱，但我看到整排的照片。其中一張有點像凱特，她正彎下腰，照片是從背後拍的，可能是用有照相功能的手機。還有其他更不堪入目的照片，有些是從桌底偷拍的，相機斜斜向上拍攝裙底風光。也有一些凱特在換衣服或是上廁所的照片。萊威一定在整個辦公室都裝了針孔攝影機，包括桌子底下、女廁……以及天知道還有哪裡。我突然間胃口盡失。

「這些是我的照片，是萊威先生偷拍後上傳到這個網站的，而這網站的名稱是：**我想強姦的同事**。」

「天啊，西歐！」伯納德說。

西歐．萊威垂下頭，他的臉開始轉爲通紅。

「萊威先生在付完我相信十分可觀的年費後，就能夠觀看有權有勢的男人給他們的女同事拍下的其他照片，有些甚至是裸照，照片中也有看來並非兩情相悅的性行爲。網站使用者甚至可以給這些女性以及照片評分。我發現我的住家地址也被公布在這網站上了。我會撤銷我的性騷擾反訴，你們也要撤銷違約和——」

「凱特，」伯納德打斷她，「妳什麼都不用再說了，我們會撤銷告訴。妳也撤銷告訴，並簽一份保密協議。我們會付妳一百萬元賠償金，這事就算結束了，好嗎？妳可以關掉電腦了嗎？」

「不好意思，伯納德先生，我還沒講完。我不會簽什麼保密協議。這是限時提案：我們各自撤銷告訴，萊威先生辭職，你們發新聞稿說萊威、伯納德與葛洛夫聯合事務所一直有性騷擾問題，但你們現在要找專業的人力資源團隊來解決問題。就這樣。」

「聽著，布魯克斯小姐，妳顯然是優秀的律師，但妳回絕一百萬元簡直太愚蠢——」

「不簽保密協議，我應該已經說過了。這種屁事已經在關上的門後上演了太久，除非你們處理問題，否則還會持續下去。」凱特說。

「兩百萬。」葛洛夫說。

凱特搖頭。

「這是限時提案，」凱特重申，「你們如果不接受，這提案就隨著我走出會議室而失效。我會帶著這張卡片直接去找《紐約客》雜誌。」

「該死，」伯納德說，「就答應她吧，她要什麼都給她。」

「你們不能——」萊威說，但伯納德不讓他發言。

「這事沒你說話的份，西歐。我有預感，今天下班前你就會被掃地出門了。」

「一言爲定，這案子就這麼解決吧。」葛洛夫說。

「等一下。」萊威說，但他們不理他。

「謝謝。」凱特說。

伯納德和葛洛夫都轉頭朝向萊威開始痛罵他，不是罵他這麼變態，而是怪他被逮到小辮子。他想說什麼，但他們根本不聽。

「噢，還有一件事。」凱特說。

布洛克彎腰抬起腳邊的紙箱放到桌上。

「這是什麼？」伯納德問。

凱特打開紙箱，開始拿出一綑綑的法律文件。

「這些是代表萊威、伯納德與葛洛夫事務所共十四名律師及祕書提出的訴訟案，原告都是女性，她們都被萊威先生偷拍了照片，我們已截圖存證。由於這些女性的薪資與同職位的男同事有極大差距，你們欠她們薪水，再加上性騷擾的賠償金，計算下來，我建議和解金額就定爲兩百萬美元好了。」

「兩百萬？這我們辦得到。」葛洛夫說。

「每人兩百萬。」凱特說。

伯納德咬牙切齒地說：「妳剛才說總共有多少人？」

「十四人。」

「我們要檢查一下文件，仔細驗證這些索賠內容。這部分我們會在這週末前回覆妳。」伯納德說。

「沒問題。要是等到星期五還沒消息，價碼就再提高。」

「等一下。」萊威說，他不願意再默默挨罵。他的事業完蛋了，現在迫切地想救自己。「我哪也不去，我們可以打贏這些官司。那張卡片是她從我這裡偷走的，她不能在法庭上使用！」

「其實呢，西歐，是我偷的。」我說，「你要向警方報案，說你的變態通行證失竊了嗎？」

萊威的嘴巴像魚一樣一開一合。

「我諒你不敢。」

才過不到一小時，凱特案子的文書作業就都搞定了，她頗有把握自己能從每位律師的新索賠金額抽至少百分之二十的佣金。今天對她而言是美好的發薪日。

哈利牽著克萊倫斯在大樓外等我們。今天天氣好極了，明亮、晴朗而寒冷。

「爲什麼我有預感，等案子都結束了，賠償金也入袋了，那張卡片就會莫名地跑到紐約市警局手上？」我說。

「我可不清楚，」凱特說，「這種事常發生。布洛克絕對不會把它放進素面信封，寄給性犯罪防治組的。」

我彎腰拍拍克萊倫斯的頭。我現在愈來愈喜歡牠。

「妳知道嗎，那棟大樓的十四樓現在空出一個職位了。」哈利說。

我轉身仰望玻璃大樓。

「算了吧，」凱特說，「那裡有太多不堪回首的記憶了。這表示你考慮過我的提議了嗎？」

「有是有，」我說，「但我身邊的人會受傷，凱特。哈波被殺了，都是我的錯。她在做我的案子，而我沒發現蘇菲亞·阿維利諾有問題。我誤信她，害哈波丟了性命。我不能再讓妳——」

「她知道有風險，艾迪，不是你的錯。」凱特說。

「哈波愛你。」哈利說。

「我早該知道的。我被蘇菲亞騙得團團轉。」我說。

「你哪裡能知道呢，」凱特說，「蘇菲亞把所有人玩弄於股掌之間。壞就壞在我們處於對立的兩方，要是我們一開始就合作，這種事也不會發生。」

「凱特說得對。你單打獨鬥太久了，艾迪，該有個新開始了。新的事務所。」哈利說。

「好嘛，我得去找崔爾，說服他撤銷對雅莉珊卓的告訴，不追究她付錢要哈爾·柯恩替她作證的事。我想順便跟他說我有新工作了，說我們現在是一個團隊了。」

「妳覺得他會撤銷告訴嗎？」我問。

「我滿有把握的。索姆斯和泰勒會帶著戰傷出席，他們說會盡力幫忙遊說他，我想應該會成功。好嘛——我們是合夥人了嗎？你有名氣和客戶名單，所以你七十我三十應該ＯＫ吧？」

「不行，」我說，「如果我們要合夥，那就得五十五十才行。」

我們握手表示一言爲定。在這一刻，一間新事務所誕生了：弗林與布魯克斯律師事務所。我們有顧問、有調查員，甚至還有辦公室犬。現在我們只需要一間眞正的辦公室和一部室內電話。

還有一些好運。

⚖

下午三點左右，我將哈利、凱特和布洛克留在一間酒吧，先行離開。雅莉珊卓因爲試圖妨礙司法公正而被判緩刑一年，所以我們去酒吧慶祝凱特又一次勝利，以及新事務所創立。哈利本來就很喜歡凱特，現在也對布洛克漸生好感。兩個女人都很愛克萊倫斯。他們的笑聲一直伴隨我到街上。我剛才只喝了百事可樂和水而已，現在我沒有喝酒的欲望。我想也許這次終於可以永久戒除酒癮了。

我坐上車發動，並不明確地知道要開去哪裡，方向盤彷彿自動把我帶到目的地。我抵達墓地時，太陽已西斜。我垂著頭，雙腳自然而然地走到哈波的墓。我坐在墓旁的濕草上，頭靠著冰冷的墓碑，不出幾秒鐘，我就感覺自己恍惚地睡著了。

致謝

我經常說，要不是有我太太Tracy，世上根本不會有我寫的書。這一點至今依然不變，我對她本人的所有特質以及她做的所有事都無比感恩。若是沒有她，我將一事無成。

我也要感謝我的編輯Francesca與Christine的工作成果。感謝Orion Books出版社，尤其是Emad、Katie、Sarah、Harriet和Lynsey。

John Cane與Dean Burnett在神經學研究方面幫了我大忙。A. A. Dhand本身即是相當有天分的驚悚小說作家，他提供我製藥方面的建議，各位應該試閱他的作品。西洋棋知識來自另一位優秀作家Alan Bradley，我非常感謝上列諸君的協助。

這本書很難寫，我指的倒不是故事本身，而是生理條件。我在寫這本小說時仍是全職律師，挑燈夜寫的生活我已過了八年，累積出慢性疲勞。前幾年的時候，我每晚還能寫上三、四小時，但是二〇一八到二〇一九年，我經常累得提不起筆。這本小說有很大一部分是在北愛爾蘭唐派屈克鎮的河流磨坊（River Mill）寫作村完成的。我要感謝河流磨坊慷慨的主人Paul Maddern，他也是知名詩人。我還要再次感謝Tracy讓我週末去那裡把這本書寫完。現在我是全職作家了，這都要感謝Tracy，還有你。

對，就是你。感謝買我的書、看我的書的讀者。

謝謝你。

也要感謝所有朋友、家人、同事的支持。還有更多《艾迪・弗林》系列等著與你們見面呢。

還要感謝夏恩・薩雷諾（Shane Salerno），他已備妥計畫了。

THE DEVIL'S ADVOCATE

艾迪·弗林

6

EDDIE FLYNN BOOK

【史上最囂張的騙子律師——艾迪·弗林系列6】

未曾戰敗的惡毒檢察官對上金牌律師
勝利這次會落向何方？

無辜的青年被控強姦少女，
公平正義在法庭上似乎不復存在，
艾迪這次將如何直面邪惡？

——2023年冬·敬請期待！

【Mystery World】MY0024

圈套【艾迪．弗林系列5】

Fifty-Fifty

作　　者❖史蒂夫．卡瓦納（Steve Cavanagh）
譯　　者❖聞若婷
美術設計❖Ancy Pi
內頁排版❖HAMI
總 編 輯❖郭寶秀
責任編輯❖江品萱
行銷企劃❖許弼善

發 行 人❖凃玉雲
出　　版❖馬可孛羅文化
10483臺北市中山區民生東路二段141號5樓
電話：(886)2-25007696
發　　行❖英屬蓋曼群島商家庭傳媒股份有限公司城邦分公司
10483臺北市中山區民生東路二段141號11樓
客服服務專線：(886)2-25007718；25007719
24小時傳真專線：(886)2-25001990；25001991
服務時間：週一至週五9:00～12:00；13:00～17:00
劃撥帳號：19863813　戶名：書虫股份有限公司
讀者服務信箱：service@readingclub.com.tw
香港發行所城邦（香港）出版集團有限公司
香港灣仔駱克道193號東超商業中心1樓
電話：(852)25086231　傳真：(852)25789337
E-mail：hkcite@biznetvigator.com
馬新發行所城邦（馬新）出版集團【Cite (M) Sdn. Bhd.(458372U)】
41, Jalan Radin Anum, Bandar Baru Seri Petaling,
57000 Kuala Lumpur, Malaysia
電話：(603)90563833　傳真：(603)90576622
E-mail：services@cite.my
輸出印刷❖前進彩藝有限公司
初版一刷❖2023年6月
定　　價❖450元
定　　價❖315元（電子書）

國家圖書館出版品預行編目(CIP)資料

圈套 / 史蒂夫．卡瓦納（Steve Cavanagh）著；聞若婷譯. -- 初版. -- 臺北市 : 馬可孛羅文化出版 : 英屬蓋曼群島商家庭傳媒股份有限公司城邦分公司發行,2023.06
面；　公分. --（Mystery World；MY0024）（艾迪.弗林系列 ; 5）
譯自：Fifty-Fifty
ISBN 978-626-7156-84-1（平裝）
873.57　　112005495

ISBN：978-626-7156-84-1（平裝）
EISBN：978-626-7156-86-5（EPUB）

城邦讀書花園
www.cite.com.tw